10.00

CRÓNICAS DE UMA PEQUENA ILHA

BILL BRYSON

CRÓNICAS DE UMA PEQUENA ILHA

Tradução de
MARIA HELENA LOPES

Título original: *Notes From a Small Island*
Autor: Bill Bryson
© Bill Bryson, 1995

Todos os direitos para a publicação desta obra reservados por
Bertrand Editora, Lda.
Rua Prof. Jorge da Silva Horta, 1
1500-499 Lisboa
Telefone: 21 762 61 00
Fax: 21 762 61 50
Correio electrónico: editora@bertrand.pt

Paginação: Fotocompográfica
Revisão: Sofia Fonseca

Impressão e acabamento: Printer Portuguesa
Depósito legal n.º 287 638/09
Acabou de imprimir-se em Fevereiro de 2009

ISBN: 978-972-25-1844-4

Para a Cynthia

Estou profundamente reconhecido a Peter
e Joan Blacklock, Pam e Allen Kingsland, John
e Nicky Price, David Cook e Alan Hume, pela
colaboração desinteressada que me prestaram
durante a preparação deste livro.

PRÓLOGO

O primeiro contacto que tive com Inglaterra foi em Março de 1973, numa noite de nevoeiro, ao chegar no *ferry* da meia-noite, vindo de Calais. Durante cerca de 20 minutos, a estação terminal ficou numa perfeita azáfama de carros e transportes de carga em movimento, pessoal da alfândega afadigado no exercício das suas funções e todos a dirigirem-se para a estrada que ia dar a Londres. Depois, subitamente, fez-se um silêncio e dei comigo a vaguear por ruas adormecidas, quase sem luz e cheias de nevoeiro, tal como num filme do *Bulldog Drummond*. Era maravilhosa a sensação de ter uma cidade inglesa só para mim.

O único pormenor que me estava a desagradar um pouco era o facto de os hotéis e pensões parecerem estar todos fechados àquela hora da noite. Fui até à estação dos comboios, a pensar que podia apanhar um para Londres, mas a estação também estava às escuras e fechada. Fiquei ali especado, sem saber o que fazer, quando reparei na luz acinzentada de um televisor, que passava através de uma janela de uma pensão situada no outro lado da rua. *Que sorte!*, pensei para comigo, *alguém está acordado*. Atravessei a correr, imaginando o pedido de desculpas que ia dar ao simpático proprietário pela minha chegada tardia e o tipo de conversa agradável que poderíamos ter, do género «Nem me atrevo a perguntar-lhe se ainda é possível arranjar qualquer coisa

para eu comer, a estas horas. Não, sinceramente... Bem, se *de todo* não vou incomodar, então talvez uma sanduíche de rosbife com picles, uma salada de batata e uma cerveja.»
À entrada do prédio estava muito escuro e, levado pela ansiedade que me dominava e o desconhecimento do local de acesso, acabei por tropeçar num degrau, indo bater com a cara na porta e fazendo tilintar uma meia dúzia de garrafas de leite vazias. Quase em simultâneo abriu-se a janela do andar de cima.

— Quem está aí? — disse uma voz, em tom agreste.

Recuei, esfreguei o nariz e olhei para cima para uma figura de rolos na cabeça.

— Boa noite, estou à procura de um quarto — disse eu.

— Estamos fechados.

— Oh! E um sítio onde possa comer?

— Tente ali o Churchill. Em frente.

— Em frente de quê? — perguntei, mas a janela já tinha sido fechada com força.

O Churchill tinha um ar sumptuoso, estava bem iluminado e dava o aspecto de estar a receber clientes. Através da janela percebi que havia gente bem-vestida e de aspecto elegante, junto a um bar, fazendo lembrar as personagens de uma peça de Noel Coward. Hesitei, na obscuridade, sentindo-me como um garoto de rua. Não estava preparado para aquele tipo de estabelecimento, tanto no aspecto social como no traje, e de qualquer forma, deveria ultrapassar e muito as minhas possibilidades monetárias. Só no dia anterior, já havia dado um bom maço de francos a um hoteleiro de olhar vivaço, em Picardy, por uma noite numa cama toda enrugada e um prato com um misterioso molho *chasseur*[NT] que continha ossos de vários animais, a maioria dos quais tive de esconder num grande guardanapo para não dar mau aspecto, decidindo, a partir de então, ser mais cauteloso com as minhas despesas. Assim, e com uma certa relutância, voltei as costas ao ambiente acolhedor do Churchill, e caminhei penosamente através da escuridão.

Mais adiante, ao longo de Marine Parade, um passeio público junto ao mar, encontrei um abrigo sem porta, mas com um telhado, e achei que era aceitável. Com a mochila a fazer de travesseiro, deitei-me e tapei-me com o casaco. O banco tinha ripas de madeira, era rijo e tinha parafusos de cabeça redonda que não davam conforto nenhum a quem estivesse deitado — o que, sem dúvida alguma, era intencional. Deixei-me ficar, durante um certo tempo, a ouvir o mar a varrer os seixos mais abaixo, e por fim adormeci, tendo uma noite longa e fria, cheia de sonhos agitados, onde andava a ser perseguido, sobre um bloco de gelo flutuante do Árctico, por um francês de olhar vivaço que tinha uma fisga, um saco de parafusos e um estranho objectivo de me acertar sistematicamente no traseiro e nas pernas para conseguir roubar um guardanapo de linho que continha comida e metê-lo na parte de trás da gaveta de um armário que estava no meu quarto de hotel. Acordei a arfar, exausto e cheio de frio. O nevoeiro tinha passado. A atmosfera estava calma e o céu sem nuvens e estrelado. A luz do farol, no extremo do paredão, batia incessantemente sobre a superfície do mar. Era fascinante, mas tinha demasiado frio para poder apreciar condignamente aquele espectáculo.

[NT] Em francês, no original: espécie de «molho à caçadora».

A tremer, procurei dentro da mochila e tirei de lá o que havia de mais quente para vestir — uma camisa de flanela, duas camisolas de lã e um outro par de calças de ganga. Utilizei umas peúgas de lã como se fossem luvas sem dedos e enfiei na cabeça uns calções de flanela a fazer de gorro. Depois, voltei a deitar-me no banco e esperei pacientemente pelo doce beijo da morte. Em vez disso, adormeci.

Fui acordado, de novo, pelo ruído de uma sirene de nevoeiro, que quase me fez cair do meu estreito poleiro, e levantei-me, com ar infeliz, mas com muito menos frio. O espaço à minha volta estava banhado por aquela luz esbranquiçada que antecede o amanhecer e que parece surgir do nada. As gaivotas andavam em círculos e gritavam acima da superfície do mar. Por baixo delas, para lá do paredão de pedra, um *ferry,* enorme e bem iluminado, afastava-se majestosamente em direcção ao largo. Fiquei ali sentado, durante algum tempo, sem pensar em nada. Ouviu-se mais um forte lamento da sirene de nevoeiro de um navio, o que fez alvoroçar, de novo, as irritantes gaivotas. Tirei as peúgas que tinha enfiadas nas mãos e olhei para o relógio. Eram 5h55m da manhã. Vi o *ferry* a afastar-se e fiquei a pensar onde iriam aquelas pessoas tão cedo. E *eu,* onde é que havia de ir àquela hora? Agarrei na mochila e arrastei-me pesadamente ao longo da avenida marginal para activar um pouco a circulação.

Perto do Churchill, agora mergulhado num sono tranquilo, encontrei um indivíduo idoso a passear um cão pequeno. Este andava frenético a tentar fazer o seu chichi em tudo o que lhe aparecesse na posição vertical, e assim, em vez de caminhar normalmente, tentava equilibrar-se penosamente nas suas três pernas.

O homem deu-me os «bons-dias» assim que me aproximei. «Talvez tenhamos bom tempo», disse, olhando esperançado para um céu que mais parecia uma pilha de toalhas molhadas. Perguntei-lhe se havia um restaurante que pudesse estar aberto aquela hora. Conhecia um não muito longe dali e deu-me as indicações.

— O melhor *transport caff*[NT1] que há em Kent — disse o indivíduo.

— *Transport calf*[NT2]? — repeti, indeciso, e recuei uns passos pois vi o cão a pôr-se em posição de me molhar as calças.

— É muito conhecido dos camionistas. Eles sabem sempre o que é melhor, não é verdade? — E sorriu, amável. Depois, baixou a voz e inclinou-se na minha direcção como se fosse dizer-me um segredo. — Talvez seja melhor tirar as cuecas da cabeça antes de lá entrar.

Levei a mão à cabeça.

— Oh! — exclamei, tirando os calções, de que já não me lembrava, e fiquei atrapalhado. Tentei dar uma rápida explicação, mas o homem já estava a olhar de novo para o céu.

— Decididamente, está a desanuviar — concluiu e puxou pelo cão que procurava novos postes. Fiquei a vê-los afastarem-se e, depois, dei meia volta e continuei a descer a marginal, enquanto começava a cair uma chuva leve.

[NT1] *Transport caff,* tipo de café, à beira da estrada, que serve comida barata, principalmente a camionistas.
[NT2] *Transport calf* (transporte de bezerros), trocadilho entre a palavra *calf* e *caff* (termo usado, na gíria, para *café*), pois a pronúncia pode confundir-se.

O café-restaurante era excelente — muito animado, cheio de vapor e com uma temperatura muito agradável. Pedi um prato de ovos, feijão, pão frito, toucinho fumado e salsicha, com pão e manteiga à parte, e duas chávenas de chá. Custou-me tudo *22 pence*. Passado um bocado, senti-me um homem novo e saí cá para fora de palito na boca e a arrotar, seguindo pelas ruas numa grande calma, a assistir ao acordar de Dover. Devo confessar que esta cidade não tinha grande aspecto à luz do dia, mas eu gostei. Gostei por ser pequena e acolhedora, e da maneira como as pessoas diziam «Bom dia!», «Olá!» e «Que maçada de tempo, mas vai melhorar!» uns aos outros, e a sensação de que aquele era mais um dia de uma longa série de outros, essencialmente alegres, bem organizados e agradáveis na sua tranquilidade. Em Dover, ninguém teria qualquer razão especial para se lembrar do dia 21 de Março de 1973, excepto eu e umas quantas crianças nascidas naquele dia e, talvez, aquele tipo idoso com um cão, que tinha encontrado um indivíduo ainda novo que trazia um par de cuecas enfiadas na cabeça.

Desconhecia a partir de que horas é que era aceitável, em Inglaterra, começar à procura de um quarto para alugar, pelo que resolvi esperar até meio da manhã para o fazer. Com tanto tempo à minha frente, pude andar a ver cuidadosamente se encontrava uma pensão com aspecto agradável e sossegado, mas que também fosse acolhedora e barata. Assim que soaram as dez horas, apresentei-me à porta de uma que me pareceu ser a melhor, tendo o cuidado de não deitar abaixo as garrafas de leite. Era um pequeno hotel que, na realidade, mais parecia uma hospedaria.

Não me recordo do nome, mas lembro-me da proprietária, uma criatura enorme de idade avançada, a senhora Smegma, que me mostrou um quarto e depois me levou a ver o resto das instalações, resumindo-me as muitas e complicadas regras da casa — a hora do pequeno-almoço, como acender o esquentador para o banho, as horas do dia em que devia estar fora do edifício e o breve espaço de tempo em que podia tomar um banho (horas que, estranhamente, pareciam coincidir), a obrigatoriedade de informar se ia receber chamadas do exterior ou entrar depois das 22 horas, como puxar o autoclismo e usar o piaçaba, o que era permitido deitar no cesto de papéis do quarto e o que devia deitar no contentor, onde e como devia limpar os pés de cada vez que entrava, como acender o aquecimento do meu quarto e em que altura é que me era permitido fazê-lo (principalmente na época glaciar). Tudo era novidade para mim. De onde eu vinha, estava habituado a arranjar um quarto num motel, onde passava dez horas e o deixava numa desordem total, ao sair cedo na manhã do dia seguinte. Aqui, era como se estivesse na tropa.

— O tempo de estadia mínimo — prosseguiu a senhora Smegma — é cinco noites a uma libra cada, incluindo pequeno-almoço à inglesa.

— Cinco noites? — exclamei, sobressaltado. Só tinha ideia de ficar ali uma noite. Que é que ia fazer em Dover, durante cinco dias?

A senhora Smegma ergueu o sobrolho.

— Pensava ficar mais tempo?

— Não — respondi. — *Não*. De facto...

— Bom. É que temos um grupo de pensionistas escoceses que vêm passar aqui o fim-de-semana e era mais complicado. De facto, seria mesmo impossível. — Olhou para mim com ar de desaprovação, como quem olha para uma nódoa no tapete, e ficou a pensar se haveria mais alguma coisa que pudesse fazer para me dificultar a vida. E havia mesmo. — Vou ter de sair daqui a pouco e agradecia que também saísse dentro de um quarto de hora.

Fiquei confuso, de novo.

— Desculpe, quer que eu saia? Mas, acabei de chegar!

— São regras da casa. Pode voltar por volta das quatro horas da tarde. — Ia a sair, mas voltou para trás. — Ah, agradeço-lhe ainda que tire a coberta da cama, à noite. Tivemos já algumas contrariedades por causa das nódoas. Compreende, não é verdade?

Acenei que sim, sem dizer uma palavra. Ela retirou-se finalmente. Fiquei ali, com ar perdido, cansado, sentindo-me muito longe de casa. Tinha passado uma noite incrivelmente desconfortável, ao relento. Doíam-me os músculos, sentia-me amassado por ter dormido em cima de cabeças de parafusos e a minha pele estava suja e cheia de terra de duas nações. Tinha-me conseguido aguentar com a ideia de que, em breve, iria mergulhar num banho quente e relaxante seguido de umas 14 horas de sono profundo e tranquilo, afundado numas almofadas macias e coberto com um cobertor quente e leve.

Enquanto ali estava a constatar que o meu pesadelo em vez de terminar estava só a começar, a porta abriu-se e a senhora Smegma atravessou o quarto em direcção à luz que estava por cima do lavatório. Mostrou-me a maneira correcta de acender a luz.

— Não é preciso carregar com muita força. Um toque suave é o suficiente. — Como é evidente, lembrou-se de que a tinha acendido e acabou por a apagar de uma forma brusca, dando uma última vista de olhos sobre a minha pessoa e pelo quarto, antes de sair.

Quando tive a certeza de que partira definitivamente, fechei a porta do quarto devagar, corri as cortinas e fiz um chichi no lavatório. Tirei um livro da mochila e deixei-me ficar durante uns minutos a observar o ambiente asseado e estranho do meu quarto solitário.

— Mas afinal, que diabo é que é uma coberta? — disse para mim, em voz baixa e desalentado, saindo do quarto em silêncio.

Como era diferente a Grã-Bretanha, na Primavera de 1973. A libra valia 2,46 dólares. A média do ordenado líquido semanal era de 30,11 libras. Uma embalagem de batatas fritas custava cinco *pence;* uma bebida não alcoólica 8*p*; um *bâton* 45*p*; um pacote de bolachas de chocolate 12*p*; um ferro de engomar 4,50 libras; uma cafeteira eléctrica sete libras; uma televisão a preto e branco 60 libras; uma televisão a cores 300 libras; um aparelho de rádio 16 libras; uma refeição média uma libra. Um bilhete de avião de Nova Iorque para Londres custava 87,45 libras no Inverno e 124,95 na época de Verão. Era possível passar oito dias em Tenerife, num *Cook's Golden Wings Holiday,* por 65 libras, ou 15 dias por 93 libras. Estou a par destes preços pois, antes desta viagem, consultei o jornal *The Times* de 20 de Março de 1973, o dia em que cheguei a Dover, onde vinha uma informação governamental, que ocupava toda uma página, sobre estes preços e o modo como iriam ser afectados por um novo imposto chamado IVA, que começaria a ser aplicado uma semana depois. A intenção do artigo era mostrar que, enquanto certas coisas iriam subir de preço com o IVA, outras baixariam. (Que piada!) Apesar das minhas reduzidas capacidades cerebrais ainda me lembro que o preço de um bilhete postal para a América, por via aérea, era de 4p, meio litro de cerveja custava 13p, e que paguei 30p pelo primeiro livro que comprei da Penguin *(Billy Liar)*. Fazia dois anos que tinha sido introduzido o sistema decimal, mas as pessoas ainda faziam a conversão de cabeça — «Meu Deus, são quase seis xelins!» — e era preciso saber que meio xelim equivalia a dois *pence* e meio, e um guinéu a 1,05 libras.

Houve uma série de títulos que surgiram naquela semana nos jornais que bem poderiam aparecer nos dias de hoje: «Greve dos controladores aéreos franceses», «*White Paper*[NT] exige partilha de poder no Ulster», «Laboratório de investigação nuclear vai ser encerrado», «Tempestades interrompem a circulação ferroviária» e as bem conhecidas notícias sobre críquete, «Inglaterra derrotada» (desta vez contra o Paquistão). Mas, em todos os cabeçalhos saídos nessa semana de 1973, notava-se acima de tudo um grande desassossego em relação à indústria: «Ameaça de greve na British Gas Corporation», «2000 funcionários públicos em greve», «Edição do *Daily Mirror* não sai em Londres», «10 000 despedimentos, depois da greve sem aviso dos trabalhadores da *Chrysler*», «Sindicatos preparam-se para agir no 1.º de Maio», «12 000 alunos sem aulas devido à greve dos professores» — e tudo numa única semana. Foi o ano da crise da OPEC, em que o governo de Heath vacilou de facto (embora não houvesse eleições gerais até Fevereiro seguinte). Antes do fim do ano houve o racionamento da gasolina e filas infindáveis nas garagens pelo país fora.

[NT] Publicação oficial do governo britânico.

A inflação subiu até 28 por cento. Houve grande escassez de papel higiénico, açúcar, electricidade e carvão, entre outros. Metade da nação ia estar em greve e o resto num regime de semana de três dias. As pessoas andavam a fazer as compras do Natal nos grandes armazéns iluminados a velas e sentiam-se desencorajadas quando os seus aparelhos de televisão ficavam sem imagem depois das *Notícias das Dez*, por ordem do governo. Ia ser o ano do *Sunningdale Agreement*, do desastre do *Summerland* em Isle of Man, das polémicas acerca dos *Sikhs*[NT1] e dos capacetes de motorizadas, da estreia de Martim Navratilova em Wimbledon. Foi o ano em que a Grã-Bretanha entrou para o Mercado Comum e — até custa a acreditar agora — começou a guerra com a Islândia por causa do bacalhau (se bem que de uma forma branda, do género «vamos-acabar-com-essa-história-do--bacalhau-ou-temos-de-tomar-medidas-mais-sérias»).

Em resumo, iria ser um dos anos mais notáveis da história inglesa contemporânea. Como é evidente, eu desconhecia tudo isto, naquela manhã chuvosa de Março, em Dover. Não sabia mesmo nada, de facto, o que é uma maneira estranha e maravilhosa de estar na vida. Tudo o que me aparecia à frente era novo e misterioso e produzia em mim sensações incríveis. Inglaterra estava cheia de palavras que eu nunca tinha ouvido — *streaky bacon* (toucinho entremeado), *short batle and sides* (curto atrás e dos lados), *Belisha beacon* (semáforo intermitente a assinalar passagem de peões), *serviettes* (guardanapos), *high tea*[NT2], *Ice-cream cornet*. Não sabia como pronunciar *scone* ou *pasty* (empada) ou *Towcester*

[NT1] Membros da comunidade hindu.
[NT2] Refeição que inclui chá, tomada no fim da tarde ou princípio da noite.

ou *Slough*. Nunca tinha ouvido falar de *Tesco's,* Perthshire ou Denbighshire, *council houses* (casas municipais), Morecambe e Wise, *railway cuttings* (trincheiras por onde passa uma via-férrea), *Christmas crackers, bank holidays* (feriados oficiais), *seaside rock* (rochedo), *milk floats* (carrinha que distribui o leite), *trunk calls* (chamadas interurbanas), *Scotch eggs*[NT1], *Morris Minors* e *Poppy Day*[NT2]. Para mim, quando um carro tinha uma chapa com um «L», na parte traseira, queria dizer que estava a ser conduzido por um «leproso». Não fazia a menor ideia do que queria dizer GPO, LBW, GLC ou OAP. Estava exultante com tamanha ignorância. As mínimas transacções eram um mistério para mim. Vi um homem numa tabacaria a pedir, «20 *Número Seis*» e a receber cigarros em troca, e, durante algum tempo, imaginei que tudo na tabacaria era pedido por números, como acontece com a comida feita chinesa que se compra e leva para casa. Sentei-me num *pub,* durante meia hora, até perceber que tinha de ser eu a encomendar primeiro ao balcão. Noutra ocasião, num salão de chá, procedi dessa maneira e mandaram-me sentar.

A empregada chamou-me «amor». Todas as empregadas das lojas me chamavam «amor» e os homens «amigo». Ainda não tinha passado metade do dia e já todos gostavam de mim. E comiam todos da mesma maneira que eu. Era muito emocionante. Durante anos, enchi a minha mãe de desespero pois, como era canhoto, recusava-me a comer à maneira americana — agarrando no garfo com a mão esquerda para segurar a comida enquanto cortava, e depois

---

[NT1] Ovos cozidos metidos no interior de enchidos e depois fritos.
[NT2] Dia do armistício (11 de Novembro).

passá-lo para a mão direita para levar a comida à boca. Parecia ridículo e embaraçoso, e eis que, de repente, estava num país onde se comia à minha maneira. E conduzia-se pela esquerda! Era um paraíso. Ainda o dia ia a meio e já sabia que era ali que eu queria estar.

Passei o dia a vaguear, sem destino e satisfeito, por áreas residenciais e artérias comerciais, escutando as conversas nas paragens de autocarro e esquinas das ruas, olhando interessado para as vitrinas dos comerciantes de frutas e legumes, dos talhos, das peixarias, a ler os letreiros e a estudar a forma de os usar, completamente absorto. Subi até ao castelo para admirar a vista e ver os *ferries,* dando uma olhadela apreensiva sobre os penhascos e a prisão Old Town Gaol. No fim da tarde, deu-me uma vontade enorme de ir ao cinema, atraído por um cartaz onde se via uma fila de mulheres, reduzidamente vestidas e muito sedutoras.

— *Circle or stalls* (balcão ou plateia) ? — perguntou a funcionária da bilheteira.

— Não, venho ver *Suburban Wife-Swap* — respondi num tom de voz confuso e esquivo.

No interior da sala esperava-me um mundo novo e desconhecido. Pela primeira vez, vi: publicidade no cinema, apresentações de filmes com sotaque britânico, um certificado da *British Board of Film Censors* a dizer «Este filme foi classificado "para Adultos" por Lorde Harlech que o achou muito bom», e descobri, com prazer, que era permitido fumar nas salas de cinema britânicas e que não se preocupavam com o perigo de haver incêndios. O filme dava muita informação a nível social e do vocabulário, bem como a desejada oportunidade de descansar os pés, que me escaldavam, e de ver uma quantidade de mulheres jovens e atraentes, sem nada vestido e a divertirem-se imenso. Entre os muitos termos que eram novos para mim, destacavam-se *dirty weekend* (fim-de-semana escandaloso), *loo* (casa de banho), *complete pillock* (perfeito idiota), *au pair* (alojamento e alimentação em troca de trabalho), *semi-detached house* (casa geminada), *shirt-lifter* (homossexual masculino) e *swift shag against the cooker*[NT], que foram de muita utilidade a partir de então. Durante o intervalo — mais outra grande novidade para mim — comprei *Kia-Ora,* pela primeira vez, a uma jovem com um ar tremendamente enfastiado, e com uma capacidade incrível para retirar os artigos requisitados do seu tabuleiro todo enfeitado e fazer os trocos, sem desviar o olhar de um ponto imaginário. Mais tarde, jantei num pequeno restaurante italiano recomendado por Pearl e Dean e voltei, satisfeito, para a pensão, já a noite se instalara em Dover. No seu conjunto, foi um dia agradável e cheio de surpresas.

Tencionava deitar-me cedo, mas no caminho para o quarto reparei numa porta onde estava escrito SALA DE ESTAR DOS RESIDENTES e espreitei. Era uma sala enorme com poltronas e um sofá, todos com coberturas engomadas; uma estante com alguns *puzzles* e livros de capa mole; uma mesinha com umas revistas já muito folheadas; e um grande aparelho de televisão a cores. Liguei-o e passei os olhos pelas revistas enquanto esperava que o aparelho aquecesse. Só havia revistas femininas, mas do género que nem a minha mãe nem a minha irmã apreciariam. Os artigos que elas costumavam ler eram sempre sobre sexo e realização pessoal. Tinham títulos como *«Comer Bem para Ter Orgasmos Múltiplos», «Sexo no Escritório — Como Conseguir», «Taiti: Um Novo Local Para Relações Escaldantes»* e *«Florestas Tropicais em*

[NT] Traduzido à letra, «cópula rápida, junto ao fogão».

Regressão — Podem Estimular o Sexo?» As revistas britânicas tinham aspirações *mais modestas*. Encontravam-se títulos como *«Faça Você Mesmo a Sua Camisola», «Como Fazer Poupanças Sem Esforço», «Tricote Você Mesmo Esta Fantástica Bolsa Para Poupar Sabão»* e *«O Verão Chegou — É Tempo de Maionese!»*

O programa que estava a dar na televisão chamava-se *Jason King*. Se já tem uma certa idade e, nos anos 70, ficava em casa nas sextas-feiras à noite, talvez se lembre de que se tratava de um indivíduo dissoluto e ridículo, que usava um cafetã[NT] efeminado, e que as mulheres, por mais estranho que pareça, achavam muito sedutor. Não sabia se havia de considerar isto como uma esperança ou ficar deprimido. O facto curioso é que, embora eu só tenha visto o programa mais uma vez nestes 20 anos que se passaram, nunca deixei de ter vontade de me atirar ao indivíduo com um taco de basebol cheio de pregos.

Quase no fim do programa entrou outro residente com uma tigela de água a ferver e um toalha. «Oh!», exclamou surpreendido ao ver-me, e sentou-se ao pé da janela. Era magro e tinha o rosto avermelhado. A sala ficou logo com um cheiro a liniment. O seu aspecto era o de quem não tinha uma vida sexual muito saudável. O tipo de pessoa que o nosso professor de educação física nos avisa que pode vir a ser o nosso se nos masturbarmos demasiado (ou seja, tal como o próprio professor). Não tinha bem a certeza, mas quase ia jurar que o tinha visto, à tarde, no cinema, a comprar um saco de gomas de frutos e a assistir ao filme *Suburban Wife-Swap*. Pareceu-me esquivar-se com o olhar. Talvez

---

[NT] Fato comprido usado pelos orientais, muitas vezes luxuosamente ornamentados.

estivesse a pensar o mesmo sobre mim, mas depois, cobriu a cabeça com a toalha e inclinou o rosto para dentro da tigela e ficou assim o resto da noite.

Passados minutos, entrou outro indivíduo, calvo, de meia-idade — que me fez lembrar um comerciante de sapatos. Lançou-me um «Olá!» e um «Boa noite, Richard!» em direcção ao homem da cabeça tapada com a toalha e sentou-se ao meu lado. Pouco tempo depois, juntou-se a nós um indivíduo mais idoso, apoiado a uma bengala, com uma perna doente e um ar pouco amigável. Olhou-nos carrancudo, cumprimentando-nos o mais precariamente possível, deixou-se cair numa das poltronas e passou os 20 minutos seguintes a tentar ajeitar a perna de uma forma ou de outra, como quem procura a melhor posição para colocar um móvel pesado. Percebi que deviam ser todos residentes já antigos.

Momentos depois, começou a dar uma série cómica, chamada *O Meu Vizinho é um Negro*. Acho que não era exactamente este o título, mas era a mensagem que queria transmitir — a ideia de haver uma grande comicidade no facto de se ter a viver ao nosso lado pessoas de raça negra. Estava cheio de situações do tipo, «Meu Deus, avó, tens um sujeitinho de cor no teu guarda-louça!» e «Bem, como é que eu podia vê-lo no *escuro*?» Era uma perfeita aberração. O indivíduo calvo, ao meu lado, ria até às lágrimas, e debaixo da toalha saíam uns ruídos esporádicos, de quem está a divertir-se, mas reparei que o coronel não se ria. Olhava para mim, como se estivesse a tentar lembrar-se de qualquer acontecimento obscuro do seu passado a que eu pudesse estar associado. Sempre que eu lançava os olhos na sua direcção lá estava ele a fixar-me. Era enervante.

Uma chuva de estrelas invadiu o ecrã, indicando um intervalo para a publicidade, durante o qual, o homem calvo aproveitou para me examinar com ar amigável mas um pouco confuso, interrogando-se sobre quem eu seria e como tinha ido ali parar. Ficou satisfeito ao saber que era de nacionalidade americana.

— Sempre tive vontade de conhecer a América. Diga-me, também lá têm o *Woolworth?* — perguntou-me.

— Bem, a verdade é que *Woolworth* é de origem americana.

— Não me diga! — respondeu. — Ouviu isto, coronel? *Woolworth* é americano. — O coronel ficou impassível com esta revelação. — E os *cornflakes?*

— Desculpe, não percebi.

— Têm *cornflakes* na América?

— Bem, os *cornflakes* também são oriundos da América.

— Não acredito!

Fiz um leve sorriso e desejei que as minhas pernas me pusessem de pé e me levassem dali para fora, mas o corpo parecia estranhamente inerte.

— Imaginem! Então o que é que o traz à Grã-Bretanha se já lá têm *cornflakes?*

Olhei para ele para me certificar se estava a falar a sério, e depois, um pouco relutante e indeciso, aventurei-me a fazer um apanhado muito breve do que se passou comigo até ali, mas logo a seguir o programa voltou a começar e ele já não me escutava. Então, calei-me e passei quase toda a segunda parte a captar a intensidade do olhar do coronel.

Quando o programa acabou, preparava-me para me levantar da cadeira e despedir-me daquele trio tão alegre, quando a porta se abriu e a senhora Smegma entrou com um tabuleiro cheio de chávenas de chá e bolachas que, segundo me parece, são mesmo próprias para chá, e todos ficaram muito animados, esfregando as mãos com entusiasmo e dizendo, «Oh, que maravilha!» Até hoje, ainda estou impressionado com a capacidade do povo britânico, de todas as idades e camadas sociais, de ficar verdadeiramente entusiasmado com a perspectiva de ir tomar uma bebida quente.

— E como foi hoje o *Mundo dos Pássaros,* coronel? — perguntou a senhora Smegma, enquanto lhe estendia uma chávena de chá e uma bolacha.

— Não sei — disse o coronel com ar malicioso. — A televisão — e lançou um olhar significativo na minha direcção — estava sintonizada para outro canal. — A senhora Smegma olhou-me, por sua vez, com ar severo. Achei que eles deviam ser amantes.

— *O Mundo dos Pássaros* é o programa favorito do coronel — disse-me num tom de voz no qual ainda não havia ódio e serviu-me uma chávena de chá acompanhada de uma bolacha rija e esbranquiçada.

Esbocei um leve pedido de desculpas.

— Hoje era sobre pinguins — declarou o indivíduo de rosto avermelhado, muito convencido.

A senhora Smegma olhou para ele como se a surpreendesse o facto de ele saber falar.

— Pinguins! — exclamou ela, enquanto me encarava com uma expressão ainda mais fulminante, como quem está perplexa perante alguém capaz de semelhante desumanidade. — O coronel adora pinguins. Não é verdade, Arthur? — Não havia dúvida de que eram amantes.

— Gosto muito — respondeu o coronel, com ar infeliz, roendo uma bolacha de chocolate.

Envergonhado, sorvi o chá e mordisquei a bolacha. Nunca tinha bebido chá com leite, nem comido uma bolacha tão rija. Parecia uma daquelas coisas que se dá aos periquitos australianos para fortalecer o bico. Pouco depois, o indivíduo calvo inclinou-se para mim e sussurrou-me:

— Não ligue ao que o coronel diz. Desde que perdeu a perna, nunca mais foi o mesmo.

— Bem, só desejo que ele a encontre o mais depressa possível — respondi, arriscando um pouco de ironia. O homem deu uma gargalhada e, por momentos, receei que ele fosse partilhar a minha piada com o coronel e a senhora Smegma, mas afinal acabou por me estender uma mão carnuda e apresentou-se. Agora, já não me recordo bem do nome, mas era um daqueles que só os ingleses se lembram de ter, Colin Crapspray ou Bertram Pantyshield, ou qualquer outro assim absurdo. Sei que esbocei um sorriso desdenhoso, achando que ele estava a ver se me apanhava, e disse: — Está a brincar comigo, não?

— Não, de modo nenhum — respondeu friamente. — Porquê, acha que é para rir?

— É que é um pouco... invulgar.

— Bem, *você* pode achar o que quiser — respondeu e passou a dar atenção ao coronel e à senhora Smegma. Percebi que, a partir daquela altura e talvez para sempre, não iria ter amigos em Dover.

Nos dois dias seguintes, a senhora Smegma perseguiu-me implacavelmente, e suspeito que os outros chegaram a vigiar-me. Censurou-me por não ter apagado a luz do quarto quando saí, por não ter colocado a tampa da sanita para baixo depois de me servir dela, por ter usado a água quente do coronel — ignorava que ele tinha uma só para ele até ver a maçaneta da porta a rodar e ouvir os seus ruídos aflitos no corredor —, por ter mandado vir um pequeno-almoço à inglesa, durante dois dias, e deixado sempre no prato o tomate frito.

— Vejo que não comeu de novo o tomate — disse-me na segunda vez. Não sabia o que responder pois não havia dúvida que era verdade; então, limitei-me a franzir a testa e fiquei também a olhar para o pedaço de comida em causa. De facto, naqueles dois dias, andei intrigado sobre o que seria aquilo. — De futuro, agradeço-lhe que me avise, no caso de não querer tomate frito para o seu pequeno-almoço — acrescentou, num tom de voz mortificado e cheio de anos de irritação acumulada. Desconcertado, vi-a a afastar-se.

— Pensava que era um coágulo de sangue! — quis gritar-lhe, mas é evidente que não disse nada e limitei-me a sair da sala, sob o olhar sorridente e triunfante dos meus amigos residentes.

Depois deste episódio, mantive-me fora de casa o mais que pude. Fui até à biblioteca e procurei a palavra «coberta» num dicionário, para que, pelo menos, a esse respeito não fosse censurado. (Fiquei admirado com o significado que encontrei; durante três dias tinha andado preocupado com a posição em que deixava a janela.) Dentro de casa procurei andar em silêncio, sem dar nas vistas. Até na cama mudava de posição muito devagar para não se ouvir o ranger da mesma. Mas, de nada me serviu este esforço pois parecia que estava destinado a incomodar os outros. No terceiro dia, à tarde, quando ia a entrar, de mansinho, deparei com a senhora Smegma, no corredor, segurando na mão um maço de cigarros vazio, e perguntou-me se tinha sido eu que o tinha deitado para cima dos arbustos. Nessa altura, percebi a razão por que existem pessoas inocentes que acabam por assinar confissões absurdas nas esquadras da polícia. Nessa noite, depois de ter tomado um banho quente, rápido e furtivo, esqueci-me de apagar o esquentador e para completar a asneira, deixei ficar cabelos no ralo. Na manhã seguinte, deu-se a última das humilhações. A senhora Smegma levou-me até à casa de banho e mostrou-me a sanita que tinha sido usada por alguém que não tinha puxado o autoclismo. Resolvemos a situação com a minha saída depois do pequeno-almoço.

Apanhei um comboio rápido para Londres e não voltei mais a Dover.

CAPÍTULO

1

Há certos conceitos específicos que acabamos por aceitar naturalmente, quando vivemos durante muito tempo na Grã-Bretanha. Um deles é de que os Verões ingleses costumam ser mais compridos e quentes. O outro é de que a equipa de futebol de Inglaterra não deve recear a Noruega. O terceiro consiste na ideia de que a Grã-Bretanha é um país de grandes dimensões. Este último é o mais difícil de aceitar.

Se estivermos num *pub* e dissermos que pretendemos ir de carro de Surrey até à Cornualha, uma distância que os Americanos fazem à vontade para ir comprar um *taco*[NT], os nossos acompanhantes enchem as bochechas de ar, olham significativamente uns para os outros e sopram de seguida, dizendo «Bem, *isso* é um bocado complicado» e partem então para uma longa discussão muito animada sobre se é melhor ir pela estrada A30 até Stockbridge e depois tomar a A303 até Ilchester ou a A361 até Glastonbury, via Shepton Mallet. Em breve, a conversa deriva para um tipo de pormenores que nos deixa, a nós estrangeiros, com a cabeça a andar à roda.

[NT] Espécie de pão mexicano recheado com carne e legumes.

— Está a ver aquele desvio para estacionamento à saída de Warminster, aquele que tem a britadeira com o manípulo partido? — disse um deles. — Sabe com certeza, logo a seguir ao desvio para Little Puking, mas antes da mini--rotunda da B6029. Junto ao sicômoro ressequido.

Nesta altura, constatamos que somos os únicos que não estamos a acenar afirmativamente.

— Bem, uns 400 metros adiante, não na primeira curva à esquerda, mas na segunda, há um caminho estreito entre duas sebes de arbustos, principalmente pilriteiros misturados com algumas aveleiras. Bem, se seguir por essa estrada, passa pelo reservatório da água e por baixo da ponte do caminho-de-ferro, e vira logo à direita junto ao Buggered Ploughman...

— Um barzinho muito agradável — interrompeu alguém (normalmente, é sempre um tipo de camisola grossa de lã). — Servem lá uma *Old Toejam* muito agradável.

— ... e continua por aquele caminho em mau estado, através do campo de tiro do exército, e contorna as traseiras da fábrica de cimento, indo parar à estrada circular B3689 de Ram's Dropping. Poupa-se uns três a quatro minutos e evita-se atravessar a passagem de nível em Great Shagging.

— A menos que venha de Crewkerne — acrescentou alguem vivamente. — Nesse caso, se vier de Crewkerne...

Se dermos dois nomes de localidades da Grã-Bretanha a dois ou mais indivíduos quando estivermos num *pub,* é motivo para ficarem entretidos a falar durante horas seguidas. Onde quer que seja o nosso destino é sempre viável, desde que evitemos Okehampton, a rotunda de Hanger Lane, o centro de Oxford e a saída para oeste de Severn

Bridge, entre as 15 horas de sexta-feira e as 10 horas de segunda-feira, excepto nos feriados oficiais em que não se deve ir a lado nenhum.

— Eu, nos dias feriados, nem sequer vou a pé até à loja da esquina — balbuciou, lá da ponta do grupo, um indivíduo de pequena estatura, com um ar triunfal, como se, pelo facto de não sair de casa, em Staines, tivesse conseguido evitar um tremendo engarrafamento em Scotch Corner.

Por fim, quando estão discutidos todos os pormenores sobre as estradas secundárias, os locais de mais acidentes e os sítios onde se pode arranjar uma sanduíche de toucinho fumado, e tudo de um modo tão exaustivo que os ouvidos estão quase a rebentar, um elemento do grupo vira-se para nós e, depois de beber um gole de cerveja, pergunta-nos quando é que tencionamos partir. Numa situação como esta nunca devemos responder com a verdade e dizer de modo descontraído: «Não sei bem, talvez por volta das dez», pois eles irão começar tudo de novo.

— Dez horas? — dirá um deles, surpreendido. — Dez da *manhã?* — E o seu rosto fica com o aspecto de quem apanhou com uma bola de críquete no escroto e não quer dar parte de fraco pois a namorada está a ver. — Bem, é lá consigo, *evidentemente,* mas se fosse *eu* que quisesse estar na Cornualha às três horas de amanhã, já teria saído ontem.

— *Ontem?* — dirá alguém, a sorrir, perante tal optimismo tão descabido. — Mas Colin, acho que se está a esquecer de que é a semana de férias do meio do período escolar em North Wiltshire e West Somerset. Entre Swindon e Warminster o trânsito deve estar infernal. Na minha opinião, deveria ter partido há uma semana atrás, antes de terça-feira passada.

— E este fim-de-semana há o *Great West Steam Rally*, em Little Dribbling — irá acrescentar alguém do outro lado da sala, avançando na nossa direcção, pois é sempre agradável dar as más notícias do trânsito. — Deve haver cerca de 375 000 veículos a caminho da rotunda Little Chef, em Upton Dupton. Uma vez, estivemos cerca de 11 dias num engarrafamento nesse local, só para sair do parque de estacionamento. Devia ter partido quando ainda estava no ventre de sua mãe ou, melhor ainda, quando não passava de um espermatozóide, e mesmo assim não encontrava lugar para estacionar para lá de Bodmin.

Uma vez, quando era mais novo, levei a sério todo este tipo de avisos alarmantes. Fui para casa, preparei o despertador, acordei a família toda às quatro da manhã, no meio de grandes protestos e angústias e, às cinco horas, já os tinha todos metidos no carro e partia. Como resultado, chegámos a Newquay a tempo de tomar o pequeno-almoço e tivemos de esperar ainda sete horas até podermos ocupar um dos míseros chalés que nos disponibilizaram no aldeamento de férias. E o pior foi que eu só tinha concordado ir para lá pois julgava que a cidade se chamava Nookie e queria arranjar uma colecção de postais da localidade.

O facto é que o povo britânico tem uma noção de distância muito particular, que é compartilhada na generalidade, através da convicção de que a Grã-Bretanha é uma ilha completamente isolada no meio de um vasto oceano. Ah, sim! Sei que todos estão conscientes, em abstracto, de que existe por perto uma grande extensão continental chamada Europa, onde é preciso ir, de tempos a tempos, dar «uma tareia nos Alemães» ou passar umas férias no Mediterrâneo, mas que, de facto, não fica tão perto como a Disney World.

Se os nossos conhecimentos de geografia mundial se basearem apenas no que dizem os jornais e a televisão, então só nos resta concluir que a América fica quase ao pé da Irlanda, que a França e a Alemanha estão ao lado dos Açores, que a Austrália fica situada numa zona quente do Médio Oriente e que quase todos os outros estados independentes ou são inventados (como por exemplo, o Burundi, El Salvador, a Mongólia e o Butão) ou só se pode lá chegar com uma nave espacial. Consideremos a quantidade de tempo de noticiário que a Grã-Bretanha gasta a falar de personalidades americanas sem importância como Oliver North, Lorena Bobbitt e O. J. Simpson — um homem que praticou um desporto que a maioria dos Britânicos não compreende e que depois fez publicidade de *rental cars* — e comparemos com *todas* as notícias publicadas anualmente sobre a Escandinávia, Áustria, Suíça, Grécia, Portugal e Espanha. É incrível. Se houver uma crise política em Itália ou um acidente nuclear em Karlsruhe, a notícia pode ocupar uns 20 centímetros de uma página interior. Mas, se uma mulher em Shitkicker, na Virgínia Ocidental, num acto de desespero, tiver cortado e atirado pela janela fora o pénis do marido é notícia principal do *Noticiário das Nove* e o jornal *The Sunday Times* irá mobilizar a sua equipa de «Interiores». Estão a ver a cena.

Depois de estar a viver há já um ano em Bournemouth e de ter comprado o primeiro carro, recordo-me de tentar sintonizar as estações no rádio do automóvel e ficar admirado por apanhar a maior parte delas em língua francesa; a seguir, fui olhar para o mapa e reparei, também com espanto, que estava muito mais próximo de Cherbourg do que de Londres. No dia seguinte, contei este facto aos meus colegas de trabalho e a maioria recusou-se a acreditar. Mesmo quando lhes mostrei o mapa, fizeram um ar de dúvida, chegando a comentar «Sim, está bem, pode ser mais perto, mas no sentido de proximidade *física*», como se eu estivesse a ser muito exigente e fosse necessária uma nova concepção de distância assim que se passasse o Canal da Mancha — e, de facto, nesse sentido eles tinham razão. Mesmo agora, fico estupefacto ao constatar que se pode apanhar o avião em Londres e, em menos tempo do que demora tirar a tampa de um daqueles pequenos recipientes de leite UHT e despejar o seu conteúdo sobre si próprio e sobre o homem que estiver a seu lado (e é espantosa a quantidade de leite que aquelas pequenas embalagens contêm, não é verdade?), chegar a Paris ou a Bruxelas onde todos se parecem com o Yves Montand ou a Jeanne Moreau.

Faço esta referência, pois passei pelo mesmo tipo de assombro quando estava numa praia suja de Calais, numa tarde de Outono, anormalmente clara e luminosa, a olhar para uma mancha que se destacava no horizonte e que me pareceu nitidamente ser a falésia White Cliffs de Dover. Teoricamente, sabia que a Inglaterra ficava à distância de uns 20 e tal quilómetros dali, mas custava-me a acreditar que pudesse estar numa praia no estrangeiro e *vê*-la, de facto. Fiquei tão admirado que tive de o confirmar com um indivíduo que vinha a passar por perto, no seu andar vagaroso e pensativo.

— *Excusez-moi, monsieur.* — perguntei no meu melhor francês. — *C'est Angleterre* ali adiante?

O indivíduo largou os seus pensamentos e olhou para onde eu estava a apontar, fazendo-me um aceno melancólico com a cabeça, como a dizer-me «É isso mesmo», e continuou a andar no seu passo vagaroso.

— Imaginem! — exclamei, e fui visitar a cidade.

Calais é uma cidade interessante que existe apenas para proporcionar aos Ingleses, vestidos com roupa leve e desportiva, um local onde ir durante o dia. Por ter sido muito bombardeada durante a guerra, foi parar às mãos de engenheiros projectistas do pós-guerra e o resultado foi ficar a parecer-se com o remanescente de uma *Exposition du Cément* de 1957. No centro da cidade, erguem-se inúmeras estruturas, principalmente à volta da sombria *Place d'Armes,* que parecem ter sido inspiradas em embalagens de supermercado, nomeadamente nos pacotes das *Jacob's Cream Crackers*. Algumas delas ficam mesmo de um lado e do outro das estradas — ainda a marca dos projectistas dos anos 50, impressionados com as novas oportunidades dadas pelo betão. Um dos edifícios principais do centro é um Holiday Inn, tipo embalagem de *cornflakes*.

Mas nada daquilo me afectou. O Sol brilhava como num Verão indiano e eu estava em França, com aquela disposição de espírito que se tem no início de uma longa viagem e a perspectiva estonteante de vir a passar semanas a fio sem fazer praticamente nada e a chamar-lhe trabalho. Recentemente, eu e minha mulher tínhamos tomado a decisão de ir viver algum tempo nos Estados Unidos, para que os miúdos pudessem experimentar a vida num outro país e ela tivesse a possibilidade de andar às compras, sete dias por semana, até às 22 horas. Tinha lido há pouco tempo que 3,7 milhões de americanos, de acordo com as sondagens Gallup, acreditavam já ter sido raptados por extraterrestres, e deste modo, era evidente que o meu povo precisava da minha ajuda. Mas eu insisti em obter uma última visão de Grã-Bretanha — fazer uma espécie de viagem de despedida daquela simpática ilha onde vivi durante tanto tempo da minha vida. Vim até Calais pois queria voltar a entrar em Inglaterra pelo mar, como fiz da primeira vez. No dia seguinte iria apanhar o primeiro *ferry* e começar a minha descoberta da Grã-Bretanha, examinando os seus aspectos públicos e privados, na sua essência, mas hoje queria estar despreocupado e disponível para fazer o que mais me agradasse.

Fiquei desiludido ao ver que as pessoas que andavam pelas ruas de Calais não se pareciam com Yves Montand ou Jeanne Moreau ou mesmo com o magnífico Philippe Noiret, pois a maioria eram bretões vestidos de fato de desporto. O seu aspecto fazia logo pensar em apitos ao pescoço e bolas de futebol, mas em seu lugar, arrastavam sacos pesados contendo garrafas que tilintavam e queijos de cheiro desagradável, interrogando-se por que razão os tinham comprado e o que é que iriam fazer até à hora de apanhar o barco das quatro, de regresso a casa. Conseguíamos ouvi-los a resmungar baixinho, infelizes, quando passavam perto de nós. «60 francos por uma embalagem de queijo de cabra? E ela nem tão pouco nos vai agradecer por *isso*.» Tinham todos o aspecto de quem está a morrer por tomar uma chávena de chá ou comer qualquer coisa boa. Lembrei-me que se podia ganhar bom dinheiro a vender hambúrgueres num quiosque. Até lhe podia chamar *Hambúrgueres de Calais*.

Escusado será dizer que, para além de fazer compras e resmungar baixinho, não há muito mais a fazer em Calais. Existe a famosa estátua de Rodin do lado de fora do Hôtel de Ville e um único museu, o Musée des Beaux-Arts et de la Dentelle[NT] («Museu das Artes Belas e dos Dentes», se é que ainda sei alguma coisa de francês), mas este estava fechado e ir visitar o Hôtel de Ville era muito fatigante — e por outro lado, a estátua de Rodin vinha em todos os postais. Acabei por andar, como todos os outros, a meter o nariz nas lojas de lembranças para turistas que, por sinal, abundam em Calais.

Por razões que nunca percebi, os Franceses têm um talento especial no que diz respeito a arranjar imagens religiosas de muito mau gosto, vendendo-as depois como lembranças. Numa loja de aspecto sombrio, na esquina de Place d'Armes, encontrei uma de que gostei: representava a Virgem Maria em plástico, de pé com os braços estendidos, dentro de uma espécie de gruta feita de conchas, estrelas-do-mar em miniatura, ramos de algas secas com aspecto rendilhado e a pinça polida de uma lagosta. Colada na parte de trás da cabeça da imagem da Nossa Senhora, havia uma auréola feita de uma argola de reposteiro em plástico e, em cima da pinça da lagosta, o artista criador daquele exemplar desenhou cuidadosamente um *«Calais!»*, que lhe dava um aspecto despropositadamente festivo. Hesitei em comprar porque era muito cara, mas, quando a dona da loja me mostrou que também se podia ligar à corrente e ficava iluminada como uma feira em Margate, a única dúvida que me surgiu foi se havia de trazer mais do que uma.

— *C'est très folie* — disse ela, um pouco surpreendida, quando percebeu que eu estava preparado para pagar bem

---

[NT] «Museu das Belas-Artes e do Bordado». O autor faz o trocadilho jocoso entre *Dentelle* (Bordado) e *Dental* (dos dentes).

pela imagem, e apressou-se a embrulhá-la e a receber o dinheiro antes que eu reconsiderasse e gritasse: «Mas onde é que eu estou? E que porcaria de merda francesa *é esta* que tenho diante de mim?»

— *C'est très folie* — continuou ela, em voz baixa, como se receasse acordar-me do meu torpor. Acho que não vendia um daqueles Candeeiros Especiais da Virgem-Maria-no--meio-das Conchas, há já muito tempo. O certo é que, quando a porta da loja se fechou atrás de mim, ouvi nitidamente um grito de satisfação.

Mais tarde, para festejar, entrei num café popular, situado na Rue de Gastou Papin et Autres Dignitaires Obscure, e pedi um café. Portas adentro, Calais tinha um aspecto mais tipicamente gaulês. As pessoas cumprimentavam-se com dois beijos na face e deixavam-se envolver na atmosfera de fumo azulado dos seus *Gauloises* e *Gitanes*. Uma mulher de porte elegante, vestida de preto, que estava num extremo da sala, fazia lembrar a Jeanne Moreau, a fumar um cigarro e a beber um copo de *Pernod,* antes de entrar numa cena de funeral do filme *La Vie Drearieuse*. Escrevi um postal para enviar à família e apreciei o meu café, passando o resto do tempo até escurecer, a fazer sinais amistosos mas inúteis ao empregado atarefado, na esperança de o atrair até à minha mesa e regularizar a modesta despesa que fiz.

Jantei muito bem e barato num pequeno estabelecimento do outro lado da rua — uma coisa há que reconhecer: é que os Franceses sabem fazer batatas fritas — e bebi duas garrafas de *Stella Artois* num café onde fui servido por um sósia de Philippe Noiret, com um avental de empregado de matadouro, regressando cedo ao quarto do hotel onde brinquei um pouco com a minha Madona de conchas. Em seguida, deitei-me e passei a noite a ouvir o ruído dos carros, a esbarrarem, na rua.

De manhã, tomei o pequeno-almoço cedo, paguei a conta ao Gerard Depardieu — fiquei mesmo surpreendido — e saí do hotel pronto a começar mais um dia cheio de expectativas. Agarrei num pequeno mapa insuficiente que vinha junto do bilhete do *ferry* e fui à procura da estação fluvial. No mapa parecia ficar muito próximo, praticamente no centro da cidade, mas, de facto, ficava a uma distância de uns três quilómetros, no extremo de uns terrenos baldios de refinarias de petróleo, de fábricas abandonadas e áreas repletas de velhas vigas de ferro e pilares de betão meio destruídos. Dei comigo a passar através de buracos feitos em vedações ainda fechadas com correntes e a caminhar cuidadosamente pelo meio de carruagens de comboio inutilizadas, enferrujadas e com os vidros das janelas partidos. Não sei como fazem as outras pessoas para apanhar o *ferry* em Calais, mas tive a impressão de que ninguém o havia feito ainda daquela maneira. E, enquanto caminhava, ia ficando receoso — ou melhor, em pânico —, a pensar que a hora da partida se estava a aproximar e a estação, embora sempre visível, nunca mais aparecia de facto.

Por fim, depois de ter atravessado rapidamente uma estrada de dois sentidos e trepar com dificuldade acima de um aterro, cheguei ofegante e atrasado, com ar de quem sobreviveu a um rebentamento de minas, e fui empurrado para dentro de um autocarro de pequeno curso por uma mulher autoritária que devia estar com sérios problemas de dismenorreia. No caminho, examinei cuidadosamente a minha bagagem e descobri consternado que a Madona, de que tanto gostava e que me tinha custado tão caro, tinha perdido a auréola e estava a largar as conchas.

Entrei no barco a suar e inquieto. Admito que não sou nenhum bom marinheiro. Enjoo até nos barcos a pedais. Também não ajudou o facto de ser um daqueles *Ro-Ro ferries*[NT1] (abreviatura de *roll on* e *roll over*[NT2]) e eu estar a confiar a minha vida nas mãos de uma companhia que primava em se esquecer de fechar as portas da proa, o equivalente, em termos de náutica, a esquecermo-nos de tirar os sapatos antes de entrar na banheira.

O barco estava apinhado de gente, na sua maioria ingleses. Passei o primeiro quarto de hora a deambular de um lado para o outro, admirado como aquela gente conseguiu chegar ali sem se sujar, metendo-me depois no meio de um grande aperto para chegar à loja franca. Assim que consegui sair de lá, dei uma volta pela cafetaria com um tabuleiro na mão, a olhar para a comida, mas voltei a colocá-lo no seu lugar (pois havia uma fila enorme) e fui procurar um lugar para me sentar no meio de um bando de crianças cheias de vida e muito excitadas. Por fim, consegui sair para o convés onde havia muito vento e se encontravam 274 pessoas de lábios arroxeados e cabelos a esvoaçar, tentando convencer-se de que, pelo facto de haver sol, não podiam estar com frio. O vento batia nos anoraques, provocando um ruído que fazia lembrar disparos de arma, fazia as crianças fugir do convés e, para deleite de todos nós, atirou com

---

[NT1] *Ro-Ro,* abreviatura de *roll-on roll-off.* Tipo de embarcações próprias para travessias entre duas margens, mas com uma rampa para entrada e saída de veículos.

[NT2] Aqui o autor utiliza *roll over* em vez de *roll off,* trocadilho para dar a imagem de «virado ao contrário».

uma chávena de chá de plástico para o colo de uma senhora muito gorda.

Em breve se viam os White Cliffs de Dover, erguendo-se do mar e inclinando-se na nossa direcção e, num instante, estávamos a apontar para o porto de Dover e a entrar desajeitadamente na doca. Enquanto se ouvia uma voz a mandar os passageiros que vinham a pé reunirem-se num ponto de saída, a estibordo, no convés ZX-2 junto à Sunshine Lounge — como se isso tivesse algum significado para alguém — começámos todos, muito confusos, a fazer grandes explorações por todo o barco, cada um por seu lado: subindo e descendo escadas, passando pela cafetaria e pelo salão da classe *club,* dentro e fora dos porões, pelas cozinhas cheias de *lascars*[NT] afadigados, e de volta à cafetaria mas entrando pelo lado contrário, até que, finalmente, — sem sabermos como — viemos parar cá fora, debaixo daquele sol, fraco mas sempre agradável, característico de Inglaterra.

Estava ansioso por voltar a ver Dover, passados tantos anos. Dirigi-me para o centro da cidade, ao longo da avenida marginal, e descobri, com satisfação, o abrigo onde tinha passado a noite, há muitos anos atrás. Estava coberto de uma série de camadas de pintura amarela-esverdeada, mas o resto era igual. A vista sobre o mar era a mesma, mas a cor deste estava mais azul e brilhante do que naquela época. Tudo o mais tinha mudado. Onde me recordava de haver uma série de casas iguais e elegantes, de estilo jorgiano, erguiam-se agora grandes blocos de apartamentos em tijolo. Townwall Street, a estrada principal para ocidente, estava

---

[NT] Marinheiros indígenas oriundos da Índia.

mais larga e com mais trânsito do que antigamente e havia uma passagem subterrânea que ia dar ao centro da cidade, o qual também estava irreconhecível.

A principal artéria comercial tinha sido vedada ao trânsito e reservada para peões, e Market Square fora transformada numa espécie de *piazza*[NT] com um pavimento cheio de desenhos e as habituais decorações de ferro fundido. Todo o centro da cidade parecia estar delimitado por ruas de derivação muito largas e movimentadas, que não existiam anteriormente, e haviam construído um grande edifício para turistas chamado White Cliffs Experiente, onde se presume, pelo nome, que é possível descobrir a sensação de se ser um penhasco de pedra com 800 milhões de anos. Não reconheci nada. O problema que existe em relação às cidades inglesas é que quase não se distinguem umas das outras. Em todas elas se encontram estabelecimentos como *Boots, W. H. Smith* e *Marks & Spencer*. Podia-se estar em qualquer lugar, na verdade.

Caminhei lentamente pelas ruas, com ar triste, pelo facto de um lugar tão importante na minha memória se apresentar tão pouco familiar. Depois, ao passar pela terceira vez pelo centro da cidade, numa rua estreita, onde eu juraria nunca ter andado, deparei com um cinema que reconheci ser aquele onde passava o filme *Suburban Wife-Swap,* apesar da pretensa fachada renovada, pelo que, subitamente, tudo me pareceu muito claro. Agora, que tinha arranjado um ponto de referência, já sabia onde me encontrava. Caminhei cerca de uns 500 metros para norte e depois para oeste — quase que o podia fazer de olhos vendados —

[NT] Praça pública em Itália.

e dei comigo em frente do estabelecimento da senhora Smegma. Era ainda um hotel e parecia muito pouco alterado, tanto quanto me lembrava, excepto a existência de um lugar para estacionamento de veículos no jardim da frente do edifício e um letreiro de plástico a anunciar que havia TV a cores e quartos com casa de banho. Pensei em bater à porta, mas achei que não valia a pena. A terrível senhora Smegma já devia ter ido embora há muito tempo — reformada ou moribunda, ou talvez ainda vivesse numa daquelas casas de repouso que proliferam pela costa sul. De certeza que não conseguiu fazer face aos pequenos hotéis britânicos modernos, com casas de banho privativas, serviço especial de cafés e entrega de pizas nos quartos.

Se ela estiver numa casa de repouso, o que eu preferia, espero que o pessoal tenha a compaixão e o bom senso de lhe ralhar constantemente por molhar o tampo da sanita, por não acabar o pequeno-almoço e se sentir geralmente desamparada e cansada. Seria o ideal para se sentir como em casa.

Com estes pensamentos agradáveis na cabeça, subi a Folkestone Road até à estação de caminho-de-ferro e comprei um bilhete para o primeiro comboio que seguisse para Londres.

CAPÍTULO 2

Meu Deus, como Londres é grande! Parece que começa passados vinte minutos depois de termos saído de Dover, e continua durante quilómetros e quilómetros de subúrbios acinzentados, intermináveis, onde as casas, umas a seguir às outras, e os apartamentos geminados, em estuque, se estendem em filas, parecendo todos idênticos vistos do comboio, como se tivessem saído de uma máquina gigantesca de fazer enchidos. Sempre me interroguei como é que aqueles milhões de residentes, de regresso a casa, ao fim do dia, conseguiam encontrar o «caixote» exacto onde moravam, no meio de uma tal extensão tão complexa e anónima.

Eu não seria capaz, tenho a certeza. Londres continua a ser um grande mistério para mim. Vivi e trabalhei no seu centro ou periferia, durante oito anos; vi os seus noticiários na televisão, li os jornais que publicavam, deambulei bastante pelas suas ruas para assistir a festas de casamentos e de aposentações, ou numa procura desenfreada de oportunidades de boas compras, e mesmo assim acho que há muitas parcelas desta cidade que nunca visitei nem ouvi falar. Fico sempre surpreendido quando leio no *Evening Standard* ou converso com alguém conhecido e deparo com qualquer referência a um distrito que me escapou durante cerca de 21 anos. «Comprámos uma casinha em Fag End, perto de Tungsten Heath», dirá alguém e dou comigo a pensar que nunca tinha ouvido falar daquela localidade. Como foi possível?

Tinha metido na minha mochila um guia chamado *Londres de A a Z* e encontrei-o, enquanto andava, em vão, à procura de metade de uma barra de *Mars* que tinha a certeza de lá estar. Tirei-o para fora e folheei, maravilhado e entusiasmado como sempre, as suas páginas densas, semeadas de tantos distritos, aldeias e pequenas cidades cujos nomes, iria jurar, não estavam ali quando o li pela última vez — Dudden Hill, Plashet, Snaresbrook, Fulwell Cross, Elthorne Heights, Higham Hill, Lessness Heath, Beacontree Heath, Bell Green, Vale of Health. E é quase certo que, na próxima vez que olhar para ele, vou encontrar mais outros nomes que nunca tinha visto antes. É para mim um mistério tão grande como o das barras de chocolate de Titianca que me desapareceram ou o interesse constante de milhões de pessoas por Noel Edmonds.

Aprecio muito aquele guia e a sua maneira de registar e identificar todos os campos de jogos de críquete e estações de tratamento de águas residuais, cemitérios desconhecidos e becos suburbanos, conseguindo encaixar os nomes mais extensos em espaços minúsculos e quase despercebidos. Passei para o índice e, como não tinha mais nada que fazer, absorvi-me no seu conteúdo. Fiquei a saber que havia 45 687 nomes de ruas em Londres, incluindo 21 Gloucester Roads (bem como uma quantidade razoável de Gloucester Crescents, Squares, Avenues e Closes), 32 Mayfields, 35 Cavendishes, 66 Orchards, 74 Victorias, 111 Station Roads ou algo parecido, 159 Igrejas, 25 Avenue Roads,

35 The Avenues, e muitos outros não quantificados. Todavia, há poucos nomes que sejam de facto interessantes. Existem ruas cujos nomes se assemelham a doenças (Glyceina Avenue, Shingles Lane, Burnfoot Avenue), outros que parecem que foram tirados de um gráfico anatómico (Thyrapia e Pendula Roads), outros com uma conotação desagradável (Cold Blow Lane, Droop Street, Gutter Lane, Dicey Avenue), e outros ainda que soam a ridículo (Coldbath Square, Glimpsing Green, Hamshades Close, Cactus Walk, Nutter Lane, The Butts), mas há muito poucos verdadeiramente atraentes. Em certa altura, li que, na época isabelina, havia uma viela que se chamava Gropecunt Lane, situada algures na *City*, mas como é óbvio, já não existe. Passei meia hora nesta diversão, satisfeito por ir entrar numa metrópole de uma complexidade tão deslumbrante e inatingível, até que, ao guardar o livro no saco, tive o prazer de encontrar a metade da barra de chocolate *Mars* cuja extremidade estava coberta de uma camada de cotão que não lhe fez melhorar o paladar mas que a enriqueceu de fibras.

Victoria Station estava repleta dos habituais turistas com ar perdido, agentes de hotéis e ébrios inconscientes. Não me consigo lembrar de uma única vez em que vi alguém nesta estação com aspecto de quem ia apanhar um comboio. Quando saí, três pessoas diferentes vieram ter comigo a perguntar se eu tinha dinheiro trocado — «Não, não tenho, mas obrigado por ter perguntado!» — o que não teria acontecido há 20 anos atrás. Nessa altura, os mendigos eram uma novidade e tinham sempre uma história para contar sobre terem perdido a carteira e precisarem urgentemente de duas libras para chegarem a Maidstone onde iriam doar medula óssea à irmã mais nova ou outra coisa assim no género, mas agora, só pediam dinheiro, com ar desinteressado, o que é mais rápido mas menos interessante.

Apanhei um táxi para o Hotel Hazlitt que ficava na Frith Street. Gosto deste hotel por ser deliberadamente desconhecido — nem sequer tem uma única referência na entrada — o que nos coloca numa posição de superioridade em relação ao motorista do táxi. A propósito, tenho de acrescentar que, em Londres, os motoristas de táxi são, sem dúvida, os melhores do mundo. São dignos de confiança, prudentes, amigáveis no trato e sempre respeitadores. Os seus veículos estão sempre impecáveis por dentro e por fora, e esforçam-se ao máximo para nos deixar na porta de entrada do local do nosso destino. Só há duas coisas estranhas acerca deles. Uma é que não conseguem andar mais de uns 50 metros em linha recta. Nunca percebi porquê, mas onde quer que estejamos, ou em que circunstâncias nos encontremos, andados os 50 metros, há uma campainha que toca no interior das suas cabeças e os obriga a virar bruscamente numa transversal. E, quando nos levam a um hotel, a uma estação de comboios ou a outro lado qualquer, gostam de nos fazer passar pelo local uma primeira vez para podermos apreciá-lo de todos os seus ângulos antes de nos apearmos.

Uma outra coisa que lhes é característica e me faz gostar de ir para o Hotel Hazlitt, é que não conseguem admitir que não sabem onde fica um local que acham que devem saber, como um hotel. Mais depressa aceitariam confiar a filha adolescente nas mãos de Alan Clark para passarem um fim-de-semana juntos do que admitiriam a mínima parcela de ignorância desse Conhecimento, o que eu acho delicioso. Assim o que fazem é bem a prova disso. Guiam durante um bocado, depois olham para nós através do espelho e, num tom de voz despreocupado, dizem: «Hazlitt é o hotel que fica em Curzon Street, não é, chefe? Em frente ao Blue Lion?» Mas, assim que vêem um sorriso de hesitação nos nossos lábios, que eles bem conhecem, acrescentam rapidamente: «Não, espere, estava a pensar no Hazelbury. Claro, o Hazelbury. Mas é o Hazlitt que quer, não é?» E continuam a guiar numa direcção incerta. «Fica do lado de cá de Shepherd's Bush, não é?», arrisca-se o motorista a sugerir.

Quando o informo que fica em Frith Street, ele diz: — É esse, pois claro. Conheço bem, um edifício moderno todo envidraçado.

— Por acaso até é um prédio com uma construção em tijolo, do século XVIII.

— Pois é. Eu sei. — E imediatamente muda de direcção, fazendo uma volta de 180 graus com o carro, atirando com um ciclista de encontro a um candeeiro de iluminação pública (mas não aconteceu nada pois este usava aquelas molas para segurar as calças nos tornozelos e um daqueles estranhos capacetes aerodinâmicos que não aconselho a ninguém a apanhar com um em cima). — Pois é, fez-me pensar que era o Hazelbury — acrescentou o motorista, a rir, como se quisesse dizer que eu deveria sentir-me satisfeito por ele ter escolhido aquele outro hotel para mim. Depois, virou bruscamente numa pequena transversal da Strand, chamada Running Sore Lane ou Sphinctre Passage, de cuja existência nunca me tinha apercebido, tal como de muitas outras em Londres.

Hazlitt é um bom hotel, mas do que eu mais gosto nele é que não se comporta como um hotel. Já existe há muitos anos e o pessoal é todo simpático — o que é sempre uma novidade tratando-se de um grande hotel dentro da cidade — mas actua de modo a dar a *leve* impressão de que estão lá há muito pouco tempo. Se lhes dissermos que temos uma reserva e que queremos fazer o registo de entrada, fazem um ar de pânico e começam a procurar, dentro das gavetas, as fichas de registo e as chaves dos quartos. É um verdadeiro espanto. E as meninas encantadoras que andam a arrumar os quartos — e devo dizer que andam sempre impecáveis e que são imensamente simpáticas — raramente demonstram compreender perfeitamente a língua inglesa pois, se lhes pedirmos sabonete ou qualquer outra coisa, vemos que observam atentamente os movimentos dos nossos lábios para perceberem, e regra geral, passado pouco tempo, voltam com um olhar ansioso trazendo um vaso com uma planta ou uma pequena peça de mobiliário que não tem nada a ver com o sabonete pedido. É um local maravilhoso e não o trocaria por nenhum outro.

Chama-se Hazlitt por ter sido a casa onde viveu o ensaísta do mesmo nome, e todos os quartos têm o nome dos seus amigos ou das mulheres com quem se deitou. Confesso que o registo mental que me ficou da sua identidade foi muito precário:

> Hazlitt (espanhol?), William (?), de nacionalidade inglesa (ou talvez escocesa?), ensaísta. Viveu antes de 1900. Obras mais importantes: desconheço. Afirmações, epigramas, frases célebres: desconheço. Outros dados importantes: a sua casa é hoje um hotel.

Como sempre, decidi ler alguma coisa acerca de Hazlitt para superar esta falha da minha cultura geral, e, como sempre, acabei por me esquecer. Em vez disso, atirei com a mochila para cima da cama, tirei do seu interior um pequeno bloco de notas e uma caneta e fui andar pelas ruas com espírito de investigador e um entusiasmo jovial.

Acho que Londres é muito interessante. Por mais que deteste concordar com o enfadonho Samuel Johnson, e apesar da estupidez enfatuada do seu conhecido comentário que diz que, quando um homem estiver cansado de Londres, está cansado de viver (e que só é ultrapassado em estupidez pela máxima «Faça do seu sorriso o seu guarda-chuva»), não consigo arranjar argumentos que o contestem. Depois de viver sete anos no campo, num local onde uma vaca que morre se transforma num acontecimento, Londres é um espanto.

Não consigo compreender como é que os londrinos não vêem que vivem na cidade mais maravilhosa do mundo. Acho que é muito mais bela do que Paris e mais interessante do que qualquer outra, excepto Nova Iorque — e mesmo esta não consegue equipará-la em muitos aspectos. A sua história é mais antiga, possui parques mais bonitos, uma imprensa mais diversa e interessante, melhores teatros, mais orquestras e museus, praças mais arborizadas, ruas menos perigosas e habitantes mais amáveis do que em qualquer outra grande cidade do mundo.

E tem mais umas pequenas coisas com que todos nos identificamos — podem chamar-lhes comportamentos civilizados casuais — e que outras cidades não têm, como por exemplo, caixas do correio vermelhas e alegres, condutores que param nas passagens de peões para podermos atravessar, igrejas encantadoras e desconhecidas com nomes maravilhosos como St. Andrew by the Wardrobe e St. Giles Cripplegate, zonas de um sossego inesperado como Lincoln's Inn e Red Lion Square, estátuas interessantes de indivíduos do tempo da rainha Vitória, vestidos com togas, *pubs,* táxis pretos, autocarros de dois andares, polícias prestáveis, pessoas que param para nos ajudarem quando caímos ou deixamos cair as compras, e bancos por todo o lado. Que outra grande cidade se preocuparia em pôr placas de cor azul em edifícios para ficarmos a saber que pessoas famosas é que lá viveram um dia, ou em avisar-nos para olharmos para a esquerda e para a direita antes de sairmos da berma do passeio? Nenhuma, podem crer.

Tirando o aeroporto de Heathrow, o clima e qualquer edifício em que Richard Seifert tenha posto o seu dedo ossudo, tudo ficaria perfeito. Bem, e a propósito, também poderíamos fazer com que o pessoal do British Museum não atravancasse o pátio de entrada com os seus carros e, em vez disso, o transformasse numa espécie de jardim, e também que se acabasse com aquelas barreiras do lado de fora de Buckingham Palace, pois parecem deslocadas e de mau gosto — não condizendo de modo nenhum com a dignidade de Sua Majestade, sitiada no interior. E, como é óbvio, voltem a pôr o Natural History Museum como estava antes de começarem a estragá-lo (em especial, restaurem a vitrina que mostra os insectos que infestavam os produtos domésticos nos anos 50), e acabem de vez com os bilhetes de entrada de todos os museus. Façam Lorde Palumbo repor o edifício *Mappin and Webb* como ele era, e voltem a ter as *Lyons Corner Houses* mas, desta vez, com comida de que todos gostem e, talvez, o estranho *Kardomah,* em memória dos velhos tempos; por fim, e o mais importante de tudo, façam com que os directores da British Telecom vão pessoalmente à procura de todas as cabinas telefónicas vermelhas que venderam ao desbarato para servirem de chuveiros individuais ou depósito de ferramentas em jardins por esse mundo fora, e obriguem-nos a colocá-las no seu lugar, e depois despeçam-nos a todos — não, pensando melhor, matem-nos a todos. Nessa altura, Londres voltará aos seus tempos de glória.

Em todos estes anos, esta era a primeira vez que estava em Londres sem ter nada de especial para fazer e senti uma certa emoção por me encontrar num país estrangeiro e não ser solicitado para nada, acima de tudo numa cidade tão grande e populosa. Andei vagarosamente por Soho e Leicester Square, demorei-me um pouco nas livrarias de Charing Cross Road, à procura de livros de interesse pessoal, vagueei por Bloomsbury, despreocupado, e segui pela Gray's Inn Road até ao pé do antigo edifício do jornal *The Times,* onde agora estão os escritórios de uma companhia de que nunca ouvi falar, sendo invadido por uma espécie de nostalgia, como só acontece aos que se recordam do tempo dos caracteres metálicos e das ruidosas oficinas de composição e da secreta alegria que se sentia ao receber um bom salário correspondente a vinte e cinco horas de trabalho semanal.

Em 1981, quando comecei a trabalhar no jornal *The Times,* depois da célebre paragem que durou um ano, o excesso de empregados e a produção deficiente atingiram níveis muito elevados. Na secção Company News onde eu trabalhava como redactor, os cinco elementos da equipa entravam por volta das duas e meia da tarde e passavam grande parte desta a ler os jornais vespertinos e a beber chá, enquanto esperavam pelos repórteres, para enfrentar o desafio quotidiano de voltar para as suas secretárias, depois de um almoço de três horas que envolvera várias garrafas de um excelente *Chateauneuf du Pape;* verificavam também as despesas do dia e, muito discretamente, faziam chamadas aos seus corretores a propósito de uma pequena sugestão de compra de títulos, que fora falada durante a sobremesa; por fim, reviam uma página, aproximadamente, antes de saírem, sequiosos, a caminho do *Blue Lion,* que ficava do outro lado da rua. Cerca das cinco e meia da tarde, e durante uma hora, pouco mais ou menos, empenhavam-se numa leve revisão, depois da qual vestiam os respectivos casacos e iam para casa. Era muito agradável como trabalho. No fim do primeiro mês, um dos meus colegas mostrou-me como registar supostas despesas numa folha de contabilidade e levá-la ao terceiro andar onde poderia receber, em troca, cerca de 100 libras, num pequeno balcão de atendimento — mais dinheiro do que havia recebido até ali. Tínhamos direito a seis semanas de férias, três semanas de licença de paternidade e, de quatro em quatro anos, um mês de licença sabática. Que mundo maravilhoso aquele de Fleet Street, e como eu estava entusiasmado por fazer parte dele.

Mas não há bem que sempre dure. Uns meses depois, Rupert Murdoch tomou conta do *The Times* e, dentro de poucos dias, o edifício estava cheio de misteriosos australianos de pele bronzeada, de camisa branca de manga curta, que andavam a rondar e a tirar apontamentos como se pretendessem saber as nossas medidas para prepararem o respectivo caixão. Há uma história, que julgo ser verdadeira, sobre um desses indivíduos que foi até uma dessas salas cheias de pessoas que não faziam nada há uma série de anos e, como elas não foram capazes de dar uma explicação convincente, despediu-as imediatamente, à excepção de uma delas que tinha saído para ir tratar de umas apostas. Quando voltou encontrou a sala vazia e passou os dois anos seguintes ali sentado, sozinho, sem saber o que acontecera aos seus colegas.

No nosso departamento o rigor não foi tão grande. O gabinete onde eu trabalhava foi agregado a um outro maior das notícias de negócios, o que quis dizer que tinha de trabalhar à noite e cerca de oito horas diárias, e as nossas despesas deixaram de ser comparticipadas. Mas, o pior de tudo foi ter ficado em contacto permanente com Vince que trabalhava na sala da central de notícias.

Vince tinha má reputação. Poderia ser considerado o mais aterrador dos seres humanos, se tivesse chegado a ser humano. Dele apenas sei que era um poço de maldade, metido naquela sua *T-shirt* muito suja. Corria o boato de que não nascera como as outras pessoas, mas que saíra violentamente da barriga da mãe, já todo formado e fora parar ao esgoto. De entre as poucas tarefas, simples e geralmente negligenciadas, que Vince tinha para fazer, havia a entrega do relatório da Wall Street que deveria ser feita todas as noites. Só que tinha de ser eu a ir ter com ele para o conseguir. Vince encontrava-se, geralmente, no meio da confusão dos telefones a tocar, enterrado num cadeirão de cabedal, trazido de uma das salas dos executivos do andar de cima, com as suas botas *Doc Martens,* muito sujas, em cima da secretária à sua frente, ao lado ou, por vezes, mesmo dentro de uma grande caixa de piza.

Todas as noites, ia bater, hesitante, na sua porta aberta e perguntar, delicadamente, se ele tinha recebido o relatório da Wall Street, acentuando que eram onze e um quarto e que já o devíamos ter recebido às dez e meia. Seria possível que ele o procurasse no meio da grande quantidade de papel que saía das suas numerosas máquinas?

— Não sei se reparaste — respondia o Vince — mas agora estou a comer uma piza.

Cada um tinha a sua maneira própria de se aproximar de Vince. Uns recorriam ao tom ameaçador, outros tentavam suborná-lo. Alguns tentavam ser amigáveis, eu suplicava-lhe.

— Por favor, Vince, faz isso por mim. Não perdes mais do que um segundo e vais facilitar-me a vida.

— Não me chateies!

— Por favor, Vince, tenho mulher e filhos e estou em risco de ser despedido por causa do relatório da Wall Street que chega sempre atrasado.

— Vai chatear outro!

— Bem, e que tal se me disseres onde ele pode estar e for eu a procurá-lo?

— Sabes bem que não podes mexer em nada do que está aqui. — A sala da informação pertencia a um sindicato misteriosamente chamado NATSOPA. Uma das maneiras como o NATSOPA conseguia manter a sua força sobre o escalão mais baixo da indústria jornalística era não revelar os avanços tecnológicos, como por exemplo, o de saber arrancar o papel de uma máquina.

Recordo-me que o Vince foi fazer um curso de seis semanas a Eastbourne e que veio de lá exausto. Aos jornalistas não era permitido sequer passar da soleira da porta.

Por vezes, quando as minhas súplicas não eram mais do que uma espécie de balido, o Vince suspirava profundamente, metia um pedaço de piza na boca e vinha até à porta. Ficava parado com o rosto muito perto do meu durante uns segundos. Era sempre a parte que mais me enervava. O seu hálito era terrível e os olhos de rato brilhavam intensamente.

— Já me estás a *chatear* demais — rosnava em voz baixa, enquanto atirava com pedaços de piza para a minha cara. Depois, ou ia buscar o relatório de Wall Street ou voltava para a sua secretária a resmungar. Nunca se sabia.

Uma vez, depois de uma noite particularmente difícil, participei a insubordinação de Vince a David Hopkinson, o redactor da noite, que conseguia ser um tipo que impunha respeito, quando assim o entendia. Com uma postura de autoridade, saiu do pé de mim, disposto a pôr as coisas na ordem, e entrou na sala da central de notícias — numa impressionante transgressão das regras de demarcação impostas. Passados minutos, quando saiu, parecia que voava, limpando pedaços de piza do queixo. Um homem completamente diferente. Em voz baixa, informou-me que o Vince vinha trazer o relatório de Wall Street dentro de pouco tempo, mas que agora talvez fosse melhor não o incomodar. Por fim, descobri que era muito mais fácil obter os preços de encerramento consultando a primeira edição do *Financial Times*.

Dizer que, no começo dos anos 80, Fleet Street estava com problemas de gestão é aflorar muito por alto a situação que se vivia. A National Graphical Association, o sindicato dos tipógrafos, decidiu quantas pessoas eram necessárias em cada jornal (muitas centenas) e quantas seriam despedidas temporariamente devido à recessão (nenhuma), informando as respectivas gerências. Os administradores não tinham o poder de admitir ou despedir os seus trabalhadores e, geralmente, nem sequer sabiam quantos funcionários tinham a trabalhar para eles. Tenho diante de mim um cabeçalho, datado de Dezembro de 1985, onde se pode ler: «Auditores descobrem 300 trabalhadores excedentes no *Telegraph*.» Quer isto dizer que o jornal *Telegraph* estava a pagar salários a 300 pessoas que, de facto, não trabalhavam lá. Os tipógrafos eram pagos segundo um sistema de retribuições tão bizantino que todas as oficinas tipográficas de Fleet Street tinham um livro de pagamentos do tamanho de uma lista dos telefones. A juntar aos salários chorudos, os tipógrafos recebiam um bónus especial — às vezes calculado até ao último centavo — por trabalharem com caracteres tipográficos de tamanho irregular, por terem de lidar com originais muito corrigidos e com palavras estrangeiras, bem como pelos espaços em branco no fim das linhas. Se houvesse trabalho a realizar fora do edifício do jornal — como as páginas de anúncios, por exemplo — eram compensados por não o fazerem. No fim de cada semana, um funcionário responsável da National Graphical Association somava todos estes «extras», acrescentava mais alguma coisa que fazia parte de uma categoria a que chamavam «extra por prejuízos ocasionados», e enviavam o total à direcção. Em consequência disso, houve muitos tipógrafos já antigos na casa, com capacidades não superiores a qualquer trabalhador de tipografia da esquina, que recebiam ordenados 2 por cento superiores aos que ganhavam os Ingleses na sua generalidade. Era incrível.

Bem, quase se adivinha qual foi o resultado. A 24 de Janeiro de 1986, o *The Times* despediu subitamente 5250 membros dos mais aguerridos sindicatos — ou levou-os a despedirem-se. Nesse mesmo dia, à noite, o corpo redactorial foi chamado à sala de conferências, no andar de cima, e aí, o director Charlie Wilson subiu para cima de uma secretária e anunciou as alterações realizadas. Wilson era um escocês ferrenho e apoiante de Murdoch em todos os aspectos. Disse-nos no seu sotaque escocês: «Vamos enviá-los para Wapping, meus queridos e frágeis inglesinhos, e se trabalharem muito, mesmo muito, e não andarem a viver à minha custa, então talvez não lhes corte os testículos nem os meta no meu pudim de Natal. Há algum problema com isto?[NT]» Ou outras palavras com o mesmo efeito.

Enquanto 400 jornalistas descontrolados saíam cá para fora, a falarem muito alto e a tentarem mentalizar-se com a ideia de que estavam em vias de viver o maior drama das suas vidas de trabalhadores, eu fiquei sozinho na sala, envolto num único pensamento que me enchia de alegria: nunca mais iria ter de trabalhar com o Vince.

[NT] No original: *«We're sending ye tae Wapping, ye soft, English nancies, and if ye wuirk very, very hard and if ye doonae git on ma tits, then mebbe I'll not cut off yer knackers and put them in ma Christmas pudding, D'ye have any problems with tha'?»*

CAPÍTULO

3

Desde o Verão de 1986, altura em que havia saído de Wapping, nunca mais lá voltara e estava ansioso por revê-la. Combinei encontrar-me com um velho amigo e colega e ia agora a caminho de Chancery Lane para apanhar o metro. Gosto de andar de metro. Existe qualquer coisa de irreal no acto de entrar nas entranhas da terra para apanhar um comboio. É um pequeno mundo com as suas próprias características, com os seus sistemas de ventilação e climatéricos específicos, os seus estranhos ruídos e cheiros a óleo. Mesmo que já se tenha descido o suficiente para nos sentirmos completamente desorientados a ponto de não nos admirarmos de ver passar junto de nós um grupo de mineiros de rosto enegrecido, depois de acabado o seu turno de trabalho, sentimos sempre mais abaixo aquele ruído surdo e o tremor de um comboio a passar numa linha desconhecida. E tudo acontece no meio de um silêncio ordeiro: milhares de pessoas sobem e descem inúmeras escadas rolantes, entram e saem de comboios apinhados, deixam-se ir no meio da escuridão com as cabeças oscilantes, sem falarem, como as personagens do filme *A Noite dos Mortos-Vivos*.

Quando me encontrava na plataforma debaixo de outra, recente exemplo de civismo londrino — nomeadamente um quadro electrónico a anunciar que a chegada do próximo comboio para Hainault seria dentro de quatro minutos —, a minha atenção foi desviada para outro exemplo ainda mais representativo: o Mapa do Metropolitano de Londres. Que pedaço de perfeição! Criado em 1931 por um herói esquecido, chamado Harry Beck, um desenhador desempregado que achava que quando estamos debaixo do solo não é muito importante orientar-nos. Beck achou que — e que maravilhosa intuição a sua! — desde o momento em que as estações estivessem representadas na sua sequência exacta, com as ligações entre elas bem delineadas, podia alterar a escala à vontade ou até nem se preocupar com ela. Fez o mapa com a precisão de um sistema de instalação eléctrica e, ao fazê-lo, criou um plano da cidade de Londres, completamente novo, *imaginário,* que tinha muito pouco a ver com a superfície geográfica da cidade real.

Há uma brincadeira que se pode fazer com os que vivem em Newfoundland ou Lincolnshire. Levamo-los até Bank Station e dizemos-lhes para seguirem de metro até Mansion House. Servindo-se do mapa de Beck — que até as pessoas de Newfoundland podem perceber facilmente — dispõem-se a apanhar o comboio da linha central até Liverpool Street, mudam depois para uma das linhas circulares em direcção a leste e avançam mais cinco paragens. Finalmente, quando chegam a Mansion House, saem cá para fora e reparam que estão 200 metros mais abaixo da rua em que se encontravam, enquanto nós tivemos tempo para tomar um bom pequeno-almoço e fazer umas compras desde que os deixámos. Seguidamente, vamos com eles até Great Portland Street e combinamos um encontro em Regent's Park (claro que acontece o mesmo!), depois vamos até

Temple Station e o local de encontro é Aldwych. Que divertido! Quando estivermos fartos deles, dizemos que queremos encontrá-los em Brompton Road Station. Esta estação fechou em 1947 e assim a hipótese de os tornar a ver deixa de existir.

O que as viagens de metropolitano têm de bom é que nunca chegamos a ver o que se passa por cima de nós. Imaginamos os locais, muito simplesmente. Há cidades em que o nome das estações não dão para grandes imaginações, como por exemplo: Lexington Avenue, Potsdammerplatz, Third Street South. Mas em Londres os nomes soam-nos a algo rústico e apelativo: Stamford Brook, Turnham Green, Bromley-by-Bow, Maida Vale, Drayton Park. Não é uma cidade que se estende por cima de nós, mas o cenário de uma novela de Jane Austen. É fácil pensarmos que nos estamos a deslocar debaixo de uma cidade meio imaginária de uma época dourada pré-industrial. Swiss Cottage deixa de ser a rotunda cheia de tráfego e transforma-se numa residência deliciosa no meio de uma floresta de carvalhos conhecida pelo nome de St. John's Wood. Chalk Farm é um espaço aberto de terrenos cultivados onde alegres camponeses, vestindo um tipo de guarda-pó de cor castanha, tiram a greda produzida. Blackfriars faz lembrar uma série de monges de capuzes que entoam cânticos, Oxford Circus é uma grande tenda de circo, Barking é um local perigoso invadido por matilhas de cães raivosos, Theydon Bois é uma comunidade de laboriosos tecelões huguenotes, White City é uma cidade paradisíaca de muralhas e torres do mais deslumbrante marfim, e Holland Park está cheia de moinhos-de-vento.

O problema de nos perdermos nestes simples exercícios de imaginação é a desilusão que sofremos quando encaramos a realidade à superfície. Cheguei agora a Tower Hill e não encontrei nenhuma torre nem colina. Inclusivamente, Royal Mint (que sempre imaginei como um chocolate enorme embrulhado numa folha de papel de prata de cor verde) havia sido substituído por um edifício cheio de janelas de vidros fumados. Aliás, houve muita coisa que existiu em tempos neste canto movimentado de Londres e que foi substituída por edifícios de vidros fumados. Só se passaram oito anos desde a última vez que aqui estive e, se não fossem pontos de referência que se mantiveram fixos como London Bridge e a Tower, teria dificuldade em reconhecer os arredores.

Caminhei pela rua extremamente ruidosa a que chamam The Highway, completamente espantado com todo aquele modernismo. Era como se tivesse entrado no meio de um concurso para a eleição do edifício mais horrível. Durante quase uma década, os arquitectos foram chegando àquela área e dizendo: «Acham que *aquilo* é feio? Pois esperem para ver o que *eu* sou capaz de fazer.» E lá estava, a sobressair, altiva, acima de todos os novos e desajeitados edifícios para escritórios, a mais horrorosa construção feita em Londres, o complexo urbanístico da News International, que mais parecia uma central de ar condicionado para todo o planeta.

Em 1986, quando o vi pela última vez, erguia-se isolado no meio de uma vasta extensão de armazéns abandonados e terreno baldio lamacento. The Highway, como eu a recordo, era uma estrada recatada. Agora, passavam por ela pesados transportes de carga, fazendo tremer o pavimento e largando no ar uma coloração azulada, pouco saudável. O complexo da News International ainda continuava rodeado com aquelas vedações sinistras e portões electrónicos, mas havia um novo local de recepção com um sistema de segurança máxima, como se estivéssemos numa central de plutónio em Sellafield. Só Deus sabe a que tipo de actos terroristas poderiam estar sujeitos, mas não deixava de ser ambicioso. Nunca tinha visto um complexo de edificações com aspecto tão inacessível.

Apresentei-me no postigo da recepção e fiquei à espera, do lado de fora, enquanto iam chamar o meu colega. O mais estranho naquele cenário é que parecia tudo muito calmo. Lembrava-me vagamente da multidão de manifestantes e polícias a cavalo, e dos piquetes de grevistas que tão depressa gritavam contra nós, furiosos, como nos diziam «És tu, Bill? Não te reconhecia», e depois, fumavam um cigarro e falavam de como tudo aquilo era desagradável. E foi mesmo muito desagradável pois, entre os 5000 trabalhadores despedidos, havia centenas e centenas de gente boa, pacatos bibliotecários, empregados de escritório, secretárias e estafetas cujo único pecado foi o de se terem inscrito num sindicato. Há que reconhecer que a maioria não exerceu represálias sobre os que continuaram a trabalhar, embora eu tenha de confessar que só o facto de pensar no Vince a sair do meio de toda aquela multidão, empunhando uma faca enorme, bastava para me fazer fugir dali para fora.

A cerca de uns 500 metros, do lado norte do complexo e contíguo a Pennington Street, ergue-se um edifício baixo, em tijolo e sem janelas, um velho armazém do tempo em que East End era um porto de grande movimento e local de aprovisionamento da *City*. Despojado do seu conteúdo e equipado com tecnologia avançada, este incrível edifício passou a ser, e ainda é, o local onde estão instalados os escritórios dos jornais *The Times* e *Sunday Times*. Naquele longo Inverno de 1986, no seu interior, enquanto procurávamos orientar-nos no meio da nova tecnologia dos computadores, ouvíamos cantar, o ruído da agitação lá fora, o som dos cascos dos cavalos da polícia, o rugido e os gritos provocados pela carga policial e seus bastões, mas como o edifício não tinha janelas não podíamos ver nada. Víamos *o Noticiário das Nove* e depois, ao sairmos, lá estava, ao vivo, o mais feroz e violento confronto jamais visto nas ruas de Londres, a acontecer mesmo em frente dos nossos portões. Foi uma experiência bastante estranha.

Todas as noites, para levantar o moral dos trabalhadores, a empresa mandava entregar-nos caixas contendo sanduíches e cervejas, o que parecia uma atitude louvável até percebermos que toda aquela gentileza era cuidadosamente preparada de modo a que cada um recebesse uma deliciosa sanduíche de presunto e uma lata de cerveja *Heineken* morna. Juntamente, cada um de nós tinha direito a uma brochura de papel brilhante onde nos eram mostrados os planos que a empresa tinha feito em relação ao local, logo que o conflito terminasse. Havia gostos para todos. Recordo-me perfeitamente das fotografias do projecto de uma grande piscina interior, onde se viam jornalistas com aspecto invulgarmente saudável a saltarem de uma prancha baixa ou sentados na borda a molhar os pés na água. Outros colegas lembravam-se de campos para jogarem *squash* e salas de ginástica. Sei de um indivíduo que se recorda de uma área própria para jogar *bowling*. Quase todos ficaram com a ideia de um grande bar todo moderno como os que se encontram nos salões de primeira classe de um aeroporto bem apetrechado.

Mesmo do lado de fora da área da segurança já conseguia ver vários edifícios novos no interior do complexo e estava ansioso por saber exactamente quais tinham sido as melhorias oferecidas ao pessoal. Foi a primeira pergunta que fiz ao meu colega — cujo nome não ouso revelar aqui com receio de que ele seja bruscamente transferido para a área das televendas de anúncios qualificados — quando ele veio ter comigo ao portão.

— É verdade, recordo-me bem da piscina — disse ele. — Assim que o conflito acabou, nunca mais se ouviu falar disso. Mas, verdade seja dita, aumentaram o nosso horário de trabalho. Agora, de 15 em 15 dias, deixam-nos trabalhar um dia extra sem pagamento adicional.

— É a maneira de vos dizerem que os têm em grande conta, não é verdade?

— Não iam pedir-nos para trabalhar mais se não gostassem do que fazemos, pois não?

Claro.

Demos uma volta pelo caminho principal das instalações, entre o antigo armazém de tijolo e a monumental oficina tipográfica. As pessoas que passavam faziam lembrar figurantes de um filme de Hollywood — um trabalhador a transportar uma tábua de madeira comprida, duas mulheres elegantemente vestidas nos seus trajes de trabalho, um indivíduo com um capacete na cabeça e um bloco de apontamentos na mão, um carregador com um grande vaso com uma planta dentro. Entrámos na secção editorial do *The Times* e suspirei baixinho. É sempre um choque quando voltamos a um local onde trabalhámos durante muitos anos e encontramos os mesmos rostos sentados às mesmas secretárias — um misto de familiaridade súbita, como se nunca tivéssemos deixado de ali estar a trabalhar, misturado com um profundo e sincero reconhecimento por o termos conseguido na realidade. Vi o meu velho amigo Mickey Clark, agora uma personalidade dos meios de comunicação, e Graham Searjeant no meio de um amontoado de jornais e comunicados, alguns deles do tempo em que o senhor Morris ainda fazia automóveis, e mais uma série de outros velhos amigos e colegas. Como sempre se faz nestas alturas, comparámos as barrigas e os sinais de calvície uns dos outros e fizemos uma lista dos que já lá não estavam e dos que tinham morrido. Foi muito emocionante. Mais tarde, levaram-me a almoçar no refeitório. No antigo edifício do *The Times,* em Gray's Inn Road, o refeitório ficava situado numa cave que tinha o encanto e o ambiente de um submarino, e a comida era derramada no prato por trabalhadores indolentes que mais pareciam toupeiras de avental. Mas este, agora, era alegre e espaçoso, com uma série de pratos tentadores à escolha, servidos por alegres empregadas de sotaque londrino que vestiam uniformes vistosos e impecavelmente limpos. A sala de jantar estava na mesma, à excepção da vista que se desfrutava da janela. Onde anteriormente se via um pântano lamacento atravessado por canais poluídos onde flutuavam enxergões e carrinhos de compras, havia agora filas e filas de construções, blocos de apartamentos de ar gracioso, do género dos que se encontram normalmente na Grã-Bretanha, em áreas ribeirinhas reconstruídas, onde as varandas e a ornamentação exterior são feitas de tubos metálicos pintados de vermelho.

Lembrei-me de que, embora tivesse trabalhado sete meses naquele local, nunca tinha visto Wapping de verdade e, subitamente estava ansioso por a conhecer. Quando acabei

a sobremesa e me despedi amigavelmente dos meus ex-
-colegas, saí apressado, passando pelos portões da segurança,
não apresentando intencionalmente o meu passe, na esperança de ouvir tocar as sirenes a assinalar um ataque nuclear, e de ver os homens vestidos com fatos especiais para
guerra química à minha procura através das instalações,
e depois, deitando olhares nervosos para trás de mim, apres-
sei o passo pela Pennington Street acima, pois achei que,
no que respeita à News International, não era assim tão in-
verosímil que tal acontecesse.

Nunca andei a deambular por Wapping pois, durante
o conflito laboral, não era seguro fazê-lo. Os *pubs* e os cafés
do distrito estavam cheios de tipógrafos descontentes e de-
legações de simpatizantes visitantes — os mineiros escoceses eram particularmente receados, por razões óbvias —
para quem seria um prazer enorme usar os cotos arrancados a um frágil jornalista como velas no desfile que se ia
realizar à noite. Um jornalista que encontrou, por acaso,
uns antigos tipógrafos, num *pub* um pouco afastado de
Wapping, apanhou com um copo partido na cara e, se bem
me lembro, quase morreu ou, pelo menos, ficou «arruma-
do» para o resto da noite.

E havia tal insegurança, particularmente depois do escurecer, que a polícia não nos deixava sair antes da meia-
-noite, especialmente nos dias em que havia grandes manifestações. Como não sabíamos quando éramos «libertados»,
tínhamos de nos pôr em fila dentro dos carros e ficar lá,
enregelados, durante uma hora ou mais. Depois, entre as
11 horas da noite e a 1h30m da manhã, quando grande parte dos manifestantes tinham sido obrigados a retirar-se, ou
levados para a prisão, ou apenas voltado para suas casas, os

portões abriam-se e uma frota razoável de viaturas da News International descia uma rampa e saía em direcção a The Highway, onde iriam defrontar uma barreira de tijolos e tapumes com os manifestantes que ainda restavam no local. Entretanto, nós recebíamos instruções para sair em fila pelas ruas traseiras de Wapping e nos dispersarmos quando já estivéssemos a uma boa distância das instalações da empresa. Este sistema funcionou bem durante várias noites, mas houve uma vez em que saímos na hora precisa em que os *pubs* estavam a fechar. Quando descíamos por uma rua estreita e escura, surge-nos da obscuridade uma série de pessoas que começaram a bater nas portas dos carros com tudo o que encontravam à mão. À minha frente ouvia-se vidros a serem quebrados e uma grande gritaria. Qual não foi o meu espanto quando, a uma distância de uns seis carros do meu, um homenzinho irritante que trabalhava no departamento de notícias do estrangeiro, e que ainda hoje, de boa vontade, eu levaria de rastos pelo chão atado a um *Land-Rover,* saiu da sua viatura para olhar para os estragos feitos, como se estivesse preocupado por lhe terem riscado o carro, e fez-nos parar a todos na fila. Recordo-me de estar, perfeitamente espantado, a ver o indivíduo a tentar colocar no seu devido lugar um pedaço qualquer de pintura ou outra coisa, e depois, ao voltar a cabeça para o lado, deparar com um rosto enfurecido encostado ao vidro da minha janela — um tipo de raça branca, com caracóis compridos à jamaicano e que vestia um blusão do exército — e tudo se transformou numa espécie de pesadelo. Que coisa mais esquisita, pensei, um estranho estar a puxar-me para fora do carro e a bater-me só por uma manifestação de apoio a uns tipógrafos que ele nem conhecia, e que o deviam até desprezar pelo seu ar desleixado de *hippie,* e que, de certeza, nunca o deixariam entrar para o seu sindicato, esses mesmos que aguentaram anos e anos a receberem salários escandalosamente baixos sem terem tido o apoio de qualquer sindicato, incluindo dos sectores regionais da própria National Graphical Association. Ao mesmo tempo, lembrei-me de que estava em vias de dar cabo da minha vida em benefício de um homem que tinha posto de parte a sua nacionalidade por interesses económicos, que não sabia quem eu era, e que facilmente me substituiria por uma máquina que fizesse o meu trabalho, e para o qual a ideia de generosidade suprema se resumia a uma lata de cerveja e uma sanduíche. Já imaginava a empresa a escrever à minha mulher: «Cara senhora Bryson: Em compensação pela trágica morte do seu marido nas mãos de uns manifestantes enfurecidos, junto lhe enviamos esta sanduíche e uma lata de cerveja. PS — Queira ter a bondade de nos enviar a licença de estacionamento do seu marido.»

E, enquanto tudo isto se passava, enquanto um homem enorme de cabelo aos caracóis tentava abrir violentamente a porta do meu carro e me arrancava lá de dentro, a contorcer-me, um idiota do departamento de notícias do estrangeiro, a uns 50 metros de distância, andava à volta do seu *Peugeot,* a examiná-lo ao pormenor, como alguém que estivesse a comprar um carro em segunda-mão, olhando de vez em quando espantado para os tijolos e pancadas que choviam em cima dos carros atrás dele, como se se tratasse de uma súbita tempestade climatérica. Por fim, voltou a meter-se no carro, ajeitou o espelho-retrovisor; verificou se o jornal ainda estava no banco ao seu lado, acendeu o pisca, tornou a ajeitar o espelho e arrancou, e a minha vida salvou-se.

Quatro dias depois, a empresa deixou de nos oferecer sanduíches e cervejas.

E assim, foi muito agradável poder andar agora, sem receio, pelas ruas calmas de Wapping. Nunca partilhei da ideia de Londres ser um amontoado de aldeias — onde é que já se viu aldeias com passagens aéreas sobre as estradas, gasómetros, indivíduos sem-abrigo andando pelas ruas, e com uma vista panorâmica da Post Office Tower sobre a cidade? — mas, para meu deleite e surpresa, Wapping fazia-nos mesmo pensar dessa maneira. Havias lojas pequenas de todo o tipo e ruas com nomes muito caseiros, como Cinnamon Street, Waterman Way, Vinegar Street, Milk Yard. Os edifícios municipais eram confortáveis e tinham um aspecto muito agradável e os armazéns fantasmagóricos foram quase todos transformados em apartamentos. Tremi instintivamente ao pensar que ia ver decorações de um vermelho ainda mais vivo e aqueles antigos locais de trabalho cheios de gente idiota com nomes como Selena e Jasper, aos gritos, mas tenho de reconhecer que conseguiram dar uma certa prosperidade àquela área e salvar os velhos armazéns de outros destinos mais tristes.

Junto a Wapping Old Stairs, virei-me para o rio e tentei imaginar, sem muito sucesso como teria sido aquela área nos séculos XVIII e XIX, apinhada de trabalhadores, com os cais cheios de barris empilhados que continham especiarias e condimentos que deram os seus nomes às ruas das imediações. Mais recentemente, em 1960, mais de 100 000 pessoas trabalhavam nas docas ou iam buscar a sua subsistência a elas, e Docklands era um dos portos mais movimentados do mundo. Por volta de 1981, todas as docas de Londres foram fechadas. Agora a vista que se desfrutava de Wapping sobre o rio era de uma calmaria e tranquilidade enormes, como uma paisagem de um dos quadros de Constable. Fiquei a olhar para ela durante cerca de meia hora, e só vi um barco a passar. Depois, virei-me de costas para o rio e comecei a longa e difícil caminhada de regresso ao Hazlitt's Hotel.

CAPÍTULO

4

Passei mais dois dias em Londres e pouco mais fiz do que até ali. Andei pela biblioteca de um dos jornais a efectuar pequenas pesquisas, passei quase toda uma tarde a tentar orientar-me numa rede complexa de passagens subterrâneas para peões, em Marble Arch, fiz algumas compras e encontrei-me com uns amigos.

Toda a gente me dizia, «Meu Deus, que coragem que tu tens!», quando eu contava que tencionava percorrer toda a Grã-Bretanha, utilizando apenas os transportes públicos, mas nunca me tinha ocorrido fazê-lo de outra maneira. Neste país, é uma sorte ter um sistema de transportes públicos relativamente bom (digo relativamente, a pensar no que será quando os Tories[NT] acabarem com eles) e acho que todos devemos tentar aproveitá-los enquanto durarem. Por outro lado, andar de carro na Grã-Bretanha é uma experiência monótona nos dias que correm. Há demasiadas viaturas nas estradas, quase o dobro do que havia quando aqui cheguei pela primeira vez e, naquela época, as pessoas quase não andavam de automóvel. Estacionavam-nos em frente à casa e limpavam-nos uma vez por semana, aproximadamente. Duas vezes por ano «saíam com o carro» — era

---

[NT] Membros do *Tory,* o Partido Conservador Britânico.

a expressão que usavam como se fosse um grande acontecimento — e iam visitar parentes que viviam em East Grinstead ou dar um passeio até Hayling Island ou Eastbourne, e era tudo, para além de o limparem.

Agora, todos andam de carro para onde quer que vão, o que não compreendo, pois não existe nada de interessante no acto de conduzir na Grã-Bretanha. Vejamos o que se passa num dos parques de estacionamento de vários andares. Andamos às voltas durante quase uma eternidade e, depois, passamos mais não sei quanto tempo a tentar arrumar o carro num espaço que é poucos centímetros só mais largo do que a área da nossa viatura. A seguir, como tivemos de arrumá-lo junto a um pilar, somos obrigados a trepar por cima dos assentos e acabamos por sair de cabeça pela porta do passageiro do lado limpando, pelo caminho, toda a sujidade aí existente com as costas do nosso casaco novo e elegante, comprado na *Marks & Spencer*. Depois, vamos à procura de uma máquina automática, situada algures, com sistema *play and display,* que não dá trocos nem aceita qualquer tipo de moedas desde 1976, e ficamos à espera que o indivíduo idoso que está à nossa frente, e que gosta de ler as instruções antes de arriscar, tente meter o dinheiro na ranhura para as moedas.

Por fim, conseguimos o nosso bilhete e voltamos para o carro onde a nossa esposa nos recebe com um «Onde é que *estiveste* este tempo todo?». Não lhe damos atenção e tentamos passar entre o pilar e o carro, ficando com pó na parte da frente do casaco, e descobrimos que não conseguimos chegar ao pára-brisas pois a porta só abre cerca de uns seis centímetros, acabando por atirar o bilhete para cima do painel de instrumentos (mas vai parar ao chão e a nossa esposa não dá por isso, pelo que soltamos um «Foda--se!» e fechamos a porta), e saímos dali, na altura em que a respectiva consorte repara no estado em que nos encontramos, ela que passou tanto tempo a pôr-nos apresentáveis, e sacode a sujidade do casaco com a mão, dizendo ao mesmo tempo: «Francamente, não posso ir contigo a *lado nenhum!*»

Mas isto é só o começo. Protestando em voz baixa, procuramos sair daquele buraco húmido por uma porta que não está assinalada e que nos leva até ao interior de uma cabina que parece um misto de cela e urinol, ou então temos de esperar duas horas pelo elevador mais gasto e inseguro do mundo que só transporta duas pessoas de cada vez e que já lá leva um casal — onde a esposa vai a sacudir a sujidade do casaco novo do marido, comprado na *Marks & Spencer,* enquanto lhe ralha com voz esganiçada.

E o mais impressionante é que todo este processo é intencional — notem bem, intencional — destinado a infernizar a nossa vida. Desde os minúsculos rectângulos assinalados no chão, que só dão um espaço muito reduzido para manobras (por que é que não se definem esses espaços, naturalmente, aos gritos uns para os outros?) até aos pilares que são cuidadosamente colocados nos lugares em que causam maior obstrução, passando pelas rampas, tão sombrias e estreitas que acabamos por bater sempre nas bermas, e pelas longínquas máquinas automáticas propositadamente inúteis (não me venham dizer que uma máquina que pode reconhecer e rejeitar moedas desconhecidas não consegue fazer trocos, se para tal for programada), *tudo* isto foi feito para nos proporcionar a experiência mais decepcionante da nossa vida de adultos. Sabiam que — é um facto pouco conhecido, mas é verdadeiro — quando o presidente da Câmara e a esposa inauguram um novo parque de estacionamento de vários andares, faz parte da cerimónia fazer um chichi no vão das escadas? Acreditem que é verdade.

E esta é só uma parte ínfima da experiência. Há depois os numerosos aborrecimentos a nível da condução de veículos, como acontece com os maquinistas da National Express que estendem à nossa frente em plena auto-estrada, sistemas de obstrução de trânsito com cerca de uns 12 metros de comprimento para que uns indivíduos em cima de guindastes possam substituir uma lâmpada de iluminação, semáforos colocados em rotundas muito movimentadas e que não nos deixam avançar mais de seis metros de cada vez, estações de serviço em auto-estradas onde temos de pagar 4,20 libras por um café minúsculo e uma batata assada com casca e uma pitada de *cheddar* lá dentro, e em que não vale a pena ir até à loja pois as revistas para homens estão todas envoltas em plástico, e não estamos interessados em comprar fitas gravadas dos *Waylon Jennings Highway Hits,* uns anormais que andam com reboques e que surgem de estradas secundárias, assim que nos vêem aproximar, indivíduos que conduzem veículos da marca *Morris Minor* e que vão a menos de 20 quilómetros por hora a atravessar Lake District, juntando atrás deles uma fila de uns cinco quilómetros pois sempre desejaram liderar um desfile, e todos os outros tipos de desafios insuportáveis que põem à prova a nossa paciência e sanidade mental.

Os veículos motorizados são horríveis e sujos, e trazem à superfície o que há de pior nas pessoas. Atravancam as bermas das estradas, transformam as antigas praças de mercados em turbulentos bazares de metais, fazem nascer estações de serviço por todo o lado, lotes de carros em segunda-mão, centros *Kwik-Fit* e outras pragas desoladoras. São assustadores, horríveis e não quero ouvir falar deles nesta viagem. Além disso, a minha mulher nunca me deixaria ter um carro.

E foi assim que dei comigo numa tarde cinzenta de sábado, dentro de um comboio, invulgarmente comprido e vazio, com destino a Windsor. Sentei-me numa carruagem que ia vazia e, à medida que escurecia, fiquei a observar os blocos de escritórios que ficavam para trás, a massa densa de apartamentos camarários e o serpentear de blocos de casas todas iguais de Vauxhall e Clapham. Em Twickenham, descobri por que é que o comboio era tão comprido e ia tão vazio. A plataforma do cais estava apinhada de homens e rapazes, todos bem agasalhados, de cachecol ao pescoço, munidos de programas de capas vistosas e carregando pequenos sacos onde se via aparecer garrafas térmicas com chá: era óbvio que se tratava de pessoal do râguebi de Twickenham. Entraram no comboio ordeiramente, sem empurrar ninguém e pediam desculpa quando, inadvertidamente, iam de encontro ou interferiam no espaço de outrem. Admirei esta instintiva consideração pelos outros e fiquei impressionado por ser uma atitude tão habitual no comportamento dos Britânicos e tão pouco referenciada. Quase todos seguiam para Windsor — presumo que deveria haver alguma espécie de acampamento onde pudessem ser todos acolhidos; Windsor não tem capacidade para tantos adeptos do râguebi — e formaram uma fila paciente junto ao controlo dos bilhetes. Um homem de origem asiática recebia os bilhetes rapidamente e agradecia a todos, à medida que passavam. Nem tinha tempo para os examinar — bem podiam ter-lhe apresentado a parte de cima de uma embalagem de *cornflakes* — mas não deixava de cumprimentar toda a gente que, por sua vez, também *lhe* agradeciam por os livrar dos seus bilhetes e os deixar passar. Era um exemplo notável de disciplina e boa vontade. Em qualquer outra parte do mundo, ver-se-ia alguém dentro de uma cabina, aos berros, a dizer às pessoas para formarem uma fila e não empurrarem.

As ruas de Windsor estavam brilhantes por causa da chuva e com aspecto escuro e invernoso, mas não deixavam de estar cheias de turistas. Arranjei um quarto no Castle Hotel, na High Street, um daqueles hotéis particularmente confusos onde temos de fazer uma longa caminhada através de sucessivos corredores enormes e portas de serviço. Tive de subir um lanço de escadas e, mais adiante, descer outro até alcançar a ala do edifício no extremo da qual ficava o meu quarto. Mas este era muito agradável e, segundo concluí, ficava muito próximo de Reading se eu decidisse sair pela janela.

Larguei a mochila e apressei-me a fazer o caminho até à saída, interessado como estava em ver um pouco de Windsor antes das lojas fecharem. Conhecia bem a cidade pois costumávamos ir lá fazer compras quando morávamos ali próximo, em Virgínia Water, e comecei a andar com ar de senhor, a tomar nota das lojas que se tinham transformado ou mudado de dono durante todos aqueles anos, o que aconteceu com quase todas elas. Ao lado do bonito edifício da Câmara ficava Market Cross House, uma estrutura tão perigosamente inclinada que não nos admiraríamos que tivesse sido realizada daquela maneira para atrair as objectivas das máquinas dos visitantes japoneses. Agora era um *Sandwich bar*, mas, tal como a maioria das lojas que ficavam naquele bonito emaranhado de ruas pavimentadas com pedras lisas e arrendondadas, já tinha sido muitas outras coisas, e quase sempre relacionadas com o turismo. Na última vez que lá tinha estado, havia à venda, por todo o lado, copos para ovos quentes, mas com pernas; agora, parece que a novidade são umas adoráveis casas de campo e castelos em miniatura. Só a *Woods of Windsor,* uma empresa que consegue ter lucros à custa da alfazema, como eu nunca poderia imaginar, continua no mesmo lugar a vender os seus sabonetes e água-de-colónia. A *Marks & Spencer* ramificou-se pela Peascod Street; a *Hammick's* e *Laura Ashley* mudaram as suas instalações para outro sítio e a *Golden Egg* e a *Wimpy* desapareceram, como já era de esperar (embora confesse que tinha uma certa simpatia pelo estilo antiquado da *Wimpy* com a sua estranha concepção do que era a comida americana, como se tivessem conseguido as receitas através de um telex em mau estado de funcionamento). Mas fiquei satisfeito por ver que o *Daniel's,* o mais interessante centro comercial da Grã-Bretanha, ainda continuava no mesmo sitio.

Daniel's é um estabelecimento extraordinário. É tudo aquilo que se espera ver num tipo de grande armazém da província — tectos baixos, lojas pequenas e sombrias, carpetes coçadas presas com tiras de fita isoladora, dando a sensação de que este espaço já tinha sido ocupado por muitos outros tipos de lojas, ou utilizado para habitação, todas com traçados levemente diferentes umas das outras — mas tem à venda os objectos mais estranhos que se possa imaginar: elásticos para cuecas, botões de colarinho, botões diversos e tesouras para cortar tecidos, seis peças de porcelana de Portmeirion, cabides com roupas muito antiquadas, alguns rolos de carpetes com padrões que fazem lembrar a imagem com que ficamos depois de esfregar os olhos com muita força, cómodas com gavetas onde faltava um ou outro puxador, roupeiros em que uma das portas se abre segundos após termos conseguido fechá-la. *O Daniel's* sempre me fez pensar no que a Grã-Bretanha podia ter sido sob a liderança de um regime comunista.

Sempre achei lamentável — de um ponto de vista global — que uma experiência tão importante, no que diz respeito à organização de uma sociedade, fosse calhar ao povo russo quando afinal o povo britânico teria lidado com ela muito melhor. Tudo aquilo que é necessário para conseguir levar a cabo um sistema socialista rigoroso é algo que, afinal, faz parte do instinto do povo britânico. Para começar, gostam de passar por privações. São bons a trabalhar em união face a uma situação adversa, em benefício de um bem comum como é evidente. São capazes de se manter em filas durante tempo indeterminado, de forma paciente, e aceitar com resignação ímpar uma necessidade de racionamento, restrições leves e uma súbita e preocupante escassez de bens essenciais, como só alguém que já alguma vez esteve num supermercado à procura de pão, numa tarde de sábado, poderá compreender. Sentem-se à vontade face a burocracias sem rosto e, como a senhora Thatcher provou, são tolerantes para com as ditaduras. São capazes de esperar anos por uma operação ou pela entrega de uma aparelhagem doméstica, sem reclamar. Possuem um dom especial para dizerem piadas acerca da autoridade, sem a desafiarem de facto, e ficam deveras satisfeitos com a derrocada dos ricos e poderosos. A partir dos 25 anos, a maioria dos britânicos veste-se como os alemães da parte leste. Em resumo, as circunstâncias são todas a favor.

Nada de confusões. Não estou a dizer que a Grã-Bretanha seria um país mais feliz e melhor sob um regime comunista, mas apenas a afirmar que se dariam muito bem nele. Tê-lo-iam aceite de bom-grado, sem aborrecimentos. De facto, até cerca de 1970, não teria alterado minimamente a vida da maioria das pessoas, e podia, pelo menos, ter-nos poupado de Robert Maxwell.

No dia seguinte, levantei-me cedo e procedi à minha higiene matinal com um certo nervosismo, pois diante de mim projectava-se um dia cheio de acontecimentos. Tencionava fazer um passeio através do Windsor Great Park. É o parque mais impressionante que conheço. Estende-se por uma área de cerca de 103 quilómetros quadrados de encantamento, constituído por todo o tipo de beleza florestal: bosques muito antigos e frondosos, pequenos vales arborizados, caminhos por onde se pode passear e andar a cavalo, jardins de formas simétricas e outros mais irregulares e um belo lago, grande e profundo. Espalhadas por todo o lado, existem quintas, chalés rodeados de árvores, estátuas muito antigas, uma aldeia onde vivem trabalhadores rurais e onde se vê, por todo o lado, coisas que a Rainha trouxe das suas viagens ao estrangeiro e não soube encontrar outro local para as colocar — obeliscos e tótemes e outras expressões de gratidão oferecidas pelos postos avançados da Comunidade Britânica.

Ainda não tinha corrido a notícia de que havia petróleo no subsolo do parque e que, em breve, este poderia vir a tornar-se num novo Sullom Voe (mas não é caso para alarme; as autoridades locais encarregar-se-ão de ocultar as gruas com arbustos), de modo que não percebi que devia concentrar toda a minha atenção no que me rodeava pois, na próxima vez que lá voltasse, iria parecer um campo petrolífero de Oklahoma. Nesta época, o Windsor Great Park continuava a usufruir da sua obscuridade bem-aventurada, o que eu achava maravilhoso num espaço aberto tão magnífico e belo como aquele, situado nos arredores de Londres. Só me conseguia lembrar de uma única referência a este parque, que aparecera nos jornais há poucos anos atrás, onde se dizia que o príncipe Filipe tinha antipatizado com uma alameda cheia de árvores ancestrais e mandara os «cortadores de árvores» de Sua Majestade retirá-las da paisagem.

Parece que os ramos estavam a impedir a passagem dos seus cavalos e das calças de golfe através do parque, ou o que quer que seja que se chamam aquelas coisas complicadas que ele gosta de vestir quando anda a passear. É frequente vê-lo e aos outros membros da família real a passarem no parque, a grande velocidade, dentro de diversos tipos de veículos, a caminho de jogos de pólo ou cerimónias religiosas, realizados dentro dos domínios privados da Rainha-Mãe, o Royal Lodge. Na verdade, pelo facto de não ser permitido ao público andar de carro pelo interior do parque, o pouco tráfego que circula é constituído por membros da realeza. Uma vez, no *Boxing Day*[NT], quando andava pacatamente a acompanhar o meu rebento que experimen-

---

[NT] Primeiro dia de semana a seguir ao dia de Natal, feriado na Grã--Bretanha.

tava o seu novo triciclo, tive uma espécie de sexto sentido que me fez perceber que estávamos a impossibilitar o avanço de uma viatura, pelo que olhei para trás e vi que se tratava da princesa Diana. Apressei-me, eu e a minha criança, a sair da frente e ela fez-me um sorriso que me derreteu o coração. A partir dessa altura, nunca mais disse o que quer que fosse contra aquela doce e encantadora rapariga, apesar de pressionado por aqueles que a achavam um pouco louca por gastar 28 mil libras por ano em fatos de malha colados ao corpo e a fazer estranhas e ocasionais chamadas telefónicas a militares bem-parecidos. (E, pergunto eu, quem é que nunca o fez?)

Caminhei a passos largos pela alameda, a que chamam devidamente Long Walk, desde o Castelo de Windsor até à estátua equestre do rei Jorge III, a que os habitantes da localidade chamam *Copper Horse* (Cavalo de Cobre), no cimo de Snow Hill, e na base da qual me sentei e fiquei a apreciar uma das vistas mais surpreendentes de Inglaterra: o Castelo de Windsor, a estender-se majestoso ao longo de cerca de uns cinco quilómetros a partir de Long Walk, com a cidade a seus pés, tendo atrás de si, Eton, o enevoado Thames Valley e Chiltern Hills. Grupos de veados pastavam numa clareira mais abaixo e caminhantes madrugadores começavam a espalhar-se pela longa avenida que se via abaixo dos meus pés. Observei os aviões a levantarem voo a partir de Heathrow, e vi no horizonte, um pouco desfocados mas ainda reconhecíveis, os contornos da Battersea Power Station e da Post Office Tower. Recordo-me da excitação que senti por poder ver Londres daquele ponto. Acho que é o único lugar, a esta distância, de onde se pode ver a cidade. Henrique VIII subiu até ali para ouvir os canhões que anunciavam a execução de Ana Bolena, embora, naquele momento, só conseguisse ouvir o ruído dos aviões a prepararem-se para aterrar e o ladrar assustador de um cão felpudo que apareceu de repente ao pé de mim, enquanto os donos trepavam por uma subida lateral, e me presenteou com uma lambidela a que eu tentei esquivar-me.

Atravessei o parque, passei os terrenos do Royal Lodge e a casa cor-de-rosa, de estilo jorgiano, onde a Rainha e a princesa Margarida passaram a mocidade, e percorri os bosques e campos circundantes até ao meu canto predilecto dentro do parque, o Smith's Lawn. Deve ser a extensão de relvado de melhor qualidade que existe na Grã-Bretanha, toda lisa, de um verde imaculado e de grandes dimensões. Quase não se vê ninguém por ali, excepto quando há jogo de pólo. Levei quase uma hora a atravessá-lo, embora me afastasse da minha rota para examinar uma estátua abandonada na periferia do parque, a qual identifiquei como sendo do príncipe Alberto, e, mais uma outra hora para me orientar através dos Valley Gardens até ao Virginia Water Lake, de onde saía um leve vapor que se misturava no ar frio daquela manhã. Este lago é uma verdadeira obra de arte, e foi mandado construir pelo duque de Cumberland, uma estranha forma de celebrar todos os escoceses que deixou inertes ou agonizantes no campo de batalha de Culloden. É pitoresco e romântico, daquela maneira que só se encontra nas paisagens fabricadas pelo homem, com perspectivas inesperadas enquadradas por árvores e uma grande ponte de pedra a completar o cenário. No extremo, existe mesmo um amontoado de pedras a imitar ruínas romanas, em frente de Fort Belvedere, a casa de campo onde Eduardo VIII anunciou a sua famosa abdicação, e ficou livre para ir à pesca com Goebbels e casar com a mulher de rosto carrancudo, Wallis Simpson, que, apesar da minha boa-vontade e do respeito patriótico devido a uma compatriota, sempre me impressionou como sendo uma péssima escolha.

Faço esta referência porque, nesta altura, parecia que a nação estava a entrar numa crise monárquica semelhante. Tenho de confessar que não compreendo as atitudes do povo britânico em relação à família real. Durante anos — posso ser sincero por um momento? — achei-os maçadores e insuportáveis e só vagamente mais simpáticos do que Wallis Simpson, enquanto todos os Ingleses os adoravam. Então, quando, por milagre, começaram a ter comportamentos irregulares que chamavam a atenção de todos e a dar qualidade ao *News of the World* — quando, finalmente, começaram a ser *interessantes* — toda a nação britânica resolve dizer: «Mas que escândalo! Temos de nos livrar deles!». Nessa mesma semana, assisti de boca aberta a uma sessão de *Question Time,* onde se discutia seriamente se a nação deveria afastar o príncipe Carlos e avançar com o pequeno príncipe Guilherme. Neste momento, afastar a dúvida relativamente à confiança no produto genético imaturo da união de Carlos e Diana, atitude que eu definiria como sendo muito comovente, é não ver a realidade. Se se aceita um sistema de privilégios hereditários, então tem de se aceitar também o que se sucede, independentemente de quão pouco vigoroso o pobre coitado possa ser ou de como é estranho o seu gosto na escolha de amantes.

A minha opinião pessoal sobre o assunto está contida numa canção composta por mim e que se chama «Sou o Filho Mais Velho do Filho Mais Velho do Filho Mais Velho do Filho Mais Velho do Tipo Que Dormiu com Nell Gwynne», que eu gostaria de enviar em embalagem separada, contra o reembolso de 3,50 libras mais 50 *pence* para portes e embalagem.

Entretanto, terão de se limitar a imaginar-me a cantarolar baixinho esta canção alegre, enquanto vou caminhando pelo meio do tráfego da A30, e descendo a Christchurch Road até à tranquila e arborizada aldeia de Virginia Water.

CAPÍTULO

5

A primeira vez que vi Virginia Water foi numa tarde invulgarmente quente e húmida do fim do mês de Agosto de 1973, uns cinco meses depois da minha chegada a Dover. Tinha passado o Verão a viajar na companhia de um tal Stephen Katz que conhecera em Abril, em Paris, e de quem tinha tido o prazer de me despedir em Istambul, uns dez dias antes. Estava muito cansado de andar estrada fora, mas também muito contente por voltar a Inglaterra. Ao sair do comboio fiquei imediatamente encantado. O aspecto da aldeia Virginia Water era asseado e acolhedor. Estava cheia de sombras prazenteiras de fim de tarde e de um incrível verde luxuriante, que só podia ser bem apreciado por alguém acabado de chegar de um clima árido. Atrás da estação erguia-se a torre gótica do Holloway Sanatorium, um enorme aglomerado de tijolos e empenas metido no meio de terrenos arborizados.

Duas raparigas, estudantes de enfermagem, que eu conhecia da cidade onde nasci, trabalhavam no sanatório e ofereceram-me lugar para dormir no seu apartamento e a oportunidade de assinalar a minha presença na sua banheira com um anel de cinco meses de sujidade acumulada. A minha ideia era apanhar um avião no aeroporto de Heathrow, no dia seguinte, e voltar para casa; dentro de duas semanas tinha de retomar, sem muito entusiasmo, os meus estudos na universidade. Todavia, depois de tomar uma série de cervejas num *pub* muito agradável, chamado *Rose and Crown,* veio-me à ideia que o hospital queria admitir pessoal subalterno e que eu, como falante nativo da língua inglesa, era um potencial candidato. No dia seguinte, aturdido pela bebida e sem muita capacidade de reflexão, dei comigo a preencher formulários e a ser mandado apresentar ao enfermeiro de serviço, na enfermaria Tuke, às sete horas da manhã seguinte. Um homenzinho simpático, com a inteligência de uma criança, foi chamado para me acompanhar à arrecadação, a fim de receber um pesado conjunto de chaves e uma montanha de roupa hospitalar cuidadosamente dobrada — dois fatos cinzentos, camisas, uma gravata, várias batas brancas de laboratório (que é que pensavam fazer comigo?) e também para me levar ao Male Hostel B, do outro lado da rua, onde uma velhota de cabelo grisalho me mostrou um quarto muito sóbrio e, de uma forma que me fez lembrar a minha velha amiga senhora Smegma, deu-me uma série de instruções relacionadas com a mudança semanal de lençóis sujos por limpos, com as horas de utilização da água quente, o funcionamento do radiador e muitas outras recomendações apresentadas com uma tal velocidade que era impossível retê-las, embora eu tivesse ficado orgulhoso por perceber uma referência feita à coberta da cama. Depois de instalado, mergulhei nos meus pensamentos.

Escrevi uma carta aos meus pais dizendo-lhes para não me esperarem para jantar; passei algumas horas divertido a experimentar as roupas novas e a ver-me ao espelho; arrumei a modesta colecção de livros de bolso no peitoril da janela; saí para ir ao correio e dar uma vista de olhos pela aldeia; jantei num pequeno restaurante que se chamava *Tudor Rose;* depois entrei num *pub,* chamado *Trottesworth,* com um ambiente muito agradável e, na falta de outro tipo de divertimento, pus-me a beber cerveja exageradamente, confesso; por fim, regressei aos meus novos aposentos, metendo-me pelo meio de uma série de arbustos e indo ao encontro de um candeeiro de iluminação pública de uma inflexibilidade inesquecível.

De manhã, acordei 15 minutos depois da hora e, estremunhado, dirigi-me para o hospital. No meio da confusão de uma mudança de turno, averiguei qual era o caminho para a enfermaria Tuke e acabei por chegar, um pouco desgrenhado e vacilante, com dez minutos de atraso. O enfermeiro de serviço, um indivíduo simpático, quarentão, recebeu-me calorosamente, informou-me onde poderia encontrar chá e bolachas e depois foi-se embora. A enfermaria estava ocupada com pacientes do sexo masculino, em regime de internamento, num estado de demência estacionária e que, felizmente, pareciam saber cuidar deles próprios. Iam buscar o pequeno-almoço ao carrinho das refeições, faziam a barba e a cama à sua maneira e, enquanto eu fui momentaneamente procurar antiácidos na casa de banho do pessoal, eles saíram silenciosamente. Quando voltei, verifiquei, confuso e assustado, que era o único na enfermaria. Andei às voltas pela sala de convívio, pela cozinha e pelos dormitórios, acabando por abrir a porta da saída que dava para um corredor vazio onde, ao fundo, havia uma porta aberta para o exterior. Nesse preciso momento tocou o telefone do escritório da enfermaria.

— Quem fala? — perguntou uma voz irritada.

Tentei arranjar maneira de me identificar e fui espreitando pela janela na esperança de ver os 33 pacientes da enfermaria Tuke a correrem de uma árvore para a outra, num esforço desesperado para alcançarem a liberdade.

— Daqui fala Smithson — disse a voz do outro lado do aparelho. Smithson era o enfermeiro-chefe, uma figura imponente e assustadora, gorda que nem um barril. Tinha-me sido apresentado na véspera. — Você é o que entrou agora, não é verdade?

— Sim, sou.

— Está agradável *(jolly)* aí[NT]?

Pestanejei, confuso, e pensei para comigo que os Ingleses tinham frases estranhas.

— Bem, de facto isto aqui é muito calmo.

— Não é isso. Estou a perguntar se John Jolly, o enfermeiro de serviço, está aí.

— Ah! Já saiu.

— Disse quando voltava?

— Não, senhor.

— Está tudo em ordem?

— Bem... — tentei aclarar a voz — parece-me que os doentes fugiram todos.

— O quê?

— Fugiram. Fui só até à casa de banho e quando voltei...

— Ah! É costume eles saírem sozinhos da enfermaria e devem andar a fazer pequenos trabalhos de jardinagem, ou então estão em alguma sessão de terapia ocupacional. Saem todas as manhãs.

— Ah, graças a Deus!

— Como?

[NT] Em inglês, *«jolly there?»*.

— Graças a Deus que é assim, senhor!
— Sim, pois. — E desligou.

Passei o resto da manhã a deambular, sozinho, pela enfermaria, espreitando para dentro das gavetas e armários, para debaixo das camas, revistando os guarda-loiças, tentando descobrir uma maneira de fazer chá com as folhas e um passador, e, quando me senti em boa forma, consegui verdadeiros recordes de velocidade e derrapagem ao longo do corredor encerado que separava os quartos dos pacientes, acompanhado por pequenos comentários em voz baixa. Quando reparei que eram já 13h30m e ninguém me vinha dizer para ir almoçar, resolvi sair e encaminhei-me até à cantina onde me sentei, sozinho, em frente de um prato de feijão, batatas fritas e uma coisa misteriosa que, mais tarde, identifiquei como sendo uns fritos de tiras de presunto. Reparei que o senhor Smithson e alguns colegas seus estavam numa mesa ao fundo da sala a discutir animadamente e, por alguma razão especial, lançavam uns olhares divertidos na minha direcção.

Quando voltei para a enfermaria, descobri que alguns dos doentes tinham regressado. Muitos estavam refastelados nas cadeiras da sala de convívio, a descansar do esforço de uma manhã passada a cavar com um ancinho ou a meter objectos com vários formatos dentro de uma caixa, excepto um indivíduo de boa aparência e bem-falante, com um fato de tecido escocês, que estava a assistir a um desafio de críquete na televisão. Convidou-me a sentar ao pé dele e, depois de descobrir que eu era de nacionalidade americana, explicou-me cheio de entusiasmo tudo sobre aquele desporto tão difícil. Julguei que fazia parte do pessoal, talvez até fosse o misterioso substituto do senhor Jolly, do turno da tarde, ou algum psiquiatra que viesse de fora, até que, subitamente, no meio de uma explicação detalhada sobre a complexidade do movimento das bolas, voltou-se para mim e disse:

— Sabe, tenho balas *(balls)*[NT] atómicas.

— Como? — perguntei, ainda a pensar em outro tipo de «balas».

— Porton Down. 1947. Ensaios científicos do governo. Tudo muito secreto. Não fale nisto a ninguém.

— Ah!... Claro que não!

— Eu era procurado pelos Russos.

— Ah!... Sim?

— É por isso que estou aqui. Incógnito. — Levou a mão à boca em sinal de silêncio e lançou um olhar cauteloso sobre os vultos meio adormecidos à sua volta. — Na realidade este lugar não é mau. Está cheio de gente louca, claro. Completamente doidos, pobres diabos. Mas fazem uma torta com geleia, às quartas-feiras, que é uma delícia. Aquele ali, agora, é Geoff Boycott. Excelente jogada. Não vai ter problemas com o lançamento de Benson, vai ver.

A maioria dos pacientes da enfermaria Tuke era assim, quando os conhecíamos melhor — aparentemente lúcidos, mas no fundo, completamente alucinados. É uma experiência interessante ter conhecimento de um país através dos olhos de um alienado, e mais ainda, é até uma maneira de nos prepararmos para viver na Grã-Bretanha.

E assim se passaram os meus primeiros dias neste país. À noite ia ao *pub,* e de dia tomava conta de uma enfermaria quase vazia. Todas as tardes, por volta das quatro horas,

---

[NT] Em inglês, *«balls»,* que pode significar balas, bolas ou testículos.

aparecia uma senhora espanhola com uma bata cor-de-rosa, a empurrar um carrinho de chá que fazia muito barulho, e todos os pacientes da enfermaria ficavam entusiasmados por receber uma chávena de chá e uma fatia de um bolo amarelo. De vez em quando, o esquivo senhor Jolly aparecia para distribuir remédios ou tratar do reabastecimento de bolachas mas, para além disso, não se passava mais nada. A minha aprendizagem do críquete ia progredindo e as derrapagens pelo corredor eram um sucesso.

Cheguei à conclusão de que o hospital era um pequeno mundo quase auto-suficiente. Tinha carpinteiros e electricistas, funileiros e pintores, viaturas próprias e motoristas. Tinha sala de *snooker,* campo de *badminton* e piscina, pastelaria e capela, campo de críquete e um clube, calista e cabeleireiro, cozinhas, sala de costura e lavandaria. Uma vez por semana, havia cinema numa espécie de salão de baile. Até tinha casa mortuária. Os pacientes faziam todos os trabalhos de jardinagem que não necessitassem de ferramentas afiadas e mantinham os recintos sempre impecáveis. Parecia um clube rural para loucos. Gostava muito daquilo.

Um dia, durante uma das visitas periódicas do senhor Jolly — nunca consegui descobrir o que é que ele fazia quando se ausentava — fui enviado a uma outra enfermaria, chamada Florente Nightingale, a fim de pedir emprestado um frasco de tranquilizantes para acalmar os doentes. *Flo,* como o pessoal a chamava, era um local estranho e sombrio, cheio de doentes mentais em estado mais avançado, que andavam a vaguear por ali ou estavam sentados em cadeiras de espaldar, a balouçarem se. Enquanto a enfermeira se afastava para ir buscar o remédio, acompanhada pelo ruído do chocalhar de um molho de chaves, fiquei a olhar para aquela gente toda a tagarelar, e dei graças a Deus por ter abandonado as drogas pesadas. No extremo da sala andava uma jovem e bonita enfermeira, irradiando bondade para todos os lados, e dando assistência aqueles destroços humanos, solitários, cheia de energia e compaixão — encaminhando-os até uma cadeira, animando-lhes o dia com as suas conversas, limpando a baba que lhes caía do queixo — e pensei para comigo: «Era de uma pessoa *assim* que eu precisava.»

Dezasseis meses depois, casávamos na igreja da localidade, pela qual acabei de passar no meu caminho através da Christchurch Road, arrastando os pés nas folhas secas do chão, sob uma abóbada de ramos frondosos, e cantando baixinho os últimos compassos da *Nell Gwynne*. Os casarões da Christchurch Road estavam na mesma, só que havia agora um dispositivo de segurança e um sistema de iluminação com projectores que acendiam a meio da noite, sem se saber bem porquê.

Virginia Water é uma localidade interessante. Edificada nos anos 20 e 30, tinha duas pequenas ruas com lojas e, à volta, uma densa rede de caminhos particulares que atravessavam e cercavam o famoso campo de golfe Wentworth Golf Course. Por entre o arvoredo espalhavam-se casarões de formas irregulares, alguns deles habitados por gente célebre e com um estilo de construção que se podia chamar de vernáculo inglês pomposo, ou talvez, tentativa arrojada estilo Lutyens[NT], onde predominavam os telhados com traçados rebuscados, empenas e tubos de chaminé espalhafatosos, inúmeras varandas muito espaçosas, janelas de tama-

---

[NT] *Sir Edwin Lutyens* (1869-1944), arquitecto inglês.

nho invulgar, pelo menos uma sala com lareira e imensas rosas trepadeiras por cima de um pequeno átrio de entrada. Quando vi este cenário pela primeira vez, tive a sensação de estar a entrar nas páginas da revista *Casa e Jardim* de 1937.

Mas, na altura, o que dava todo o encanto a Virginia Water, e estou a falar muito a sério, era a quantidade de doentes mentais que deambulavam por ali. Como a maior parte dos pacientes tinham estado internados no sanatório, durante anos e mesmo décadas, independentemente dos seus pensamentos serem vazios ou o andar hesitante, ou mesmo que andassem a resmungar ou a falar baixinho, que tivessem posturas de submissão ou dessem sinal de muitas outras formas de alienação mental, o certo é que a maioria podia andar pela aldeia, à confiança, e sabia encontrar o caminho de regresso a casa. Todos os dias se viam muitos destes pacientes a comprar cigarros ou doces, a tomar chá ou mesmo a resmungarem baixinho. Foi assim que se tornou numa das mais extraordinárias comunidades de Inglaterra, onde a gente rica se misturava com os loucos em pé de igualdade. Os donos das lojas e os habitantes da aldeia ficavam maravilhados com tudo aquilo e não mostravam estranheza ao ver um homem despenteado, vestindo um casaco de pijama, dentro da padaria a declamar para uma mancha na parede, ou sentado numa mesa do canto do *Tudor Rose,* a revirar os olhos e a sorrir, ou a atirar cubos de açúcar para dentro da sopa. Era uma visão reconfortante, e mais uma vez estou a falar a sério.

Entre os cerca de 500 pacientes do sanatório havia um sábio notável, chamado Harry. Comportava-se como uma criança pequena desatenta, mas, por outro lado, se lhe falássemos numa data qualquer do presente ou do futuro, ele dizia-nos, logo de seguida, em que dia da semana é que calhava. Costumávamos fazer a experiência com um calendário perpétuo e ele nunca se enganava. Podíamos perguntar-lhe a data do terceiro sábado do mês de Dezembro de 1935 ou a segunda quarta-feira de Julho de 2017 e respondia-nos mais depressa do que qualquer computador o faria. Ainda mais extraordinário, embora nos parecesse muito maçador na altura, era a série de vezes, durante o dia, em que perguntava aos membros do pessoal, num tom de voz estranho e débil, se o hospital ia fechar em 1980. De acordo com os registos médicos, desde a sua chegada ao sanatório, em 1950, era ele ainda muito novo, andou sempre preocupado com esta questão. O facto é que Holloway era uma grande e importante instituição, e não havia nada planeado para o seu encerramento. Na verdade nada aconteceu até àquela noite tempestuosa do princípio do ano de 1980, em que Harry foi obrigado a ficar deitado num estado de grande agitação — há várias semanas que andava, sistematicamente, a fazer a mesma pergunta — e um raio caiu numa empena das traseiras do edifício e provocou um incêndio que se alastrou pelo sótão e apanhou várias enfermarias, tornando toda a estrutura inabitável num curto espaço de tempo.

Teria sido muito pior se o pobre Harry estivesse preso à cama e morresse no incêndio. Infelizmente para os que queriam uma história mais emocionante, todos os pacientes conseguiram ser evacuados a meio da noite tempestuosa, embora eu não consiga deixar de imaginar o Harry, delicado, a contorcer-se de riso em cima do relvado, com um lençol pelos ombros e o rosto iluminado pelas chamas cintilantes, observando o incêndio que ele havia pacientemente aguardado durante cerca de 30 anos.

Os internados foram transferidos para uma ala especial de um hospital não especializado, em Chertsey, onde depressa ficaram sem a sua liberdade, devido à infeliz tendência para causarem estragos nas enfermarias e assustarem os doentes mentalmente saudáveis. Entretanto, o sanatório foi-se degradando, as janelas tapadas ou partidas, e a entrada principal do lado de Stroude Road foi bloqueada com um portão metálico com arame farpado no topo. Vivi cinco anos em Virginia Water, no princípio dos anos 80, quando estava a trabalhar em Londres, e por vezes parava para espreitar por cima do muro e ver aqueles terrenos abandonados e a desolação geral que ali reinava. Várias empresas de construção foram tomando conta do local cheias de planos de desenvolvimento, pensando transformá-lo numa área para escritórios, num centro para conferências, ou num complexo habitacional para executivos. Instalaram sistemas de prefabricados e letreiros a avisar que havia cães de guarda a vigiar o terreno, e que deviam ser ferozes, a avaliar pela fotografia dos mesmos. Mas, pelo que sei, não fizeram mais nada de positivo. Durante cerca de uma década, este hospital antiquíssimo, possivelmente um dos poucos edifícios grandiosos da era vitoriana que ainda restavam, ficou para ali a desagregar-se, abandonado, pelo que estava à espera que assim continuasse — e até pensei em pedir ao guarda para entrar e dar uma rápida vista de olhos, uma vez que não era possível ver o edifício do lado da estrada.

Imaginem qual não foi a minha surpresa quando, depois de subir um pequeno declive dou de caras com uma entrada completamente nova, aberta no muro circundante, com um grande letreiro a indicar *Virginia Park* e, ladeando o edifício do sanatório, numa área anteriormente desconhecida, do lado das traseiras, via-se um grande aglomerado de belas casas para executivos. Boquiaberto, meti por uma rua recentemente asfaltada, com casas de ambos os lados e tão recentes que ainda tinham adesivos nas janelas e as entradas estavam cobertas de lama. Uma delas estava preparada para ser visitada e, como era domingo, havia muita gente à espera para ver. No interior, encontrei uma brochura muito vistosa, contendo desenhos de arquitectos onde se viam pessoas elegantes, com um ar muito feliz, a deambularem pelo meio de casas requintadas, a assistirem a uma orquestra de câmara que tocava num salão onde anteriormente eu costumava ver projecções de filmes na companhia dos doentes, ou a nadarem numa piscina interior aberta no solo do grande átrio de entrada, de estilo gótico, onde em tempos eu tinha jogado *badminton* e convidado a jovem enfermeira da enfermaria Florence Nightingale para um encontro, já a pensar que ela viesse a casar comigo no futuro. De acordo com o que vinha escrito na brochura, os residentes de *Virginia Park* poderiam escolher entre dezenas de vivendas para executivos, blocos de apartamentos, ou um dos 23 grandes apartamentos construídos no interior do edifício restaurado do sanatório, e que agora se chamava *Crossland House*. No mapa local viam-se agora nomes estranhos como *Connolly Mews, Chapel Square, The Piazza*, que tinham pouco a ver com a realidade anterior. Acho que teria sido mais apropriado darem-lhe nomes como *Lobotomy Square e Electroconvulsive Court*. Havia preços a partir de 350 mil libras.

Saí cá para fora para ver o que podia comprar com aquele dinheiro. A resposta era uma casa pequena, mas bem decorada, num local modesto e com uma vista interessante sobre um hospital de doentes mentais do século XIX. Não posso dizer que era a casa dos meus sonhos. Todas as habitações tinham sido construídas com tijolos vermelhos, tinham tubos de chaminé à moda antiga, e ornamentos que nos reportavam ao estilo da época vitoriana. Uma das casas-modelo, conhecida como *Casa Tipo D,* tinha mesmo uma torre a servir de decoração. Em resumo, pareciam reproduções do edifício do sanatório. Com o tempo podíamos até imaginá-las a transformarem-se em pequenos sanatórios. Mas, na medida do possível, o resultado foi positivo. As novas casas não contrastavam muito com o antigo edifício e, pelo menos — algo que não aconteceria há uns 12 anos atrás —, aquela enorme estrutura tão antiga, com todas as suas boas recordações, que guardarei para sempre comigo, e um passado de gerações de doentes mentais que nele encontraram acolhimento, conseguiu ser salva. Louvei a iniciativa dos seus reconstrutores e fui-me embora.

Tinha pensado ir até à minha antiga casa, mas ficava a cerca de dois quilómetros dali e doíam-me os pés. Em vez disso, desci a Stroude Road, passei pelo local onde ficava o antigo clube social do hospital, agora substituído por uma habitação horrorosa, e continuei até junto dos edifícios dispersos que foram, outrora, as residências onde os enfermeiros e o pessoal do hospital costumavam ficar alojados, apostando 100 libras comigo mesmo, em como, na próxima vez que por ali passasse, já teriam sido substituídos por casas enormes com garagens duplas.

Fiz os três quilómetros que me separavam de Egham e fui visitar a casa de uma senhora encantadora chamada Billen que, para além das suas outras enormes generosidades, possuía a de ser minha sogra. Enquanto ela corria para a cozinha com aquele nervosismo encantador com que todas as senhoras inglesas de uma certa idade recebem as suas visitas inesperadas, eu aquecia-me na lareira e recordava (pois este era o meu estado de espírito dos últimos tempos) que aquela tinha sido a primeira casa inglesa onde eu tinha estado, sem ser na condição de hóspede que pagava. Há muitos anos atrás, numa tarde de domingo, a minha mulher levou-me até lá como seu namorado, e sentámo-nos todos, eu, ela e a família, muito juntinhos, naquela sala confortável e bem aquecida, a ver *Bullseye* e *The Generation Game,* bem como outras modalidades televisivas que me pareceram de pouco interesse. Era uma experiência nova para mim. Desde 1958 que não estava com a minha família num contexto social, tirando aquelas poucas horas do período natalício, e assim, foi para mim uma novidade agradável ver-me no meio de tanto aconchego familiar. É algo que continuo a apreciar bastante no povo britânico, embora confesse que senti um certo prazer ao ser informado de que tinham acabado com a transmissão de *Bullseye.*

A minha sogra — a Mãezinha — apareceu com um tabuleiro tão cheio de comida que cheguei a pensar se ela não me tinha confundido com um grupo de lenhadores. Enquanto eu devorava um delicioso e fumegante montão de comida que fazia lembrar as montanhas Cairngorms[NT], recriadas sob a forma comestível, e a seguir me sentava, refastelado, a beber uma chávena de café e com um estôma-

---

[NT] *Cairngorms,* consideradas as montanhas mais altas da Grã-Bretanha, localizadas na região das Highlands, na Escócia, têm uma flora muito variada desde a base até ao cume onde se forma um planalto subpolar.

go gostosamente dilatado, íamos conversando de várias coisas — sobre os filhos, sobre a nossa próxima partida para os Estados Unidos, sobre o meu trabalho e a sua recente viuvez. Já a noite ia avançada — isto é, avançada para duas pessoas da nossa idade — quando ela começou a andar de novo numa azáfama e, depois de muitos ruídos por vários sítios da casa, veio anunciar-me que o quarto dos hóspedes estava pronto para me receber. Encontrei uma cama feita de lavado com botija de água quente e tudo. Depois de umas rápidas lavagens, deixei-me deslizar para dentro dela com o maior prazer, interrogando-me por que é que as camas nas casas dos avós e dos sogros são sempre tão confortáveis e deliciosas. Daí a pouco tempo já estava a dormir.

CAPÍTULO

6

Seguidamente, fui até Bournemouth. Cheguei por volta das 5h30m da tarde no meio de uma chuva torrencial. Estava a escurecer rapidamente e nas ruas só se ouvia o chiar dos carros, e a luz dos faróis dianteiros espalhava-se por entre as gotas de chuva fazendo-as brilhar. Tinha vivido em Bournemouth durante dois anos e julgava que a conhecia bem, mas a área que circundava a estação tinha sido toda reconstruída e havia novas estradas e blocos de escritórios, e uma daquelas confusas redes de passagens subterrâneas para peões que nos dão vontade de vir até à superfície de cinco em cinco minutos, como uma toupeira, para ver em que ponto estamos.

Na altura em que cheguei a East Cliff, uma zona de hotéis de tamanho médio, localizada num lugar elevado e com vista sobre o mar cinzento, encontrava-me completamente encharcado e irritado. Uma das coisas a dizer a favor de Bournemouth é que tem tanta oferta de hotéis que se torna difícil a escolha. De entre os muitos edifícios sumptuosos e confortáveis que ladeavam as ruas ao longo de quarteirões, escolhi um hotel que ficava situado numa transversal, pela simples razão de ter gostado da placa indicativa: letras maiúsculas bem desenhadas, luminosas e cor-de-rosa, a acenarem por entre as bátegas de chuva. Entrei a pingar por todos os lados e vi imediatamente que se tratava de uma boa escolha — limpo, agradavelmente antiquado e com um preço atraente de 26 libras por noite, com pequeno-almoço, segundo um preçário que estava afixado na parede, e com aquele tipo de calor abafado que faz embaciar os óculos e provoca espirros. Sacudi a água das mangas e pedi um individual para duas noites.

— Está a chover? — perguntou a menina da recepção, toda vivaça, enquanto eu preenchia a ficha de inscrição entre espirros e pausas para limpar a água que me escorria do rosto com o braço.

— Não. É que o meu navio foi ao fundo e vim a nadar até aqui.

— Ah, sim? — respondeu ela, de uma maneira que me deu a entender que não tinha ouvido nada do que eu dissera. — E vai querer jantar connosco, senhor.... — e deitou uma olhadela para a ficha humedecida — ... senhor Brylcreem? — Pensei na alternativa que se me apresentava, mais uma longa caminhada debaixo de chuva, e senti-me inclinado a ficar. Além disso, tendo em conta as capacidades do seu cérebro jovial do tamanho de uma ervilha e a minha letra esborratada na ficha, havia todas as hipóteses da conta do jantar ir parar a outro quarto. Disse que queria jantar, recebi a chave e, sempre a pingar, encaminhei-me para o quarto.

De entre as muitas centenas de coisas que evoluíram na Grã-Bretanha, desde 1973, (e se pararmos para pensar um pouco veremos que a lista é muito extensa), poucas atingiram um nível tão elevado como o das condições dos alojamentos. Hoje, temos direito a televisão a cores, a serviço de café acompanhado de um pequeno pacote de bolachas, medianamente saborosas, casa de banho privativa com toalhas macias, um pequeno cesto com bolas de algodão de várias cores, e um tabuleiro com saquinhos de substâncias aromáticas, ou pequenos frascos de plástico contendo champô, gel de banho e loção hidratante. O meu quarto até tinha uma luz à cabeceira da cama e dois travesseiros macios. Sentia-me muito feliz. Pus um banho quente a correr, enchi-o de gel e creme hidratante (não se assustem pois estive a examiná-los com todo o cuidado e posso garantir que é tudo o mesmo) e, enquanto as bolhas de espuma começavam a crescer dentro da banheira, voltei para o quarto e entreguei-me às habituais tarefas individuais do viajante solitário: despejei a mochila com muito cuidado, coloquei a roupa molhada em cima do aquecimento e a roupa limpa em cima da cama, com tanto cuidado como se tivesse a preparar-me para o primeiro baile do liceu, arrumei o relógio de viagem e o material de leitura em cima da mesa-de-cabeceira, regulei as luzes de modo a ficar um ambiente aconchegado, e finalmente, retirei-me confiante, na companhia de um bom livro, e mergulhei no prazer de um banho de espuma como só nos filmes de Joan Collins se pode encontrar.

Mais tarde, vestido com roupa lavada e cheirando maravilhosamente a essência de rosas, apresentei-me na espaçosa e vazia sala de jantar, sendo encaminhado para uma mesa cujo equipamento — um copo de vinho que continha um guardanapo de papel vermelho dobrado em forma de flor, saleiro e pimenteiro em aço inoxidável, colocados em cima de uma espécie de barco também em aço inoxidável, um prato com pedaços de manteiga com a forma de rodas dentadas, e uma jarra pequena contendo um ramo de lírios artificiais — me deu imediatamente a noção de que a comida iria ser medíocre, mas apresentada com muito requinte. Tapei os olhos, contei até quatro e estendi a mão direita, sabendo que iria pousar em cima de um cesto de pão apresentado por um criado — um exercício de precisão que o impressionou muitíssimo e lhe deu a certeza de que estava a lidar com um viajante que conhecia bem o que eram sopas cremosas, vegetais servidos com talheres especiais e rodelas de couro rijo que ostentam o nome pomposo de *medallions of pork*.

Chegaram mais três pessoas para jantar — uma mãe e um pai obesos e um filho adolescente ainda mais gordo que os pais — que o criado teve o cuidado de sentar numa mesa onde eu pudesse observá-los sem ter de esticar o pescoço ou ajeitar a posição da cadeira. É sempre interessante ver como as pessoas comem, mas nada que se compare ao espectáculo de uma mesa onde estão pessoas muito gordas a abarrotar-se de comida. É curioso notar que, mesmo as pessoas gordas mais ávidas e vorazes — e o trio que tinha diante de mim podia bem ser campeão de voracidade — nunca demonstram estar a gostar do que comem. É como se estivessem a cumprir uma espécie de obrigação estabelecida para manterem o seu volume. Quando têm comida em frente delas, baixam a cabeça, levam-na à boca e, enquanto estão à espera do que se segue, ficam de braços cruzados, lançando olhares inquietos através da sala e agindo como se não conhecessem os que estão sentados à mesa com eles. Mas, assim que chega o carrinho com a sobremesa, tudo se altera. Começam a fazer uma espécie de arrulhos de prazer e contentamento e, de um momento para o outro, o canto em que se encontram envolve-se numa animada conversação. Foi o que se passou nesta noite. Consumiram toda a comida que lhes foi apresentada com uma tal velocidade que me passaram à frente, e constatei com horror que entre eles acabaram com o último dos *profiteroles* e com o bolo *black forest* que havia no carrinho das sobremesas. Reparei que só o rapaz se alambazou com uma dose dupla de ambos os bolos.

Para escolher, restou-me um bolo com geleia e natas muito ensopado, um outro de merengue que eu tinha a certeza que ia explodir assim que lhe tocasse com a colher, e ainda umas quantas taças pequenas de pudim de manteiga e açúcar com um pedaço irregular de creme amarelo e estaladiço espalhado por cima. Desconfiado, escolhi o pudim de manteiga e açúcar e, quando os três «potes» passaram em frente da minha mesa a bambolearem-se, com os queixos ainda brilhantes de chocolate, respondi aos seus sorrisos atenciosos e saciados com um olhar duro, a querer dizer-lhes que não voltassem a fazer-me uma daquelas de novo. Acho que perceberam a mensagem. Na manhã seguinte, ao pequeno-almoço, sentaram-se numa mesa fora do meu ângulo de visão e, quando chegou o carrinho com os sumos, mantiveram-se longe de mim.

Bournemouth é um local muito agradável por diversas razões. Em primeiro lugar, porque tem o mar que será muito conveniente se o aquecimento global atingir o seu potencial máximo, embora não veja por agora grande utilidade, e depois tem os seus parques sinuosos conhecidos pelo vulgo como *Jardins de Prazer* que separam as duas metades do centro da cidade, e proporcionam às pessoas que andam às compras um local verdejante e tranquilo para descansarem da longa caminhada que é ir de um extremo ao outro desse mesmo centro — embora fosse óbvio que elas não a fariam se esses parques não existissem. É assim a vida.

Nos mapas, os parques aparecem classificados como *Jardins de Prazer Maior* e *Jardins de Prazer Menor* mas, algum membro do conselho da cidade ou outra força do bem percebeu as implicações profundas e nefastas resultantes da colocação de *Menor* ao pé de *Prazer,* e fez todas as diligências a nível governamental para suprimir o termo *Menor* desta classificação. Assim, ficaram os *Jardins de Prazer Maior* e os meros *Jardins de Prazer,* mandando os depravados do léxico para as praias onde poderiam encontrar a satisfação que pretendiam, a roçarem-se pelos quebra-mares. Aliás, esta é uma das características de Bournemouth — exageradamente correcta perante um erro e muito orgulhosa de o ser.

Conhecedor da reputação cuidadosamente alimentada em relação à cidade, no que respeita às boas maneiras, mudei-me para lá, em 1977, com a ideia de que ia ser uma espécie de réplica inglesa de Bad Ems ou Baden-Baden — com parques bem arranjados, pátios com palmeiras onde actuavam orquestras, hotéis luxuosos onde os homens de luvas brancas davam lustro aos bronzes, senhoras de certa idade, de seios avantajados e envoltas em casacos de pele de marta, a passearem os seus cãezinhos que nos davam vontade de lhes dar um pontapé (não por maldade, é claro, mas única e simplesmente para ver até onde eles eram capazes de voar). Infelizmente, tenho a dizer que não encontrei quase nada do que acabei de descrever. Os parques eram bonitos, mas, em vez de terem grandes casinos e elegantes estâncias balneares no seu interior, ofereciam-nos um pequeno coreto que era ocupado, em certos domingos, por charangas compostas por talentos de ambos os sexos, vestidos como motoristas de autocarro, e umas pequenas hastes de madeira, erectas — peço desculpa por utilizar esta designação no contexto dos *Jardins de Prazer Menor* —, encimadas por uns balões de vidro colorido com uma vela no seu interior, que me garantiram estar acesas nas noites calmas de Verão, transformando-se, nessa altura, em brilhantes pinturas decorativas de borboletas, fadas e outras visões mágicas, e assegurando umas horas de entretenimento nocturno, saudável. Não o posso afirmar pois nunca as vi iluminadas, e, de qualquer forma, a carência de fundos e a tendência exagerada dos jovens para arrancarem os balões dos suportes e quebrá-los com os pés por simples divertimento, davam a entender que as estruturas iriam ser brevemente todas desmanteladas e levadas dali para fora.

Andei a deambular pelos *Jardins de Prazer (Menor)* e continuei a andar até ao posto de informação turística, na Westover Road, para saber que outro tipo de entretenimentos alternativos eram oferecidos ao turista. Mas não consegui descobrir nada pois agora era preciso pagar por cada prospecto informativo que não estivesse fixado na parede. Como é evidente, desatei a rir-me mesmo na cara deles.

À primeira vista, o centro da cidade parecia que não tinha mudado nada, mas, na realidade, o progresso e o município actuaram por todo o lado. A Christchurch Road, a principal via de comunicação que atravessa o centro, foi fechada ao trânsito e transformada em zona para peões, ornamentada com uma curiosa estrutura de vidro e tubos de aço que mais parecia o abrigo de uma paragem de autocarros para gigantes. Duas das arcadas comerciais tinham sido melhoradas, e havia agora um estabelecimento *McDonald's,* um *Waterstone's* e um *Dillons,* bem como um ou dois outros menos relacionados com as minhas preferências pessoais. No entanto, na generalidade, havia muita coisa que tinha desaparecido. O grande centro comercial *Beale's* tinha acabado com a sua excelente secção de livraria, o *Dingle's* livrou-se, inesperadamente, da área do restaurante, e o *Bealeson's,* outro grande armazém, desapareceu. O *International Store* também desapareceu, bem como, e infelizmente, uma pequena padaria muito engraçada, levando com ela os melhores dónuts do mundo. Que tristeza! Por outro lado, não havia lixo nenhum pelo chão, enquanto que, no meu tempo, Christchurch Road era uma lixeira pública.

Em Richmond Hill, próximo do local onde havia a antiga padaria que desapareceu, ficavam os magníficos escritórios do *Bournemouth Evening Echo,* com um estilo a fazer lembrar *art deco,* onde eu trabalhei durante dois anos como revisor, numa sala que parecia saída de um dos romances de Charles Dickens — montes de papéis desarrumados, uma luz sombria, duas filas de figuras arqueadas sentadas à secretária e totalmente mergulhadas num silêncio solene e fatigante, ouvindo-se apenas o riscar irritado dos lápis no papel e o som cadenciado e brando do ponteiro dos minutos do relógio de parede, de cada vez que avançava. Do outro lado da rua, olhei para as janelas do meu antigo escritório e estremeci levemente.

Depois de casarmos, eu e minha mulher voltámos para os Estados Unidos, e ficámos lá dois anos, enquanto eu acabava os estudos. Assim, o meu emprego no *Echo* não só foi o primeiro que tive na Grã-Bretanha, como também o primeiro da minha vida como adulto e, durante os dois anos que lá trabalhei, nunca deixei de me sentir como um adolescente de 14 anos a fingir de adulto, pois quase todos os meus colegas revisores tinham idade para serem meus pais, excepto duas figuras cadavéricas que lá havia que tinham idade para ser pais deles.

Fiquei sentado ao pé de dois homens simpáticos e instruídos, chamados Jack Straight e Austin Brooks, que passaram os dois anos a explicar-me com toda a paciência o significado de *sub judice* e a importância que tinha a distinção entre pegar num carro e roubar um carro. Para minha segurança, foi-me confiado o cargo de responsável pela edição da *Townswomen's Guild* e das informações do *Women's Institute*. Recebíamos diariamente montes delas, parecendo todas escritas com o mesmo estilo elaborado e dizendo as mesmas coisas sem interesse: «O senhor Arthur Smoat, de Pokesdown, fez uma apresentação fascinante sobre a Maneira de Tornar os Animais Companheiros Inseparáveis», «A senhora Evelyn Stubbs honrou os seus convidados com o mais fascinante e animado relato sobre a sua recente histerectomia», «A senhora Throop foi impossibilitada de dar a sua planeada palestra sobre a maneira de lidar com os cães, por ter sido mordida pelo seu mastim, chamado *Prince,* mas a senhora Smethwick substituiu-a, fazendo um relato muito divertido sobre a sua experiência como organista *freelancer* em funerais.» E havia páginas e páginas de agradecimentos, pedidos de contribuições monetárias, enfadonhos relatos sobre bazares de caridade e *coffee mornings,* e listas pormenorizadas sobre quem forneceu a comida e as bebidas, e como elas estavam deliciosas. Nunca os dias foram tão longos para mim.

Recordo-me que as janelas só podiam ser abertas com a ajuda de uma vara comprida. Todas as manhãs, dez minutos depois de chegarmos, um dos revisores mais idosos, que mal conseguia segurar no lápis, começava a arrastar a cadeira numa tentativa de a afastar da secretária. Depois, levava cerca de uma hora a sair da cadeira e mais outra a arrastar os pés até à janela e tentar abri-la com a vara, e outra ainda para encostar esta à parede e regressar até à sua secretária. No momento em que se sentava, o colega que ficava em frente dele levantava-se e avançava resoluto até à janela, fechava-a com a vara e voltava para o seu lugar com um ar provocador. Logo a seguir, o pobre velhote, cheio de paciência e estoicismo, recomeçava todo o processo anterior e voltava a abrir a janela. Assim se passaram os dias durante dois anos, qualquer que fosse a estação em que estivéssemos.

Nunca vi nenhum deles a trabalhar. O mais velho não podia, pois passava quase todo o dia a caminho da janela. O outro sentava-se a chupar no cachimbo apagado e a olhar para mim com um sorriso afectado. Sempre que os nossos olhares se cruzavam ele fazia-me uma pergunta confusa acerca da América. «Diga-me lá, eu li que o Mickey Rooney nunca chegou a realizar o seu casamento com Ava Gardner, é verdade?», ou então, «Talvez me possa esclarecer uma dúvida que tenho há muito tempo. Li que o *nua--nua*, um pássaro das ilhas Havai, se alimenta dos moluscos de concha rosa, quando os de concha branca são em maior quantidade e têm o mesmo valor nutritivo. É verdade?»

Olhei para ele, com a cabeça muito confusa por causa da *Townswomen's Guild* e das informações do *Women's Institute* e disse:

— O quê?

— Suponho que *deve* ter ouvido falar do pássaro *nua--nua*, não?

— Não.

Olhou muito fixamente para mim.

— Está a falar a sério? Mas que espanto! — E depois continuou a chupar no cachimbo.

Era um lugar muito estranho. O director estava sempre fechado no seu gabinete e fazia lá as refeições que a secretária lhe levava. Raramente se aventurava a sair. Durante todo o tempo que lá estive, só o vi duas vezes: uma quando me entrevistou, e que durou apenas três minutos, aparentando um grande desconforto da parte dele; a segunda quando abriu a porta que comunicava com a nossa sala, um acontecimento tão fora do vulgar que ficámos todos a olhar para ele. Até o nosso colega velhote parou no meio do seu percurso até à janela. O director ficou espantado a olhar--nos com uma expressão gélida, estupefacto por ver tantos revisores do lado de lá de uma das portas do seu gabinete, e subitamente parecia que ia falar, mas retirou-se sem dizer uma palavra e fechou a porta atrás de si. Foi a última vez que o vi. Seis semanas depois, arranjei um emprego em Londres.

Uma outra coisa mudou em Bournemouth: desapareceram todos os pequenos cafés. Costumava haver um, porta sim porta não, com as suas máquinas de café expresso, barulhentas, e as mesas pegajosas. Agora, não sei como é que as pessoas que estão de férias fazem para beber um café — até sei: existe o *Costa del Sol* — mas para isso tinha de fazer todo o caminho até Triangle, um local distante onde os autocarros costumam parar para descansar no intervalo dos seus horários, e só então podia tomar uma simples mas deliciosa chávena de café.

Mais tarde, tive vontade de fazer um pequeno passeio e apanhei o autocarro para Christchurch com a ideia de fazer o caminho de regresso a pé. Sentei-me à frente, na parte de cima de um autocarro amarelo de dois andares. É muito divertido e emocionante viajar empoleirado na parte de cima de um desses veículos. Podemos espreitar para dentro das janelas dos andares mais altos das casas, e ver a parte de cima das cabeças das pessoas que estão nas paragens de autocarro (e, quando elas sobem, lançamos-lhes um olhar de quem já as conhece, como a dizer: «Acabei de ver o cocuruto da sua cabeça»), e há também aquela grande excitação que nos invade quando se dobra uma esquina ou se contorna uma rotunda em grande velocidade, sem saber o que vai acontecer. Fica-se com uma perspectiva do mundo completamente nova. De um modo geral, as cidades têm um aspecto mais agradável vistas do andar de cima de um autocarro, mas nada que se compare com Bournemouth. Ao nível da rua, é como qualquer outra cidade inglesa — inúmeros escritórios de cooperativas para construção de casas, cadeias de armazéns, todos muito envidraçados — mas, vendo de cima, percebemos de imediato que estamos numa das grandes comunidades britânicas da era vitoriana. Bournemouth não existia antes de 1850 — havia apenas uma ou duas propriedades agrícolas entre Christchurch e Poole — e, de repente, começaram a surgir os cais e as avenidas marginais e uma série de escritórios feitos de tijolo, casas imponentes e pesadonas, a maioria com torres de canto e outro tipo de ornatos que, na sua generalidade, só são vistos pelos passageiros de autocarros e limpadores de janelas.

Hoje em dia, é de lamentar que tão pouco deste esplendor vitoriano vá até ao solo. Mas, é evidente que, se tirassem todo o envidraçado das janelas e construíssem os andares de baixo tal como estão os superiores, não era possível ver bem para dentro do *Sketchley's* e do *Boots* e da *Leeds Permanent Building Society* e isso seria uma perda irreparável. Imaginem-se a passar em frente do *Sketchley's* e a tristeza que teriam por não poder ver cabides com fatos pendurados e metidos dentro de sacos de plástico, máquinas de lavar carpetes, já muito usadas, e uma funcionária junto ao balcão a palitar os dentes com um *clip*, com ar de quem não tem nada para fazer.

Fui de autocarro até ao fim da linha, até ao parque de estacionamento de um grande e novo *Sainsbury's*, no extremo da Christchurch, do lado de New Forest, e segui por um emaranhado de passagens aéreas para peões que ia dar a Highcliffe Road. Cerca de um quilómetro mais abaixo, numa rua paralela, ficava Highcliffe Castle, a antiga habitação de Gordon Selfridge, o magnata dos grandes armazéns, e que agora estava em ruínas.

Selfridge era um indivíduo interessante que nos deu uma lição moral muito salutar. De origem americana, dedicou os seus melhores anos a transformar *Selfridges* num dos maiores estabelecimentos comerciais da Europa, e, entretanto, tornava Oxford Street na principal artéria comercial de Londres. Levou uma vida austera, fazendo noitadas a trabalhar arduamente. Bebia muito leite e nunca se metia em aventuras. Mas, em 1918, a mulher morreu, e o súbito romper dos laços matrimoniais subiu-lhe à cabeça. Envolveu-se com umas raparigas de nacionalidade húngaro-americana que eram conhecidas nos meios do *music-halt* como as *Dolly Sisters,* e deixou-se envolver numa vida de libertino. Com uma das *Dolly* de cada lado, deambulava pelos casinos da Europa a jogar e a esbanjar todo o dinheiro que tinha. Jantava fora todas as noites, apostava somas de dinheiro exorbitantes nas corridas de cavalos e de automóveis, comprou o Highcliffe Castle, e fez planos para construir um complexo habitacional com 250 assoalhadas, em Hengistbury Head. No espaço de dez anos, perdeu oito milhões de dólares nas corridas, deixou de administrar os *Selfridges,* ficou sem o castelo e a residência em Londres, sem os cavalos de corridas e os seus *Rolls-Royce,* e por fim, passou a viver sozinho num pequeno apartamento em Putney e a andar de autocarro. Morreu em 8 de Maio de 1947, na miséria e esquecido por todos. Mas o prazer de ter vivido com as gémeas *Dolly,* ninguém lho tirou.

Hoje em dia, a imponente fachada gótica de Highcliffe tem à sua frente um amontoado de moradias, o que lhe dá um aspecto insólito, mas nas traseiras o terreno desce até ao mar, atravessando um parque de estacionamento público. Gostaria de ter sabido como é que aquela casa chegou a tal estado de degradação, mas não havia ninguém por ali e o parque de estacionamento estava vazio. Desci uns frágeis degraus de madeira até à praia. Durante a noite, a chuva tinha parado de cair, mas o céu estava escuro e soprava um vento forte que me batia no cabelo e na roupa, e fazia encapelar o mar. Só conseguia ouvir o ruído das ondas. Caminhei com dificuldade pela praia, inclinado por causa do vento, parecendo que estava a empurrar um carro por uma encosta acima, e passei em frente de uma fileira de cabanas de praia, todas iguais mas de cores diferentes. A maioria estava fechada por ser época de Inverno, mas havia uma, no fim da fileira, que estava aberta como se fosse uma caixa mágica, na entrada da qual se encontrava um homem e uma mulher sentados em cadeiras de jardim e enrolados em mantas, açoitados por um vento fortíssimo que ameaçava atirá-los ao chão. O homem tentava ler um jornal, mas o vento atirava-o de encontro ao seu rosto.

Pareciam ambos muito felizes — ou, pelo menos, tinham um ar de satisfação, como se estivessem nas ilhas Seychelles, a beber uns *gins* tónicos à sombra de umas palmeiras, em vez de estarem ali sentados, meio enregelados, debaixo de toda aquela ventania, numa praia em Inglaterra. Estavam contentes pois eram donos de uma pequena propriedade à beira-mar, para a qual havia sem dúvida inúmeros pretendentes em lista de espera, e — era este o segredo do seu ar de felicidade — em qualquer altura que o entendessem, podiam entrar na cabana e ficar mais aconchegados. Podiam até beber uma chávena de chá e, no caso de serem mais abonados, comer umas bolachas de chocolate. Mais tarde, podiam passar uma meia hora muito feliz a arrumar as suas coisas e a fechar as portadas. E era tudo o que precisavam para atingir um estado de plenitude quase suprema.

Um dos encantos do povo britânico é o pouco conhecimento que tem das suas próprias virtudes, e isso nota-se particularmente em relação à felicidade. Não vão acreditar no que vou dizer, mas considero-os o povo mais feliz do mundo. Não é exagero. Reparem em dois indivíduos de nacionalidade britânica a conversarem um com o outro, e vão ver ao fim de quanto tempo é que eles começam a sorrir ou a rir às gargalhadas com alguma anedota ou dito jocoso. Não dura mais do que dois segundos. Um dia, partilhei o mesmo compartimento do comboio, numa viagem entre Dunquerque e Bruxelas, com dois homens de negócios de nacionalidade francesa que tinham aspecto de ser velhos amigos ou colegas. Falaram animadamente durante toda a viagem, mas, no espaço de duas horas, nem uma única vez os vi esboçar um sorriso. Podem imaginar a mesma cena a passar-se com alemães ou suíços ou espanhóis ou mesmo italianos mas nunca com britânicos — nunca.

E os Britânicos são muito fáceis de agradar. É extraordinário. De facto, gostam de ter os seus prazeres, mas em tamanho reduzido. É por isso que muitas das suas especialidades — *teacakes*[NT1], *scones, crumpets*[NT2], *rock cakes*[NT3], bolachas *rich tea*, e *fruit Shrewsburys*[NT4] — são tão saborosas. E o único povo que conheço que se lembra de pôr geleia e groselhas no interior de pudins ou de bolos. Se lhes oferecerem uma coisa verdadeiramente tentadora — uma fatia de bolo ou uma caixa de chocolates — normalmente vão mostrar-se hesitantes, e começam a recusar por ser muita quantidade e desnecessário, como se qualquer prazer que tenham para lá de um certo limiar seja considerado impróprio.

— Oh, não sei se deva — dizem.

— Aceite, por favor — insistimos, tentando encorajá-los.

[NT1] Bolos que se comem quentes barrados com manteiga.
[NT2] Pequenos bolos achatados e redondos que não levam açúcar e se comem quentes, barrados com manteiga.
[NT3] Pequenos bolos de textura rija com frutos secos.
[NT4] Tipo de bolachas.

— Bem, então só um bocadinho — dizem, e agarram rapidamente num pequeno pedaço de bolo ou num chocolate, e olham à volta como se estivessem a fazer algo de muito *terrível*. Para a mentalidade dos Americanos é completamente absurdo um tal comportamento. Para um americano, o único objectivo na vida e o sinal de que está vivo é abarrotar-se do prazer sensual que lhe dá a comida, e fazê-lo mais ou menos de modo contínuo. Sentir o máximo de satisfação imediata, e com requinte, é um direito adquirido à nascença. Poderá também dizer «Oh, não sei se deva», mas no caso de alguém o mandar respirar profundamente.

Sempre me fez muita confusão a atitude estranha dos Britânicos perante o prazer e o seu optimismo obstinado que lhes permite ter expressões cheias de entusiasmo, nas ocasiões mais inadequadas — «bem, isso altera tudo», ou «não me posso queixar», ou «podia ser pior», ou «não é muito, mas é barato e agradável», e «estava muito bom, *realmente*» — mas, a pouco e pouco, fui-me habituando à sua maneira de pensar, e a minha vida nunca foi tão feliz. Recordo-me de estar sentado num café onde fazia muito frio, situado numa avenida marginal, com a roupa toda molhada, em frente de uma chávena de chá e um bolinho de manteiga, e dar comigo a exclamar: «Oh, que maravilha!». Nessa altura, percebi que o meu processo de integração tinha começado. Em breve, comecei a considerar exagerados e quase ilegais o género de procedimentos, como pedir mais torradas num hotel, comprar meias de lã na *Marks & Spencer*, e ter dois pares de calças quando só precisava de um. A minha vida ficou muito mais enriquecida.

Sorri para o casal que estava à porta da cabana e continuei a caminhar com dificuldade pela praia até Mudeford, uma aldeia muito pequena, situada numa ponta de terra arenosa que se estende entre o mar e os contornos cobertos de juncos do porto de Christchurch, de onde se avista a bela igreja Priory. Outrora, Mudeford foi local de refúgio de contrabandistas, mas actualmente tem pouco mais do que uma pequena artéria comercial e uma garagem da Volvo, com uma série de casas à volta, todas com nomes de referência ligados à náutica: *Saltings, Hove To, Sick Over the Side.*

Atravessei a aldeia e fui até Christchurch, através de uma comprida rua, com ar sujo, e ladeada de garagens, lojas com aspecto poeirento e *pubs* quase abandonados; depois, segui para Bournemouth passando por Tuckton, Southbourne e Boscombe. O tempo não poupou muitos destes lugares. Os recintos comerciais de Christchurch e Southbourne pareciam fechar-se numa espécie de espiral de degradação e, em Tuckton Bridge, um *pub* muito agradável, situado nas margens do rio Stour, ficou com o antigo relvado transformado num grande parque de estacionamento para automóveis. Agora chamava-se qualquer coisa como *Brewers Fayre,* uma sucursal da organização Whitbread. Era horrível, mas incrivelmente popular. Só Boscombe parecia ter melhorado um pouco. Em tempos, a rua principal quase nos fazia sufocar, cheia de lixo, lojas com mau aspecto e detestáveis supermercados e armazéns metidos no meio de fachadas de estilo vitoriano. Agora, a rua estava parcialmente fechada ao trânsito e reservada para peões, a Royal Arcade foi reconstruída, com um estilo requintado, e tinha muitas lojas de antiguidades que eram muito mais interessantes de se ver do que os anteriores salões de beleza com «solários», e estabelecimentos de venda de colchões e roupa de cama. Num dos extremos, havia uma loja que se chamava *Boscombe Antique Market* e que tinha um grande letreiro na vitrina a dizer «Compramos Tudo!», o que parecia uma generosidade fora do normal, pelo que decidi entrar, cuspir em cima do balcão e gritar: «Quanto é que me dá por isto?». Não o fiz, é claro — estava fechado — mas gostaria de o ter feito.

Foi uma longa caminhada desde Highcliffe até Bournemouth, cerca de 16 quilómetros, e fiquei satisfeito quando cheguei a East Overcliff Drive, a última etapa da viagem até à cidade. Parei para repousar, encostei-me a uma vedação de ferro pintada de branco, e fiquei a apreciar a paisagem. O vento tinha amainado e, à luz frágil do entardecer, Poole Bay, nome que davam à zona marítima de Bournemouth, estava admirável: uma extensão majestosa de falésias a formarem uma curva sinuosa, e, em baixo, as belas praias douradas que se estendem desde a Ilha de Wight até às colinas cor de púrpura de Purbeck. Na minha frente, viam-se as luzes de Bournemouth e de Poole, a cintilar convidativas, à medida que ia anoitecendo. Mais abaixo, os dois cais marítimos da cidade tinham um aspecto alegre e atractivo e, mais adiante, sobre a superfície do mar, viam-se as luzes dos barcos que passavam, a brilharem cintilantes na obscuridade. O mundo, ou pelo menos aquele canto do mundo, parecia agradável e cheio de paz e fez-me sentir muito bem.

Durante esta viagem, iria ter momentos de pânico velado, ao pensar na hipótese de deixar esta pequena ilha tão acolhedora e familiar. De facto, a viagem foi cheia de melancolia — um pouco como andar a vaguear, pela última vez, através de uma casa a que estamos muito ligados.

A realidade é que eu gostava muito desta terra. Mesmo muito. Iria bastar um gesto amigável do dono de uma loja, ou sentar-me junto à lareira de um *pub* rural, ou uma vista maravilhosa como esta, para me fazer pensar que ia cometer um grande erro.

E assim, se fossem uma daquelas pessoas que andam a passear por cima das falésias de Bournemouth, naquele fim de tarde ameno, teriam visto um americano de meia-idade a vaguear, completamente absorvido pelos seus pensamentos, e a murmurar baixinho como se fosse uma espécie de *mantra*[NT]: «Pensa no cabelo de Cecil Parkinson. Pensa nos 17,5 por cento do IVA. Pensa nos sábados, em que tens de carregar o carro com coisas para deitar fora, e nas vezes em que chegas ao depósito do lixo e ele está fechado. Pensa nas restrições da utilização de água para rega depois de dez meses de chuva. Pensa no gosto estranho e inabalável que a BBC1 tem em apresentar sistematicamente *Cagney e Lacey*. Pensa em...»

[NT] Fórmula sagrada dotada de poder mágico nos rituais hinduísta e budista.

CAPÍTULO 7

Segui até Salisbury num grande autocarro vermelho de dois andares que balançava através das estradas ventosas e batia nos ramos pendentes das árvores, de forma emocionante. Gosto muito de Salisbury. Tem o tamanho exacto que uma cidade deve ter — suficientemente grande para ter os seus cinemas e livrarias, e razoavelmente pequena para nos sentirmos bem e com vontade de lá viver.

Andei por um mercado muito animado, instalado na praça principal, e tentei imaginar que interesse é que os Britânicos vêem nestas coisas. São sempre de um mau gosto terrível, com caixotes de madeira virados ao contrário, folhas de alface muito murcha, e sujos toldos de plástico presos com molas. Nos mercados franceses, anda-se por entre cestos de azeitonas e cerejas muito lustrosas, e pequenos queijos de cabra redondos, tudo apresentado com muito asseio. Na Grã-Bretanha, compram-se toalhas de chá e capas de tábuas de passar a ferro que estão metidas dentro de grades de cerveja de plástico. Estes mercados sempre me fizeram sentir deprimido.

Agora, ao andar pelas ruas movimentadas, onde existiam as lojas, achava que eram as coisas menos interessantes que me saltavam à vista — *Burger Kings* e *Prontaprints* e *Super Drugs* e muitos outros «Adversários» de High Street, todos com as vitrinas cheias de anúncios de ofertas especiais, e encaixados em edifícios que não tinham a mais pequena ligação com a sua natureza ou modernidade. No centro da cidade, num canto que deve ter sido um prazer para a vista, encontrava-se um pequeno edifício ocupado pela agência de viagens *Lunn Poly*. A parte de cima da estrutura tinha madeiramentos e era magnífica; em baixo, entre as vitrinas de vidros enormes, cobertas com anúncios de voos económicos para Tenerife e Málaga, escritos à mão, a fachada do edifício tinha sido coberta com azulejos — *azulejos,* imaginem — que formavam um mosaico composto por pequenos quadrados de vários tons que pareciam ter sido recuperados de uma casa de banho de King's Cross. Era horrível. Fiquei ali especado, a olhar e a imaginar que tipo de arquitectos, *designers* e urbanistas tinham permitido que se fizesse uma coisa daquelas a um belo edifício com madeiramentos do século XVII, e não consegui chegar a uma conclusão. E o pior era que não fazia grande diferença de muitos outros ao longo da rua.

Às vezes acho que os Britânicos têm um património maior do que aquele que merecem. Num país onde existe tanto de tudo, é fácil olhar para as coisas como uma espécie de recurso inesgotável. Consideremos os seguintes números: 445 mil edifícios classificados, 12 mil igrejas medievais, cerca de 607 mil hectares de terreno comunitário e 190 mil quilómetros de atalhos e caminhos públicos autorizados em propriedades privadas, 600 mil locais de interesse arqueológico (98 por cento dos quais sem protecção legal). Sabiam que só na minha aldeia de Yorkshire existem mais edifícios do século XVII do que em toda a América do Norte? E não passa de uma pequena aldeia pouco conhecida com uma população que não chega a atingir sequer os cem mil habitantes. Multiplique-se agora por todas as outras aldeias grandes e pequenas da Grã-Bretanha e chega-se à conclusão de que a reserva existente, no que respeita a antigas habitações, celeiros, igrejas, currais, muros, pontes e outras estruturas, é imensa, quase incalculável. Como a fartura é muita, não é difícil perceber que se possa ir fazendo desaparecer pedaços dessas estruturas — uma fachada com madeiramentos aqui, umas janelas jorgianas ali, algumas centenas de metros de vedações antigas ou muros de pedra bruta — e ainda ficar com muita coisa. Na realidade, o país está a ser completamente «debicado».

Fico espantado como o controlo do planeamento é tão pouco rigoroso no caso de um meio ambiente tão susceptível como este. Sabiam que, mesmo em áreas protegidas, um proprietário de uma casa pode retirar as portas e as janelas originais, cobrir o telhado com telhas do estilo de propriedade rural e a fachada com revestimento de pedra artificial, deitar abaixo o muro do jardim, substituir o relvado por empedrado, ou acrescentar um alpendre feito de contraplacado, e depois disto tudo, aos olhos da lei, ainda ser considerado como estando a preservar o estilo original? De facto, aquilo que ele não pode deveras fazer é deitar a casa abaixo — e mesmo isto é uma exigência legal hipotética. Em 1992, uma empresa de construção de Reading demoliu vários edifícios classificados, numa área preservada, foi levada a tribunal e pagou por tudo uma multa de 675 libras.

Apesar de nos últimos anos ter havido uma maior consciencialização por todo o país, os proprietários continuam a poder fazer o que entendem das suas casas, bem como os fazendeiros que constroem enormes barracões de lata e vedações, e a Telecom britânica que se desfaz das cabinas telefónicas vermelhas e as substitui por «cabinas de chuveiro», ou as empresas gasolineiras que levantam coberturas em todos os largos à entrada dos edifícios, e os retalhistas que vão impondo o seu estilo de falso corporativismo em cima de estruturas de delicado valor arquitectónico, e nada se consegue fazer para os impedir. De facto, há apenas uma coisa que pode ser feita: recusarmo-nos a ser seus clientes. Tenho orgulho de afirmar que, durante anos, não entrei num único estabelecimento da *Boots* e não o voltarei a fazer até eles restaurarem as suas fachadas originais em Cambridge, Cheltenham, York e muitos outros locais que vou acrescentando à lista de tempos a tempos, e, de bom grado, ficaria molhado até aos ossos se conseguisse encontrar, a uma distância de cerca de 30 quilómetros de minha casa, um único posto de abastecimento de gasolina que não tivesse uma cobertura.

Presentemente, e justiça lhe seja feita, a cidade de Salisbury cuida muito melhor dela própria do que a maioria das outras cidades. No entanto, é a própria beleza do lugar que faz com que não se suporte qualquer tipo de profanação. Além disso, parece que vai ficando cada vez melhor. Recentemente, as autoridades locais insistiram com um proprietário de um cinema do centro da cidade, para que conservasse a fachada de madeiramentos do edifício do século XVI, e reparei em dois locais onde os construtores pareciam estar a seleccionar edifícios que tinham sido espoliados num período de trevas dos anos 60 e 70 e a restaurá-los com muito cuidado. Um dos responsáveis pelo empreendimento afirmava com orgulho que era mais ou menos habitual fazer este tipo de procedimento. Que o seu futuro seja muito próspero!

Acho que serei capaz de perdoar tudo a Salisbury desde que conservem intacto o Cathedral Close (Recinto). Não tenho dúvidas de que a Catedral de Salisbury é o edifício arquitectónico mais belo de Inglaterra, e o recinto à sua volta um dos espaços mais maravilhosos que se pode imaginar. Cada pedra, cada muro, cada arbusto é do mais perfeito que existe. É como se, durante estes 700 anos da sua existência, todas as pessoas que lhes tocaram só tenham contribuído para que tudo fosse ainda mais perfeito. Era capaz de ficar a viver, cá fora, sobre um dos seus bancos. Durante meia hora, estive sentado num deles a admirar a estrutura requintada da catedral, dos seus relvados e casas dos clérigos. Teria ficado mais tempo, se não começasse a chuviscar. Então, levantei-me e fui dar uma volta. Entrei primeiro no Salisbury Museum, na esperança de encontrar uma pessoa simpática atrás do balcão que me ficasse com a mochila, enquanto ia visitar o museu e a catedral. (E havia mesmo, louvado seja.) O Salisbury Museum é espantoso, e aconselho-os a visitarem-no sem demora. Não tencionava ficar lá muito tempo, mas estava cheio de peças interessantes do tempo dos Romanos, quadros antigos e modelos, à escala reduzida, de monumentos como o Old Sarum e outros, perante os quais me sinto sempre como um papalvo.

Interessou-me ver, especialmente, a Stonehenge Gallery, pois tencionava ir ver o monumento no dia seguinte. Então, li todas as notas explicativas com muita atenção. Sei que é desnecessário dizê-lo, mas é um dos monumentos mais incríveis que existe. Foram precisos 500 homens para deslocar cada bloco de arenito e mais 100 para posicionarem os rolos de madeira. Agora, imaginem-se a tentar convencer 600 pessoas a ajudá-los a transportar 50 toneladas de pedra, ao longo de uns 30 quilómetros, conseguir pô-las na posição vertical, e depois dizer: «Muito bem, rapazes! São só mais outros 20 blocos como estes e mais uns quantos lintéis, e talvez umas duas dúzias de doleritos azulados de Gales, e depois, podemos *festejar!*» Quem quer que esteve por detrás da construção de Stonehenge tinha uma capacidade diabólica de incentivar os outros, disso podem ter a certeza.

A seguir ao museu, atravessei o extenso relvado em direcção à catedral. Se se der o caso de nunca lá terem estado, desde já os aviso que a Catedral de Salisbury é, de todas as catedrais inglesas, a mais interessada em dinheiro. De um modo geral, não simpatizo com as estruturas eclesiásticas que tentam obter fundos dos visitantes, mas depois de ter conhecido o vigário da University Church of St. Mary the Virgin, em Oxford, — a igreja paroquial mais visitada de Inglaterra — fiquei a saber que os seus 300 mil visitantes anuais depositavam ao todo, na caixa da colecta, a miserável quantia de oito mil libras, pelo que, a partir de então, passei a ser mais condescendente. Quero eu dizer com isto que são estruturas magníficas e que precisam do nosso apoio reconhecido. Mas, no caso de Salisbury, as coisas ultrapassam o que se pode chamar de convite discreto à comparticipação.

Em primeiro lugar, temos de passar por uma espécie de bilheteira de cinema onde somos encorajados a pagar «voluntariamente» um bilhete de entrada de duas libras e meia e, uma vez no interior da catedral, somos frequentemente solicitados a dar mais dinheiro para ouvir uma mensagem gravada, ou para fazer um *brass rubbing*[NT], ou para mostrar o nosso apoio ao *Salisbury Cathedral Girl Choristers* (Coro Feminino da Catedral de Salisbury) e aos *Friends of Salisbury Cathedral* (Amigos da Catedral de Salisbury), ou ainda para ajudar a restaurar uma coisa chamada *Eisenhower flag* (bandeira de Eisenhower), com umas «estrelas» e umas «riscas» muito coçadas e esfarrapadas, que, em tempos, esteve pendurada no posto de comando de Eisenhower, em Wilton House, próximo dali. (Deixei dez *pence* com uma nota a dizer: «Porque razão é que a deixaram chegar a este estado?») Ao todo, contei nove tipos de contribuições diferentes, desde a entrada até à loja das recordações — mais propriamente dez, se incluirmos a das velas das promessas. A acrescentar a tudo isto, não conseguíamos andar pela nave da catedral sem esbarrar com um expositor vertical onde nos era apresentado o pessoal da catedral (com as fotografias sorridentes de todos eles, como se estivéssemos num *Burger King*) ou um relato do trabalho voluntário da igreja no estrangeiro, ou ainda umas vitrinas com modelos que mostravam como a catedral tinha sido construída — interessante, é certo, mas mais apropriado para estar no museu. Uma baralhada. Não duvido que, dentro de muito pouco tempo, iremos estar a ser convidados a entrar dentro de um carrinho movido a electricidade que nos leva, a toda a velo-

---

[NT] Técnica de decalque, que consiste em fazer uma cópia de uma placa de metal histórica, com palavras ou desenhos gravados, existente no chão ou paredes de uma igreja, pelo processo de esfregar com giz ou cera sobre papel que se coloca sobre a mesma placa.

cidade, a viver a «Salisbury Cathedral Experiente», tudo acompanhado com figuras de pedreiros e de monges animados electronicamente como o *Friar Tuck*. Não dou mais do que cinco anos para isso acontecer.

Mais tarde, fui buscar a minha mochila ao simpático funcionário do Salisbury Museum, e caminhei com dificuldade até aos escritórios do posto de turismo local, onde apresentei ao jovem empregado que estava ao balcão uma complicada proposta de itinerário através de Wiltshire e Dorset, desde Stonehenge até Avebury, continuando para Lacock, Stourhead Gardens e talvez Sherborne, e pedi-lhe para me indicar os autocarros que eu deveria apanhar para conseguir ver tudo em três dias. Olhou para mim como se eu fosse uma pessoa excêntrica e disse: «Já alguma vez viajou de autocarro através da Grã-Bretanha?» Afirmei-lhe que sim, mas em 1973. «Bem, acho que vai encontrar tudo um pouco mudado.»

O rapaz foi buscar um pequeno folheto com os horários dos autocarros entre Salisbury e localidades situadas na direcção do oeste, e ajudou-me a localizar a reduzida secção que dizia respeito a viagens até Stonehenge. A minha ideia era, de manhã cedo, apanhar um autocarro para Stonehenge, tencionando depois prosseguir para Avebury, na parte da tarde, mas percebi imediatamente que era impossível. O primeiro autocarro não saía antes das 11 horas da manhã. Suspirei, desiludido.

— Tenho a certeza de que vai encontrar um táxi de serviço, na localidade, que o levará até Stonehenge, ficará à sua espera e o trará de volta por cerca de 20 libras. Uma quantidade de americanos que nos visitam ficam satisfeitos com esta modalidade.

Expliquei-lhe que, embora fosse americano de origem, tinha vivido na Grã-Bretanha o tempo suficiente para aprender a cuidar do meu dinheiro e, embora ainda não tivesse chegado ao ponto de tirar moedas de uma pequena bolsa de plástico, não iria gastar voluntariamente 20 libras numa coisa que não pudesse levar para casa e usá-la durante anos. Refugiei-me num café que havia ali próximo, com uma série de horários de autocarros na mão e, depois de tirar da minha mochila um volumoso *Great Britain Railway Passenger Timetable,* comprado especialmente para esta viagem, comecei a fazer um estudo profundo sobre as várias hipóteses de viajar em transportes públicos através da região de Wessex.

Fiquei um pouco admirado ao descobrir que muitas comunidades não tinham ligação com os caminhos-de-ferro — Marlborough, Devizes e Amesbury, entre outras. Nenhum dos horários de autocarros parecia fazer ligação entre si. Ir de autocarro até lugares como Lacock era pouco usual e, normalmente, quando tal acontecia, a viagem de regresso era quase imediata, pelo que só tínhamos duas alternativas: ficar apenas 14 minutos ou esperar sete horas pelo seguinte. Era desesperante.

Irritado, dirigi-me aos escritórios do jornal local para me encontrar com um tal Peter Blacklock, um velho amigo do tempo do *The Times,* e que agora trabalhava em Salisbury. Em tempos, dissera-me que ele e a mulher, Joan, ficariam muito contentes por me receber em sua casa, se um dia passasse por Salisbury. Tinha-lhe escrito uns dias antes a anunciar que passaria pelo seu escritório às 16h30m de um determinado dia, mas ele não deve ter recebido nada pois, quando cheguei às 16h29m, ele já se tinha escapulido por uma janela das traseiras. Claro que estou a brincar! Estava à minha espera, todo satisfeito, dando-me a sensação de que ele e a abençoada Joan estavam ansiosos que eu chegasse para poder comer em casa deles, beber o seu licor, utilizar o seu quarto de hóspedes e ajudá-los a passar a noite, ao som de uma versão de sete horas da minha famosa Sinfonia Nasal. Eram a simpatia em pessoa.

De manhã, fui com o Peter até à cidade, enquanto ele me ia indicando algumas referências locais — o lugar onde a peça *As You Like It* foi representada pela primeira vez, a ponte que o escritor Trollope referiu nas suas *Barchester Chronicles* — e separámo-nos à porta dos escritórios do jornal. Tinha ainda duas horas de espera à minha frente, pelo que resolvi andar a deambular sem destino, entrando nas lojas e bebendo cafés; por fim, encaminhei-me para a estação dos autocarros onde fui encontrar imensa gente à espera do das 10h55m para Stonehenge. O autocarro chegou depois das 11, e o motorista ainda levou 20 minutos a distribuir os bilhetes, pois havia muitos turistas estrangeiros e poucos a perceberem que precisavam de pagar para obterem uma tira de papel que lhes dava direito a sentarem-se. Pobres diabos! Paguei 3,95 libras por um bilhete de ida e volta, e mais tarde 2,80 libras para poder visitar Stonehenge. «Não está interessado num guia pelo preço de 2,65 libras?», perguntou a funcionária da bilheteira pelo que lhe respondi com uma gargalhada sonora.

Stonehenge estava diferente do que era no início da década de 70, altura em que visitei o local pela primeira vez. Havia uma nova loja de recordações, mais requintada, e uma cafetaria, embora continuasse a não haver um centro de intérpretes, o que até se percebia. Afinal, trata-se do monumento pré-histórico mais importante da Europa, e uma das 12 mais visitadas atracções turísticas de Inglaterra. Deste modo, não havia razão para gastarem dinheiro inutilmente, tornando o local ainda mais interessante e instrutivo. A grande alteração que se deu é que agora não é possível aproximar-nos das pedras e escrever «AMO-TE DENISE», ou outras coisas do mesmo género, como antigamente se fazia. Agora, existe uma corda discreta que nos mantém a uma distância razoável do fabuloso monumento. Esta foi uma inovação importante. Significa que aquelas pedras imponentes não se vão perder nas mãos de milhares de excurcionistas, mas serão deixadas em paz, no meio do seu enorme esplendor.

Para lá de todo o fascínio que Stonehenge nos provoca, há um momento, que pode ser cerca de 11 minutos depois da nossa chegada, em que achamos que já vimos tudo o que queríamos, e passamos os 40 minutos seguintes a caminhar à volta da corda, a olhar para o monumento, num misto de boas maneiras, de dificuldade em ser o primeiro do autocarro a deixar o local, e de um desejo imenso de aproveitar bem as 2,80 libras que pagámos por aquela experiência. Por fim, dirigi-me à loja das recordações, olhei para os livros e objectos expostos, bebi um café numa chávena de plástico, e depois voltei para a paragem do autocarro, à espera do das 13h10m para Salisbury, enquanto me ia interrogando sobre a razão por que não punham bancos nas paragens e pensando no que iria visitar a seguir.

CAPÍTULO

8

De entre os milhares de coisas que nunca fui capaz de perceber destaca-se uma em especial. Tem a ver com a questão de saber quem foi a primeira pessoa que chegou ao pé de um monte de areia e disse: «Aposto que, se pegarmos num pouco desta areia e a misturarmos com potassa e depois a aquecermos, vamos obter uma substância sólida e transparente a que poderemos dar o nome de vidro.» Podem chamar-me obtuso, mas mesmo que eu estivesse numa praia até ao fim dos meus dias, nunca me lembraria de transformar a areia em vidro para janelas.

Por muito que admire a capacidade milagrosa da areia se transformar em substâncias sólidas tão úteis, como o vidro ou o betão, confesso que não a aprecio grandemente no seu estado natural. Para mim, não passa de uma barreira hostil que se ergue entre um parque de estacionamento e a água. Bate-nos no rosto, entra para dentro das sanduíches e engole objectos tão importantes como as chaves do carro ou moedas. Nos países quentes, queima-nos os pés e faz-nos andar aos pulos e a soltar «Ais!» e «Uis!» até entrarmos dentro de água, de uma maneira ridícula. Quando estamos molhados, agarra-se-nos ao corpo como uma espécie de argamassa e não sai nem à mangueirada. Todavia — e isto é que é o mais surpreendente —, assim que nos pusermos em cima da toalha de praia ou entrarmos no automóvel, ou passarmos por cima de um tapete que acabou de ser aspirado, ela solta-se por completo.

Durante alguns dias, sempre que descalçamos os sapatos, reparamos, com espanto, que deixamos cair no chão quantidades razoáveis de areia, e o mesmo acontece ao tirarmos as meias. Ela fica agarrada ao nosso corpo durante muito mais tempo do que certas doenças contagiosas. E é nela que os cães vão fazer as suas necessidades. No que me diz respeito, quero mantê-la à distância, o máximo que for possível.

No entanto, estou pronto a abrir uma excepção no caso de Studland Beach, onde me encontro presentemente, depois de ter tido esta ideia genial quando seguia no autocarro para Salisbury. Mergulhei profundamente nas minhas memórias e recordei-me de uma promessa feita a mim mesmo há muitos anos atrás: a de que um dia haveria de andar a pé pela costa de Dorset. E eis-me aqui, numa manhã de Outono, cheia de sol, acabado de sair do *ferry* de Sandbanks, agarrado a um pequeno bastão de madeira nodosa que tinha comprado em Poole, num momento de impetuosidade, pronto a seguir o meu caminho ao longo da extensão majestosa da mais encantadora das praias.

Estava um dia maravilhoso para andar a passear. O mar azul estava coberto de partículas brilhantes, cintilantes, e no céu as nuvens de uma alvura suprema andavam à deriva. As casas e os hotéis de Sandbanks, por trás de mim, brilhavam ao sol, com um aspecto quase mediterrânico. Bem-disposto, caminhei pela duna de areia molhada em direcção à aldeia de Studland, para lá da qual se viam as suas colinas verdejantes.

A península de Studland é conhecida como o único local onde se podem encontrar sete espécies de répteis britânicos — a cobra-de-água-de-colar, a cobra-lisa-austríaca, a víbora, a cobra-de-vidro, o lagarto, a lagartixa e Michael Portillo. Grande parte da sua área é reservada a naturistas que são sempre motivo de interesse para quem caminha ao longo da praia, embora hoje não se veja vivalma em toda a sua extensão, excepto areia virgem diante de mim e as pegadas que vou deixando para trás.

A aldeia de Studland é um local muito bonito que se estende por entre as árvores, com uma igreja normanda e uma bela vista sobre a baía. Contornei a aldeia e subi a colina em direcção a Handfast Point. A meio do caminho encontrei um casal acompanhado de dois cães grandes, pretos, de uma raça desconhecida. Andavam a correr pelo meio dos arbustos mas, assim que me viram, os seus músculos retesaram-se, os olhos ficaram avermelhados, os incisivos aumentaram de tamanho, e transformaram-se em perfeitos predadores. Num abrir e fechar de olhos estavam ao pé de mim, a ladrar furiosamente, disputando e tentando mordiscar os meus tornozelos vacilantes com os seus horríveis dentes amarelados.

— São capazes de tirar os estupores dos vossos animais de cima de mim? — gritei, numa voz estranha que me fez lembrar a de *Minnie Mouse*.

O dono correu e começou a prendê-los com as coleiras. Usava um daqueles bonés ridículos, como a dupla de cómicos Abbott e Costello usariam numa partida de golfe.

— É a sua bengala — disse ele, em tom acusador. — Eles não podem ver bengalas à frente.

— Como? Eles só atacam pessoas aleijadas?

— Não, eles apenas não suportam bengalas.

— Ah, sim? Então, talvez fosse melhor pôr a idiota da sua mulher à frente deles com um letreiro a dizer: «Atenção! Vêm Aí Cães Que Não Podem Ver Bengalas.» — Como podem perceber, eu estava levemente transtornado.

— Olha lá, *meu filho,* não é preciso ofender, está bem?

— Os seus cães atacam-me sem razão, e você não deve andar por aí com eles se não os sabe controlar. E não me chames *teu filho,* ouviste *pá?*

Ficámos a olhar um para o outro com ar ameaçador. Por um momento pareceu que íamos engalfinhar-nos e rolar por terra. Contive um forte impulso de estender o braço e dar um piparote no seu boné, mas depois um dos cães avançou de novo em direcção aos meus tornozelos e eu dei uma corrida pela colina acima. Ainda na encosta, pus-me a ameaçá-los com o bastão, como um velho demente.

— E o teu boné também é uma estupidez, ouviste? — gritei, enquanto eles continuavam a descer a colina, furiosos. Seguidamente, ajeitei o casaco, recompus-me e continuei o meu caminho. Satisfeito, podem crer.

Handfast Point é uma escarpa coberta de erva que termina num precipício de uns 60 metros de altura sobre o mar revolto. É preciso ter coragem e um pouco de loucura para subir até ao topo e olhar cá para baixo. Do lado oposto, erguem-se dois rochedos pontiagudos de pedra calcária, conhecidos pelos nomes de Old Harry e Old Harry's Wife, o que resta de uma língua de terra que ligava Dorset à Ilha de Wight, uma extensão de uns 30 quilómetros do outro lado da baía, e que se distingue através de uma névoa de gotas minúsculas de água salgada.

Para lá do promontório, o caminho era a pique até Ballard Down, um esforço acrescido para um indivíduo exausto como eu, mas que valia a pena pela vista que se desfrutava, e que era sensacional — como se estivéssemos no ponto mais alto do mundo. Numa extensão de muitos quilómetros, viam-se as colinas de Dorset, ondulantes, como uma manta que se estende sobre um leito. Havia caminhos por entre sebes frondosas e as encostas das colinas estavam pontilhadas, aqui e ali, de bosques, quintas e manchas claras de rebanhos de ovelhas. Ao longe, o mar brilhante e imenso, de um azul-prateado, estendia-se até se juntar a uma montanha de nuvens prestes a desmoronar-se. Mesmo abaixo dos meus pés, Swanage comprimia-se junto a um promontório rochoso na orla de uma baía em forma de ferradura e, atrás de mim, ficavam Studland, os terrenos alagados de Poole Harbour, e Brownsea Island, vendo-se atrás desta, uma infinidade de campos cultivados. Era de uma beleza indescritível, um daqueles raros momentos em que tudo parece ter atingido a perfeição suprema. Enquanto ali estava, fascinado e completamente isolado, uma massa nebulosa passou em frente do Sol e através dela jorraram jactos de luz cintilante, como se fossem degraus que nos conduzissem ao céu. Um deles caiu a meus pés e, por momentos, quase jurava que tinha ouvido música celestial, um som de harpas e uma voz que me dizia: «Acabei de atirar com aqueles cães para um ninho de víboras. Um bom dia para ti.»

Encaminhei-me para um banco que tinha sido colocado de propósito naquele cume soberbo, para que indivíduos cansados como eu pudessem repousar — é extraordinário quantas vezes se tem o prazer de deparar com um gesto de simpatia como este na Grã-Bretanha — e tirei da mochila o meu mapa de Purbeck, da Ordnance Survey[NT] à escala de 1:25 000. Normalmente, nunca me sinto muito à vontade com um mapa que não tenha assinalado o sítio onde me encontro, com um «Você-está-aqui», mas os mapas do Ordnance Survey são excelentes. Oriundo de um país onde os que elaboram este tipo de mapas têm tendência para excluir todas as características paisagísticas que sejam mais pequenas do que, por exemplo, o Pike's Peak, fico sempre impressionado com a quantidade de detalhes que aparecem nas colecções do OS 1:25 000. Incluem todos os sulcos e tufos de relva existentes na paisagem, e todos os celeiros, marcos quilométricos ou rodas de vento e sepulturas. Faz a distinção entre locais de areia fina e areia grossa, entre cabos eléctricos que vêm de torres e os que vêm de pólos terrestres. Este mapa que tinha na mão até incluía o banco de pedra onde estava sentado. Era um espanto poder ver no mapa o lugar exacto, em metros quadrados, onde o meu traseiro estava assente.

Pela leitura despreocupada do seu conteúdo, fiquei a saber que a cerca de uns três quilómetros para oeste se erguia um obelisco histórico. Espantado com o facto de alguém se lembrar de construir um monumento num local tão remoto, caminhei ao longo da crista da colina para dar uma vista de olhos. Foram os três quilómetros mais compridos que alguma vez tinha feito. Passei por campos cobertos de erva, por rebanhos de ovelhas assustadiças, por cima de vedações e através de portões, sem o menor sinal de estar próxi-

---

[NT] Serviço cartográfico e topográfico oficial da Grã-Bretanha, que elabora os melhores mapas para caminhantes.

mo do meu objectivo, mas continuei sempre persistente porque... bem, porque quando se é estúpido não há nada a fazer. Finalmente, cheguei a um modesto e despercebido obelisco de granito. As inscrições desgastadas, gravadas na pedra, diziam que, em 1887, o Dorset Water Board tinha uma canalização que passava por ali. «Óptimo, que maravilha!», pensei para comigo. Aborrecido, recorri mais uma vez à ajuda do mapa e reparei que, um pouco mais adiante, havia uma coisa que se chamava Giant's Grave, e pensei: «Bem, isto deve ser interessante.»

Então, lá caminhei penosamente para ir ver o local. Como vêem, o problema está aqui. Há sempre mais um ponto de referência que desperta a nossa curiosidade. Podíamos passar a vida inteira a caminhar de um círculo de pedra para uma povoação do tempo dos Romanos (ou o que resta dela), ou para uma abadia em ruínas, e nunca chegaríamos a ver mais do que uma pequena fracção, mesmo numa área reduzida, especialmente se lhes acontecer, como foi o meu caso, quase nunca os encontrar. Nunca consegui descobrir o Giant's Grave. Acho que estive perto, mas não tenho a certeza. A única desvantagem destes mapas da Ordnance Survey é que, por vezes, dão-nos referências a mais. Com tantas hipóteses de detalhes paisagísticos é fácil convencermo-nos de que estamos quase a ver o que queremos. Aparece-nos um pequeno bosque pela frente e pomo-nos logo a pensar: «Ora vejamos, isto deve ser Hanging Snot Wood, o que quer dizer que *aquele* outeiro, com um aspecto tão antigo, é quase de certeza Jumping Dwarf Long Barrow, e sendo assim, aquela residência ali, na colina, deve ser Desperation Farm. Deste modo, vamos avançando, cheios de confiança, até chegarmos a um local que obviamente não era o que esperávamos, como Portsmouth, e percebemos que nos perdemos.

Foi assim que passei uma tarde amena, mas muito complicada, a palmilhar um recanto de Dorset, desconhecido mas muito verde e bonito, à procura de uma estrada interior que me levasse até Swanage. Quanto mais avançava para o centro, menos definidos eram os caminhos. A meio da tarde, dei comigo quase a rastejar, debaixo de arame farpado, atravessando ribeiros a vau com a mochila à cabeça, a soltar a perna de uma armadilha para ursos, a cair, e a desejar ansiosamente chegar a qualquer sítio. Às vezes, parava para descansar e tentar identificar alguma pequena semelhança entre o mapa e a paisagem que via à minha volta. Por fim, levantei-me, sacudi uma bosta de vaca do traseiro, ganhei ânimo e parti numa direcção completamente diferente. Assim, ao fim da tarde e, para minha surpresa, dei comigo a chegar a Corfe Castle, com os pés doridos, sujo da viagem, e com as mãos e os pés guarnecidos de laivos de sangue seco.

Para comemorar a minha felicidade de ter chegado a algum lugar, dirigi-me ao melhor hotel da cidade, uma casa senhorial de estilo isabelino, situada na artéria principal, e que se chamava Mortons House. Tinha um aspecto muito agradável e o meu estado de espírito começou a melhorar. Além do mais, tinham vaga para mim.

— Vem de muito longe? — perguntou a rapariga da recepção, enquanto eu preenchia a ficha de registo. A primeira regra do viajante é, obviamente, mentir com quantos dentes tem na boca.

— De Brockenhurst — respondi, com um ar muito sério.

— Meu Deus, mas isso é muito longe!

Funguei, numa atitude acintosamente viril.

— Sim, é verdade, mas tenho comigo um bom mapa.

— E onde pensa ir amanhã?

— Até Cardiff.

— Céus! E vai a pé?

— Nunca viajo de outra maneira. — Peguei na mochila, agarrei na chave do quarto e pisquei-lhe o olho, com ar de homem cheio de experiência, pelo que ela teria desmaiado, imagino, se eu fosse 20 anos mais novo, mais bem apresentado, e não tivesse um pedaço de bosta de vaca na ponta do nariz.

Passei alguns minutos a escurecer a brancura de uma toalha de banho com a minha sujidade, e depois sai rapidamente para conseguir dar uma olhadela pela terra antes que tudo estivesse fechado. Corfe é uma localidade muito bonita e popular, um aglomerado de pequenas casas de pedra dominado pelas paredes soberbas e denteadas do seu famoso, e muito fotografado, castelo — as ruínas preferidas de toda a gente, segundo a princesa Margarida. Regalei-me com uma chávena de chá e um bolo no pequeno, alegre e movimentado *National Trust Tea Room,* apressando-me depois a entrar na porta ao lado, que dava acesso ao interior do castelo. O bilhete custava 2,90 libras — o que achei um pouco exorbitante para um monte de ruínas — e a visita terminava daí a dez minutos, mas comprei-o de qualquer forma, pois não sabia quando é que voltaria a passar por lá. Durante a Guerra Civil, o castelo tinha sido destruído por antimonárquicos, e depois os habitantes da cidade apoderaram-se do máximo que foi deixado, e assim, não há muita coisa para se ver a não ser alguns fragmentos irregulares das paredes. Todavia, a paisagem que se desfrutava sobre o vale era espectacular, com a luz esbatida do pôr do Sol a projectar sombras nas encostas, e um começo de neblina a alastrar-se por entre os vales.

Ao chegar ao hotel, tomei um banho quente e demorado; depois, sentindo-me extremamente cansado, decidi regalar-me com os prazeres que o Mortons Hotel me podia proporcionar. Tomei algumas bebidas no bar e depois fui chamado para a sala de jantar. Havia mais oito pessoas, todas de cabelo grisalho, bem vestidas e silenciosas. Por que razão os ingleses ficam tão calados quando estão nas salas de jantar? Não se ouvia um único som, apenas o ruído dos talheres nos pratos e um murmúrio de pequenos diálogos do género:

— Parece que vai estar bom tempo amanhã.
— Ah, sim? Que bom.
— Hum.

E depois, silêncio.
Ou então:
— A sopa está saborosa.
— Sim.

E depois, silêncio.

Dado o requinte do hotel, esperava que a ementa tivesse especialidades como *brown windsor soup* e *roast beef,* ou *Yorkshire pudding,* mas na indústria hoteleira, as coisas alteraram-se. Agora as ementas estavam cheias de vocábulos que não se viam há uns anos atrás — «noisettes», tartare», «duxelle», «coulis», «timbale» — e escritas numa linguagem empolada, com letras maiúsculas, fora do contexto habitual.

Pedi, e passo a citar, «Fanned Galia Melon and Cumbrian Air Dried Ham served with a Mixed leaf Salad»[NT1], *seguido de «Fillet Steak served with a crushed Black Peppercorn Sauce flamed in Brandy and finished with Cream»*[NT2], e que, no seu conjunto, eram quase tão agradáveis de ler como de comer.

Senti-me dominado por aquela nova maneira de falar e tive um grande prazer em utilizá-la para me dirigir ao criado. Pedi-lhe uma «água transparente acabada de tirar da torneira e servida *au nature* num cilindro de vidro» e, quando ele surgiu com uns pãezinhos, pedi-lhe que me trouxesse uma pequena bola de trigo branco, cozida no forno e coberta de sementes de papoila. Estava a ficar animado e a preparar-me para mandar vir um guardanapo de pano em leque, acabado de lavar, e perfumado com uma suave fragrância de Orno, para substituir o que tinha caído do meu colo e que agora jazia na «superfície horizontal anterior dos meus pés», quando ele me veio entregar a «Ementa dos Doces» e percebi que estava de volta ao mundo consciente dos Ingleses.

Há uma coisa curiosa neste tipo de restaurantes, em Inglaterra. Tentam deslumbrar-nos com ninharias de *duxelles* disto, e *little noisettes* daquilo, mas não chateiam ninguém quando se trata dos seus pudins, o que eu estou plenamente de acordo. Todos as sobremesas tinham os habituais nomes ingleses. Mandei vir um pudim de caramelo que estava uma delícia. Quando acabei a refeição, o criado veio convidar-me a ir até ao salão onde me esperava um *caisson* de café

[NT1] «Leque de fatias de melão Galia (o mais comum em Inglaterra) servido com presunto curado da Cumbria e salada de verdes.»
[NT2] «Bife do lombo com bagos de pimenta esmagados, flambeado em brande e coberto de natas.»

acabado de torrar, acompanhado de umas *mint wafers,* escolha do chefe. Enfeitei a mesa com um pequeno círculo de «moedas de cobre», manufactura da Royal Mint, e, sustendo uma pequena «eructação gastrointestinal», procedi à minha retirada do salão.

Na manhã seguinte, a primeira decisão que tomei foi voltar ao caminho da costa, pela simples razão de, na véspera, me ter desviado do mesmo. Saí de Corfe e arrastei-me pesadamente, ofegante, por uma íngreme colina acima até chegar a Kingston, a aldeia vizinha. Era mais um daqueles dias esplêndidos, e o panorama que se desfrutava de Kingston sobre Corfe e o seu castelo — agora à distância, tal qual uma miniatura — tinha algo de soberbo.

Meti por um caminho agradavelmente plano e andei cerca de três quilómetros, por entre bosques e terrenos cultivados, ao longo da crista de um vale até atingir a orla costeira num outeiro solitário e impressionante conhecido pelo nome de Houns-tout Cliff. Mais uma vez a vista era espantosa: colinas que lembravam o dorso de uma baleia, e penhascos de um branco radioso, recortados com pequenas enseadas e praias escondidas, fustigadas por um mar azul e imenso. Conseguia ver todo o caminho que iria fazer até Lulworth, o meu objectivo daquele dia, e que ficava a uma distância de uns 16 quilómetros, com muitas elevações acentuadas na direcção do oeste.

Continuei no meu caminho, subindo e descendo colinas. Não passava das dez horas da manhã e já estava um calor que não era próprio da época. A maior parte das colinas da costa de Dorset não tinha mais do que uns 30 metros de altura, mas eram íngremes e contínuas, pelo que, em breve, eu suava, arfava e morria de sede. Tirei a mochila das costas e descobri com irritação que tinha deixado no hotel o novo cantil, que tinha comprado em Poole e enchido de água logo de manhã. Não há nada que faça mais sede do que saber que se não tem nada para beber. Continuei a andar, com a esperança vã de encontrar um *pub* ou um café aberto, em Kimmeridge, mas à medida que me aproximava de um ponto elevado que dava sobre a encantadora baía, constatava que a localidade era demasiado pequena para esses luxos. Peguei nos binóculos e examinei a aldeia de longe, descobrindo que havia uma espécie de prefabricado instalado no parque de estacionamento dos automóveis. Talvez fosse um pequeno salão de chá sobre rodas. Andei mais depressa, passei por uma construção meramente ornamental e perfeitamente desprezada que tinha o nome de Clavel Tower, e seguidamente, desci até à praia. Levei quase uma hora de caminho, tal era a distância. Ansioso, percorri a praia até chegar ao prefabricado. Era um posto de recrutamento da National Trust[NT] e estava fechado.

Fiquei angustiado. Tinha a garganta áspera. Estava a quilómetros de distância de qualquer outro lugar e não via ninguém à minha volta. Naquele momento, como por milagre, uma carrinha de gelados vinha a descer a colina, a tilintar, e instalou-se num extremo do parque de estacionamento. Impaciente, esperei uns dez minutos até que o rapaz abrisse calmamente as portadas da carrinha e expusesse os seus produtos. Assim que ele abriu a vitrina, perguntei-lhe

---

[NT] Sociedade fundada em 1895, para preservar locais de beleza natural ou interesse histórico.

o que é que havia para beber. O rapaz procurou e informou-me que tinha seis pequenas garrafas de *Panda Cola*. Comprei-as todas e fui pôr-me à sombra da carrinha, começando por abrir nervosamente uma delas e engolir o seu conteúdo vital, num só trago.

Agora, não quero que pensem que a *Panda Cola* é inferior à *Coke,* à *Pepsi,* à *Dr Pepper,* à *Seven-Up,* à *Sprite,* ou a qualquer outra bebida deste tipo que, inexplicavelmente, gozam de um grande patrocínio, ou que o facto de estar a consumir uma bebida não alcoólica morna me impressiona grandemente, mas o certo é que havia qualquer coisa de insatisfatório nas bebidas que acabara de comprar. Bebi uma atrás de outra até o meu estômago não aguentar mais, mas não podia dizer que me sentia mais fresco. Suspirei, coloquei as duas garrafas que restavam dentro da mochila, para o caso de ter um desejo louco de açúcar, mais tarde, e prossegui o meu caminho.

A uns três quilómetros de distância de Kimmeridge, no extremo de uma colina extremamente íngreme ficava a pequena aldeia de Tyneham, ou o que restava dela. Em 1943, o exército ordenou que os habitantes de Tyneham abandonassem a aldeia, para que eles pudessem executar exercícios com granadas nas encostas circundantes. Prometeram-lhes que, mal Hitler tivesse sido derrotado, eles poderiam regressar à aldeia. Ao fim de 51 anos, os habitantes ainda continuavam à espera. Desculpem o meu tom irreverente, mas isto parece-me vergonhoso não só por ser um transtorno terrível para o povo de Tyneham (em especial, para aqueles que se esqueceram de suspender a distribuição do leite), mas também para os pobres diabos, como eu, que têm de ficar à espera que a carreira-de-tiro deixe de estar vedada ao público, o que só acontece esporadicamente. O facto é que, naquele dia, estava aberta — tive o cuidado de confirmar antes de lá ir — e assim consegui subir a colina íngreme e passar para lá de Kimmeridge, ficando a admirar o amontoado de casas sem telhado, que parece ter sido tudo o que restou de Tyneham. Quando lá estive em 1970, Tyneham tinha um ar abandonado, cheio de ervas daninhas, e era praticamente desconhecida. Agora, tornou-se num local de atracção turística. O conselho distrital construiu um parque de estacionamento para automóveis e restaurou os edifícios da escola e da igreja, para funcionarem como museus, com fotografias onde se podia ver o que Tyneham tinha sido, em tempos remotos, o que me pareceu lamentável. Gostava mais dela quando não passava de uma cidade fantasma.

Sei que o exército precisa de um local para praticar tiro, mas é certo que poderiam ter encontrado um outro lugar que não desse tanto nas vistas, ao ir pelos ares — Keighley, por exemplo. O estranho era que não se via qualquer sinal de destruição pelas encostas. Havia grandes marcos vermelhos numerados, espalhados estrategicamente por todo o lado, mas estavam todos intactos, bem como toda a paisagem circundante. Talvez o exército se tenha empenhado num tipo de «guerra de nervos», ou outra coisa no género. Quem sabe dizer? Eu certamente que não, pois as minhas capacidades físicas debilitadas estavam perfeitamente empenhadas no desafio de me arrastar por uma encosta perigosíssima que ia ter ao cume de Rings Hill, e que dava sobre a baía de Worbarrow. A vista era sensacional — conseguia abranger todo o caminho de regresso até Poole Harbour — mas o que me chamou mais a atenção foi a descoberta de que esse mesmo caminho descia até quase ao nível do mar, antes de começar a subida da encosta de uma colina ainda mais íngreme. Fortaleci-me com mais uma garrafa de *Panda Cola* e iniciei a descida.

O outeiro contíguo, chamado Bindon Hill, era um colosso. Não só subia a pique até à camada inferior da troposfera, como apresentava uma série impressionante de altos e baixos que pareciam não ter fim. Assim que o irregular aglomerado de casas da aldeia de West Lulworth apareceu ao longe, e comecei a longa e acidentada descida, as minhas pernas pareciam vergar-se em todos os sentidos, e sentia bolhas a crescer entre os dedos dos pés. Cheguei a Lulworth a cambalear, como alguém que acaba de fazer uma longa caminhada no deserto, num filme de aventuras, a suar por todos os lados, resmungando baixinho e deitando pequenas bolhas de *Panda Cola* pelo nariz.

Mas, pelo menos, tinha ultrapassado a parte mais difícil da caminhada e estava agora de regresso à civilização, a uma das estâncias balneares mais encantadoras de Inglaterra. As coisas não podiam estar a correr melhor.

CAPÍTULO 9

Há muitos anos atrás, um familiar da minha mulher, prevendo os filhos que haveríamos de ter um dia, ofereceu-nos uma colecção da Ladybird Books, que abrangia as décadas de 50 e 60. Todos eles tinham títulos do género *Out in the Sun (Lá Fora ao Sol)* e *Sunny Days of the Seaside (Dias de Sol à Beira-Mar)*, e continham imagens meticulosas de um belo colorido de uma Grã-Bretanha próspera, feliz e asseada, onde o Sol brilhava sempre, os donos das lojas sorriam, e as crianças de fatinhos engomados encontravam alegria e prazer em brincadeiras tão inocentes, como ir de autocarro até às lojas, pôr o seu barquinho a flutuar no lago do parque, e conversar com um polícia simpático.

O meu livro preferido era um que se chamava *Adventure on the Island (Aventura na Ilha)*. Na verdade, tratava-se de uma pequena aventura deliciosa — recordo-me que o momento mais emocionante foi a descoberta de uma estrela-do-mar que estava agarrada a uma rocha — mas do que eu mais gostei foi dos desenhos (da autoria do genial e saudoso J. H. Wingfield), que representavam uma ilha de enseadas cheias de rochas, e paisagens que eram reconhecidamente britânicas, mas com um clima mediterrânico e uma ausência total de parques de estacionamento *pay-and-display*, salas de *bingo* e de máquinas de jogar automáticas. A actividade comercial, neste caso, estava limitada a uma pastelaria e a um salão de chá.

Fui muito influenciado por este livro e, durante muitos anos, acedi a fazer as férias de família à beira-mar, partindo do princípio de que um dia haveríamos de encontrar aquele lugar mágico onde os dias de Verão eram cheios de sol, e a água do mar tão quente como um banho de assento, e a exploração comercial desconhecida.

Quando finalmente começámos a gerar criancinhas, descobrimos que elas não gostavam nada destes livros pois as suas personagens nunca faziam mais nada do que visitar uma loja de animais de estimação, ou olhar para um pescador a pintar o seu barco. Tentei explicar-lhes que se tratava de uma espécie de iniciação ao tipo de vida que se vivia na Grã-Bretanha, mas elas não aceitaram e, para meu espanto, dirigiram as suas atenções para um par de imbecis muito chatos chamados *Topsy* e *Tim*.

Fiz aqui estas referências pois, de todos os locais à beira-mar visitados por nós, durante muitos anos, Lulworth foi aquele que mais se aproximou da imagem idealizada que eu tinha na cabeça. Era pequeno e alegre, e dava uma sensação agradável de estar a viver noutra época mais antiga. Nas pequenas lojas vendiam-se artigos de praia que faziam lembrar outros tempos — barcos à vela em madeira, canas-de-pesca para miúdos, bolas de praia de cores diversas e metidas em sacos feitos de corda — e os poucos restaurantes que existiam estavam sempre cheios de viajantes satisfeitos, a saborearem um *cream tea*[NT]. A lindíssima enseada, quase circular, que se estendia aos pés da aldeia, estava

---

[NT] Chá com *scones,* geleia e natas.

coberta de rochas e pedras que as crianças gostavam de escalar e, aqui e ali, formavam-se pequenas poças onde elas procuravam encontrar minúsculos caranguejos. Toda a região era maravilhosa.

Agora, imaginem a minha surpresa ao sair do hotel, todo recomposto, e começar à procura de um sítio para tomar uma bebida e saborear um bom e bem merecido jantar, e descobrir que Lulworth já não era nada do que eu me recordava. A sua característica principal era o parque de estacionamento, grande e sem graça, e as lojas, *pubs* e hospedarias situados ao longo da rua que ia dar à enseada, tinham todos um ar poeirento e abandonado. Entrei num *pub* maior que lá existia, e quase logo a seguir me arrependi. Tinha aquele cheiro doentio e bafiento a cerveja derramada, e estava cheio de máquinas automáticas muito luminosas. Praticamente, era o único cliente que lá havia, mas a maior parte das mesas estava cheia de copos vazios, cinzeiros a abarrotar de beatas, pacotes de batatas fritas vazios e outros tipos de sujidade. O meu copo estava pegajoso e a cerveja quente. Bebi-a, e fui experimentar outro *pub* ali perto, que era quase tão sujo como o primeiro, mas mais agradável, com uma decoração um bocado estafada e uma música aos berros do estilo de êxitos como *Kylie Minogue Shout Loud* e *Wiggle Your Little Tits*. Não admira (e falo como um entusiasta) que tantos *pubs* estejam a perder a clientela.

Desanimado, dirigi-me a um restaurante que havia ali perto, um lugar onde eu e a minha mulher costumávamos ir comer saladas de caranguejo e éramos tratados com requinte. Também aqui as coisas tinham mudado. A ementa desceu ao nível do camarão frito, batatas fritas e ervilhas, e a qualidade da comida era francamente medíocre. Mas o que mais me impressionou foi o serviço. Nunca tinha assistido a tanta incompetência num restaurante. A sala estava cheia e depressa se tornou evidente que ninguém estava satisfeito. Quase todos os pratos que vinham da cozinha tinham qualquer coisa a mais que não fazia parte do pedido, ou, pelo contrário, faltava algo que tinha sido encomendado. Havia pessoas sentadas há imenso tempo que ainda não tinham sido servidas, enquanto outras, na mesma mesa, eram atendidas quase de imediato. Mandei vir um *cocktail* de camarões, esperei 30 minutos, e acabei por concluir que alguns deles ainda estavam congelados. Mandei o prato de volta e nunca mais o tornei a ver. Passados 40 minutos, apareceu uma empregada com um prato que continha uma solha, batatas fritas e ervilhas, e não encontrava quem o tinha pedido, pelo que fiquei com ele, embora tivesse encomendado eglefim. Quando acabei de comer, calculei quanto iria pagar através dos preços que vinham na ementa, deixei o dinheiro certo, menos um pequeno ajuste pelos camarões congelados e saí do restaurante.

Voltei ao hotel, um lugar profundamente sombrio, com lençóis de *nylon* e caloríferos frios, deitei-me e li um pouco à luz de uma lâmpada de sete *watts,* jurando para mim mesmo que nunca mais voltaria a Lulworth enquanto fosse vivo.

No dia seguinte, acordei e vi que chovia torrencialmente para os lados das colinas. Tomei o pequeno-almoço, paguei a conta do hotel e passei um longo período de tempo a tentar vestir o fato impermeável no *hall* de entrada. É curioso, visto-me todos os dias sem qualquer dificuldade, mas basta darem-me um par de calças impermeáveis para vestir, e aí estou eu, como se não me conseguisse aguentar de pé.

Passei 20 minutos a ir de encontro às paredes e à mobília, a cair em cima dos vasos e, o que foi verdadeiramente notável, a andar cerca de quatro metros a saltitar ao pé coxinho até acabar por bater com o pescoço num dos balaústres da escada.

Finalmente, quando consegui ficar todo equipado, olhei para a minha figura reflectida num grande espelho que havia na parede e, estranhamente, achei que me parecia com um enorme preservativo azul. Assim vestido, e acompanhado pelo irritante restolhar do *nylon* a cada passo que dava, agarrei na mochila e no bastão e parti em direcção às colinas. Subi Hambury Tout, passei por Durdle Door e pelo vale profundo que se chamava Scratchy Bottom, e continuei a minha escalada por um caminho íngreme, cheio de lama e sinuoso que ia dar a uma colina remota, envolta em nevoeiro, chamada Swyre Head. O tempo estava terrível e chovia que era uma loucura.

Façam o que lhes vou pedir, só por um momento. Experimentem bater com os dedos das duas mãos no alto da cabeça, repetidas vezes, e reparem ao fim de quanto tempo é que ficam enervados, ou que as pessoas à vossa volta vos olham espantadas. Em qualquer dos casos, concluem que parar só lhes vai fazer bem. Agora, imaginem que esses dedos são gotas de chuva a baterem insistentemente no capuz, e que não podem fazer nada para acabar com a situação; para além disso, os óculos não passam de dois círculos embaciados, sem utilidade alguma, e estão a escorregar no caminho lamacento, à beira de caírem numa praia cheia de rochas — uma queda que vos iria reduzir a uma simples mancha sobre a pedra, como um pedaço de geleia sobre o pão. Já imaginava os jornais com um cabeçalho a dizer:

«Escritor americano morre de queda; aliás, já estava para deixar o país.» Continuei a andar, às cegas como o Senhor Magoo, cheio de pressentimentos macabros.

De Lulworth a Weymouth distam cerca de 20 quilómetros. No seu livro intitulado *The Kingdom by the Sea,* Paul Theroux dá-nos a impressão de que se pode fazer esse percurso rapidamente e que ainda se tem tempo para tomar um *cream tea* e apreciar os locais por onde vamos passando, mas a minha opinião é que ele apanhou um tempo melhor do que eu. Levei quase todo o dia na caminhada. Para lá de Swyre Head, o caminho era quase todo feito por cima de falésias pouco acidentadas, felizmente, embora a altitude fosse impressionante e pendesse para um mar cinzento e aterrador, mas o piso era traiçoeiro e avançava-se pouco. Ao chegar a Ringstead Bay as colinas terminavam abruptamente numa descida íngreme até à praia. Deslizei por um carreiro de lama que descia até à baía, apenas parando o tempo necessário para roçar nuns pedregulhos e testar a resistência de algumas árvores. No fim, tirei para fora o mapa e servindo-me dos dedos como compasso, constatei que tinha percorrido uns oito quilómetros apenas, e a manhã já estava quase acabada. Aborrecido por ter avançado tão pouco, meti o mapa numa algibeira e, taciturno, continuei a avançar penosamente.

O resto do dia foi passado numa longa caminhada, triste e húmida, ao longo de colinas pouco elevadas que davam sobre uma rebentação muito batida. A chuva abrandou e transformou-se em chuva miúda traiçoeira — aquele tipo de chuvisco tipicamente inglês, que fica a pairar no ar, e nos dá cabo do espírito. Por volta da uma hora da tarde, Weymouth surgiu do meio do nevoeiro, à distância, para lá dos contornos da baía, o que me fez gritar de satisfação. Mas a sua proximidade era apenas aparente. Levei quase duas horas a chegar aos arredores da cidade, e mais uma hora de caminho até ao centro, onde cheguei cansado e a coxear. Arranjei um quarto num pequeno hotel e fiquei deitado na cama durante algum tempo, calçado e ainda enfiado naquela espécie de preservativo, até conseguir arranjar forças para vestir algo menos hilariante, tomar um duche rápido e ir descobrir a cidade.

Gostei de Weymouth mais do que esperava. A sua popularidade baseia-se em dois factos. Em 1348, foi nesta cidade que a Peste Negra entrou pela primeira vez em Inglaterra; em 1789, tornou-se a primeira estância balnear quando o enfadonho e lunático rei Jorge III deu início à moda dos banhos de mar. Actualmente, a cidade esforça-se por manter um ar de elegância jorgiana e, de um modo geral, quase consegue, embora, tal como acontece com a maioria das estâncias balneares, tenha sobre ela um sopro de declínio terminal, pelo menos no que se refere ao turismo. O Gloucester Hotel, onde o rei Jorge e a sua comitiva costumavam ficar alojados (na altura era uma residência particular), fechou recentemente, e agora, Weymouth não tem um único hotel grande e razoável, uma falha grave tratando-se de uma antiga estância balnear. Mas alegra-me constatar que tem *pubs* muito bons e um restaurante notável, o *Perry's,* na zona que dá para o porto, uma região renovada com barcos de pesca a balouçarem na água e um ambiente marítimo descontraído que quase nos faz pensar que vão aparecer por ali *Popeye* e *Bluto,* a galope. O *Perry's* estava cheio e animado e era um prazer para o espírito depois da experiência de Lulworth. Pedi mexilhões da região e que, afinal, eram de Poole — após três dias de intensa caminhada foi chocante perceber que Poole ainda pertencia à localidade — e uma perca de grande qualidade. Mais tarde, fui procurar abrigo num daqueles tipos de *pubs* de tectos baixos, quase às escuras, onde era suposto estarmos vestidos com uma camisola de lã grossa *Arran* e um boné de capitão. Estava bem-disposto e bebi tanto que já não sentia as dores nos pés.

A oeste de Weymouth, fica a curvatura da baía Lyme Bay, numa extensão de cerca de 80 quilómetros. Como a paisagem a oeste de Weymouth não era particularmente inesquecível, apanhei um táxi para Abbotsbury, e iniciei a minha caminhada a meio de Chesil Beach. Não sei qual o aspecto de Chesil Beach no extremo de Weymouth, mas ao longo desta extensão havia um amontoado de pequenos seixos em forma de rins que devem o seu aspecto liso e uniforme à acção do eterno movimento ondulatório das ondas. É quase impossível caminhar na sua superfície sem escorregarmos a cada passo. Para o lado de dentro da praia, o caminho da costa é de terreno mais firme, mas não se consegue ver nada por causa das dunas formadas pelas pedras. Apenas se ouve o mar a bater do outro lado da praia e a atirar com uma infinidade de seixos que vão batendo uns nos outros ao longo da rebentação. Foi o passeio mais aborrecido que fiz. Em breve, as bolhas dos pés começavam a latejar. Sou capaz de suportar muitos tipos de dores, até mesmo a de estar a olhar com atenção para Jeremy Beadle, mas acho que o mal-estar provocado pelas bolhas é particularmente desagradável. Ao princípio da tarde, altura em que cheguei a West Bay, estava pronto para me sentar num local agradável e comer qualquer coisa.

West Bay é uma pequena localidade de aspecto curioso, que se espalha de forma irregular através de uma paisagem cheia de dunas. Fazia lembrar um pouco uma cidade dos tempos da corrida ao ouro, como se tivesse surgido de repente, mas mantinha um ar pobre e sombrio, envelhecido pelo tempo. Procurei um lugar para comer e, por acaso, deparei com um estabelecimento que não tinha nenhuma característica especial e que se chamava *Riverside Café*. Abri a porta e dei comigo no meio de um cenário extraordinário. O ambiente era agitado. No ar pairava aquele tagarelar estridente dos meios londrinos, e os clientes pareciam ter saído de um anúncio publicitário de *Ralph Lauren*. Usavam todos camisolas de lã colocadas despreocupadamente à volta dos ombros, e óculos de sol encaixados na cabeça. Era como se, por magia, um pedacinho de Fulham ou Chelsea tivesse vindo pelo ar até este canto desolado da costa de Dorset.

É evidente que eu nunca tinha visto semelhante ritmo fora de um restaurante londrino. Empregados de ambos os sexos andavam de um lado para o outro, tentando satisfazer a exigência contínua de manter os clientes servidos de comida e, acima de tudo, de vinho. Era um espanto. Enquanto estava ali, a tentar orientar-me, Keith Floyd, um «especialista em culinária», passou por mim, a cambalear. Fiquei impressionado.

Tudo aquilo me subiu à cabeça. Normalmente não costumo almoçar, mas a comida cheirava tão bem e o ambiente era tão fora do vulgar que dei comigo a escolher pratos da ementa como um verdadeiro «bom garfo». Como entrada pedi *pâté* de vieira e lagosta, um requintado filete de perca com feijão-verde e um monte de batatas fritas, dois copos de vinho, acabando a refeição com um café e uma fatia de *cheesecake*. O proprietário, um homem bem-disposto chamado Arthur Watson, andava por entre as mesas e veio falar comigo. Contou-me que, até há dez anos atrás, o estabelecimento tinha sido um café normal onde serviam almoços de carne assada, hambúrgueres e batatas fritas. Pouco a pouco, foram introduzindo peixe fresco e comidas mais requintadas, achando que havia clientela interessada. Agora, o restaurante estava sempre cheio a todas as refeições, e chamavam-lhe o restaurante *Good Food Guide* do ano, da região de Dorset, mas ainda continuavam a fazer hambúrgueres e a servir batatas fritas com todos os pratos, o que eu achei maravilhoso.

Passava das três horas quando saí do *Riverside,* com uma cabeça muito leve e tudo o resto a pesar-me. Sentei-me num banco, agarrei no mapa e, soltando um suspiro de desânimo, percebi que estava a cerca de 16 quilómetros de Lyme Regis, tendo ainda a separar-nos os 180 metros de altitude de Golden Cap, a colina de maior altitude da costa sul. As bolhas dos pés pulsavam, as pernas doíam-me, o estômago estava incrivelmente inchado, e começava a cair uma chuva leve.

Enquanto estava ali sentado apareceu um autocarro. Levantei-me e meti a cabeça pela porta entreaberta. «Vai para oeste?», perguntei ao motorista. Ele acenou que sim. Lancei-me pesadamente para o interior do veículo, comprei um bilhete e sentei-me num dos bancos traseiros. Costumo dizer que o segredo de uma caminhada bem-sucedida está em saber quando se deve parar.

CAPÍTULO

10

Passei a noite em Lyme Regis e a manhã seguinte a andar pela cidade, espreitando aqui e ali, antes de apanhar um autocarro para Axminster e continuar de comboio até Exeter, um percurso que me demorou mais tempo do que eu pensava. Estava a começar a escurecer quando saí da estação Exeter St. David para me enfiar debaixo de uma chuva leve mas incómoda.

Vagueei pela cidade a observar os hotéis, mas achei-os importantes demais para mim e acabei por me dirigir a uma agência central de turismo, com a sensação de estar perdido e desterrado. Não sabia muito bem o que estava a fazer ali. Examinei uma série de folhetos sobre centros de cavalos da raça *shire-horse,* jardins zoológicos com pequenos animais que as crianças podem alimentar, falcoarias, centros com póneis, modelos de caminhos-de-ferro, quintas de criação de borboletas e uma coisa chamada — estou a falar a sério, acreditem — Quinta *Twiggy Winkie* e Hospital Ouriço-Cacheiro. Nenhum deles me interessava, e estavam quase todos mal escritos, principalmente no que se refere a pontuação — por vezes, chego a pensar que, se me aparecerem à frente mais prospectos para turistas com expressões do género «*Englands Best*» e «*Britains Largest*»^NT, deito fogo àquilo tudo — não falando no pouco que tinham para oferecer de interesse. Todos eles acrescentavam à sua lista de atracções, expressões como «Estacionamento grátis», «Loja de Recordações e Sala de Chá» e ainda o inevitável «Parque de Aventuras» (e eram suficientemente imbecis para mostrarem, através de uma fotografia, que se tratava de uma simples estrutura de barras para as crianças treparem e um par de animais de plástico aos saltos). Quem é que está interessado em visitar semelhantes locais? Não faço a mínima ideia.

No balcão de atendimento havia um aviso a indicar que tratavam do aluguer de quartos, pelo que pedi à atenciosa funcionária que me arranjasse um alojamento. Então, fez-me perguntas do género de «quanto é que eu podia pagar pelo quarto», o que achei embaraçoso e pouco típico dos Ingleses, e por exclusão de partes, chegámos à conclusão de que eu encaixava na categoria do «modesto mas exigente». Acontecia que o *Royal Clarence* estava a alugar quartos a 25 libras por noite, desde que garantíssemos que não roubávamos as toalhas, e eu aceitei logo pois já tinha passado por lá e o seu aspecto, um grande edifício branco estilo jorgiano situado na praça da catedral, tinha-me agradado. E assim foi. O quarto tinha sido recentemente arranjado e pelo tamanho parecia um quarto de hotel de Jogos Olímpicos — um cesto de papéis que dava para praticar basquetebol, uma mobília onde se podia fazer corrida de obstáculos, e a modalidade de saltos para cima da cama, tomando balanço

---

NT «*England's Best*» e «*Britain's Largest*», «o Melhor de Inglaterra» e o «Maior da Grã-Bretanha».

desde a porta da casa de banho, e outras modalidades tão
do agrado do viajante solitário. Fiz um pouco de exercício,
tomei um duche, mudei de roupa e saí para a rua, esfomeado.

Exeter não é uma cidade de que se gosta facilmente. Tinha sido intensamente bombardeada durante a Segunda
Guerra Mundial, o que deu aos seus fundadores a maravilhosa oportunidade, agarrada com entusiasmo, de a reconstruir quase totalmente. Passava pouco das seis da tarde,
mas o centro da cidade estava quase deserto. Vagueei pelas
ruas pouco iluminadas, olhando para as vitrinas e lendo
aqueles estranhos cartazes onde estavam afixados os grandes cabeçalhos dos jornais de província. Sempre me fascinaram, por serem quase incompreensíveis para quem não
vive na localidade («Violador de Caixas de Correio Volta
a Atacar», «Beulah Foge de Casa»), ou então, tão maçadores
que não conseguimos imaginar como possam contribuir
para aumentar a venda dos jornais («Alarido na Administração Local Sobre Contrato Recolha de Lixo», «Vândalos Assaltam de Novo Cabinas Telefónicas»). Até agora, o meu
favorito — que eu próprio vi, há uns anos atrás, em Hemel
Hempstead — dizia: «Mulher, 81 anos, morre.»

Talvez tenha andado pelas ruas erradas, mas o certo
é que parecia não haver restaurantes no centro de Exeter.
Apenas procurava um estabelecimento modesto que não tivesse no título palavras como «Fayre», «Vegan», ou «Copper Kettle», mas o que aconteceu foi andar a deambular
para cima e para baixo, ao longo de ruas sem restaurantes
e estradas de derivação com grandes rotundas e passadeiras
para peões difíceis de atravessar, que não era para ser feito
a pé por alguém, como eu, que tinha menos de seis horas

para gastar. Por fim, cheguei a uma rua íngreme onde havia uns restaurantes modestos e, ao acaso, entrei num de comida chinesa. Não sei exactamente a razão, mas este tipo de restaurantes deixam-me pouco à vontade, principalmente quando estou a comer sozinho. Tenho sempre a sensação de que o empregado vai dizer: «Um *satay* de carne de vaca para o "cão" imperialista da mesa cinco.» E acho que os pauzinhos são angustiantes. Serei o único a pensar que um povo tão engenhoso, que foi capaz de inventar o papel, a pólvora, o papagaio-de-papel e outras coisas úteis, e que tem um passado histórico importante de cerca de 3000 anos, não tenha percebido que um par de agulhas de tricotar não serve para pegar na comida? Passei uma hora desorientado a tentar agarrar o arroz, a deixar cair o molho em cima da toalha da mesa e a procurar equilibrar pedaços de carne e levá-los até à boca, para constatar depois que eles desapareceram misteriosamente sem saber para onde. Quando acabei de comer, a mesa parecia um campo de batalha. Envergonhado, paguei a conta e esgueirei-me cá para fora, em direcção ao hotel, onde vi um pouco de televisão e fui petiscando nos restos de comida que ia encontrando nas pregas da camisola e dobras das calças.

Na manhã seguinte, levantei-me cedo e fui dar uma volta pela cidade. Exeter estava envolta em nevoeiro, o que não lhe dava grande aspecto, embora a praça da catedral fosse muito bonita e esta já estivesse aberta às oito horas da manhã, o que muito me admirou. Sentei-me um pouco nos bancos de trás e fiquei a assistir ao ensaio do coro, que achei maravilhoso. Depois, fui até à parte velha do cais para ver o que lá havia. Tinha sido renovada com lojas e museus, mas, àquela hora da manhã — ou naquela época do ano — ainda estava tudo fechado e não se via ninguém acordado.

Quando voltei à artéria principal, as lojas estavam a abrir. Não tinha tomado o pequeno-almoço pois não estava incluído na minha estadia no hotel e, cheio de fome, procurei ansiosamente um café, mas em vão. Acabei por comprar uma sanduíche nos armazéns *Marks & Spencer*.

Embora tivessem acabado de abrir as suas portas, a comida já estava toda embalada e havia filas de gente para a caixa. Meti-me numa delas onde havia oito pessoas à minha frente. Eram todas mulheres e tiveram todas a mesma atitude: na altura de pagar faziam um ar surpreendido. Foi uma coisa que sempre me fez confusão, durante muitos anos. Elas iam vendo as compras a serem registadas e, quando a empregada dizia, por exemplo, «São 4,20 libras, por favor», ficavam a olhar, espantadas. Depois, exclamavam um «Oh!» e começavam à procura da bolsa do dinheiro ou do livro de cheques dentro da mala, como se nunca tivessem sido avisadas de que tal podia acontecer.

Os homens, apesar de todos os seus defeitos, como lavar peças cheias de óleo no lava-loiças da cozinha ou esquecerem-se de que uma porta pintada de fresco leva mais do que 30 segundos a secar, são de um modo geral muito eficientes quando se trata de pagar. O tempo que estão à espera na fila preenchem-no a ver quanto dinheiro têm na carteira e a separar as moedas. Quando lhes dizem quanto têm a pagar, entregam *imediatamente* o valor aproximado e ficam de mão estendida à espera do troco, independentemente do tempo que demore, e que comecem a parecer ridículos, no caso de haver qualquer problema com o rolo da máquina. Depois, reparem bem, guardam o troco e *vão saindo,* em vez de ficarem ali, à procura das chaves do carro ou a arrumarem os talões de pagamento de seis meses de compras.

E já que estou neste arrojado interlúdio sexista, por que será que as mulheres nunca espremem a pasta de dentes desde o extremo da embalagem e pedem sempre a alguém que lhes substitua as lâmpadas dos candeeiros? Como é que conseguem cheirar e ouvir coisas que a maioria das pessoas não consegue, e como é que adivinham, estando na sala ao lado, que estamos a meter o dedo na cobertura de um bolo acabado de fazer? E, acima de tudo, por que é que ficam tão preocupadas quando passamos mais de quatro minutos por dia dentro da casa de banho? Este último caso permanece um mistério para mim. Existe uma mulher com quem vivo intimamente e com quem tenho sistematicamente o seguinte tipo de diálogo surrealista:

— Que é que estás a fazer aí dentro? (E isto é dito com um tom de voz irritado.)

— Estou a tirar o tártaro da chaleira. Que achas que hei-de estar a fazer aqui?

— Já estás aí há meia hora. Estás a ler?

— Não.

— Estás a ler, sim senhor. Eu ouço o ruído das páginas.

— Não, não estou. — Isto é, *estava,* até há um minuto atrás, mas agora, querida, estou a falar contigo.

— Tapaste o buraco da fechadura? Não consigo ver nada.

— Por favor, não me digas que estás de gatas a espreitar pela fechadura a ver o teu marido a fazer as necessidades na casa de banho. Por amor de Deus!

— Vais sair daí imediatamente. Estás aí há três quartos de hora, só a ler.

Enquanto ela se afasta, fico ali a pensar: *Será que tudo isto se passou comigo ou foi uma visão surrealista?* Depois, abano a cabeça e volto à leitura da minha revista.

Todavia, temos de reconhecer que as mulheres são muito cuidadosas com as crianças, com o vómito e com as portas pintadas — três meses depois de uma porta pintada estar completamente seca, ainda lhe tocam como se suspeitassem que as podiam sujar — o que é uma compensação, por isso faço um sorriso benevolente para o bando de senhoras muito agitadas que estão à minha frente, até chegar a ocasião de demonstrar às que estão depois de mim como se age devidamente, mas não tenho a certeza de que elas tenham compreendido.

Comi a sanduíche na rua e depois voltei ao hotel, arrumei a bagagem, paguei a conta, saí e pensei: *E agora?* Fui até à estação dos caminhos-de-ferro e fiquei a olhar para os ecrãs a piscarem. Pensei em apanhar um comboio para Plymouth ou Penzance, mas só havia um daí a duas horas. No entanto, estava prestes a sair um outro com destino a Barnstaple. Lembrei-me que podia seguir nele, e depois, continuar de autocarro ao longo da costa norte de Devon até Taunton ou Minehead. No caminho, podia parar em Lynton e Lynmouth, e até talvez em Porlock e Dunster. Parecia ser uma ideia excelente.

Na bilheteira, pedi um bilhete de ida para Barnstaple. O funcionário disse-me que custava 8,80 libras, mas que se eu comprasse ida e volta pagaria apenas 4,40 libras.

— Não se importa de me explicar qual é a lógica disso, pois não? — perguntei.

— Se eu soubesse fazia-o — respondeu com uma franqueza digna de louvor.

Peguei na mochila e no bilhete e fui para o cais respectivo, onde me sentei num banco e fiquei a olhar para os pombos que andavam pela estação. Na realidade, são as criaturas mais assustadiças e sonâmbulas que eu já vi. É difícil imaginar uma vida mais vazia e insípida. São estas as instruções para se ser um pombo: 1.º Andar de um lado para o outro, à deriva, apanhando, aqui e ali, pontas de cigarro ou outras coisas impróprias para consumo. 2.º Assustar-se, quando alguém começa a andar ao longo do cais, e levantar voo para cima de uma trave. 3.º Fazer uma caca. 4.º Repetir.

Os ecrãs do cais não estavam a funcionar e eu não conseguia perceber o que era dito pelo microfone. Levei séculos para entender que o que me soava como «Eczema» era afinal «Exmouth». Assim, logo que via aparecer um comboio levantava-me e fazia perguntas. Por razões que escapam à compreensão racional das pessoas, a British Rail põe o destino dos comboios na parte da frente dos mesmos, o que seria muito conveniente para quem estivesse à espera deles na via-férrea, mas não para quem entra de lado. A maioria dos passageiros não ouviu o que foi anunciado, pois quando chegou o comboio para Barnstaple, houve uma meia dúzia deles, incluindo eu, que foi perguntar ao funcionário da Bristish Rail se era aquele mesmo comboio o que estávamos à espera.

Para benefício dos leitores estrangeiros, vou explicar o ritual que existe em tudo isto. Mesmo que tenhamos ouvido explicar à pessoa que está à nossa frente que é efectivamente o comboio para Barnstaple, ainda temos de ser nós a perguntar também: «Desculpe, é este o comboio para Barnstaple?» Quando ele confirma que aquele objecto enorme, de forma linear, que está à distância de um metro, à nossa direita, é mesmo o comboio que pretendemos, ainda temos de apontar e dizer: «*Este* aqui?» Depois de entrarmos, perguntamos mais uma vez a outros passageiros que vão na carruagem: «Desculpe, este é o comboio que vai para Barnstaple, não é?» A maioria responde que acha que sim, excepto um indivíduo cheio de embrulhos que nos lança um ar angustiado e se apressa a sair da carruagem.

Devemos sempre tentar ocupar o lugar do indivíduo, desde que constatemos que se esqueceu do jornal dobrado ou de uma barra de chocolate, ou talvez até de um belo par de luvas de pele.

Foi assim que dei comigo dentro do comboio que saía da estação Exeter St. David, a ver um homem carregado de embrulhos a correr ao lado da minha janela e a balbuciar qualquer coisa que não consegui perceber através do vidro, e tomei posse das minhas últimas aquisições — um jornal *Daily Mirror* e um chocolate *Kit Kat,* mas infelizmente, não havia luvas. Lá seguimos com um matraquear ruidoso, através dos subúrbios de Exeter e entrámos na luxuriante zona rural de Devon. Seguíamos pela Tarka Line — algo que tinha a ver com a história de uma lontra e que estava escrito algures na vizinhança. A paisagem era esplêndida e de um verde extremamente exuberante. É desculpável se ficarmos a pensar que a indústria principal da Grã-Bretanha é a da clorofila. Passámos entre colinas arborizadas, quintas dispersas e igrejas com torres quadradas que pareciam peças perdidas de um enorme jogo de xadrez. Depressa estava envolvido naquela espécie de delírio que sempre me assalta, quando estou num comboio em movimento, e só consegui registar alguns nomes de aldeias por onde fui passando — Pinhead, West Stuttering, Bakelite, Ham Hocks, Sheepshanks.

Durou mais de uma hora e meia o percurso de cerca de 90 quilómetros até Barnstaple, onde desci, e me encaminhei para o centro da cidade, passando por cima de uma ponte que atravessa o rápido rio Taw. Vagueei durante meia hora através de estreitas artérias comerciais e um grande mercado coberto, sombrio e de aspecto modesto onde as pessoas vendiam os seus produtos, e senti-me contente por não precisar de ficar ali muito tempo. Antigamente, Barnstaple tinha mais circulação de comboios e três estações; agora, havia apenas uma com um serviço pouco frequente até Exeter, e uma estação de autocarros virada para o rio. Fui até lá e encontrei duas mulheres sentadas, no interior de um gabinete, com a porta aberta, conversando uma com a outra, com aquele estranho sotaque característico da região, do estilo, *«Oi be drinkin zoider»*.

Fiz-lhes perguntas sobre carreiras de autocarros para Minehead, situada a uma distância de cerca de 50 quilómetros ao longo da costa, na direcção do Leste. Olharam para mim muito espantadas como se lhes estivesse a perguntar sobre a maneira de chegar a Tierra del Fuego.

— *Oh, you won't be gittin to Moinhead this toim of year, you won't be*[NT1] — disse uma delas.

— *No buses to Moinhead arter firrrrst of Octobaaarrrr*[NT2] — concordou a outra.

[NT1] «Oh, você não vai conseguir ir para Minehead nesta altura do ano, ai não vai não.»

[NT2] «Não há autocarros para Minehead depois de 1 de Outubro.»

— E para Lynton e Lynmouth?

Resmungaram perante a minha ingenuidade. Estávamos em Inglaterra. E em 1994.

— E para Porlock?

Resmungaram de novo.

— E para Dunster?

Mais resmunguice.

O máximo que me puderam sugerir foi que apanhasse um autocarro para Bideford e tentasse apanhar outro a partir de lá. *«They may be runnin the Scarrrrrrlet Loin out of Bideforrrrrd, they may be, oi they may, they may, but can't be sartin.»*^NT

— E há por lá mais gente como as senhoras? — foi o que tive vontade de perguntar, mas não consegui. A outra opção que me sugeriram foi apanhar um autocarro para Westward Ho!, mas não me parecia ser uma grande ideia pois não podia ir para mais lado nenhum a partir de lá, e não me agradava passar a noite num local com semelhante nome. Agradeci-lhes e parti.

Fiquei cá fora numa grande incerteza sem saber o que fazer. Todos os meus planos cuidadosamente preparados estavam a desvanecer-se. Entrei num local que tinha o nome curioso de *Royal and Fortescue Hotel,* onde pedi a uma empregada, muda e desinteressante, que me trouxesse uma sanduíche de atum e uma chávena de café. Entretanto, tirei do saco de viagem um horário e descobri que tinha 23 minutos para comer a sanduíche, beber o café e percorrer o quilómetro e meio que me separava da estação de cami-

---

^NT «Pode ser que eles levem a carreira do Scarlet Loin para fora de Bideford, pode ser que levem, pode ser, mas não é certo.»

nhos-de-ferro, para apanhar o comboio para Exeter, a partir de onde poderia elaborar de novo os meus planos.

Quase engoli a sanduíche inteira e o café em dois tragos. Atirei umas moedas para cima da mesa e corri para a estação, cheio de receio de perder aquele comboio e ter de passar a noite em Barnstaple. Consegui, mesmo no limite. Quando cheguei a Exeter, fui logo olhar para os monitores, disposto a apanhar o primeiro comboio que chegasse, qualquer que fosse a direcção.

Foi assim que me entreguei nas mãos do destino e segui na direcção de Weston-super-Mare.

CAPÍTULO
11

Segundo a minha maneira de pensar, há três razões para nunca nos sentirmos infelizes.

A primeira é por termos nascido. Este facto, em si mesmo, já é surpreendente. Sabiam que, de cada vez que o nosso pai ejaculava (e, na realidade fazia-o muitas vezes) produzia cerca de 25 milhões de espermatozóides — o suficiente para repovoar a Grã-Bretanha em dois dias? Para termos nascido, não só foi preciso estarmos no meio da quantidade de esperma que tinha uma hipótese teórica de sobreviver — o que em si já é difícil — como também tivemos de ultrapassar cerca de 24 999 999 concorrentes, numa corrida de natação através de uma espécie de Canal da Mancha, que era a vagina da nossa mãe, para sermos os primeiros a chegar à «costa de Boulogne», ou seja, ao óvulo fértil. Ter nascido foi o acontecimento mais importante de toda a nossa vida. E não se esqueçam que podíamos ter nascido bicha-solitária.

A segunda razão é por estarmos vivos. Por um minúsculo momento no decurso de uma eternidade tivemos o privilégio milagroso de fazer parte do mundo dos vivos. Durante eras sem fim, pura e simplesmente, não existíamos. E, em breve, deixaremos novamente de existir. Mas a possibilidade de poder estar, neste preciso momento que nunca voltará a acontecer da mesma maneira, a ler este livro, a comer bombons, a sonhar que estamos a fazer amor com uma pessoa maravilhosa, a verificarmos se cheiramos a suor ou a fazer o que bem nos apetecer — isto é, *estarmos vivos* — é algo tão maravilhoso que custa a acreditar.

A terceira razão é que podemos comer com fartura, vivemos numa época de paz e *«Tie a Yellow Ribbon Round the Old Oak Tree»* não voltará a ser um êxito.

Se tivermos estas razões sempre presentes no nosso espírito, nunca nos sentiremos verdadeiramente infelizes — embora eu deva confessar que se estivermos sozinhos em Weston-super-Mare, numa tarde chuvosa de terça-feira, podemos estar à beira de o ser.

Pouco passava das seis quando desci do comboio que vinha de Exeter e me aventurei a visitar a cidade, mas parecia que todos os seus habitantes já se tinham recolhido em casa. As ruas estavam vazias e escuras e caía uma chuva oblíqua. Vim da estação, ao longo de uma artéria comercial, e segui até à orla costeira, junto a um mar escuro que mal se distinguia mas que rugia sem cessar. A maioria dos hotéis existentes no local tinha um aspecto sombrio e estavam vazios, e os poucos ainda abertos não pareciam tentadores. Caminhei cerca de um quilómetro até chegar ao fim do caminho marginal onde havia um grupo de três estabelecimentos muito iluminados. Ao acaso, escolhi um deles que se chamava Birchfield. Era simples mas asseado, e o preço aceitável. Podia ser pior, e foi.

Lavei-me rapidamente, vesti-me e voltei para o centro da cidade, à procura de um local onde comer e me distrair um pouco. Tive a estranha sensação de já ter estado naquele lugar anteriormente, o que na realidade não aconteceu.

A única coisa que sabia de Weston foi-me contada um dia por John Cleese (não estou a inventar nomes, entrevistei-o, de facto, por causa de um artigo no jornal, e ele até é um tipo muito simpático). Parece que vivia com os pais num apartamento em Weston e, quando se mudaram, Jeffrey Archer e os pais foram viver para lá, o que acho notável — imaginar estes dois rapazes de calções a cumprimentarem-se, e depois, um deles vir a ser famoso. O que tornava Weston tão familiar era a sua parecença com outra cidade qualquer. Tal como as outras, tinha armazéns *Boots, Marks & Spencer, Dixons* e *W. H. Smith* e outros. Constatei, com pesar, que não havia uma única coisa que não tivesse já visto milhões de vezes noutros locais.

Entrei num *pub* chamado *Britannia Inn,* que era pouco simpático, sem ser necessariamente desagradável, e bebi umas cervejas. Depois, fui comer a um restaurante chinês, não por preferência, mas porque não havia mais nenhum outro aberto. Era o único freguês. Enquanto me entretinha a espalhar o arroz e o molho por cima da toalha da mesa, ouvi trovões e, momentos depois, o céu parecia ter, literalmente, «aberto as suas portas». Raramente tinha visto chover, com tanta intensidade, em Inglaterra. A chuva caía sobre o pavimento da rua como uma saraivada de rolamentos de esferas e, dentro de pouco tempo, a vitrina do restaurante estava completamente coberta por um lençol de água, como se estivessem a projectar sobre ela um jacto de mangueira. Como estava longe do hotel, prolonguei a refeição até a chuva abrandar, o que não aconteceu, pelo que fui obrigado a meter-me no meio dela.

Recolhi-me debaixo do toldo de uma loja que havia na porta ao lado, e fiquei a pensar no que fazer. A chuva batia desvairadamente sobre o toldo e escorria com força pelos lados. Ao longo da rua, a água escorria de dentro e de fora dos algerozes, com força e em quantidade, produzindo um ruído constante, interminável. Fechando os olhos, parecia que estava no meio de um ritmo de sapateado infernal. Puxei a gola do casaco para cima da cabeça e meti pelo meio daquele dilúvio, começando depois a correr e acabando por me meter no primeiro refúgio iluminado e aberto que encontrei — um recinto de diversões. Limpei os óculos com um lenço e recompus-me. Era uma sala muito grande, cheia de máquinas automáticas e de luzes, emitindo sons electrónicos e ruídos desagradáveis, mas não havia ninguém no seu interior, excepto um controlador sentado junto a um balcão, com uma beata quase a escorregar-lhe dos dedos e uma revista em frente do nariz, o que dava um ar misterioso ao local, como se as máquinas estivessem a trabalhar sozinhas.

Tirando as máquinas automáticas onde se mete a moeda e sai o produto, e aquelas com uma espécie de guindaste onde temos uns escassos segundos para apanhar um boneco e em que, quase sempre, não há sincronia entre os comandos que accionamos e os movimentos do guindaste, não sei de todo como funcionam aqueles jogos. De um modo geral, nem sei onde devo meter a moeda e, no caso de o conseguir, desconheço como devo iniciar o jogo. Se, por milagre, estes dois obstáculos forem ultrapassados, não percebo que o jogo já começou e que estou a perder segundos preciosos à procura do botão que diga «Começar». Depois, seguem-se 30 segundos completamente envolvidos na mais frenética confusão, sem ter a mínima ideia do que está a acontecer, e com as minhas crianças a gritarem-me aos ouvidos: «Que burrice, deste cabo da Princesa Leila!» e, a seguir, aparece a indicação de que o jogo acabou.

Foi mais ou menos o que me aconteceu agora. Por uma razão inexplicável, coloquei uma moeda de 50 *pence* num jogo que se chamava *Killer Kickboxer* ou *Kick His Fucking Brains Out,* ou qualquer outra coisa do género, e passei cerca de um minuto a carregar num botão vermelho e a agitar uma alavanca, enquanto a minha personagem — um tipo louro e atlético — batia nuns cortinados e atirava uns discos mágicos que desapareciam no ar, ao mesmo tempo que outros tipos, também musculosos, mas com fisionomia de orientais e más intenções, o atacavam com uns machados em forma de rim e o atiravam ao chão.

Passei uma hora numa espécie de êxtase, a meter moedas dentro das máquinas e a jogar jogos que não entendia. Guiei carros de corrida que iam de encontro a fardos de feno, e fiz desaparecer por meio de *lasers* as tropas que não eram do inimigo, e ajudei, sem querer, seres mutantes mortos-vivos a fazerem coisas inexplicáveis a uma criança. Por fim, esgotaram-se as moedas e fui-me embora. Tinha acabado de reparar que a chuva abrandara um pouco e que a rua estava alagada, devido a uma sarjeta entupida, quando, de repente, surgiu um *Fiesta* vermelho a grande velocidade, passando junto à berma e atirando quase toda a água suja para cima de mim.

Dizer que fiquei ensopado é pouco. Parecia que tinha caído dentro de água. Enquanto estava para ali a resmungar, quase sufocado, o carro abrandou e vi três cabeças a espreitarem das janelas e a gritarem qualquer coisa como «Nhaa-nhaa, nhaa-nhaa!», e depois arrancaram em grande velocidade. Irritado, fiz o caminho de regresso ao longo da marginal, sentindo os pés alagados a cada passo que dava e tremendo de frio. Não quero transformar este relato divertido numa tragédia, mas só há pouco tempo é que me senti totalmente recuperado de um princípio de pneumonia. Não vou dizer que estive quase à morte, mas fiquei suficientemente doente para conseguir ver *This Morning with Richard and Judy,* e certamente que não quero voltar a estar numa situação semelhante. Para completar a minha indignação, o *Fiesta* voltou a passar ao pé de mim, abrandou, e os seus ocupantes, ávidos de prazer, voltaram a gritar «Nhaa-nhaa!», afastando-se depois em grande velocidade, por entre a escuridão, com um guincho e uma derrapagem que, infelizmente, não os levou de encontro a um poste de iluminação pública.

Na altura em que cheguei ao hotel sentia-me gelado e miserável. Imaginem agora a minha consternação, se puderem claro, ao verificar que a recepção estava quase às escuras e a porta fechada. Olhei para o relógio e vi que eram apenas nove horas da noite. Por amor de Deus! Afinal que espécie de cidade era aquela? Havia duas campainhas e experimentei ambas, mas em vão. Tentei meter a chave do quarto na porta, mas é evidente que não dava para abrir. Toquei de novo, sem levantar a mão durante uns minutos, ao mesmo tempo que ia ficando cada vez mais irritado. Como também não resultava, bati com a palma da mão na porta de vidro, depois com o punho, e por fim com a bota, já enfrenesiado. Acho que fiz um grande alarido naquela rua calma.

Finalmente, o proprietário apareceu, com um ar espantado, vindo de umas escadas que davam para a cave.

— Desculpe-me, senhor — disse em voz baixa, enquanto abria a porta da rua para eu entrar. — Está aqui há muito tempo?

Bem, envergonho-me da maneira como tratei o pobre homem. Usei uma linguagem muito agressiva. Parecia o Graham Taylor antes de o despedirem e lhe tirarem o fato de treino. Acusei-o e aos seus concidadãos de uma tremenda falta de inteligência e *charme*. Contei-lhe que tinha passado, naquele local isolado e infernal, a noite mais deprimente da minha vida, que havia sido encharcado até à medula, por um carro cheio de jovens cujos Q. I. todos somados eram inferiores ao de um atrasado mental, que tinha caminhado cerca de um quilómetro e meio com a roupa toda molhada e agarrada ao corpo e que, por fim, ainda tinha passado quase meia hora a tremer de frio, ao relento, pois haviam fechado a porta do hotel às nove horas da noite.

— Quero ainda lembrar-lhe que — continuei, num tom de voz estridente — há duas horas atrás, o senhor se despediu de mim e me viu sair e descer a rua. Pensou por acaso que eu não ia voltar, que ia dormir num parque, e que vinha buscar a minha bagagem pela manhã? Ou será que é só um caso de perfeita imbecilidade? Diga-me, por favor, pois gostava de saber.

O proprietário engoliu o meu insulto, hesitante, e, com as mãos a tremer, apresentou-me um rol de desculpas. Ofereceu-se para me servir um chá e sanduíches, secar a minha roupa e passá-la a ferro, acompanhar-me até ao quarto, e ele próprio acender o radiador. Fez tudo excepto cair a meus pés e pedir-me que o trespassasse com um sabre de um lado ao outro. Quase me implorou que o deixasse trazer-me uma bebida quente para eu tomar.

— Não quero nada. Só pretendo ir para o quarto e ficar a contar os minutos até sair desta espelunca! — gritei, talvez um pouco teatralmente, mas produziu um bom efeito. Subi as escadas, devagar, até ao primeiro andar, e arrastei-me pesadamente pelo corredor durante alguns minutos, até constatar que não fazia a mínima ideia de qual era o meu quarto. A chave não tinha nenhum número.

Voltei à recepção que estava novamente quase às escuras, e meti a cabeça através da porta que dava para a cave.

— Desculpe — disse, em voz baixa —, pode dizer-me o número do meu quarto?

— É o 27, senhor — respondeu uma voz do meio da obscuridade.

Fiquei parado, sem me mexer.

— Obrigado — acabei por dizer.

— De nada — disse a mesma voz. — Uma boa noite para o senhor.

Franzi o sobrolho e tossi para que a voz ficasse nítida.

— Obrigado — voltei a dizer, e retirei-me para o quarto onde a noite se passou sem incidentes.

De manhã, apresentei-me numa sala de jantar cheia de sol e, como já receava, o proprietário estava à minha espera. Agora que eu estava seco, confortável e bem repousado, sentia-me muito mal por causa do acesso de cólera da noite da véspera.

— Bom dia, senhor! — disse-me, bem-disposto, como se nada se tivesse passado, e conduziu-me até uma mesa que ficava ao pé de uma janela com vista para o mar. — Dormiu bem?

Fiquei surpreendido com a sua simpatia.

— Hum! Sim, sim, dormi.

— Óptimo! Esplêndido! Há sumo e cereais no carrinho. Sirva-se à vontade. Quer que lhe arranje o pequeno-almoço tradicional britânico?

Achei insuportável a maneira simpática, não merecida, com que ele me estava a tratar. Encostei o queixo ao peito e, com um certo ar resmungão, disse:

— Oiça, quero pedir-lhe imensa desculpa pelo que lhe disse ontem à noite. Estava um bocado transtornado.

— Não tem importância.

— Não, insisto, quero que me desculpe. De facto, estou envergonhado.

— Esqueça o que se passou, está bem? Então, vai um pequeno-almoço completo, não é verdade?

— Está bem, então. Obrigado.

— Muito bem, senhor!

Nunca fui tão bem servido e tratado com mais delicadeza, e nunca me senti tanto como um verme. Trouxe-me logo o pequeno-almoço, falou sobre o tempo e disse que parecia que ia estar um dia maravilhoso. Não conseguia compreender por que é que era tão condescendente para comigo. Mas, aos poucos, fui imaginando como devia ter achado estranho o meu comportamento — um homem de meia-idade, com uma mochila às costas, a visitar um lugar como Weston, fora da estação e, sem razão evidente, alojar-se no seu hotel e começar a gritar e a esbracejar por um motivo de pouca importância. Devia ter pensado que eu era louco, ou talvez um doente mental que se tinha escapado, e aquela era a maneira mais segura de contactar comigo. Ou foi isto, ou então era uma pessoa extraordinária. Em qualquer dos casos merece o meu maior respeito.

Weston estava muito bonita naquela manhã de sol. Na baía, ao largo, ficava uma ilha chamada Flat Holm, no meio de uma atmosfera límpida e pura, vendo-se por trás as colinas verdejantes de Wales, a uma distância de cerca de 20 quilómetros. Até os hotéis que não apreciei na noite da véspera me pareciam agora razoáveis.

Dirigi-me para a estação e apanhei o comboio para Chepstow, e depois um autocarro para Monmouth. O Wye Valley estava tão bonito como há uns anos atrás — os bosques sombrios, o rio sinuoso, as casas brancas e solitárias das quintas espalhadas pelas encostas íngremes — mas as aldeias acabavam por não ter muito encanto e pareciam que só tinham bombas de gasolina, *pubs* com grandes parques de estacionamento e lojas de recordações. A minha especial atenção foi para a Tintern Abbey, uma abadia que se tornou famosa através do conhecido poema de Wordsworth, *I Can Be Boring Outside the Lake District Too,* e fiquei desapontado por ver que ela já não estava isolada no meio do campo, mas no extremo de uma aldeia sem nenhum interesse particular.

Todavia, Monmouth parecia ser uma cidade simpática com uma artéria principal, em plano inclinado, e um imponente edifício da Câmara. Em frente, na praça erguia-se a estátua de Charles Stewart Rolls, filho de Lorde e *Lady* Llangattock, «pioneiro nas viagens de balão, automóvel e avião, falecido em Julho de 1910, num desastre de aviação em Bournemouth», conforme a inscrição. Apresentava-se de pé, segurando um antigo modelo biplano na mão, fazendo lembrar *King Kong* a agarrar os aeroplanos que o atacavam. Não existia qualquer referência à sua ligação com a localidade. A livraria Monmouth, situada na Church Street, tinha na montra um livro meu e só por isso merece que eu a mencione aqui.

Tinha pensado fazer um pequeno passeio enquanto o tempo estava bom, e assim não me demorei. Comprei um pastel de carne numa padaria e comi-o no caminho para Wye. Meti por um acesso à beira-rio, junto à bonita ponte de pedra da cidade, e segui em direcção ao norte pela costa galesa. Durante os primeiros 40 minutos, fui acompanhado pelo ruído ensurdecedor e constante do tráfego da A40 mas, num local chamado Goldsmith's Wood, o rio afastava-se acintosamente da estrada, e dei comigo num ambiente completamente diferente e muito mais tranquilo. Os pássaros agitavam-se e chilreavam no meio das árvores e, com a minha aproximação, viam-se pequenas criaturas quase invisíveis a saltarem para dentro de água.

O rio estava ali, muito belo, cintilante, calmo e emoldurado por colinas cheias de árvores, com aquele colorido de Outono, à minha inteira disposição. Uns três quilómetros mais à frente, parei para estudar o mapa, e reparei num ponto situado numa colina próxima, e que se chamava King Arthur's Cave. Não podia deixar de ir ver, e assim comecei a subir a colina, olhando para todos os sítios que achava parecidos. Depois de uma hora de caminho, a passar por cima de pedras e troncos de árvore caídos no chão, encontrei o que pretendia e fiquei surpreendido. Não era nada de especial — apenas uma reentrância de pouca profundidade, cavada pela natureza na rocha calcária — mas tive a agradável sensação de ser o primeiro a visitá-la, ao fim de muitos anos. De qualquer forma não havia os sinais habituais indicativos da presença de outros visitantes — como *graffiti* e latas de cerveja vazias — o que lhe dava um cariz de singularidade, no meio da Grã-Bretanha, se não mesmo em todo o mundo.

Porque o tempo estava a passar rapidamente, decidi meter por um atalho no meio dos bosques, mas não reparei que estava no ponto mais elevado de uma faixa estreita de curvas de nível. Em consequência disso, dei comigo, um pouco depois, a descer involuntariamente uma encosta quase perpendicular, a correr por entre os bosques dando grandes saltos, de braços abertos, a fazer lembrar, estranhamente, George Chakiris em *West Side Story,* só com a diferença de que ali era o País de Gales, e George Chakiris não estava perdido de medo como eu. Por fim, depois de vários saltos perigosos e uma escorregadela memorável, ao longo de uns 80 metros, sobre o estômago, fui parar à beira de um precipício enorme com uma vista estonteante sobre o magnífico rio Wye, uns 30 metros abaixo de mim. Olhei espantado para o meu pé esquerdo que tinha batido por acaso num ramo de árvore. Se o ramo não estivesse ali, eu não estaria aqui.

Comecei a murmurar baixinho «Obrigado, meu Deus, fico a dever-Te esta», e levantei-me, a custo, retirando os galhos finos e as folhas que tinha agarrados à cara, e voltei a subir a colina com cuidado até chegar ao caminho de onde tinha saído tão tempestuosamente. Na altura em que cheguei à margem do rio já tinha decorrido mais uma hora. Foi necessário mais uma outra hora, aproximadamente, até chegar a Symonds Yat, um penhasco arborizado no cimo de uma colina imponente, com um panorama fabuloso em todas as direcções. Era de uma beleza espantosa — uma vista que nos dava a sensação de estar a pairar sobre o rio sinuoso e sobre uma paisagem arcádica, bucólica, com os seus campos cultivados e os bosques que se espalhavam numa extensão enorme até às longínquas Black Mountains.

— Bonito, maravilhoso mesmo! — exclamei, e fiquei a pensar se não haveria por ali perto um sítio para tomar um chá e talvez até mudar de calças...

CAPÍTULO

12

Há certas coisas que, para serem devidamente apreciadas, requerem que se tenha origem britânica, ou que, pelo menos, se seja mais velho do que eu, ou ambas as coisas, a saber: Sooty, Tony Hancock, *Bill and Ben the Flowerpot Men*, Marmite, música *skiffle*^NT, aquela parte de *Morecambe and Wise* em que Angela Rippon mostra as pernas a dançar, Gracie Fields a cantar *Sally*, George Formby a fazer qualquer coisa, *Dixon of Dock Green*, molho *HP*, saleiros com um só buraco e largo, feiras populares itinerantes, sanduíches de pão que acabámos de cortar às fatias, o verdadeiro chá com leite, lotes de terreno, a convicção de que a instalação eléctrica de uma habitação é um tema de conversa interessante, comboios a vapor, torradas feitas no grelhador do fogão a gás, achar que ir escolher papel de parede com o companheiro é uma boa maneira de passar o dia, vinho que não seja feito a partir da uva, quartos e casas de banho não aquecidos, rochas à beira-mar, barreiras para cortar o vento numa praia (por que razão é que vão para *lá*, se precisam de se proteger do vento?) e o interesse em elei-

---

^NT Música popular britânica dos anos 50, que é uma mistura de *jazz* e música *folk*, tocada por conjuntos pequenos.

ções parciais. Deve haver mais uma ou outra coisa de que não me recordo neste momento.

Não quero com isto dizer que estas coisas sejam más, ou maçadoras, ou disparatadas, mas o seu valor e interesse escapam à minha compreensão. Vou tentar ainda inserir Oxford nesta categoria.

Tenho o maior respeito pela universidade de Oxford e os seus 800 anos de trabalho intelectual árduo, mas devo confessar que não estou completamente certo da sua necessidade, agora que a Grã-Bretanha já não precisa de administradores nas colónias capazes de fazerem observações sarcásticas em latim. Quero eu dizer com isto que, ao vermos aqueles professores e estudantes virados para o passado, absorvidos em discussões profundas acerca da controvérsia Leibniz-Clarke, ou da estética pós-kantiana, pensamos: Impressionante, mas talvez seja indulgência a mais num país com três milhões de desempregados e cuja última grande invenção foi o *Cat's-eyes*[NT]. Todavia, na noite anterior, tinham mostrado, no *Noticiário das Dez*, Trevor McDonald radiante de felicidade, a anunciar que a Samsung Corporation estava a construir uma nova fábrica em Tyneside, que iria dar emprego a 800 pessoas que quisessem usar fato-macaco cor de laranja e praticar *tai chi*, durante meia hora, todas as manhãs. Agora, podem chamar-me filisteu retrógrado, mas parece-me — e faço esta observação num espírito de camaradagem — que, quando a iniciativa industrial de uma nação desce tão baixo que tem confiança em firmas coreanas só pela segurança económica que pode vir a ter

---

[NT] Pequenos espelhos que existem a meio ou na extremidade de uma rua para orientação do tráfego quando está escuro.

no futuro, então talvez seja altura de rever as prioridades a nível da educação, e pensar um pouco no que irá dar de comer às pessoas por volta de 2010.

Recordo-me de, há alguns anos atrás, estar a ver uma transmissão internacional especial da *University Challenge,* composta por uma equipa de estudantes britânicos e outra de americanos. A equipa britânica venceu, tão facilmente, que os próprios estudantes, Bamber Gascoigne e a audiência do estúdio ficaram nitidamente confusos. Foi uma demonstração de superioridade intelectual deslumbrante. O resultado final foi qualquer coisa como 12 000 para 2. Mas o problema está aqui. Tenho a certeza absoluta de que, se tivéssemos acompanhado os concorrentes a partir daquela altura, para ver o que lhes ia acontecer, chegaríamos à conclusão de que cada um dos americanos estava a contribuir para fazer diminuir de 350 000 dólares por ano os títulos de dívida comerciais e a administrar companhias, enquanto os Britânicos estavam a estudar as qualidades tonais da música coral do século XVI na Baixa Silésia, e a usar camisolas com buracos.

Mas não se preocupem. Desde a Idade Média que Oxford esteve em destaque, e tenho a certeza de que assim continuará depois de se tornar na University of Oxford (Sony UK) Ltd. A universidade, devo confessar, tem vindo a ficar cada vez mais preocupada com o aspecto comercial. Na altura da minha visita, ela estava a acabar uma campanha de recolha de fundos no valor de 340 milhões de libras, que durava há cinco anos, o que era impressionante, e tinha aprendido a importância do patrocinato. Se olharmos para os prospectos vemos que estão cheios de referências sem interesse, como «The All-New Shredded Wheat

(No Added Sugar or Salt) Chair of Eastern Philosophy»
e «Harris Carpets Why-Pay-More Thousands of Rolls in
Stock at Everyday Low Prices School of Business Management».

Esta questão do patrocinato é algo que parece ter entrado de mansinho na vida britânica, nos últimos anos, sem ter dado muito nas vistas. Presentemente, existe a *Canon League,* a *Coca-Cola Cup,* o *Ever-Ready Derby,* os *Embassy World Snooker Championships.* Não está longe o dia em que iremos encontrar coisas como *Kellogg's Pop Tart Queen Mother, Mitsubishi Corporation Proudly Presents Regents Park* e *Samsung City (Formerly Newcastle).*

Mas eu estou a divagar. A minha divergência com Oxford não tem nada a ver com angariação de fundos ou com a maneira como educa os seus alunos. A verdade é que eu acho quase tudo muito feio. Venham descer comigo a Merton Street e mostro-lhes o que quero dizer com isto. Ao passarmos por trás da Christ Church, reparem na calma deliberada de Corpus Christi, no brilho dourado e suave de Merton, e vejam se não estamos metidos numa verdadeira «casa do tesouro» arquitectónica, num dos aglomerados de edifícios históricos mais denso do mundo, e que a Merton Street nos oferece uma perspectiva de edifícios com empenas, portões de ferro forjado e trabalhado, e bonitas habitações dos séculos XVII e XVIII. Várias casas foram parcialmente desfiguradas pela adição de cabos eléctricos às suas fachadas (uma coisa que outras nações, menos intelectualmente afectadas, meteriam no seu interior), mas não importa. São facilmente esquecidos. Mas o que é aquele obstáculo introduzido ali ao fundo? É uma subestação eléctrica? Não, trata-se dos Merton College Warden's Quarters, uma série de «excrescências» dos anos 60, sem qualquer sentido, metidas à pressão numa rua que, de outro modo, poderia ser perfeita.

Agora, venham comigo, enquanto voltamos para Kybald Street, uma rua estreita e remota, perdida no meio de um viveiro de encantadoras ruelas entre Merton Street e High Street. No extremo leste de Kybald Street, existe uma praça pequena que pede necessariamente a presença de uma fonte também pequena, e de uns bancos. Em vez disso, o que encontramos é uma confusão de carros estacionados, em duas ou três filas. Agora, continuamos até Oriel Square: encontramos uma confusão ainda maior de veículos abandonados. Seguimos, depois, em direcção a Cornmarket (atenção, isto é *mesmo* horrível), passamos Broad Street e St. Giles (mais um caos de veículos), e por fim, paramos exaustos e desanimados, em frente do enorme monstro de betão, conhecido pelo nome de University Offices, que fica numa praça com o nome absurdo de Wellington Square. Não, afinal não paramos. Voltamos a passar por Cornmarket e atravessamos o horrível, atarracado e mal iluminado Clarendon Shopping Centre, saímos e seguimos pela Queen Street, passamos o igualmente desagradável Westgate Shopping Centre e a biblioteca central com as suas janelas muito abertas e desagradáveis, e acabamos por descansar junto à enorme pústula que é a sede da Oxfordshire County Council. Podíamos continuar através de St. Ebbes, passar o gigantesco complexo do tribunal dos magistrados, seguir pela desabrigada Oxpens Road, com suas lojas de pneus e escapes, e a tristemente desajustada pista de gelo, e os parques de estacionamento, e indo parar à desagradável e barulhenta Park End Street. Mas acho que podemos parar aqui, junto a County Council e descansar as pernas fatigadas.

Nada disto me incomodaria se não fosse o facto de todas as pessoas com quem falamos em Oxford, terem a ideia de que é uma das mais belas cidades do mundo, com tudo o que isso implica em termos de preservação e habitabilidade. Eu sei que Oxford tem lugares de extrema beleza. Christ Church Meadow, Radcliffe Square, a área quadrangular dos colégios, Catte Street e Turl Street, Queen's Lane e grande parte da High Street, o jardim botânico, Port Meadow, University Parks, Clarendon House e toda a parte norte de Oxford, são todos muito bonitos. Tem a melhor colecção de livrarias do mundo, alguns dos *pubs* mais espectaculares e os museus mais maravilhosos, em comparação com qualquer cidade da sua dimensão. Tem um magnífico mercado coberto. Tem o Sheldonian Theatre e a Bodleian Library e uma série de vistas panorâmicas espalhadas por todo o lado que nos fazem sentir bem com o mundo.

Mas há também muita coisa aberrante. Como é isto possível? É uma pergunta difícil. Que espécie de loucura é que se apoderou dos responsáveis pelo planeamento urbanístico, incluindo arquitectos e autoridades universitárias, nos anos 60 e 70? Sabiam que chegou a ser proposta a demolição de Jericó, um distrito de belas casas de artesãos, só para fazerem um desvio que fosse dar directamente a Christ Church Meadow? Este tipo de ideias não eram apenas absurdas, chegavam a ser criminosas. E, no entanto, numa escala mais reduzida, foram sendo postas em prática por toda a cidade. Observemos Merton College Warden's Quarters — que até nem é o pior edifício da cidade. A quantidade de coisas incríveis que foram necessárias fazer para o construir! Em primeiro lugar, houve um arquitecto que fez o projecto, que teve de percorrer uma cidade mergulhada em 800 anos de tradição arquitectónica e, com grande cuidado, imaginou uma estrutura que mais parece uma torradeira com janelas. Depois, uma delegação de intelectuais muito cultos de Merton mostrou a mais extraordinária das indiferenças para com as suas responsabilidades face à posteridade, dizendo para consigo próprios: «Desde 1264 que temos vindo a construir belos edifícios; vamos agora fazer um horrível, para variar.» A seguir, os responsáveis pelo planeamento devem ter dito: «Bem, e por que não? Há piores em Basildon.» Então, toda a cidade — estudantes, professores, donos das lojas, empregados de escritório e membros do Oxford Preservation Trust — concordou e nem protestou. Agora multipliquem por 200, 300 ou 400 e têm a moderna cidade de Oxford. E ainda me vêm dizer que é uma das mais bonitas e bem preservadas cidades do mundo? Receio bem que não. É sim uma bela cidade que, desde longa data, tem vindo a ser tratada com uma grande indiferença e lamentável incompetência, e toda a gente que vive em Oxford se devia sentir um pouco envergonhada.

Meu Deus, mas que arrebatamento o meu! Vamos aliviar um pouco a tensão e olhar para algumas coisas boas. O Ashmolean, por exemplo. Que instituição maravilhosa. É o museu mais antigo do planeta Terra e certamente um dos mais belos. Por que será que está sempre tão vazio? Passei lá toda uma manhã a examinar as antiguidades com muito cuidado, e poderia dizer que tinha o museu só para mim, se não houvesse um grupo de crianças da escola que apareciam volta e meia numa corrida, de sala em sala, perseguidas por um professor com ar enfadado. Depois, dirigi-me lentamente para o Pitt Rivers Museum e University Museum que também são muito agradáveis no seu jeito singular de nos dizer «Bem-vindos aos anos 70 do século XIX». Andei a vasculhar no interior do *Blackwell's* e do *Dillon's,* dei uma olhadela por Balliol e Christ Church, deambulei calmamente pelos parques da Universidade e por Christ Church Meadow, e continuei a andar, passando por Jericó e pelas belas e imperturbáveis mansões da parte norte de Oxford.

Talvez esteja a ser muito rigoroso com a velha Oxford. De um modo geral, acho que é um lugar maravilhoso, com os seus *pubs* cheios de fumo, as suas livrarias e aquele seu ar académico, desde que nos limitemos a ver as suas coisas boas e não nos aproximemos de lugares como Cornmarket ou George Street. Gosto de Oxford, especialmente à noite, quando o tráfego desaparece quase por completo e não precisamos de andar com máscara de oxigénio, e quando a High Street se enche com aquelas carrinhas, misteriosamente populares, que vendem *kebab* e que não me entusiasmam de modo algum (como é que alguém consegue comer uma coisa tão estranha que parece ter sido cortada da perna de um morto?), mas que irradiam uma espécie de fascínio sedutor. Gosto da escuridão das vielas que se estendem entre muros altos e que quase nos fazem pensar que vamos ser atacados e cortados aos bocados por Jack, o *Estripador,* ou talvez por algum comerciante de *kebab*. Gosto de andar a deambular por St. Giles, para acabar metido no meio do animado convívio do *Brown's Restaurant* — um lugar maravilhoso e simpático, talvez o único da Grã-Bretanha onde conseguimos comer uma excelente salada César e um hambúrguer com queijo e *bacon,* sem termos de nos sentar no meio de uma música barulhenta ou de uma espécie de sistema de sinais luminosos da *Route 66*. Acima de tudo, gosto de tomar uma bebida num *pub* onde possa estar sentado a ler um livro e não ser olhado como um tipo depravado, e gosto de estar rodeado de jovens alegres e deixar-me levar pelos meus pensamentos, imaginando como era quando eu tinha tanta energia como eles e não tinha barriga, e pensava em sexo como sendo algo mais do que uma oportunidade de me deitar e repousar.

Quando aluguei o quarto no hotel disse, sem reflectir, que iria ficar durante três noites, mas a meio da manhã do terceiro dia comecei a sentir-me um pouco cansado, e decidi ir dar uma volta por Sutton Courtenay, pela simples razão de que George Orwell estava ali enterrado, e parecia não ser muito longe dali. Saí da cidade, atravessando um campo perto do rio, em direcção a North Hinksey e continuei até Boar's Hill através de uma região que se chamava Chilswell Valley ou Happy Valley, não tinha bem a certeza. Tinha chovido durante a noite e a argila grossa do solo agarrava-se às minhas botas e dificultava-me a caminhada. Em breve, a acumulação de lama era tanta que os pés tinham o dobro do tamanho. Mais adiante, o caminho estava coberto de pequenas lascas de pedra, talvez para tornar o piso mais fácil, mas o certo é que também elas se agarraram às botas e parecia que tinha os pés metidos em dois bolos de passas enormes. No cimo de Boar's Hill parei, para apreciar a paisagem — a mesma que levou Matthew Arnold a dizer, num estado de arrebatamento, aquele absurdo sobre «flechas de sonho», e que foi cruelmente despojada da sua beleza pelas torres de electricidade que Oxfordshire tem em maior quantidade do que qualquer outro condado que eu conheça — e para tirar a lama das botas com um pau.

Boar's Hill tem uns casarões muito atraentes, mas acho que não conseguia viver feliz ali. Reparei em três caminhos junto às casas onde havia letreiros a dizer «Proibido Virar». Agora digam-me se não é ser um pouco mesquinho e ridiculamente possessivo em relação ao seu pequeno pedaço de relva, para colocar semelhante sinal. Que mal pode haver se alguém perdido ou enganado entrasse no caminho que vai dar a sua casa? Eu faço questão de virar nesse tipo de caminhos, mesmo que não seja necessário, e aconselho-os a acompanharem-me nesta prática. É bom buzinar sempre umas duas ou três vezes para que o proprietário nos veja. E, a propósito, peço-lhes que rasguem todo o lixo publicitário que põem nas vossas caixas de correio, principalmente quando os convidam a gastar dinheiro inutilmente, e os devolvam a pagar no remetente. Teria um efeito muito maior se fôssemos muitos milhares a proceder desta maneira.

Cheguei a Abingdon através de uma rua estreita que vinha de Sunningwell. Abingdon tem um dos mais bem conservados complexos habitacionais camarários que eu já vi — gigantescas extensões de relvado e casas com bom aspecto — e um belo edifício da câmara, construído sobre estacas como se estivessem à espera de uma cheia enorme, mas é tudo o que sei dizer a favor de Abingdon. Tem uma área comercial muito horrível que, segundo fiquei a saber, foi construída depois de deitarem abaixo uma quantidade de casas medievais, e parece que tem um empenho tenaz especial em se rodear de tudo o que é feio.

Sutton Courtenay pareceu-me mais distante do que tinha na ideia, depois de ver o mapa, mas foi uma caminhada muito agradável e cheia de belas paisagens sobre o rio Tamisa. É um local encantador onde existem algumas habitações com bom aspecto, três *pubs* muito agradáveis, e um espaço verde com um monumento comemorativo aos mortos da guerra, ao lado do qual fica o adro da igreja onde estão enterrados os restos mortais de George Orwell e de H. H. Asquith. Podem chamar-me moço de lavoura de Iowa, e caduco, mas acontece que sempre me impressionou a quantidade de gente célebre que esta pequena ilha contém. Como é espantoso encontrar num simples adro de igreja de uma aldeia, os túmulos de dois homens tão importantes. Em Iowa, ficaríamos orgulhosos de ter qualquer um deles connosco — aliás, nós, até no *Trigger*, o Cavalo Maravilha, ou no tipo que inventou aqueles cones a sinalizar o trânsito das ruas, teríamos orgulho.

Caminhei pelo adro e descobri a campa de Orwell. Tinha três pés de roseira brava a crescer, e umas flores artificiais dentro de uma jarra de vidro, em frente de uma placa de pedra com uma inscrição muito lacónica:

Aqui jaz Eric Arthur Blair
Nascido a 25 de Junho de 1903
Falecido a 21 de Janeiro de 1950

Não há muito sentimento nestas palavras, pois não? Próximo dali ficava a sepultura de Herbert Henry Asquith.

Fazia lembrar uma lata de chá, e estava a afundar-se no solo de uma maneira assustadora. O seu epitáfio também é digno de ser aqui mencionado. Dizia muito simplesmente:

> *Conde de Oxford e Asquith*
> *Primeiro-Ministro de Inglaterra*
> *Abril de 1908 a Dezembro de 1916*
> *Nascido a 12 de Setembro de 1852*
> *Falecido a 15 de Fevereiro de 1928*

Não notam nada de estranho nesta inscrição? Tenho a certeza que o notavam se fossem oriundos da Escócia ou do País de Gales. Todo aquele local era um bocado estranho. Quero eu dizer que estava ali um cemitério onde havia o túmulo de um escritor célebre que era mantido tão anónimo como se estivesse lá enterrado um pobre desconhecido, e outro túmulo de um homem cujos descendentes parece que se esqueceram de onde é que ele foi Primeiro-Ministro, e que estava em perigo de desaparecer por completo debaixo da terra. Ao lado de Asquith repousava um tal Ruben Loveridge «que caiu num sono profundo a 29 de Abril de 1950» e, logo a seguir, havia uma sepultura partilhada por dois homens: «Samuel Lewis 1881-1930» e «Alan Slater 1924-1993». Que espécie de comunidade tão pequena era aquela onde havia homens que eram enterrados juntos, e onde não podíamos cair num sono profundo pois éramos logo enterrados?

Pensando melhor, acho que nós, os de Iowa, nos contentaríamos em deixá-los com Orwell e Asquith, desde que pudéssemos ficar com o indivíduo que foi enterrado vivo.

CAPÍTULO

13

Pus de parte os meus princípios rígidos e resolvi alugar um carro por três dias. Bem, de facto, vi-me obrigado a fazê-lo. Queria visitar Costwolds, e não foi preciso muito tempo para perceber que não o poderia fazer se não tivesse o meu próprio meio de locomoção. Em 1933, J. B. Priestley anotou na sua obra, denominada *English Journey,* que, mesmo naquela época dourada, havia apenas um caminho que atravessava Costwolds. Agora, nem sequer esse existe. Há um, mas não tem interesse e segue pela periferia.

Então, aluguei um carro em Oxford e parti, com aquela sensação estonteante de liberdade sem limites, por estar na posse de duas toneladas de metal desconhecido. A minha experiência com carros alugados diz-me que, de um modo geral, eles não nos deixam sair de uma cidade até terem tido a possibilidade de se despedirem de quase todos as localidades. O meu levou-me a dar uma volta por Botley e Hinkley, a contornar a fábrica da *Rover,* em Cowley, e a sair por Blackbird Leys, antes de me levar a passar duas vezes pela mesma rotunda, e me lançar de novo na direcção da cidade, como uma nave espacial na sua órbita planetária. Não consegui evitar esta situação, até porque estava preocupado em fazer parar o limpa pára-brisas que parecia ter vida própria, e descobrir como é que havia de tirar do vidro da frente uma pequena nuvem de espuma do detergente líquido, que saía a jorros, independentemente do botão que carregasse ou da alavanca que accionasse.

Pelo menos, tive a oportunidade de ver o pouco conhecido, mas fora do vulgar, edifício da Potato Marketing Board, em Cowley, em cujo parque de estacionamento entrei para dar a volta, ao perceber que estava perdido. Era um edifício grande e sólido da década de 60, com quatro andares, e suficientemente grande para acomodar 400 ou 500 trabalhadores. Saí do carro para limpar o pára-brisas com umas páginas que rasguei do manual que estava no porta-luvas, mas, logo a seguir, fiquei a olhar espantado para a grandeza da construção. O seu tamanho era espantoso. Quantas pessoas seriam precisas no comércio da batata? No seu interior, devia haver portas com tabuletas a dizerem *«Department of King Edwards»* ou *«Unusual Toppings Division»*, e pessoas em mangas de camisa, sentadas à volta de uma mesa muito comprida, enquanto um indivíduo lhes ia explicando os planos interessantes da campanha de Outono para Pentland Squires, servindo-se de um painel informativo. Que estranho universo limitado aquele onde eles deviam viver. Imaginem-se a dedicar a vossa vida de trabalho a tubérculos comestíveis, a não conseguir dormir porque alguém passou a ser o n.º 2 das Batatas Fritas e seus Derivados, ou porque o diagrama da *Maris Piper* está em curva descendente. Imaginem agora as suas festas de representação. É qualquer coisa de impensável.

Voltei a entrar no carro e passei algum tempo a experimentar os comandos e a pensar como eu detestava aquelas coisas. Há pessoas que nasceram para andar de carro, mas outras não. É tão simples como isso. Detesto conduzir, pensar em carros e falar sobre carros. Não suporto, quando se tem um carro novo e se vai a um *pub,* que apareça sempre alguém que começa a fazer-nos perguntas acerca dele, e o pior é que nem chego a perceber o que é que querem saber.

— Com que então um carro novo, hein? — começam por dizer. — Que tal é o andamento?

Já estou perdido, como podem ver.

— Bem, como qualquer outro *carro.* Porquê? Nunca andou em nenhum?

Seguidamente, invadem-nos com perguntas.

— Qual é a quilometragem do carro? Quantos litros gasta aos cem? Qual é o esforço de torção? Tem esocêntricos gémeos invertidos ou carburador-alternador de duas entradas com turbo? Qual é a cilindrada?

Nunca conseguirei compreender por que razão as pessoas querem saber todas estas coisas acerca de uma máquina. Mas este interesse não acontece em relação a outro tipo de mecanismos. Nestas ocasiões, sempre tive vontade de lhes dizer:

— Então, ouvi dizer que tem um frigorífico novo, não é verdade? Quantos litros de *freon* é que tem «esse menino»? E o consumo de BTU^{NT}? E qual é a capacidade de *refrigeração?*

Este carro tinha um painel de interruptores e alavancas como qualquer outro carro, cada um deles acompanhado de um símbolo destinado a lançar a confusão. Francamente, o que é que se pode fazer com um interruptor cujo sím-

---

[NT] Sigla de *British Thermal Unit,* unidade térmica britânica, ou seja, a unidade de medida de energia do sistema inglês.

bolo tem escrito |∅| ? Como é que alguém pode imaginar que um rectângulo que parece um aparelho de televisão, com má recepção, serve para indicar o «desembaciador do vidro traseiro»? No meio do painel, havia dois mostradores de forma circular e com o mesmo tamanho. Um deles indicava nitidamente a velocidade, mas o outro confundia-me. Tinha dois ponteiros, um dos quais avançava muito lentamente e o outro nem parecia mexer-se. Estive imenso tempo a olhar para ele até que, finalmente, compreendi — isto é mesmo verdade! — que era um relógio.

Na altura em que descobri o caminho para Woodstock, a cerca de 16 quilómetros a norte de Oxford, estava completamente exausto e desejoso de bater de encontro à berma da estrada e parar durante algumas horas. Confesso que gosto muito de Woodstock. Disseram-me que chega a ser um pesadelo no Verão, mas sempre a visitei fora da estação e achei que era uma cidade esplêndida. As suas casas de estilo jorgiano têm um ar sólido, quase régio, há inúmeros *pubs* muito confortáveis, as lojas são interessantes e diversas e as fachadas estão conservadas. Não existe uma única peça de metal que não brilhe naquela cidade. O edifício dos Correios tinha um emblema antigo, preto e prateado, muito mais elegante e distinto do que o logótipo vermelho e amarelo que tem actualmente, e até o Barclays Bank conseguiu resistir ao impulso de cobrir toda a sua fachada com material plástico de cor *aqua-blue*.

A High Street tinha muito tráfego, com *Volvos* a fazerem manobras e lojistas de fatos axadrezados com cestos de ráfia nos braços. Andei pela zona das lojas, parando aqui e ali para espreitar as vitrinas, e passei pelas soberbas casas jorgianas antes de entrar no Blenheim Palace e respectivo parque. Debaixo de um imponente arco ornamental havia uma pequena cabina com um aviso a indicar que o preço da entrada para adultos era de 6,90 libras, embora um exame mais cuidado desse a entender que incluía uma visita ao palácio, à casa das borboletas, ao comboio miniatura, ao parque de aventuras e a uma grande quantidade de outras diversões culturais. Mais abaixo, o aviso dizia que a entrada, só para os jardins, custava 90 *pence*. Posso ser enganado facilmente, mas ninguém me leva assim 90 *pence* sem ser por uma boa razão. Tinha comigo o mapa da *Ordnance Survey,* em que eu confiava, e vi que se tratava de uma via pública, pelo que resolvi entrar, de sorriso nos lábios e a carteira na mão, e o funcionário da cabina teve o bom senso de não me fazer qualquer reparo.

Quando se passa o portão, a transformação é espectacular. Num lado, estamos numa aldeia muito movimentada, no outro, somos subitamente atirados para um ambiente rural e bucólico que nos parece incompleto sem um par de figuras dos quadros de Gainsborough a deambular por ali. À minha frente estendiam-se cerca de 800 hectares de paisagem variada — castanheiros enormes e graciosos sicômoros, relvados que mais pareciam mesas de bilhar, um lago ornamental atravessado por uma ponte imponente e, mesmo no centro, erguia-se um edifício monumental de estilo barroco, o Blenheim Palace. Era muito belo.

Segui por um caminho sinuoso através dos jardins, passei pelo palácio e parque de estacionamento para os visitantes, e contornei os *Jardins de Prazer*. Teria voltado atrás para fazer tudo de novo, mas no momento já tinha atravessado o parque e dirigia-me para a saída oposta que ia dar a Bladon Road. Bladon era um lugarejo sem interesse especial, que parecia estremecer sob o peso do intenso tráfego de mercadorias, mas no centro ficava o adro da igreja onde Winston Churchill está sepultado. Tinha começado a chover e, como ainda era preciso subir uma rua íngreme e muito movimentada, comecei a pensar se valeria a pena o esforço, mas ao chegar vi que valia e muito. O adro da igreja tinha um aspecto bonito e isolado, e o túmulo de Churchill era tão modesto que tive de o procurar no meio das outras sepulturas. Era o único visitante por ali. Churchill e Clemmie partilhavam um simples e quase remoto palmo de terra, o que achei comovedor e admirável. Oriundo de um país onde até o mais desconhecido e insignificante presidente, quando morre, tem direito a uma gigantesca biblioteca em sua memória — até mesmo Herbert Hoover, repousa num lugar, longe de Iowa, que mais parece a sede da *World Trade Organization* — acho espantoso que o maior estadista britânico do século XX seja homenageado com uma simples estátua em Parliament Square e esta modesta sepultura. Estava impressionado com esta demonstração de sobriedade, digna de louvor.

Voltei para Blenheim e fui espreitar os *Jardins de Prazer,* e outras atracções ao ar livre. Os *Jardins de Prazer* são uma espécie de abreviatura de «É um Prazer Extorquir-lhes Dinheiro», pois parecem destinados a ajudar os visitantes a desembolsar muito dinheiro nas lojas de lembranças, nas salas de chá, ou na compra de portões de jardim, bancos e outros produtos fabricados pela serração de Blenheim. Andam por lá inúmeras pessoas com ar feliz, e aparentemente despreocupadas com o facto de terem pago 6,90 libras pelo privilégio de olharem para o tipo de coisas que poderiam ver de graça em qualquer *garden centre* decente.

Quando deixei os jardins e me encaminhei para o palácio, tive oportunidade de examinar a miniatura do comboio a vapor que percorria uma pequena extensão sobre carris, num extremo dos jardins. A visão de 50 pessoas comprimidas dentro de um pequeno comboio, num dia cinzento, frio e chuvoso, à espera de serem transportadas ao longo de uns 200 metros, convencidas de que se estavam a divertir, é algo que não vou esquecer tão depressa.

Segui por um caminho pavimentado até à parte da frente do palácio, e depois passei por cima da esplêndida ponte de Vanbrugh, até chegar à gigantesca coluna, absurdamente egocêntrica, que o primeiro duque de Marlborough mandou erigir no cimo de uma colina que dá para o palácio e para o lago. Trata-se de uma construção extraordinária, não só por ser de uma imponência impressionante mas porque usufrui de um panorama equivalente a uma centena de janelas do palácio, pelo menos. Que tipo de pessoa é que mandaria erigir uma coluna de cerca de 30 metros de altura, dentro da sua propriedade, e só para uso próprio? Que contraste enorme com a simples sepultura do querido e velho Winnie.

Talvez eu seja muito modesto, mas sempre achei que existe uma desproporção entre a escala do Blenheim Palace e a do monumento de Marlborough. Posso compreender que, no meio de uma alegria louca, a nação agradecida quisesse recompensá-lo com uma estadia de duas semanas por ano, nas Canárias, ou com um faqueiro completo, ou ainda uma *Teasmade*[NT], mas não consigo perceber como uma série de triunfos em locais desconhecidos, como Oudenard ou

---

[NT] Máquina especial para fazer chá.

Malplaquet, puderam habilitar um desprezível conspirador a receber uma das maiores casas senhoriais da Europa e um título de duque. Mais extraordinário ainda é pensar que, quase 300 anos depois, os herdeiros do conde podem «sujar» aqueles terrenos com comboios em miniatura e castelos imponentes, cobrar entrada às pessoas, e gozar de posição social e privilégios só porque um antepassado remoto tinha talento para ganhar batalhas. Parece-me um procedimento muito estranho.

Recordo-me de ter lido, em tempos, que o 10.º duque de Marlborough, por ocasião da visita a uma das casas de sua filha, declarou consternado, no cimo das escadarias, que a sua escova de dentes já não fazia espuma como era costume. Pelo que parece, o seu criado é que punha sempre a pasta na escova e assim o duque não sabia que os utensílios de higiene dental não faziam espuma por acto espontâneo. E não tenho mais nada a dizer.

Enquanto ali estava a apreciar a vista e a pensar na curiosa actuação da primogenitura, uma jovem bem vestida, montada num cavalo baio, passou muito perto de mim. Não sabia quem era, mas tinha aspecto de pessoa rica e privilegiada. Fiz-lhe um pequeno sorriso, como é costume fazer a pessoas que não conhecemos e em espaços abertos, e ela olhou para mim com ar indiferente, como se eu fosse alguém tão insignificante que nem merecia um sorriso. Então, alvejei-a. A seguir voltei ao meu carro e continuei a conduzir.

Passei dois dias a andar de carro através de Cotswolds e não gostei nada — não por desgostar de Cotswolds, mas por detestar conduzir. Fica-se muito afastado do mundo exterior, quando se anda dentro de um veículo, e a velocidade é enganadora. Estou habituado a andar a pé a um certo ritmo ou, pelo menos, à velocidade dos comboios da British Rail, o que é quase a mesma coisa. Então, depois de um dia inteiro passado a percorrer «montes e vales», foi com alívio que deixei o carro no parque de estacionamento de Broadway, e comecei a andar a pé.

A última vez que tinha visto Broadway, numa tarde de Agosto, há alguns anos atrás, tinha sido um pesadelo no que respeita a tráfego e grupos enormes de excursionistas a arrastarem-se por todo o lado, mas agora, fora da estação, parecia calma e remota, com uma artéria principal quase deserta. É uma localidade extraordinariamente bonita, com os telhados das casas muito inclinados, janelas com pinázios, inúmeras empenas e pequenos jardins bem cuidados. Existe algo na pedra dourada de Cotswold, na maneira como absorve a luz do Sol e depois a reflecte, que faz com que, mesmo nos dias mais sombrios, aldeias como a de Broadway pareçam irradiar um brilho constante. Naquele dia, de facto, havia muito sol, o tempo estava maravilhoso, pairando no ar uma aragem seca e fria própria do Outono, e que dava à paisagem uma sensação de limpeza e frescura. A meio caminho da High Street encontrei um sinal a indicar Cotswold Way, e meti por um desvio entre velhos edifícios. Depois, atravessei um prado cheio de sol e subi uma longa ladeira até Broadway Tower, um miradouro altíssimo com vista sobre a aldeia. O panorama que se desfrutava daquela altura sobre o extenso vale de Evesham era sensacional, como se pode imaginar — terrenos cultivados com formas trapezóidais ondulantes que se estendiam até junto

de uma mancha distante de colinas arborizadas. A Grã-
-Bretanha, mais do que qualquer outro país que eu conheça, ainda tem paisagens que parecem gravuras tiradas de
um livro de histórias para crianças — qualquer coisa de extraordinário para uma pequena ilha com tão grande densidade populacional, e tão preocupada com a indústria. No
entanto, não pude deixar de pensar que, há uns dez ou 20
anos atrás, a paisagem devia ter sido mais bucólica e gratifi-
cante.

Perante uma paisagem tão intemporal e encantadora,
tão agradavelmente ligada a um passado remoto, é fácil esquecermo-nos como está perdida. À minha frente, o panorama incluía torres de electricidade, complexos habitacionais por todos os lados e, à distância, os reflexos do Sol
a bater na estrutura dos armazéns de *cash and carry*. Ainda
pior é a densa rede de arbustos, cuidadosamente tecida pela
natureza, mostrar sinais de que começa a estar desfiada
e separada, como uma colcha de lã cujos fios tivessem sido
arrancados por dedos ociosos. Aqui e ali aparecem fragmentos de sebes partidos e abandonados, no meio de outros campos de aspecto vulgar.

Sabiam que, entre 1945 e 1985, a Inglaterra perdeu cerca de 155 000 quilómetros de sebes — o bastante para contornar quatro vezes o nosso planeta? A política do governo
em relação à região rural foi tão confusa que, durante um
período de 24 anos, os agricultores recebiam um subsídio
para plantar sebes e outro para as arrancar. Entre 1984
e 1990, independentemente de não haver dinheiro do governo para plantar sebes, perderam-se mais cerca de 85 000
quilómetros das mesmas. Devem ter ouvido dizer muitas
vezes (e eu sei porque passei três dias num simpósio sobre

sebes; as coisas que eu não faço para os meus filhos terem os seus *Reeboks!)* que as sebes são uma característica transitória da paisagem, uma relíquia dos tempos dos *enclosure movements*[NT], e que a tentativa de as preservar impede a evolução natural da região rural. De facto, cada vez mais se ouve dizer que a conservação, seja do que for, é um exagero, é retrógrado e um impedimento para o progresso. Agora mesmo, enquanto estou a escrever, tenho diante de mim uma citação de Lorde Palumbo, onde ele argumenta que a vaga noção de herança «acarreta consigo uma carga de nostalgia pela não existência de uma época dourada que, a ter existido, podia ter sido a morte da invenção». Tamanho disparate só pode dar cabo de mim!

Independentemente de considerarmos que a conclusão lógica deste argumento levaria à destruição de Stonehenge e da Torre de Londres, é um facto que muitas destas sebes existem há muitos, muitos anos. Em Cambridgeshire, sei que existe uma sebe particularmente bonita, chamada *Judith's Hedge,* que é mais antiga do que a Catedral de Salisbury, do que York Minster, e do que uma série de outros monumentos britânicos; todavia, não existe nada escrito que impeça a sua destruição. Se for preciso alargar uma estrada, ou os proprietários preferirem uma vedação de arame farpado à volta das suas propriedades, bastarão umas horas para ameaçar de vez um passado de 900 anos de história viva. É de uma insensatez a toda a prova. Metade das sebes

---

[NT] Movimentações realizadas ao abrigo dos decretos *(Enclosure Acts.)* emitidos pelo Parlamento, entre 1709 e 1869, onde era exigido que as propriedades privadas fossem separadas das restantes propriedades comuns, por meio de vedações ou sebes.

que existem na Grã-Bretanha são anteriores aos *enclosure movements,* e talvez um quinto delas sejam da época dos Anglo-Saxões. De qualquer forma, a razão para as preservar não tem a ver com o facto de elas lá estarem há muito tempo, mas porque a sua existência engrandece nitidamente a paisagem. As sebes são o que caracteriza Inglaterra como tal. Sem elas, o país iria parecer uma espécie de Indiana, semeada de campanários.

Por vezes fico fora de mim. Uma nação que possui a região rural mais atraente, a mais parecida com um gigantesco jardim, e a mais bem organizada, em comparação com qualquer outra no mundo, resultado de séculos de aperfeiçoamentos espontâneos e constantes, e pouco falta para a destruírem quase por completo. Não estamos aqui a falar de «nostalgia pela não existência de uma época dourada», mas sim de algo que tem vida, verdura por todo o lado e é incomparavelmente bonito. Assim sendo, se alguém me vier dizer: «Pois fique a saber que as sebes não são de facto uma característica da paisagem de antigamente», muito provavelmente não deixarei de lhe dar um murro. Acredito piamente na famosa máxima de Voltaire: «Senhor, não concordo com o que está a dizer, mas sou obrigado a defender até à morte o seu direito de ser um perfeito asno», mas chega uma altura em que tem de haver limites.

Comecei a descer, à pressa, por uma azinhaga arborizada até Snowshill, que ficava a cerca de cinco quilómetros de distância. As folhas das árvores estavam douradas e ouvia-se o seu restolhar. O céu imenso, azul e límpido, foi ocasionalmente obscurecido pelo movimento lento das aves migratórias que passavam em formação. Estava um belo dia para passear — um daqueles dias em que apetece encher o peito de ar e cantar *«Zippity Doo Dah»* imitando a voz de Paul Robeson. Snowshill dormitava ao sol, um aglomerado de moradias de pedra, dispostas à volta de uma encosta verdejante. Comprei um bilhete de entrada para visitar Snowshill Manor, que agora pertence à *National Trust,* mas que, de 1919 a 1956, foi a residência de uma personagem excêntrica chamada Charles Wade, que dedicou a vida a coleccionar os mais variados objectos, alguns deles muito interessantes e outros que não passam de velharias sem interesse — clavicórdios, microscópios, tapeçarias flamengas, caixas de tabaco e rapé, mapas e sextantes, armaduras de samurai, bicicletas *penny-farthing*[NT], e tudo o mais que se possa imaginar — até ter a casa tão cheia que nem havia lugar para ele. Passou os últimos anos da sua vida a viver muito feliz num anexo que, tal como a casa, foi mantido intacto, tal qual ele o deixou ao morrer. Gostei imenso, e mais tarde, quando o Sol começou a inclinar-se para ocidente, e a terra se encheu de sombras esguias, pairando no ar um cheiro suave e maravilhoso a madeira queimada, fiz o meu caminho de regresso até junto do automóvel, com uma sensação de bem-estar interior.

Passei a noite em Cirencester e, no dia seguinte, depois de uma visita agradável ao Corinium Museum, com a sua espantosa mas, curiosamente, pouco conhecida colecção de mosaicos, moedas e outros artefactos do tempo dos Romanos, segui de carro até Winchcombe, para ver tudo *in loco.*

[NT] Tipo de bicicleta muito antiga com uma roda muito grande à frente e uma pequena atrás.

Numa colina acima de Winchcombe, existe um local pouco visitado mas tão maravilhoso que hesitei em o referir. A maioria dos visitantes que chegam a este canto tranquilo de Cotswolds, contentam-se em dar uma olhadela pelo Sudeley Castle, ou ir até à remota «corcova» do famoso túmulo Belas Knap. Mas eu continuei por um caminho coberto de erva, na encosta da colina, a que deram o nome de Salt Way, pois, na época medieval, era através dele que transportavam o sal. Foi um belo passeio pelo campo da região rural, com vistas panorâmicas maravilhosas sobre os vales bem delineados que pareciam nunca ter visto um carro por ali, ou até ouvido o som de uma serra articulada.

Ao chegar a um lugar chamado Cole's Hill, o caminho precipitava-se bruscamente em direcção a um bosque de aspecto escuro e bravio, quase impenetrável por causa das silvas. Sabia que, algures por ali, ficava o meu objectivo — um lugar que aparecia no mapa como sendo uma «*Villa* romana (ruínas de)». Andei cerca de meia hora a bater com o bastão por todo o terreno até encontrar os alicerces de um muro muito antigo. Não parecia grande coisa — talvez o que sobrava de um antigo curral de porcos — mas, uns metros à frente, quase oculto por heras bravias, estavam mais muros baixos, uma série deles de cada lado do caminho. Este estava mesmo coberto de lajes, debaixo de uma camada de folhas húmidas, e percebi que me encontrava no interior da *villa*. Num dos compartimentos que ainda restavam, o chão estava cuidadosamente coberto com sacos de plástico de fertilizantes, presos nas pontas com pedras. Era aquilo que eu queria ver. Um amigo já me tinha falado da sua existência, mas eu não tinha acreditado. O facto é que, debaixo daqueles sacos, estava o desenho completo de um mosaico romano, com cerca de meio metro quadrado, e com um padrão requintado e impecavelmente preservado, excepto umas pequenas fracturas nas pontas.

É difícil explicar a estranheza que senti por estar no meio de um bosque remoto, no interior do que, num passado muito distante, foi a habitação de uma família romana, a olhar para um mosaico colocado no solo, há pelo menos 1600 anos atrás, quando este espaço era aberto, e muito antes de haver o velho bosque a rodeá-la. Uma coisa é ver estas peças num museu, e outra, muito diferente, é vê-las no seu local de origem. Não sei por que é que não arrancaram dali o mosaico e o levaram para o Corinium Museum por exemplo. Suponho que é um lapso terrível, mas estou muito grato pela oportunidade que tive de o ver. Sentei-me numa pedra, durante algum tempo, completamente maravilhado e admirado. Não sei o que é que mais me fascinava, se a ideia de que, um dia, naquele mesmo chão, estiveram pessoas vestidas de togas a conversar umas com as outras em latim vernáculo, ou se era o facto de eu estar ali, impávido e sereno, no meio daquele emaranhado de vegetação.

Pode parecer estupidez da minha parte, mas, pela primeira vez, ocorreu ao meu espírito a ideia de que todas aquelas antiguidades do tempo dos Romanos, e que eu ia vendo ao longo dos anos, não tinham sido criadas para acabarem expostas num museu. O facto do mosaico ainda conservar o seu aspecto original, não ter sido vedado ao público e metido num edifício moderno, significava que era ainda um *chão,* e não um mero artefacto. Era algo que podia ser usado, pisado, e que já tinha sentido o modo de caminhar das sandálias dos Romanos. Havia em tudo aquilo uma certa magia que se apoderava de mim e me deixava nervoso.

Passado algum tempo, levantei-me e, com muito cuidado, voltei a colocar os sacos de fertilizante no mesmo sítio e a prendê-los com as pedras. Agarrei no bastão, observei se estava tudo em ordem, dei meia volta, e iniciei o longo processo de desbravar o caminho de regresso a esse lugar estranho e neglicenciado que é o século XX.

CAPÍTULO
14

Fui até Milton Keynes com aquela sensação de que, finalmente, ia ver uma cidade moderna. É difícil chegar a Milton Keynes indo directamente de Oxford, o que é estranho, pois no mapa fica mesmo ao fim da estrada. Escolhi-a como destino depois de ter olhado rapidamente para o mapa das estradas, partindo do princípio que, na pior das hipóteses, teria de apanhar um comboio para Bicester, ou um local semelhante, e de lá, apanhar então outro. Na realidade, tive de voltar a Londres, apanhar o metro para Euston, e depois um comboio para Milton Keynes — uma viagem de cerca de 190 quilómetros ao todo, para fazer um percurso entre duas cidades que distam cerca de 48 quilómetros entre si.

Foi caro, e uma perda de tempo, pelo que fiquei um pouco irritado, principalmente porque o comboio que partia de Euston estava apinhado, e fui obrigado a sentar-me em frente de uma mãe tagarela e o seu filho de dez anos de idade, que passou o tempo a bater-me nas canelas, ao balançar as pernas de um lado para o outro, e a olhar-me fixamente com uns olhos de porquinho, e a meter os dedos no nariz e depois na boca. Parecia achar que o nariz era uma espécie de compartimento de acepipes que tinha a meio da cara. Tentei absorver-me na leitura de um livro mas, contra minha vontade, o meu olhar cruzava-se com o dele, sempre a fixar-me com uma expressão satisfeita e um dedo em constante actividade. Era repugnante e, quando o comboio chegou finalmente a Milton Keynes, tive o prazer de tirar a mochila da rede e arrastá-la por cima da sua cabeça, antes de sair.

Não detestei Milton Keynes logo à chegada, o que acho que já é muito para um lugar como aquele. Saí da estação para uma grande praça aberta, com três dos seus lados ocupados por edifícios de vidro reflector, e tive imediatamente uma sensação de espaço, o que nunca acontece nas cidades inglesas. A cidade erguia-se na encosta de uma pequena colina, a menos de um quilómetro de distância, do outro lado de uma rede de passagens subterrâneas para peões, e sobre um grande espaço aberto partilhado por parques de estacionamento e aquelas estranhas árvores das cidades novas que parecem que nunca crescem. Tive a nítida sensação de que, na próxima vez que passasse por esta extensão de relvado e asfalto, ela estaria coberta de edifícios de tijolo, com janelas de cor castanha-avermelhada, destinados a escritórios.

Embora tenha passado muito tempo a vaguear por cidades novas, a tentar imaginar o que se tinha passado na cabeça dos seus criadores, não conhecia ainda Milton Keynes. Em muitos aspectos era superior a qualquer outra que eu já vira. As passagens subterrâneas tinham as paredes cobertas de granito brilhante onde não havia os habituais *graffiti*, nem as poças imundas no chão, o que parece ser uma característica de Basingstoke e Bracknell.

A própria cidade era uma estranha amálgama de estilos. Os passeios, com sombra e sem relva, pelo meio das grandes avenidas, davam-lhe um certo ar parisiense. O aspecto paisagístico dos parques industriais, na periferia, fazia lembrar a Alemanha. A rede urbana e os nomes das ruas com números reportava-nos aos Estados Unidos. Os edifícios não tinham qualquer característica especial, tal como os que encontramos à volta de qualquer aeroporto internacional. Em resumo, parecia tudo menos uma cidade inglesa.

O que achei mais estranho foi não haver lojas, e não ver ninguém nas ruas. Caminhei bastante pelo centro da cidade, subindo e descendo avenidas, e passando por transversais sombrias que as ligavam entre si. Os parques de estacionamento estavam cheios e havia sinais de vida por trás dos vidros das janelas abertas dos escritórios, mas quase não havia trânsito nas ruas e só se avistava um ou dois transeuntes. Sabia que havia na cidade uma grande área coberta onde se concentravam as lojas, pois já tinha lido uma referência em *The Battle for Room Service* de Mark Lawson, mas não a conseguia encontrar, nem tão pouco vi ninguém que me informasse. O aborrecido era que quase todos os edifícios se pareciam com centros comerciais. Ia investigar e acabava por descobrir que eram os escritórios principais de uma companhia de seguros, ou qualquer outra coisa no género.

Acabei por ir parar a uma área residencial que ficava um pouco afastada — uma espécie de Bovisville imensa, com casas de tijolo amarelo, de aspecto asseado, ruas batidas pelo vento, e caminhos para peões ladeados por árvores-que-nunca-crescem — mas continuava a não haver vivalma. Do cimo de uma colina, descortinei uma extensão de quase um quilómetro de telhados azuis, e pensei que pudesse ser a tal área comercial, pelo que me encaminhei para lá. Os caminhos para peões que, de início, me pareceram muito agradáveis, começaram a irritar-me. Prolongavam-se através de passagens subterrâneas, bem arranjadas, mas que pareciam não ter pressa de nos levar a lugar algum. Nitidamente que quem as projectou pensou apenas num mero exercício a duas dimensões. Estendiam-se por percursos indirectos, que pareciam não ter qualquer objectivo, e que devem ter parecido interessantes no papel, mas, na realidade, não tinham tido em consideração que as pessoas, perante a ideia de enfrentarem um longo caminho entre casas e lojas, gostariam de lá chegar o mais directamente possível. Pior ainda era a sensação de nos sentirmos perdidos num mundo meio subterrâneo, sem qualquer contacto com um ponto de referência visível. Muitas vezes, dei comigo a trepar acima de qualquer elevação no solo, para saber onde estava e descobrir que não era perto de nada que me interessasse.

Por fim, numa dessas escaladas para me orientar, verifiquei que estava junto de uma estrada de dois sentidos, do lado oposto à série de telhados azuis que havia começado a procurar há uma hora atrás. Podia distinguir os letreiros da *Texas Homecare* e da *McDonald's*, bem como de outros estabelecimentos do género. Mas, quando voltei ao caminho para peões, não conseguia descobrir a maneira de lá chegar. Encontrava cruzamentos a indicar inúmeras direcções que desapareciam nos meandros da paisagem, nenhuma das quais, depois de investigada, pareceu minimamente ser a que me interessava. Por fim, segui por um caminho inclinado, que me levou ao nível da rua, onde pelo menos podia ver em que sítio estava, e fiz o percurso de regresso até à estação dos comboios, que agora parecia tão incrivelmente longe da área residencial que só um perfeito idiota é que poderia ter imaginado que Milton Keynes seria um paraíso para caminhantes. Não era pois de admirar que não tivesse encontrado um único transeunte durante toda a manhã.

Cheguei à estação, muito mais cansado do que era de esperar com a distância que percorri, e desejoso de tomar um café. Fora da estação havia um mapa da cidade, em que eu não tinha reparado à chegada, pelo que resolvi examiná-lo agora, na esperança de saber onde ficava a tal área comercial fechada ao trânsito. Acontece que estive a uns 30 metros de distância dela, na primeira vez que me dirigi ao centro da cidade, mas não a reconheci.

Suspirei, e senti uma vontade inexplicável de ver o local, pelo que fiz novamente todo o caminho através das passagens subterrâneas para peões, a que se seguiu a área descoberta e o espaço onde estavam os blocos de escritórios, enquanto ia pensando como foi possível que o indivíduo que fez o planeamento da cidade, ao ser colocado em frente de uma folha de papel em branco e com inúmeras possibilidades de construir uma comunidade modelo, tivesse decidido instalar a área comercial a cerca de um quilómetro e meio da estação de caminhos-de-ferro.

Parece quase impossível, mas o *design* da área comercial era ainda pior do que o do resto da cidade. De facto, deve ser divertido quando os *designers* deste tipo de construções se reúnem. Era absolutamente gigantesco — mais de 93 000 metros quadrados — e continha toda a cadeia de estabelecimentos comerciais que alguma vez existiu, ou que virá a existir no futuro. Mas era uma construção sombria e feia, formando duas avenidas paralelas, incaracterísticas com menos de um quilómetro de extensão. A menos que, levado pelo meu entusiasmo, não tenha reparado, o que acho difícil, não havia uma área reservada a restaurantes, nem uma zona central para as pessoas se encontrarem, tinha poucos bancos para se sentarem e nenhuma característica especial que as levasse a interessarem-se minimamente pelo local. Era como estar na maior estação de autocarros do mundo. As casas de banho eram poucas e difíceis de encontrar, o que fazia com que estivessem sempre cheias de gente à espera, como no intervalo de um desafio de futebol. Sempre achara que o *Metro Centre,* de Gateshead, era um autêntico pesadelo, mas agora parecia-me um encanto e um prazer, comparado com este centro de Milton Keynes.

Bebi um café num *McDonald's* com o pior aspecto que alguma vez tinha encontrado e, depois de arranjar um espaço limpo entre o lixo deixado pelos anteriores ocupantes da minha mesa, sentei-me a ver o horário dos comboios e o mapa das estradas. Fiquei desesperado ao verificar que as opções que me restavam era voltar para Londres, ou continuar em direcção a Rugby, Coventry ou Birmingham. Não era nada que me apetecesse fazer. Parecia que tinham passado dias em vez de horas, desde que deixara o carro alugado em Oxford, e fui andando para a estação dos comboios com a simples decisão de viajar de Oxford até Cambridge, aproveitando para almoçar em Milton Keynes.

O tempo estava a esgotar-se. Numa época já remota e quase esquecido, sentado a uma mesa de cozinha de uma casa situada nos vales de Yorkshire, imaginei que poderia percorrer todo o país em seis ou, quando muito, sete semanas. E incluía mesmo planos utópicos de conseguir ir a quase todos os lados — às Channel Islands, a Lundy,

Shetland, Fair Isle, e ainda outras cidades. Tinha lido o livro *Journey Through Britain,* de John Hillaby, onde ele havia *caminhado* desde Land's End até John O'Groats, em oito semanas. Tenho a certeza de que, se eu tivesse à minha disposição um sistema de transportes públicos modernos e rápidos, seria capaz de visitar quase toda a Grã-Bretanha em seis ou sete semanas. Mas a realidade é que estou aqui, com quase metade do meu tempo programado gasto e ainda nem sequer entrei na região de Midlands.

Então, envolvido por um certo cepticismo, agarrei nas minhas coisas, entrei na estação e apanhei o comboio de regresso a Londres, onde, de facto, teria de começar tudo de novo. Não conseguia pensar onde havia de ir, pelo que fiz o que já é um hábito meu. Enquanto o comboio seguia através dos campos cultivados de Buckinghamshire, ondulantes e despidos nesta época do Outono, desdobrei o mapa e perdi-me no meio dos nomes. Para mim, este é um daqueles prazeres imensos e contínuos da vida na Grã-Bretanha.

Não sei se as outras pessoas já sentiram que dá mais satisfação tomar uma bebida num *pub* chamado *The Eagle and Child* (A Águia e a Criança) ou *Lamb and Flag* (Cordeiro e Bandeira) do que noutro que tenha o nome de *Joe's Bar* (Bar do Joe), por exemplo. Quanto a mim, gosto mais. Também aprecio muito ouvir os resultados dos desafios de futebol e a serenidade que irradia dos nomes das equipas — Sheffield Wednesday, West Bromwich Albion, Partick Thistle, Queen of the South; quanta glória eles irradiam — e o estranho conforto que existe na exótica e misteriosa ladainha das previsões climatéricas no mar. Não faço a mínima ideia do seu significado — *«Viking rising five, backing four;*

Dogger blowing strong, steady as she goes; Minches gale force twelve, jeez Louise»^{NT} — mas produzem sobre mim um efeito calmante. Sinceramente, acredito que uma das razões que faz com que a Grã-Bretanha seja um local tão estável e aprazível tem a ver com o efeito relaxante dos resultados de futebol e das previsões climatéricas do estado do mar.

Quase não existe uma única área da vida britânica que não tenha este tipo de genialidade em relação aos nomes. Vejamos as prisões. Podiam dar-me todas as folhas de papel em branco que existem no mundo e uma caneta, e dizer-me que escrevesse o nome que achasse mais ridículo para uma prisão, que eu nunca chegaria a arranjar nada que se assemelhasse a *Wormwood Scrubs* ou *Strangeways*. Até os nomes comuns de flores silvestres — *stitchwort, lady's bedstraw* (cama de palha para senhora), *blue fleabane* (mata-pulgas azul), *feverfew* — têm um encantamento irresistível.

Mas, é com os nomes dos lugares que os Britânicos atingem a perfeição máxima. Na Grã-Bretanha, existem mais de 30 000 nomes de localidades, mas suponho que uma boa metade deles tem algo de notável ou surpreendente. Há imensas aldeias cujos nomes nos dão uma imagem de tardes de Verão, indolentes, e de borboletas a andarem pelos prados: Winterbourne Abbas, Weston Lullingfields, Theddlethorpe All Saints, Little Missenden. Há outras aldeias que parecem esconder algum segredo antigo ou até obscuro: Husbands Bosworth, Rime Intrinseca, Whiteladies Aston. Outras ainda que soam a produtos de limpeza de

---

NT «*Viking* aumentado para força 5, decrescendo para força 4; *Dogger* soprando forte, mantendo o mesmo deslocamento; *Minches* tempestade força 12, (céus, Louise!)»

sanitários (Potro, Sanahole, Durno), ou a doenças de pele (Scabcleuch, Whiterashes, Scurlage, Sockburn). Fazendo uma busca rápida num dicionário geográfico qualquer, encontramos nomes de fertilizantes (Hastigrow), desodorizantes de pés (Powfoot), desodorizantes ambientais (Minto), comida para cães (Whelpo) e até um tira-nódoas escocês (Sootywells). Existem povoações com problemas de comportamento (Seething, Mockbeggar, Wrangle) e outras com estranhos fenómenos (Meathop, Wigtwizzle, Blubberhouses). Há inúmeras aldeias que são pateticamente disparatadas — Prittlewell, Little Rollright, Chew Magna, Titsey, Woodstock Slop, Lickey End, Stragglethorpe, Yonder Bognie, Nether Wallop e a insuperável Thornton-le-Beans. (Enterrem-me aqui!). Basta-nos olhar para um mapa, ou absorvermo-nos na consulta de um dicionário para perceber as possibilidades infinitas que temos à nossa frente.

Algumas regiões do país parecem especializar-se em certos temas. Kent tem um gosto particular por géneros alimentícios: Ham, Sandwich. Dorset tem um interesse especial pelas personagens de uma novela de Barbara Cartland: Bradford Peverell, Compton Valence, Langton Herring, Wootton Fitzpaine. Lincolnshire gosta que pensemos que está fora de si: Thimbleby, Langton, Tumby Woodside, Snarford, Fishtoft Drove, Sots Hole e a irresistível Spitall in the Street.

É surpreendente como, muitas vezes, estes lugares se encontram próximos uns dos outros. Numa área compacta, a sul de Cambridge, por exemplo, podemos encontrar Blo Norton, Rickinghall Inferior, Hellions Bumpstead, Ugley e (um da minha preferência) Shellow Bowells. Tive vontade de ir lá, agora, para meter o nariz nas Shellow Bowells e descobrir o que é que faz Norton ser *Blo* e Rickinghall *Inferior*. Mas, enquanto estava a olhar para o mapa reparei numa linha que atravessava a paisagem e que se chamava Devil's Dyke (Dique do Diabo). Nunca ouvira falar naquele nome, mas soou-me bem e decidi ir até lá.

Foi assim que, na manhã seguinte, me encontrei a caminhar por uma azinhaga fora da pequena aldeia de Reach, em Cambridgeshire, à procura do começo do dique. Estava um dia péssimo. Havia um nevoeiro cerrado no ar e a visibilidade era quase nula. O dique surgiu, de repente, quase assustadoramente, do meio de uma mancha cinzenta e densa, e subi até ao seu topo. Era de uma altitude estranha e assustadora, principalmente no meio daquele nevoeiro fora de época. Construído durante o período da Idade Média, há cerca de 1300 anos, o Devil's Dyke é um aterro que se eleva a cerca de 18 metros acima da paisagem circundante, e que se estende ao longo de uns 12 quilómetros entre Reach e Ditton Green. Infelizmente, ninguém sabe por que razão lhe chamaram Devil's Dyke. O nome não foi registado antes do século XVI. Erguido no meio de pântanos, assume um aspecto ameaçador e manifestamente remoto, mas também denota uma grande falta de senso na sua construção. Foi preciso muito trabalho para o fazer, mas não houve muita esperteza militar para perceber que um exército invasor só precisava de o contornar, e foi o que todos fizeram, e o Devil's Dyke nunca teve qualquer utilidade, excepto a de mostrar às pessoas das terras pantanosas o que era ter cerca de 18 metros de altura.

Apesar de tudo, proporciona-nos um agradável passeio ao longo do seu cume coberto de erva, e, naquela manhã fria, tinha-o todo por minha conta. Ainda não tinha chegado a meio caminho, quando comecei a ver outras pessoas, a maioria das quais exercitava os seus cães no largo relvado de Newmarket Heath e pareciam fantasmas no meio de um nevoeiro sobrenatural. O dique atravessa os terrenos do hipódromo Newmarket Racecourse, que me pareceu muito bonito embora não conseguisse ver nada, e continua através de uma região próspera de criação de cavalos. A pouco e pouco o nevoeiro começou a dissipar-se e, por entre as árvores esqueléticas, entrevi uma série de grandes coudelarias, cada uma delas com um recinto relvado cercado e pintado de branco, uma casa enorme e uma série de blocos da estrebaria, ornamentados com cúpulas e cata-ventos, que lhes davam a estranha aparência de um *Asda* ou *Tesco's* modernos. Era agradável a caminhada, ao longo daquele percurso de piso fácil, mas também um pouco absurda. Caminhei cerca de duas horas sem passar por ninguém e, de repente, o dique terminou num campo, fora de Ditton Green, e eu fiquei ali de pé com uma sensação desagradável de frustação. Passava um pouco das duas horas da tarde e não me sentia cansado. Sabia que Ditton não tinha estação de caminhos-de-ferro, mas imaginara que podia apanhar um autocarro para Cambridge e, quando cheguei à paragem vi que podia, de facto, mas tinha de esperar dois dias... Então, caminhei mais uns seis quilómetros, penosamente, por uma estrada movimentada, até Newmarket, dei uma volta por lá e depois apanhei um comboio para Cambridge.

Um dos prazeres que nos anima numa caminhada pelo campo, em especial fora de época, é a ideia de poder encontrar finalmente um quarto numa estalagem, tomar umas bebidas junto a uma boa lareira, e depois, um jantar substancial e bem merecido, após um dia de exercício ao ar livre. Mas cheguei a Cambridge com frio e sem direito a nada. Pior ainda. Prevendo que o passeio pudesse ser mais problemático do que foi, e chegasse muito tarde, reservei um quarto no University Arms Hotel, esperando que tivesse a desejada lareira, o jantar substancial e um quarto à altura. Acabei por descobrir, consternado, que se tratava de um bloco moderno, caríssimo, e o meu quarto era sombrio, completamente diferente da descrição que vinha no guia.

Dei uma volta pela cidade, cansado. Agora sei que Cambridge é uma cidade muito bonita e um bom lugar para nomes — o de *Christ's Pieces* (Pedaços de Cristo) já valia por todos — mas naquele dia não estava muito voltado para ali. O mercado central era uma confusão de mau gosto, com um exagero de estruturas de betão à volta do centro e, ao fim da tarde, estava tudo encharcado debaixo de uma chuva enervante. Dei mais uma volta, agora pelas livrarias com livros em segunda mão. Não procurava nada em particular, mas encontrei numa delas uma história ilustrada sobre o *Selfridges Department Store,* e tirei-o logo da prateleira, esperando encontrar uma explicação para o Highcliffe Castle ter sido abandonado e, melhor ainda, descobrir alguns factos mais escabrosos que tivessem envolvido Selfridge e as sensuais *Dolly Sisters.*

Mas o livro parecia uma versão «purificada» da história de Selfridge. Só encontrei uma única passagem em que falava das Dolly e dava a entender que não passavam de duas jovens abandonadas, por quem Selfridge teve um interesse paternalista. Sobre o súbito declínio moral de Selfridge havia apenas uma pequena referência e nada sobre Highcliffe Castle. Voltei a colocar o livro na prateleira e, concluindo que em quase tudo o que tinha feito naquele dia havia um pouco de desilusão, entrei num *pub* vazio para beber uma cerveja, jantei num restaurante italiano com aspecto medíocre, dei um passeio solitário à chuva, e regressei finalmente ao quarto do hotel onde descobri que não havia nada de interessante para ver na televisão, e que tinha deixado o meu bastão em Newmarket.

Deitei-me com a ideia de ler um livro, e cheguei à conclusão de que a lâmpada do candeeiro da mesa de cabeceira não acendia — não estava fundida, mas não funcionava e passei o resto da noite deitado, inerte, a ver a repetição de *Cagney and Lacey,* não só por curiosidade em saber o que havia naquele antigo programa de televisão que apaixonava tanto o director da BBCI (só encontrava uma resposta possível: o peito da Sharon Gless), mas também porque havia nele um certo efeito narcótico. Acabei por adormecer de óculos postos e acordei, em dada altura, com o ruído enervante daquela chuvinha miúda sobre o ecrã. Levantei-me para desligar o aparelho, tropecei num objecto rígido, e realizei a espantosa proeza de conseguir apagar a televisão com a cabeça. Curioso por saber como o tinha feito, para o caso de poder repetir a habilidade em espectáculos de animação, descobri que o objecto em questão era o meu bastão das caminhadas, que afinal não tinha ficado em Newmarket mas estava no chão, alojado entre uma cadeira e um pé da cama.

«Ora aqui está uma coisa boa que me aconteceu», pensei e, depois de enfiar nas narinas dois pedaços de algodão, tipo «presas de morsa», para estancar o sangue, trepei penosamente para a cama.

CAPÍTULO
15

Fui até Retford. Não sei explicar porquê. Durante as minhas abluções matinais, onde tirei os algodões das narinas inchadas, no decurso do pequeno-almoço, e enquanto pagava a despesa do hotel, e ainda durante a longa caminhada até à estação dos comboios, estava solenemente determinado a ir até Norwich, seguindo depois para Lincoln. Mas, por inexplicável que pareça, assim que entrei na estação e olhei para um mapa da British Rail, que estava afixado na parede, tive um súbito desejo de ir a qualquer lugar completamente novo para mim, e Retford foi o primeiro que me saltou à vista.

Durante os últimos sete anos, fui obrigado a passar por Retford sempre que apanhava o comboio entre Leeds e Londres. Era uma das paragens principais da linha da costa leste, mas nunca tinha visto ninguém entrar ou sair naquela estação. No mapa da British Rail, Retford estava assinalada a letras maiúsculas, equiparando-se, no aspecto gráfico, a cidades como Liverpool, Leicester, Nottingham, Glasgow, e muitas outras comunidades importantes da Grã-Bretanha, e todavia, desconhecia tudo acerca dela. Na verdade, acho que nem sequer tinha ouvido o seu nome antes de ter visto, pela primeira vez, a estação deserta através da janela do comboio. Mais ainda, não conhecia ninguém que tivesse lá estado, ou que soubesse alguma coisa sobre a localidade. O meu *AA Book of British Towns* incluía vastas e generosas descrições das mais desconhecidas comunidades que se possa imaginar, como por exemplo — Kirriemuir, Knutsford, Prestonpans, Swadlincote, Bridge of Allan, Duns, Forfar, Wigtown — mas acerca de Retford havia um misterioso silêncio. Nitidamente, estava na altura de a conhecer.

Então, resolvi apanhar um comboio para Peterborough, e depois outro na linha principal, em direcção ao norte. Não tinha dormido muito bem devido a um pesadelo que tive, e que envolvia *Cagney and Lacey* e a descoberta de que, desde 1975, não apresentava uma declaração de impostos nos Estados Unidos (onde me ameaçavam entregar àquele indivíduo da abertura de créditos, que se irrita com muita facilidade, pelo que podem imaginar o estado em que estava a roupa da cama, quando acordei de madrugada, sobressaltado), e assim, precisava de uma daquelas viagens tranquilas, do género das que a British Rail está sempre a prometer — em que os nossos sapatos se transformam em chinelos e o Leon Redbone canta para adormecermos.

Deste modo, foi com absoluta consternação que constatei que o lugar atrás do meu estava ocupado pelo Homem do *Vodaphone*. Estas pessoas estão, nitidamente, a tornar-se em «inimigos públicos». Este irritou-me em especial, pois tinha uma voz muito forte e enfatuada, o seu discurso tresandava a estupidez e as chamadas que fazia eram perfeitamente despropositadas:

— Está? Daqui fala Clive. Estou no das 10h07m, e devo chegar à sede pelas 13 horas, como combinado. Vou precisar de umas informações rápidas sobre o que se passa com Pentland Squire. Que é que dizes? Não, eu não faço parte da *Maris Pipers*. Escuta, sabes de *alguma* razão para se interessarem por um «merdas» como eu? O quê? Porque sou o tipo de pessoa que fica satisfeita como «um porco a chafurdar na lama» por ter arranjado um telemóvel? Mas que ideia *interessante!* — Depois de uns minutos de silêncio: — Olá, querida. Vou no comboio das 10h07m. Devo chegar a casa por volta das cinco. Sim, tal como nas outras noites. Não há nada especial, excepto ter arranjado este telefone e ser uma besta completa. Volto a ligar-te de Doncaster. — A seguir: — Daqui fala Clive. Sim, estou ainda no comboio das 10h07m, mas é que tivemos aqui uma falha na mudança da linha em Grantham, e assim a hora de chegada passa a ser 13h02m, em vez das 13 horas como estava previsto. Se o Phil ligar, diz-lhe que continuo a ser uma besta completa, está bem? Óptimo. — E foi assim toda a manhã.

É claro que foi com alívio que desci em Retford, o único no meio de tantos passageiros, e uma ocorrência tão fora do comum que fez com que os empregados da estação viessem espreitar às janelas. Depois, segui em direcção à cidade, debaixo de uma espécie de cacimba. Tenho o prazer de informar que Retford é uma localidade deliciosa e encantadora, mesmo sob a ameaça de umas nuvens cinzentas que dão a qualquer cidade, por mais famosa que seja, um aspecto desolador e pesado. A sua maior atracção é uma praça, excepcionalmente grande e bonita, que tem um mercado no meio, e uma interessante miscelânea de esplêndidos edifícios de estilo jorgiano, à volta. Ao lado da igreja principal, está um pesado canhão preto, com uma placa a dizer «Confiscado em Sevastopol, em 1865», o que me pareceu uma iniciativa arrojada da parte dos habitantes da localidade — afinal, não é todos os dias que se vê uma cidade-mercado, do condado de Nottinghamshire, a atacar um forte na Crimeia e a trazer consigo o produto da pilhagem —, e as lojas que existem têm um aspecto próspero e bem organizado. Não vou dizer que gostava de passar as férias nesta cidade, mas estou satisfeito por tê-la conhecido, finalmente, e achado que é impecável e agradável.

Bebi um chá num pequeno estabelecimento, e depois apanhei um autocarro para Worksop, uma cidade do mesmo tamanho e ritmo de vida (e que, a propósito, teve direito a figurar no *AA Book of British Towns*). Parece que Retford e Worksop tiveram uma disputa para apurar qual delas iria albergar a sede do Bassetlaw District Council, e Worksop perdeu, uma vez que os escritórios já lá estavam. Eram notoriamente feios e discordantes, mas o resto da cidade parecia até certo ponto agradável.

Fui até Worksop não porque estivesse desejoso de a visitar, mas porque muito perto dela havia algo que eu pretendia ver há muito tempo, a Welbeck Abbey, que tinha fama de ser uma das mais belas mansões desta pequena região, chamada Dukeries. As sedes de cinco ducados históricos — Newcastle, Portland, Kingston, Leeds e Norfolk — ficam todas à distância de uns 20 quilómetros umas das outras, neste canto obscuro de North Midlands, embora Leeds e Portland estejam hoje extintas, e as outras, suponho, desapareceram na sua maioria. (O duque de Newcastle, segundo Simon Winchester, em *Their Noble Lordships,* vive numa modesta casa em Hampshire, que acredito que lhe tenha feito ver a loucura de não investir em castelos, e comboios a vapor em miniatura.)

Welbeck é a residência ancestral do clã Portland, embora, na realidade, eles não vivam lá, desde 1954, devido a uma semelhante e infeliz falta de antevisão, no que respeita a parques de diversões e *petting zoos*[NT]. O quinto duque de Portland, um tal W. J. C. Scott-Bentinck (1800-1879), há muito tempo que é o meu herói. O velho W. J. C., como eu gosto de lhe chamar, foi um dos grandes eremitas da história, que chegou ao ponto de evitar todas as formas de contacto humano. Vivia num pequeno canto da sua mansão, e comunicava com os criados por meio de mensagens escritas que eram colocadas numa caixa especial para esse fim, existente na porta que dava acesso aos seus aposentos. A comida chegava até ele, na casa de jantar, através de um sistema de carris que vinha da cozinha. No caso de haver encontros casuais, ficava imóvel e calado, e os criados tinham ordens para passar junto dele, como se fosse uma peça de mobiliário. Os que não cumprissem estas instruções eram obrigados a patinar até à exaustão no recinto de patinagem particular do duque. Aos visitantes era permitido ver a casa e os jardins «desde que tivessem a bondade de não o *verem*», como ele escrevera.

Por razões que só podemos imaginar, o duque utilizou a sua notável herança na construção de uma segunda mansão subterrânea. Chegou a ter 15 000 homens a trabalhar na obra e, depois de completa, incluía, entre muitas outras coisas, uma biblioteca com cerca de 75 metros de comprimento, e o maior salão de baile de Inglaterra, com espaço para mais de 2000 convidados — uma ideia muito estranha

---

[NT] Jardins zoológicos com pequenos animais.

para quem nunca tinha convidados. Uma rede de túneis e passagens secretas estabelecia a ligação entre as várias salas, e chegava a atingir uma distância considerável, ao longo dos terrenos circundantes. Era como se «ele prevesse uma guerra nuclear», segundo afirmou um historiador. Quando o duque precisava de viajar até Londres, fechava-se na sua carruagem, puxada por cavalos, que seguia por um túnel com cerca de dois quilómetros de comprimento, até um lugar que ficava próximo da Worksop Station, onde era metido numa espécie de vagão de mercadorias, sem tecto, viajando assim até à capital. A partir daí, sempre fechado na carruagem, seguia até Harcourt House, a sua residência em Londres.

Quando o duque morreu, os herdeiros encontraram as salas todas desprovidas de mobília, excepto um quarto, no meio do qual estava a cómoda do duque. O *hall* principal, por estranho que pareça, não tinha tábuas no chão. A maioria dos quartos estava pintada de cor-de-rosa. O do andar superior, onde o duque residia, estava cheio até ao tecto, com centenas de caixas verdes, cada uma das quais continha uma peruca castanha escura. Em resumo, era um homem que valia a pena ter conhecido.

Deste modo, foi com uma certa ansiedade que caminhei de Worksop até ao extremo do Clumber Park, propriedade da *National Trust,* e encontrei o que esperava ser um caminho até à Welbeck Abbey, a uns cinco ou seis quilómetros dali. Era uma longa caminhada através de um bosque de piso lamacento. De acordo com os sinais postos que havia pelo caminho, encontrava-me no chamado *Robin Wood Way,* mas não tinha nada a ver com a Floresta de Sherwood.

Era uma plantação extensa de árvores coníferas, na sua maioria, e tinha um ar anormalmente calmo, sem sombra de ser vivo algum. Era o tipo de lugar onde esperamos a toda a hora tropeçar num corpo caído no chão e coberto de folhas, que é aquilo que mais receio no mundo, pois a polícia iria interrogar-me e eu seria logo considerado suspeito, devido a uma infeliz incapacidade minha de responder a perguntas como: «Onde esteve na tarde de quarta-feira, dia 3 de Outubro, por volta das 16 horas?» Estou a imaginar-me, sentado numa sala de interrogatórios, sem janelas, a dizer: «Deixe ver, acho que devo ter estado em Oxford, ou talvez fosse em Dorset. Meu Deus! Não faço a mínima ideia.» A seguir, seria levado para a prisão de Parkhurst, ou qualquer outra e, com a sorte que tenho, o Ministro do Interior, Michael Howard, iria ser substituído nessa altura, e já não teria hipótese de abrir a porta da prisão para eu sair em liberdade.

A atmosfera começou a ficar mais estranha ainda. O vento batia no cimo das árvores, fazendo com que se inclinassem e andassem de um lado para o outro, mas não chegavam até ao chão, pelo que, ao meu nível, tudo estava calmo mas assustador. Passei por uma ravina íngreme com raízes de árvores que cresciam na sua superfície, parecendo videiras. Entre as raízes viam-se, gravadas no chão, centenas de inscrições com nomes, datas e corações entrelaçados. As datas abrangiam um espaço de tempo extraordinário: 1861, 1962, 1947, 1990. De facto, era um lugar estranho. Das duas uma, ou era um local muito conhecido onde os namorados costumavam ir, ou então um lugar de encontros furtivos de dois amantes durante uma longa vida.

Um pouco mais adiante, fui ter a uma entrada fortificada, deserta, guarnecida de balestreiros[NT] no topo. Do outro lado, via-se uma extensão de campo aberto, cheia de restolho de trigo de Inverno e, por trás deste, distinguia-se, através de um manto de copas de árvores, um grande telhado multifacetado, de cor de cobre esverdeado — a Welbeck Abbey, supunha eu. Percorri o caminho pela periferia do campo, que era enorme e lamacento. Levei cerca de três quartos de hora até chegar a um caminho empedrado, mas agora tinha a certeza de ter encontrado o local exacto. Este caminho passava ao lado de um lago estreito e cheio de canaviais, e que, segundo a informação exacta do mapa da *Ordnance Survey,* era a única massa de água numa extensão de muitos quilómetros. Caminhei cerca de uns dois quilómetros até chegar a uma entrada muito grande onde havia um letreiro a dizer, «PROPRIEDADE PRIVADA — PROIBIDA A ENTRADA», mas não indicava o que existia do outro lado.

Fiquei ali um bocado, numa angústia de indecisão (o nome que gostaria de ter se por acaso fosse um nobre: «Lorde Angústia de Indecisão») e decidi aventurar-me, avançando mais um pouco — só para dar uma vista de olhos à casa que me fizera vir de tão longe para a ver. O solo estava cultivado com muito cuidado e grande dispêndio de dinheiro, mas bem protegido pelas árvores, pelo que caminhei mais um pouco. Umas centenas de metros mais adiante, as árvores começavam a rarear e a dar lugar a relvados, onde havia uma espécie de campo de treinos militares, com redes para trepar e troncos em cima de estacas. Que

---

[NT] Aberturas que eram feitas nas muralhas, por onde se disparavam as armas e matérias inflamáveis sobre os sitiantes.

lugar *seria* aquele? Mais adiante, ao lado do lago, havia uma estranha área pavimentada — parecia um parque de estacionamento, no meio de lugar nenhum — e, finalmente, cheio de satisfação, percebi que se tratava do famoso campo de patinagem do duque. Agora, estava tão infiltrado no meio daquele território que a discrição passou para segundo plano. Caminhei a passos largos até chegar em frente da casa. Era grandiosa, mas sem qualquer estilo característico, e tinha sido acrescentada com novos anexos sem graça alguma. A uma certa distância, nas traseiras, havia um campo para jogar críquete, tendo ao lado um rebuscado pavilhão. Não havia ninguém por perto, mas existia um parque de estacionamento com vários carros. Nitidamente, tratava-se de uma instituição qualquer — talvez um centro de aprendizagem da IBM, por exemplo. Mas por que razão tinha aquele ar anónimo? Estava quase a ir espreitar pelas janelas, quando uma porta se abriu e apareceu um homem de uniforme que avançou para mim com um olhar severo. Quando estava muito perto, consegui ler o que dizia no seu casaco «Segurança MOD[NT]». Ha-ha!

— Boa tarde — disse eu, com um sorriso parvo.

— O senhor sabe que está a invadir a propriedade do Ministério da Defesa?

Fiquei indeciso, durante alguns segundos, sem saber se havia de lhe fazer o meu número de «turista-chegado-de-Iowa» («Quer o senhor dizer que não estou no Hampton Court Palace? E eu que acabei de pagar 175 libras ao motorista de táxi!») ou se havia de confessar a verdade. Resolvi-me por esta última hipótese. Em tom baixo e ccrimo-

---

[NT] Sigla de *Ministry of Defence* (Ministério da Defesa).

nioso, contei-lhe que tinha um fascínio enorme pelo quinto duque de Portland, o que já vinha de longa data, e que há muito ansiava por visitar este lugar, pelo que não resisti em dar uma espreitadela, depois de ter feito uma caminhada tão longa. Foi a coisa mais acertada que podia ter feito, pois ele próprio, como é óbvio, tinha um grande afecto pelo velho W. J. C. Acompanhou-me gentilmente até ao extremo da propriedade, embora mantivesse uma postura rígida, mas, ao mesmo tempo, parecia ter uma certa satisfação em partilhar com alguém os seus interesses. Confirmou-me que a área empedrada era o antigo recinto de patinagem, e mostrou-me até onde se espalhavam os túneis, o que me pareceu ser a toda a parte. Contou-me que ainda estavam em boas condições, embora só fossem usados como armazém. Todavia, o salão de baile e outras salas subterrâneas eram utilizadas regularmente para a realização de cerimónias, e como ginásio. O Ministério da Defesa tinha gasto um milhão de libras a restaurar o salão de baile.

— Afinal para que serve este lugar? — perguntei.

— É um centro de aprendizagem. — Foi só o que me respondeu, mas, de qualquer forma, já tínhamos chegado ao fim do caminho. Ficou a olhar, para se assegurar que eu me ia embora. Fiz o caminho de regresso através daquele enorme terreno, parando, a certa altura, para observar o telhado da Welbeck Abbey, que surgia por entre o topo das árvores. Fiquei satisfeito por saber que o Ministério da Defesa tinha mantido intactos os túneis e as salas subterrâneas, mas parecia-me vergonhoso que o lugar estivesse totalmente vedado ao público. Não é todos os dias que a aristocracia britânica gera alguém com a excentricidade

mental invulgar e extraordinária de um W. J. C. Scott-
-Bentinck, embora, na realidade, deva confessar que eles
bem o tentam.
 E foi a cogitar nestes pensamentos que dei meia volta
e fiz o longo e penoso caminho de regresso até Worksop.

CAPÍTULO 16

Passei uma noite agradável em Lincoln, vagueando pelas suas ruas antigas, muito inclinadas, antes e depois do jantar, admirando o tamanho enorme da catedral, a sua forma atarracada, e a cor escura, de onde se destacavam as duas torres góticas, ansiando por admirá-la na manhã do dia seguinte. Gosto de Lincoln, não só por ser bonita e estar bem preservada, mas pelo seu aspecto encantadoramente remoto. H. V. Morton, na sua obra *In Search of England*, compara-a ao St. Michael's Mount, que fica no interior do país mas que se ergue sobre o mar que banha a planície de Lincolnshire, e tem razão. Se olharmos para o mapa, Lincoln fica a pouca distância de Nottingham e Sheffield mas, na realidade, tem-se a sensação de estar muito longe, num lugar remoto. Agrada-me este aspecto.

Por altura da minha visita, saiu um artigo interessante no *Independent*, acerca de uma disputa, de longa data, entre o deão da Lincoln Cathedral e o seu tesoureiro. Parece que, há seis anos atrás, o tesoureiro, na companhia da mulher, da filha e de um amigo da família, levou a preciosa cópia da Magna Carta para a Austrália, numa viagem de seis meses, a fim de angariar fundos. De acordo com o *Independent*, os visitantes australianos que viram a exposição contribuíram com um total de 938 libras, durante seis meses, o que faz pensar que, ou os Australianos são agarrados ao dinheiro, ou o *Independent* foi um bocado descuidado no que respeita aos factos. Em qualquer dos casos, o que está para além da disputa é que a viagem foi um desastre a nível financeiro. Teve um prejuízo de 500 000 libras — uma factura elevada para quatro pessoas e um pedaço de pergaminho. A maior parte desta dívida foi gentilmente suportada pelo governo australiano, mas a catedral ficou ainda com um prejuízo de 56 000 libras. O resultado foi o deão ceder a história à imprensa, cobrindo de ultraje o cabido da catedral; o bispo de Lincoln realizou um inquérito e ordenou que o cabido abdicasse dos seus cargos; este recusou-se, e agora estão todos irritados uns com os outros. Há seis anos que dura a contenda.

Na manhã seguinte, quando entrei na belíssima vastidão ressonante da Lincoln Cathedral, estava à espera de ouvir o som de hinos, pairando no ar, e de ter a visão, imprópria mas excitante, dos clérigos a lutarem no transepto; de facto, estava tudo muito calmo, para minha desilusão. Por outro lado, era uma sensação maravilhosa poder estar no interior de uma grande estrutura eclesiástica, e quase não ser incomodado por bandos de turistas a arrastar os pés. Quando pensamos nas avalanches que entram em Salisbury, York, Canterbury, Bath, e muitas outras grandes igrejas de Inglaterra, a relativa obscuridade que reina na de Lincoln é quase um milagre. Seria difícil imaginar um outro lugar com tamanha grandiosidade arquitectónica e menos conhecido dos turistas. Talvez Durham.

A nave estava cheia de fileiras de cadeiras de metal almofadadas. Nunca percebi por que é que não existem bancos de madeira compridos nestas catedrais. Todas as que visitei em Inglaterra eram assim, com filas de cadeiras, meios dispersas, e que podem ser levadas dali, empilhadas ou dobradas. Porquê? Será que levam as cadeiras para os locais onde se realizam bailes, ou outra coisa assim no género? Seja qual for a razão, o facto é que têm um ar pobre que não joga com o esplendor circundante das altas abóbadas, dos vitrais e do rendilhado gótico. Que tristeza é, por vezes, a de viver numa época de tão rigorosa noção de custos. Todavia, temos de reconhecer que a introdução de modernismos nos ajuda a perceber como foi utilizada, com extravagância, a perícia dos pedreiros, vidraceiros e escultores em madeira, na Idade Média, e quão limitada era a utilização de materiais.

Gostaria de me ter demorado mais, mas tinha um compromisso imprescindível a que não podia faltar. Precisava de estar em Bradford, a meio da tarde, para assistir a uma das manifestações visuais mais excitantes, a nível mundial, segundo a minha opinião. No primeiro sábado de cada mês, o Pictureville Cinema, parte do grande e popular *Museum of Photography, Film e Mais Qualquer Coisa,* mostra uma versão original, integral, de *This Is Cinerama*. É o único local no mundo onde temos a possibilidade de poder apreciar este espécimen maravilhoso da história cinematográfica, e este era o primeiro sábado do mês.

Não imaginam quanto ansiava por esta ocasião. Durante toda a viagem ia com receio de perder o comboio que me iria levar a Doncaster, e depois, continuei com o mesmo receio em relação ao de Leeds, mas acabei por chegar a Bradford muito a tempo — com quase três horas de avanço, o que me fez pensar com preocupação na maneira de passar esse tempo em Bradford.

A característica mais importante desta cidade é fazer com que todos os outros lugares do mundo pareçam melhores em comparação com ela. Em toda a minha viagem, não iria encontrar uma cidade mais desoladora do que esta. Em mais nenhum lugar iria encontrar lojas desocupadas, com as vitrinas ensaboadas ou tapadas com cartazes, a anunciar concertos *pop* que tinham lugar noutras comunidades mais alegres, como Huddersfield e Pudsey, ou edifícios para escritórios enfeitados com letreiros a dizer «PARA ALUGAR». Uma loja, em cada três, estava vazia, e das restantes a maioria parecia estar a ver se se aguentava. Pouco tempo depois desta minha visita, os grandes armazéns Rackham's, os mais importantes da cidade iriam anunciar o fechar das suas portas. O pessoal que lá existia, na sua maioria, passou para outro estabelecimento chamado *Arndale Centre*. (E, a propósito, por que seria que todos os centros comerciais dos anos 60 se chamavam *Arndale Centre?*) Mas a realidade é que quase toda a cidade de Bradford se encontrava a caminhar para um declínio perigoso e irreversível.

Em tempos, ela foi uma das maiores congregações da arquitectura vitoriana, mas agora era difícil acreditar que o tenha sido. Quantidades consideráveis de edifícios maravilhosos foram destruídos para dar lugar a novas ruas mais largas e edifícios para escritórios, com formas esquinadas, e ornamentos de contraplacado pintado metidos debaixo das janelas. Quase tudo na cidade sofre de uma bem-intencionada, mas mal orientada, intervenção por parte dos responsáveis pela planificação da mesma. Muitas das ruas mais movimentadas têm uma espécie de passagens para peões que é preciso transpor por etapas — uma primeira,

para chegar a uma ilha situada no meio da rua, seguindo-se-
-lhe a outra, com uma longa espera, na companhia de outras
pessoas, até nos serem dados quatro segundos para chegar
ao outro lado — o que torna cansativas até as mais simples
deslocações, especialmente se quisermos fazer uma travessia em diagonal, e tivermos de esperar a mudança de quatro
sinais luminosos para percorrer uma distância de cerca de
30 metros. Pior ainda, ao longo de grande parte de Hall In-
gs e de Princes Way, o infeliz transeunte é forçado a passar
por uma série de passagens subterrâneas, isoladas e ameaçadoras, que vão dar a uns recintos circulares descobertos,
mas sempre sombrios, e tão mal escoados que, segundo me
contaram, uma pessoa morreu afogada num deles, numa altura em que houve um grande aguaceiro inesperado.

Não vão ficar surpreendidos se eu lhes disser que estas
faltas de senso a nível dos planeamentos urbanos sempre
me intrigaram, e assim, um dia, comprei um livro da Skipton Library chamado *Bradford-Outline for Tomorrow,* ou outro
título assim no género. Dizia respeito aos anos 50 e princípios dos 60, e estava cheio de desenhos de arquitectos,
a preto e branco, representando recintos impecáveis para
peões, cheios de figuras de pessoas com ar feliz, a caminha-
rem confiantes, e edifícios destinados a escritórios, do género dos que estão agora diante de mim, e, subitamente,
percebi o que é que eles estavam a tentar fazer. Pensavam
que estavam a construir um novo mundo — uma Grã-
-Bretanha onde os edifícios pesadões, escuros de fuligem,
e as ruas estreitas do passado desaparecessem e fossem
substituídos por praças cheias de sol, escritórios cheios de
luminosidade, bibliotecas, escolas e hospitais, com acesso

entre si, através de passagens subterrâneas revestidas de azulejos de cores vivas onde os transeuntes estariam livres do tráfego constante. Havia uma atmosfera geral de luminosidade, asseio e alegria. Cheguei a ver gravuras com mulheres que empurravam cadeirinhas de criança, paradas a conversar umas com as outras nas passagens subterrâneas, no meio dos recintos abertos para o céu. Em vez de tudo aquilo, tínhamos uma cidade de blocos de escritórios, vazios e degradados, ruas desanimadoras, «escoamentos» para peões e uma desolação a nível económico. É possível que tudo viesse a degradar-se mas, pelo menos, era uma cidade de edifícios muito antigos que se estavam a desagregar, em vez de uma com construções novas no mesmo estado.

Presentemente, numa atitude tão irónica quanto patética, as autoridades locais andam desesperadas a tentar promover o seu escasso provimento de edifícios antigos. Numa pequena confluência de ruas estreitas, situada numa encosta, suficientemente afastada do centro da cidade para poder ter escapado à acção das escavadoras, existe uma série de armazéns de grandes dimensões e aspecto surpreendente, construídos entre 1860 e 1874, com um estilo neoclássico confiante, que os faz parecer mais umas instalações bancárias do que armazéns de tecidos de lã. A toda aquela área puseram o nome de Little Germany. Antigamente, havia muitos outros distritos como este — de facto, na década de 1950, a parte central de Bradford era constituída, na sua quase totalidade, por armazéns, fábricas de fiação, bancos, escritórios, unicamente voltados para o comércio de tecidos de lã. Depois — sabe Deus como — este comércio foi-se perdendo. Acho que teve a ver com a velha história do excesso de confiança e falta de investimento, seguida de uma certa desorientação e retraimento. Em qualquer dos casos, as fábricas pararam, os escritórios foram fechando, e edifícios tão concorridos, como o Wool Exchange, degeneraram num espaço vazio e poeirento, e agora, é impossível imaginar que Bradford teve um dia tanta prosperidade. De todos os recintos desta cidade onde, antigamente, florescia o comércio da lã — Bermondsey, Cheapside, Manor Row, Sunbridge Road — só sobreviveram os poucos edifícios sombrios de Little Germany, e mesmo esta pequena zona prometedora parece quase morta e sem futuro. Na altura da minha visita, dois terços dos edifícios estavam rodeados de andaimes, e o outro terço tinha letreiros a indicar «PARA ALUGAR». Os que tinham sido renovados pareciam agradáveis e confortáveis, mas estavam permanentemente vazios e prestes a serem acompanhados, nesse vazio bem preservado e límpido, pelos muitos outros agora em fase de recuperação.

Seria uma ideia genial se o governo ordenasse a desocupação de Milton Keynes, e fizesse com que as companhias de seguros e todas as outras firmas se mudassem para lugares, como Bradford, de modo a dar mais vida às verdadeiras cidades. Depois, Milton Keynes ficaria como Little Germany é agora, um local vazio por onde as pessoas podiam andar a deambular e a maravilhar-se. Mas, é claro, que isto nunca irá acontecer. O governo nunca daria semelhante ordem, e nem tal coisa ocorreria numa economia de mercado forte, pois as empresas preferem edifícios grandes e modernos, com muitos parques de estacionamento, e ninguém está interessado em viver em Bradford. Também, quem é que os pode censurar? De qualquer forma, mesmo que, por milagre, encontrassem pessoas interessadas em ocupar todas estas relíquias maravilhosas, não passaria de um pequeno enclave bem preservado, encaixado no coração de uma cidade moribunda.

Todavia, Bradford não é de todo desprovida de encantos. O Alhambra Theatre, construído em 1914, num estilo muito exaltado e efusivo, com minaretes e torres, foi renovado de uma forma sumptuosa e cheia de engenho, e é o local mais maravilhoso (à excepção do Hackney Empire) onde se pode ver um espectáculo de pantomima. (A propósito, devo confessar que é uma coisa que eu adoro. Semanas depois desta visita, voltei lá para ver Billy Pearce, em *Aladdin*. Ri tanto que até molhei o meu assento.) O *Museum of Film, Photography, Imax Cinema e Mais Qualquer Coisa,* (continuo a não me lembrar do nome completo), veio trazer um sopro de vida. sempre bem-vindo, a um local da cidade que, anteriormente, era obrigado a contar com a mais horrível pista de gelo interior, no que dizia respeito a diversões, e há também alguns *pubs* muito bons. Fui a um deles, agora, o *Mannville Arms,* onde bebi um copo de cerveja e comi uma tigela de *chili*. É conhecido, em Bradford, como o local que o *Yorkshire Ripper* (Estripador de Yorkshire) costumava frequentar, embora ele devesse ser famoso pelo seu *chili* que é soberbo.

Mais tarde, com uma hora ainda pela frente, dirigi-me ao *Museum of Television, Photography e Mais Qualquer Coisa,* que muito aprecio, pois não se paga entrada, e porque acho que é extremamente louvável ter instituições como estas na província. Dei uma vista de olhos pelas suas vastas galerias e reparei, admirado, como tanta gente participava com avultadas somas de dinheiro para ver o espectáculo da

Imax, das duas horas da tarde. Já tinha assistido a estas exibições da Imax e, francamente, não consigo perceber o que é que atrai as pessoas. Sei que o ecrã é enorme e o espectáculo visual assombroso, mas os filmes são sempre incrivelmente *maçadores,* com os seus comentários sérios e pesadões sobre a conquista do Homem, em relação a qualquer coisa, e a realização plena do seu destino por ter conseguido fazer outra — esta última que atraiu tanta gente chamava-se *Destino no Espaço* — quando é mais do que evidente que o que todas as pessoas querem é fazer uma viagem na montanha-russa, e experimentar um pequeno bombardeamento aéreo, em voo picado.

O pessoal da Cinerama Corporation percebeu-o bem, há 40 anos atrás, e fez de um arrojado passeio na montanha-russa, o foco da sua campanha publicitária. A primeira e a última vez que vi *This is Cinerama* foi, em 1956, numa viagem com a família até Chicago. O filme estava em cartaz, desde 1952, mas era tal a sua popularidade nas grandes cidades, e a sua indisponibilidade em locais como Iowa, que permaneceu no circuito comercial durante anos e anos, embora deva dizer que, na altura em que o vimos, a maior parte da audiência vestia jardineiras e mascava talos de erva. As minhas memórias da época eram um pouco vagas — tinha apenas quatro anos no Verão de 1956 — mas divertidas, pelo que estava ansioso de voltar a vê-lo.

E a ansiedade era tanta que saí a correr do «Museu de Várias Coisas Que Contêm Celulóide» e cheguei à entrada do Pictureville Cinema com meia hora de antecedência, ficando ali de pé debaixo de uma chuva glacial, durante 15 minutos, antes de abrirem as portas. Comprei o bilhete, escolhendo um lugar no centro do auditório e com muito espaço para poder vomitar, e dirigi-me para lá. Era uma bela sala de cinema com assentos cobertos de uma espécie de tecido aveludado e um grande ecrã curvo, por trás de umas cortinas de veludo. Durante uns minutos, parecia que ia ter a sala só para mim, mas depois começaram a chegar outras pessoas e, dois minutos antes de começar a sessão, o cinema estava cheio.

Às duas horas em ponto, a sala escureceu, as cortinas abriram-se, cerca de quatro a cinco metros — uma fracção da sua extensão total — e, na pequena porção de ecrã exposto, foi apresentada uma introdução de Lowell Thomas (uma espécie de versão americana de David Attenborough da década de 50, mas a lembrar George Orwell) que apareceu sentado num escritório improvisado, cheio de objectos relacionados com viagens através do mundo, preparando-nos assim para a maravilha a que íamos assistir. Agora é preciso fazer o seu enquadramento no contexto histórico. O sistema Cinerama foi criado como resposta desesperada à televisão que, no início da década de 50, estava a ameaçar destruir o negócio de Hollywood. Assim, esta metragem introdutória, filmada a preto e branco, e apresentada num modesto rectângulo do tamanho de um ecrã de televisão, tinha como objectivo fazer penetrar no subconsciente das pessoas a ideia de que esta era a espécie de imagem a que estávamos habituados nos dias que correm. Depois de uma breve mas interessante análise detalhada da história da cinematografia, Thomas disse para nos recostarmos na cadeira e apreciarmos o maior espectáculo visual do mundo. Depois desapareceu e, de todos os cantos da sala, surgiu o som de uma música de orquestra, as cortinas foram-se afastando mais e mais até pôr a descoberto um ecrã curvo de tamanho grandioso, e momentos depois, estávamos num mundo cheio de cor, dentro de uma montanha-russa, em Long Island e, meu Deus, como foi bom!

Sentia-me nas nuvens. O efeito de três dimensões era melhor do que poderíamos esperar de um sistema de projecção tão simples e antigo. Na realidade, era como estar numa montanha-russa, mas com uma grande diferença: esta era de 1951, e elevava-se por cima de um parque de estacionamento, cheio de carros de série, da marca *Studebaker* e *De Soto,* e multidões de gente animada que andavam de um lado para o outro, vestindo calças largas e camisas soltas de cores garridas. Aquilo não era um filme. Era uma viagem no tempo.

Acreditem. Entre a magia do sistema a três dimensões, o som estereofónico, e a nitidez perfeita das imagens, era como se, por encanto, estivéssemos a ser arrastados 40 anos atrás no tempo. Isto tinha um significado especial para mim, pois no Verão de 1951, quando o filme foi realizado, eu estava enroscado no ventre de minha mãe, a aumentar de peso, a um ritmo que só iria ser igualado 35 anos depois, quando deixei de fumar. Este era o mundo onde eu iria nascer, e como parecia ser um lugar delicioso, feliz e prometedor.

Acho que nunca passei três horas seguidas com tanta satisfação. Viajámos por todo o mundo, pois *This Is Cinerama* não era um filme convencional, mas um documentário sobre viagens, destinado a mostrar aquela maravilha da nossa época, e com muito êxito. Andámos a passear de gôndola por Veneza, com pessoas vestidas de calças largas e camisas soltas garridas a observarem-nos das margens; ouvimos o Vienna Boys Choir do lado de fora do Schönbrunn Palace; vimos um espectáculo de marchas militares em Edinburgh Castle; vimos um longo excerto da ópera *Aida,* no La Scala (um bocado maçador, aliás); e terminámos com um longo voo de avião sobre toda a América. Pairámos sobre as Cataratas do Niagara — onde eu tinha estado no Verão anterior, mas estas eram completamente diferentes do pesadelo turístico que eu visitara, com a sua selva de torres panorâmicas e hotéis internacionais. Estas Cataratas do Niagara tinham, como pano de fundo, árvores, edifícios baixos e parques de estacionamento pouco utilizados. Visitámos Cypress Gardens, na Flórida, voámos baixo sobre os campos cultivados das quintas do centro dos Estados Unidos, e fizemos uma aterragem muito emocionante no aeroporto de Kansas City. Passámos próximo das Montanhas Rochosas, baixámos sobre a incrível imensidão do Grand Canyon e deslizámos através dos desfiladeiros tortuosos do Zion Nacional Park, enquanto o avião se inclinava perigosamente, ao passar por afloramentos de rochas, e Lowell Thomas anunciava que tal realização cinematográfica nunca tinha sido experimentada antes — e tudo isto acompanhado pelo som estereofónico de uma interpretação de *God Bless America* pelo Mormon Tabernacle Choir, que começou com um tom melódico suave e foi subindo num crescendo, até terminar em altos berros com «demos-àqueles-boches-uma-sova». Vieram-me aos olhos lágrimas de alegria e de orgulho, e tive de fazer um grande esforço para não saltar para cima da minha cadeira e gritar: «Senhoras e senhores, este é o *meu* país!»

Depois, acabou tudo e saímos cá para fora, para uma Bradford desolada, iluminada pelo crepúsculo, e envolta numa chuva miudinha. E foi um choque, acreditem. Parei ao pé de uma estátua de bronze do escritor J. B. Priestley (cuja pose, com as abas da casaca a esvoaçar, fazia crer que estava no meio de um temporal) e fiquei a olhar para a cidade deserta e desesperante que tinha diante de mim, e pensei: «Sim, estou pronto a regressar a casa.»

E depois, acrescentei ao meu pensamento: «Mas primeiro vou comer um caril.»

CAPÍTULO
17

Há pouco, quando fiz uma pequena lista das coisas boas que havia em Bradford, esqueci-me de mencionar os estabelecimentos que servem caril, o que foi um erro imperdoável. Bradford pode ter perdido o comércio das lãs, mas ganhou centenas de restaurantes indianos excelentes, o que acho que foi uma boa troca. Tenho uma necessidade de fibras muito reduzida, mas posso comer toda a comida indiana que me ponham à frente.

Disseram-me que o mais antigo estabelecimento de Bradford que serve refeições de caril, e, certamente, um dos melhores e o mais barato, é o *Kashmir,* que fica ao cimo da rua do Alhambra Theatre. Tem uma sala impecável no primeiro andar, com toalhas brancas nas mesas, talheres a brilharem, e criados de bom porte e atenciosos, mas os *aficionados* descem ao rés-do-chão onde se sentam, com pessoas que desconhecem, à volta de mesas compridas de tampos de *Formica*. É um local tão pouco convencional que nem se preocupam a pôr talheres nas mesas. Pega-se na comida com os dedos gordurosos e pedaços de pão *nan*. Por três libras fiz uma pequena festa, farta e deliciosa, e tão picante que até me fez arder as entranhas.

Mais tarde, inchado e empanturrado, com o estômago a fervilhar, como um tubo de ensaio a ferver num filme de um qualquer cientista louco, caminhei através de uma Bradford já à escuras, sem saber o que fazer. Pouco mais passava das seis horas de uma tarde de sábado, mas não se via vivalma.

Estava perfeitamente consciente e, ao mesmo tempo, constrangido, sabendo que a minha casa e família ficavam do outro lado daquelas colinas, ali tão perto. De certa forma, achava que seria um erro ir agora a casa, quando estava a meio da viagem, mas depois pensei: «Quero lá saber! Tenho frio, sinto-me só, e não vou passar a noite num hotel, estando a cerca de 30 quilómetros de casa.» Então, fui até Forster Square Station, apanhei um comboio vazio para Skipton e, a partir de lá, um táxi até à pequena aldeia onde habito, pedindo ao motorista que me deixasse na estrada, para que eu pudesse fazer o resto do caminho a pé.

Que alegria é chegar, depois do escurecer, a uma casa confortável, com as janelas iluminadas por uma luz acolhedora, e saber que é a nossa, e que lá dentro está a nossa família. Percorri o caminho da entrada e espreitei pela janela da cozinha. Lá estavam eles todos juntos à volta da mesa da cozinha, a jogar o *Monopólio*, bem-aventurados! Fiquei ali a olhá-los demoradamente, perdido num misto de afecto e admiração, sentindo-me como Jimmy Stewart no filme *It's a Wonderful Life*, quando se põe a espiar a sua própria vida. Depois, entrei.

Agora, não é possível falar deste acontecimento sem que pareça um episódio de *The Waltons,* pelo que, por momentos, vou distrair a vossa atenção desta reunião animada e calorosa que teve lugar numa cozinha de uma casa situada nos vales de Yorkshire, e contar-lhes uma história verdadeira mas irrelevante.

No início da década de 80, utilizava os tempos livres a trabalhar como jornalista para revistas de companhias de aviação. Surgiu-me a ideia de escrever um artigo sobre coincidências incríveis, e enviei uma carta a uma dessas publicações que se mostrou muito interessada e me prometeu pagar 500 dólares, se fosse publicado — uma quantia que me iria fazer muito jeito. Mas, quando ia começar a escrever o artigo, constatei que, embora tivesse muita informação a nível de estudos científicos sobre as probabilidades de haver coincidências, não possuía exemplos suficientes e de relevo para lhe dar a consistência devida, ou mesmo preencher um espaço com 1500 palavras. Então, enviei uma nova carta à revista, dizendo que não ia poder escrever o artigo, e deixei-a em cima da máquina de escrever para, no dia seguinte, a pôr no correio. Em seguida, vesti-me convenientemente e dirigi-me para o meu emprego no *The Times*.

Naquele tempo, Philip Howard, o simpático editor literário, (seria normal designá-lo assim, atendendo à posição que ocupa, mas, de facto, e mesmo uma pessoa muito bem-educada e correcta), costumava organizar, algumas vezes por ano, uns saldos de livros destinados ao pessoal, quando o seu gabinete de trabalho estava tão cheio de provas para rever que ele já não conseguia sentar-se à secretária. Eram sempre oportunidades interessantes, pois podíamos adquirir montes de livros quase de graça. Costumava pedir 25 *pence* pelos livros de capa dura, e dez *pence* pelos de capa mole, e o produto da venda era entregue à Cirrhosis Foundation, ou a qualquer outra instituição de caridade, que fosse do interesse dos jornalistas. Naquele dia, em particular, cheguei ao trabalho e reparei num aviso que havia nos elevadores, a comunicar a realização de uma venda de livros em saldo, às 16 horas. Eram 15h55m, e só tive tempo de atirar com o casaco para cima da secretária e correr até ao seu gabinete. A sala estava cheia de gente díspar. Meti-me no meio da confusão, e o primeiro livro onde os meus olhos foram cair era um de capa mole com o título *Remarkable True Coincidences*. Que coincidência espantosa! Mas houve também uma coisa muito estranha. Ao abri-lo, verifiquei que não só devia ter todo o material de que eu precisava, como a primeira coincidência que era apresentada dizia respeito a um homem chamado Bryson!

Durante anos, contei esta história nos *pubs* onde ia e, sempre que acabava, as pessoas com quem eu estava a falar ficavam com ar pensativo, durante uns momentos, e depois, voltavam-se umas para as outras e diziam: «Sabem, lembrei-me agora de que há um caminho para chegar a Barnsley, sem termos de passar pela auto-estrada M62. Conhecem a rotunda Happy Eater, em Guiseley? Bom, se cortarmos na segunda...»

Entretanto, passei três dias em casa, imerso no caos da vida doméstica, feliz que nem um cachorrinho — brincando com os mais pequenos, distribuindo afectos por todos, seguindo a minha mulher pela casa fora, e fazendo chichi numa folha de papel de jornal ao canto da cozinha. Fiz a limpeza à minha mochila, tratei do correio, passeei pelo jardim com ar de proprietário, e saboreei a felicidade que é acordar todas as manhãs na própria cama.

Não conseguia encarar a perspectiva de voltar a partir brevemente, pelo que decidi ficar mais um tempo e fazer uns passeios diários. E assim, na manhã do terceiro dia, fui ter com o meu bom amigo e vizinho, o simpático artista cheio de talento, David Cook — é uma pintura sua que tenho a honra de utilizar para ilustrar a capa deste livro — para darmos um passeio por Saltaire e Bingley, a sua terra natal. Era muito bom ter uma companhia, para variar, e poder ver este pequeno canto de Yorkshire através dos olhos de alguém que lá nasceu e cresceu.

Nunca tinha estado em Saltaire e foi uma boa surpresa. Para o caso de não conhecerem, Saltaire é uma comunidade fabril modelo, construída por Titus Salt, entre 1851 e 1876. É um pouco difícil saber o que pensar do velho Titus. Era um destes tipos de industriais pouco atraentes, abstémio, hipócrita e temente a Deus, em que o século XIX parecia ter-se especializado — um homem que não queria só dar emprego aos seus trabalhadores, pretendia ser também o dono deles. Os que trabalhavam na sua fábrica tinham de viver nas casas que possuía, ir à igreja que ele frequentava e seguir os seus preceitos à letra. Nunca permitiria a existência de um *pub* na aldeia, e assim sobrecarregou o parque da localidade com sérias restrições no que dizia respeito a barulho, a fumar, a jogar e a outras actividades consideradas impróprias. Os seus trabalhadores podiam ir passear de barco no rio — desde que não houvesse mais de quatro a ausentarem-se ao mesmo tempo. Resumindo, gostassem ou não, eram obrigados a estar sóbrios, a serem eficientes e pacatos.

Por outro lado, Salt mostrava ter um grau de esclarecimento invulgar a nível do bem-estar social, e não há dúvida de que os seus empregados usufruíam de umas condições de vida mais decentes, saudáveis e confortáveis do que qualquer outro operário do mundo, naquela época.

Se bem que, depois, tenha sido absorvida pelo alastramento da conturbação[NT] Leeds-Bradford, quando Saltaire foi construída, só tinha campos cultivadas à sua volta — uma grande diferença da confusão doentia que existia em Bradford, na década de 50 do século XIX, onde havia mais bordéis do que igrejas, e não tinha um único metro de cano de esgoto coberto. Os trabalhadores de Titus Salt passaram das suas casas sujas e desabrigadas, paredes meias com os seus vizinhos, para vivendas espaçosas, arejadas, cada uma com um pátio, fornecimento de gás, e dois quartos pelo menos. Deve ter parecido um autêntico paraíso.

Num local inclinado, de onde se via River Aire e Leeds até Liverpool Canal, Salt construiu uma grande fábrica, conhecida pelo nome de *Palace of Industry* — a maior fábrica da Europa, naquela altura — que ocupava uma área de cerca de 36 000 metros quadrados, e estava ornamentada com uma espécie de campanário impressionante, de estilo italiano, à semelhança do de Santa Maria Glorioso, em Veneza. Em anexo, construiu um parque, uma igreja, um instituto onde se podia «conversar, comer e beber alguma coisa, e aprender», um hospital, uma escola e 850 casas de pedra muito limpas e arranjadas, separadas por ruas empedradas, de traçado formal, a que foram dados os nomes da mulher

---

[NT] Área urbana formada pelo conjunto de duas ou mais cidades individualizadas e autónomas, mas interdependentes quanto à organização de transportes e à distribuição de água e energia, entre muitos outros exemplos.

e dos 11 filhos de Salt. De todos estes empreendimentos, o instituto foi talvez o mais digno de nota. Construído com a ideia de afastar os trabalhadores do perigo da bebida, continha um ginásio, um laboratório, uma sala de bilhar, uma biblioteca, uma sala de leitura e uma sala de espectáculos e conferências. Nunca antes tinha sido dada aos trabalhadores uma oportunidade tão preciosa de se engrandecerem, e que foi aproveitada por muitos com grande entusiasmo. Um tal James Waddington, trabalhador analfabeto, veio a tornar-se mais tarde uma autoridade no campo da linguística, a nível mundial, e um membro importante da Phonetic Society, da Grã-Bretanha e da Irlanda.

Actualmente, Saltaire mantém-se milagrosamente intacta, embora a fábrica tenha deixado de produzir tecidos, há muito tempo, e as casas sejam propriedade privada. Um dos andares da fábrica contém uma exposição permanente, maravilhosa, onde não se paga entrada e se pode ver as obras do pintor David Hockney, mas o resto foi posto à disposição do comércio retalhista que vende a mais extraordinária gama de roupas de estilistas, artigos domésticos caros e modernos, livros e postais supostamente artísticos. Foi uma espécie de milagre dar com este lugar — este paraíso de *yuppies* — situado num canto remoto de Bradford. E parece que continua a funcionar muito bem.

Eu e David Cook demos uma volta pela galeria de arte com toda a calma — nunca tinha prestado muita atenção a Hockney, mas digo-lhes: o rapaz sabe desenhar —, depois deambulámos pelas ruas que davam acesso às antigas moradias dos trabalhadores, todas elas confortáveis, com boa apresentação, e muito bem preservadas, e acabámos por atravessar Roberts Park até Shipley Glen, um pequeno vale íngreme e arborizado que ia dar a uma área de campo aberto, do género daquelas onde é costume encontrar pessoas a exercitarem os seus cães. Parecia que tinha sido sempre selvagem e remoto, mas na realidade, há um século atrás, este lugar foi um gigantesco parque de diversões cheio de sucesso — um dos primeiros a nível mundial.

Entre as suas numerosas atracções havia um passeio aéreo na barquinha de um balão, uma montanha-russa, e aquilo que era anunciado como «A Maior, a mais Perigosa e Íngreme Pista de Tobogã Jamais Existente na Terra». Vi fotografias destas diversões, onde havia muitas damas de sombrinha na mão, e cavalheiros de bigode e colarinhos engomados, e todas elas me pareceram muito emocionantes, particularmente a da pista de tobogã, por onde se deslizava cerca de 400 metros ao longo de uma encosta muito íngreme e perigosa. Uma vez, no ano de 1900, quando um veículo daqueles, cheio de gente elegantemente vestida, estava a ser içado pela colina acima, para depois ser lançado de outra descida muito perigosa, o cabo disparou, atirando com os passageiros para uma morte horrível mas cheia de emoção, e foi o fim do parque de diversões de Shipley Glen. Hoje, tudo o que resta daquelas emoções da época é o acanhado *Glen Tramway,* que sobe e desce uma encosta, de forma discreta e tranquila, o que acontece desde 1895, mas, por entre a erva crescida, ainda se encontravam vestígios das antigas marcas da pista de tobogã, o que nos fez um pouco de impressão.

Toda aquela área é uma espécie de local arqueológico de um passado não muito distante. A cerca de um ou dois quilómetros de distância, ao cimo de um caminho coberto pelas ervas, fica Milner Field, um palácio de pedra ornamentado, mandado construir por Titus Salt Junior, em 1870, na época em que a fortuna da família Salt parecia inesgotável e eternamente segura. Em 1893, o comércio de têxteis entrou subitamente em crise, deixando os Salt numa situação melindrosa, pelo que perderam o controlo da firma. Consternados e envergonhados, foram obrigados a vender a casa, a fábrica e outras propriedades que lhes pertenciam. Depois, começou a acontecer uma série de acidentes estranhos e sinistros. Todos os proprietários de Milner Field, que se lhes seguiram, sem excepção, sofreram acidentes estranhos e devastadores. Um deles deu uma pancada no pé com um taco de golfe e morreu quando a ferida começou a gangrenar. Outro chegou a casa e encontrou a sua jovem noiva nua, na cama, envolvida numa intensa luta corpo a corpo com um sócio seu. Disparou sobre este e matou-o, ou talvez tivesse disparado sobre os dois — as histórias variam — mas, em qualquer dos casos, deixou o quarto num estado miserável e foi levado de lá para ser enforcado.

Em pouco tempo, a casa adquiriu a reputação de lugar onde era certo as pessoas ficarem desgraçadas. Quem ia para lá viver saía quase logo de seguida, com uma grande palidez e feridas terríveis. Por volta de 1930, quando a casa foi posta à venda pela última vez, não achou comprador. Ficou vazia durante 20 anos, e por fim, em 1950, foi demolida. Agora, o local está cheio de ervas daninhas, e quando se passa próximo não se consegue imaginar que ali existiu uma das mais belas casas da região do Norte. Todavia, se espreitarmos por entre a vegetação, como fizemos agora, podemos encontrar um dos antigos pavimentos da estufa, com um bonito padrão de ladrilhos a preto e branco. Fazia lembrar o mosaico romano que vi em Winchcombe, mas com menos grandiosidade.

Era espantoso imaginar que, há um século atrás, Titus Salt Junior tinha estado naquele lugar, numa casa esplêndida que dava para o vale Aire, com vista até à distante mas imponente fábrica de Salt, enchendo o ar de ruído, de fumo e de vapor, vendo-se por trás o centro de comércio de tecidos de lã mais rico do mundo, e que agora tudo estaria acabado. O que é que o velho Titus Senior iria pensar se o trouxéssemos de volta e lhe mostrássemos que a fortuna da família se tinha acabado, e que a fábrica, sempre tão laboriosa, estava ocupada com artigos domésticos cromados, muito modernos, e postais pornográficos com nadadores do sexo masculino exibindo os seus traseiros reluzentes?

Deixámo-nos ficar um certo tempo naquele cume remoto. Dali conseguíamos avistar Airedale em toda a sua extensão de muitos quilómetros, vendo-se as cidades superpovoadas e as casas espalhadas pelas encostas íngremes das colinas, até às charnecas descampadas das terras altas, e perguntei a mim mesmo, como sempre acontece quando me encontro numa encosta das regiões do Norte, o que é que as pessoas que viviam naquelas podiam fazer. Era costume haver imensas fábricas espalhadas por toda a região de Airedale — só em Bingley, umas dez ou mais — mas agora tinham desaparecido quase todas, ou demolidas para darem lugar a supermercados, ou convertidas em centros de património cultural, blocos de apartamentos ou centros comerciais. *French's Mill*, a última fábrica de têxteis que restava em Bingley, tinha fechado, há um ou dois anos atrás, e agora estava para ali abandonada e de vidros partidos.

Uma das grandes surpresas que tive ao deslocar-me para Norte, foi constatar que parecia um outro país. Por um lado, tinha a ver com o aspecto e a atmosfera do Norte — as altas charnecas descampadas e os céus imensos, os muros de pedra sinuosos, as pardacentas cidades fabris, as acolhedoras aldeias de casas de pedra da região de Dales e de Lakes — por outro lado, havia o sotaque, o vocabulário diferente, o discurso aberto e jovial, por vezes surpreendente. Também tinha a ver com o facto de os habitantes do Norte e do Sul serem ignorantes acerca da geografia dos respectivos países um do outro, chegando a ser desconfiados. Quando trabalhava nos jornais, em Londres, costumava ficar surpreendido pelo número de vezes em que, ao fazer um tipo de pergunta, como «Halifax fica em qual das Yorkshires?», era recebido com uma série de olhares desinteressados e resmungadelas. E, quando me mudei para o Norte, e dizia às pessoas que já tinha vivido em Surrey, próximo de Windsor, era olhado da mesma maneira — uma espécie de mal-estar nervoso, como se tivessem receio que eu fosse dizer: «Agora, mostrem-me lá no mapa onde é que isso fica.»

Todavia, o que mais diferenciava o Norte do Sul, quando passávamos por lugares como Prestou ou Blackburn, ou nos colocávamos numa encosta como esta onde estava agora, era a percepção excepcional acerca da perda do poder económico e da grandeza do passado. Se traçarmos uma linha oblíqua entre Bristol e Wash, dividimos o país em duas metades, com cerca de 27 milhões de pessoas de cada lado. Entre 1980 e 1985, na metade do Sul, perderam 103 600 postos de trabalho. Na metade do Norte, durante o mesmo período, o número foi de 1 032 000 postos de trabalho, quase dez vezes mais. E as fábricas continuam a fechar. Se ouvirmos o noticiário de uma televisão local, todas as noites, veremos que, pelo menos, metade é preenchida com notícias sobre o encerramento de fábricas (e na outra fala-se de um gato que subiu para cima de uma árvore; na verdade, não há nada mais terrível do que os noticiários das televisões locais). Assim, volto a perguntar o que é que todas aquelas pessoas fazem em todas aquelas casas — e mais importante ainda, o que é que os seus filhos irão fazer?

Saímos daquela área, seguindo outro caminho, em direcção a Eldwick, passámos pelo portão de uma casa enorme e aparatosa, e David comentou com ar desanimado: «Tinha um amigo que morava aqui.» Agora, estava tudo a desmoronar-se, as janelas e as portas tapadas com tijolos, um desperdício de uma estrutura com muito bom aspecto, o que fazia pena. Junto à casa, um antigo jardim com um muro à volta, estava abandonado e cheio de ervas daninhas.

No caminho, David apontou para a casa onde Fred Hoyle tinha crescido. Na sua autobiografia *(It'll Start Getting Cold Any Minute Now, Just You See)*, Hoyle conta que costumava ver os criados de luvas brancas, entrando e saindo de Milner Field, mas, mantém um silêncio misterioso no que se refere ao escândalo e tragédia que se passou do lado de lá dos altos muros. Gastei três libras na compra desta autobiografia numa livraria de livros em segunda mão, na esperança de que os primeiros capítulos estivessem cheios de relatos sobre disparos e gritos no meio da noite. Podem agora imaginar qual não foi o meu desapontamento.

Um pouco mais adiante, passámos por três grandes blocos de apartamentos camarários, que não só eram muito feios e isolados, mas também estavam posicionados de uma maneira estranha e descuidada, pelo que, embora estivessem situados numa encosta, os seus moradores não conseguiam ver paisagem alguma. David contou-me que os mesmos tinham recebido muitos prémios mercê da sua arquitectura.

Enquanto íamos descendo vagarosamente uma encosta sinuosa, David falou-me acerca da sua infância passada ali, nos anos 40 e 50. Descreveu-me um quadro muito interessante dos tempos felizes em que ia ao cinema («às quartas-feiras ia ao *Hippodrome*, às sextas ao *Myrtle*»), comia peixe frito e batatas fritas em cima de papéis de jornal, e ouvia *Dick Barton* e *Top of the Form* no rádio — um mundo mágico que acabou, onde havia estabelecimentos que fechavam da parte da tarde, empregos alternativos, gente a andar de bicicleta, Verões intermináveis. A Bingley que ele descrevia era uma pequena parte, mas confiante e próspera, situada no centro de um poderoso e soberbo império, com fábricas em plena actividade, e uma zona central muito animada, cheia de cinemas, salas de chá e lojas interessantes, que contrastava fortemente com o local sem graça, cheio de tráfego, ruidoso, por onde estávamos agora a passar. O *Myrtle* e o *Hippodrome* tinham fechado há uns anos atrás. O *Hippodrome* foi controlado por um dos estabelecimento da *Woolworth's* mas também não resistiu muito tempo. Hoje, não existe um cinema em Bingley, ou qualquer outra coisa que nos atraia. O centro da cidade está dominado pela presença ameaçadora do edifício da *Bradford and Bingley Building Society* que não sendo particularmente horrível, como era de esperar, nada tem a ver com a cidade em si. Entre ele e um recinto de lojas em tijolo, da década de 60, verdadeiramente degradado, o centro de Bingley viu as suas características destruídas e sem possibilidade de recuperação. Assim, foi agradável verificar que, para lá da sua parte central, Bingley continua a ser um local agradavelmente delicioso.

Passámos junto a uma escola e a um campo de golfe, e fomos ter a um lugar chamado Beckfoot Farm, uma pequena e bonita casa de campo, situada num vale junto a um riacho. A estrada principal de Bradford ficava apenas a umas centenas de metros de distância mas, no sítio onde estávamos, era como se recuássemos à época anterior ao transporte automóvel. Seguimos por um caminho cheio de sombras, ao longo da margem do riacho, um verdadeiro encanto sob um sol suave. David contou-me que, naquele mesmo local, houve, em tempos, uma fábrica onde derretiam gordura. Deitava um cheiro terrível e a água tinha sempre uma cor escura que parecia ferrugem, com uma camada de substância espumosa à superfície. Presentemente, a água do rio tinha um tom verde, agradável, e o lugar parecia não ter sido atingido pelo passar dos tempos, ou afectado pela indústria. A velha fábrica fora abandonada, destruída e transformada num bloco de elegantes apartamentos. Caminhámos até um lugar que se chamava Five-Rise Locks, onde o Leeds-to-Liverpool Canal sobe a uma altura de cerca de 30 metros, em cinco rápidas etapas, e de lá espreitámos para as janelas de vidros partidos, do outro lado da cerca de arame farpado da *French's Mill*. A seguir, como se estivéssemos exaustos com tudo o que Bingley nos tinha mostrado, entrámos num *pub* de aspecto agradável, chamado *Old White Horse,* e bebemos muitos copos de cerveja, pois era o que há muito vínhamos desejando.

No dia seguinte, fui com a minha mulher até Harrogate, fazer compras — ou melhor, dar uma vista de olhos pela cidade, enquanto ela fazia compras. Segundo o meu ponto de vista, compras é uma coisa que os homens e as mulheres não devem fazer juntos, pois o que eles mais gostam é de comprar qualquer coisa muito barulhenta, como um berbequim, por exemplo, e ir para casa brincar com ele, ao passo que as mulheres só ficam felizes depois de terem visto quase tudo o que existe na cidade, e apalpado, pelo menos, 1500 texturas de tecidos diferentes. Será que sou o único a ficar confundido com esta estranha compulsão que as mulheres possuem para apalpar as coisas nas lojas? Vi muitas vezes a minha mulher a afastar-se cerca de 20 ou 30 metros para sentir a textura de uma camisola de *mohair*, ou de um casaco para dormir de tecido aveludado, ou outra coisa assim no género.

— Gostas? — pergunto-lhe admirado, pois não parece ser o seu tipo de vestuário, e ela olha para mim como se eu estivesse doido.

— O quê, *isto?* — irá ela responder-me. — Não, é horrível!

— Então por que razão te dás ao trabalho de vir expressamente apalpar os tecidos? — Foi o que sempre me deu vontade de lhe perguntar, mas como todos os maridos a longo prazo, tinha aprendido a não fazer comentários quando íamos às compras, pois independentemente do que eu dissesse — «Estou com fome», «Estou farto», «Já me doem os pés», «Sim, esse fica-te bem», «Bem, então leva os dois», «Oh, tu não me lixes!», «Não podemos ir para casa?»

«Vento monção? *Outra vez?* Não me lixem!», «Onde é que *eu* estive? Onde é que *tu* estivestes, isso pergunto eu!», «Então, por que é que fizeste todo esse caminho para ir apalpá-lo?» — não iria servir de nada. Então calo-me.

Naquele dia, em especial, a senhora B. estava virada para as sapatarias, o que quer dizer que estava disposta a passar horas e horas a obrigar um pobre tipo de fato modesto a ir buscar caixas e caixas de sapatos de modelos mais ou menos idênticos, e depois decidir não levar nenhuns, pelo que resolvi ir-me embora e dar uma volta pela cidade. Para lhe demonstrar todo o meu amor, levei-a ao *Betty's,* a tomar um café e comer um bolo (e ao preço a que estão as coisas no *Betty's* é preciso estar muito apaixonado!), onde ela me encheu com as suas habituais instruções para marcarmos um ponto de encontro.

— Às 15 horas do lado de fora do *Woolworth's.* Mas escuta, pára de brincar com isso e ouve, se a *Russell & Bromley* não tiver os sapatos que eu quero, tenho de ir à *Ravel,* e nesse caso, encontramo-nos às 15h15m, junto aos congelados da *Marks & Spencer.* Se não for assim, estarei na *Hammick's* na secção dos livros de cozinha, ou na dos livros de crianças, a menos que eu esteja na *Boots* a ver torradeiras. Mas, o mais provável, é estar na *Russell & Bromley,* a experimentar outra vez os mesmos sapatos, e assim encontramo-nos à porta da *Next,* o mais tardar, às 15h27m. Percebeste tudo?

— Sim, claro. — Mas não tinha percebido.

— Não me deixes ficar à espera.

— Claro que não. — Bem podia esperar por isso.

Depois de me dar um beijo, foi-se embora. Acabei o café e fiquei a apreciar o ambiente antiquado e requintado daquele estabelecimento de luxo, onde as empregadas que serviam às mesas ainda usavam uma espécie de toucas franzidas e aventais brancos sobre vestidos pretos. Se querem saber o que eu penso, devia haver mais lugares como este. Podemos ter de pagar uma fortuna por um café e um bolo peganhento, mas vale a pena e podemos ficar ali o dia todo, o que estava a pensar fazer agora, já que me sentia tão confortável. Mas depois, pensei que devia dar uma volta pela cidade, paguei a conta, e saí do recinto das lojas para ir observar a mais recente realização de Harrogate, o *Victoria Gardens Shopping Centre*. O nome é um bocado pretensioso pois o centro foi construído no *cimo* de Victoria Gardens, pelo que se deveria chamar *Nice Little Gardens Destroyed By This Shopping Centre*[NT1].

Não me deveria preocupar tanto, mas o facto é que também destruíram as últimas instalações sanitárias de valor da Grã-Bretanha — uma casinha subterrânea existente debaixo dos referidos jardins e que era uma relíquia, decorada com ladrilhos reluzentes e latão polido. A casa de banho dos homens era maravilhosa, e também tinha boas referências acerca da das mulheres. Também não me deveria importar com isto, mas o novo centro comercial é tão horrível que até faz doer o coração, é arquitectura *pastiche* do pior que existe — uma espécie de Bath Crescent cruzado com Crystal Palace e rematado com um telhado estilo *B&Q*[NT2]. Por razões que não podia imaginar, havia uma balaustrada ao longo da linha do tecto, ornamentada com estátuas de homens, mulheres e crianças de tamanho natural.

[NT1] Belos Jardins Destruídos Por Este Centro Comercial
[NT2] Género de armazém com materiais para *bricolage* e jardinagem.

Só Deus sabe o que era suposto estar representado — talvez fosse uma espécie de *Hall of the People* (Assembleia do Povo) — mas pelo seu aspecto só nos fazia pensar nuns quantos indivíduos de várias idades a tentarem um suicídio colectivo.

Do lado do edifício onde os agradáveis Victoria Gardens e as também agradáveis pequenas instalações sanitárias ficavam situados anteriormente, conhecido pelo nome de Station Parade, existe agora uma espécie de anfiteatro de degraus ao ar livre, onde penso que é suposto as pessoas sentarem-se, naqueles dois ou três dias do ano em que Yorkshire está cheio de sol, e por cima da estrada há uma ponte só para peões, com o mesmo estilo de construção jorgiano/italiano/e sabe-se lá que mais, que estabelece a ligação entre o centro comercial e um parque de estacionamento de vários andares.

Agora, com base nos meus comentários anteriores sobre a maneira como a Grã-Bretanha trata o seu legado arquitectónico, podem estar a julgar erradamente que eu tenha algum entusiasmo por este tipo de coisas. Mas não tenho. Se por arquitectura *pastiche* se pretende significar um tipo de edifício que tem em conta os seus vizinhos, e que talvez se preocupe em fazer condizer as linhas do tecto e igualar o tamanho e posição das janelas e portas dos seus vizinhos, por exemplo, então sim, estou a favor dela. Mas, se *pastiche* quiser dizer uma espécie de versão *Disneyland* de Jolly Olde England, como este mastodonte ridículo que tenho à frente, então, muito obrigado, mas não estou interessado.

Podem argumentar — e receio que o arquitecto de Victoria Gardens também o faria — que, pelo menos, mostra um esforço para injectar os valores arquitectónicos tradicionais na paisagem urbana, e que choca menos a sensibilidade das pessoas do que o caixote de vidro-e-plástico em que a *Co-op*[NT] se sente feliz por estar instalada (e que é, deixem-me dizer aqui, um edifício perfeitamente monstruoso), mas, na minha opinião, parece ser tão mau e, de certa forma, ainda mais vulgar e destituído de imaginação, do que o horrível edifício da *Co-op*. (Mas deixem-me ainda dizer que nenhum deles é tão mau como o *Maples,* um bloco dos anos 60 que se ergue como uma espécie de brincadeira idiota, com 12 ou mais andares, no meio de uma rua comprida onde existem inofensivas estruturas de estilo vitoriano. Agora, digam-me, como é que *isto* foi acontecer?)

Afinal, o que é que vamos fazer com as pobres cidades degradadas da Grã-Bretanha se pusermos de parte Richard Seifert e Walt Disney? Quem me dera saber. Mais ainda, quem me dera que os arquitectos soubessem. De certeza que deve haver *alguma* maneira de construir edifícios elegantes e modernos, sem destruir o ambiente global em que estão inseridos. A maioria dos países europeus estão a consegui-lo (com a curiosa e notável excepção da França). Então, por que razão não se consegue fazê-lo aqui?

Mas chega de lamentos enfadonhos. De um modo geral, Harrogate é uma cidade muito bonita, e menos marcada por planos de desenvolvimento negligentes do que muitas outras comunidades. O Stray, uma extensão de cerca de 87 hectares de terra ajardinada, ocupada por casas de estrutura

---

[NT] Forma abreviada por que eram denominadas as «Cooperativas», cuja origem sé reporta ao século XIX e ao movimento cooperativo na Grã-Bretanha.

sólida e boa apresentação, é um dos espaços abertos mais vastos e agradáveis da região rural. Tem alguns hotéis antigos e bonitos, uma área de comércio lojista, muito agradável e, ao mesmo tempo, uma atmosfera de bom gosto e ordenamento. Em resumo, é uma bonita cidade como qualquer outra. À maneira inglesa, faz-me lembrar um pouco Baden-Baden, o que, como é evidente, não surpreende pois, na sua época, foi também uma estância termal — e de muito sucesso também. De acordo com um prospecto que trouxe do Royal Pump Room Museum, em 1926, ainda consumiam 26 000 copos de água sulfurosa num só dia. Continua a poder beber-se dessa água, se quisermos. De acordo com o que está escrito ao pé da torneira, ela é muito boa para a flatulência, o que me pareceu uma promessa fascinante, e estava quase a bebê-la, quando percebi que o que queriam dizer era que *evitava* o seu aparecimento. Era de facto uma estranha noção aquela!

Dei uma volta pelo museu e passei pelo antigo Swan Hotel, onde Agatha Christie se escondeu depois de descobrir que o marido era um mulherengo (o patife!), e depois fui até Montpellier Parade, uma rua muito bonita cheia de antiquários horrivelmente caros. Examinei com cuidado o War Memorial, que tem cerca de 23 metros de altura, e dei uma longa e agradável caminhada pelo Stray, pensando como seria bom viver numa daquelas grandes casas que davam para o parque, e poder deambular pelas lojas.

Nunca imaginaríamos que um lugar tão próspero e decente como Harrogate podia estar situado numa mesma região que Bradford ou Bolton, mas esta é uma outra característica da zona norte — a existência destes núcleos de grande prosperidade, como Harrogate e Ilkley, que são ainda mais socialmente correctos e cheios de riqueza do que os seus correspondentes do Sul. Para mim, este facto faz com que ela se torne ainda mais interessante.

Por fim, ao começar a escurecer, regressei ao centro da área comercial, cocei a cabeça, e constatei com um certo pânico que não fazia a mínima ideia onde, e a que horas, havia combinado encontrar-me com a «minha senhora». E, estava eu ali especado, com uma expressão tipo *Stan Laurel*, quando se volta e vê que o piano de que ele estava a tomar conta ia a escorregar por uma colina íngreme abaixo, com o *Ollie* em cima, de pernas a abanar, e eis que, por milagre, aparece a minha mulher.

— Olá, querido! — exclamou, cheia de vivacidade. — Devo dizer que não esperava encontrar-te aqui à minha espera.

— Oh, por amor de Deus, tem um pouco de consideração por mim, *por favor!* Estou aqui há que tempos.

E lá fomos os dois pela rua fora, de braço dado, no meio de um pôr do Sol invernoso.

CAPÍTULO

18

Apanhei um comboio para Leeds, e depois outro para Manchester — uma longa viagem, lenta mas não desagradável, através de vales profundos que se pareciam misteriosamente com aquele onde eu vivia, à excepção de que estes estavam semeados de fábricas antigas e aldeias, amontoadas e escurecidas pela fuligem. As fábricas eram de três tipos: 1. Abandonadas, com os vidros das janelas partidos e letreiros a dizer ALUGA-SE. 2. Em ruínas — só um espaço aberto sem vegetação. 3. Fora de actividade, uma espécie de armazéns dos correios ou um centro B&Q, ou outra coisa semelhante. Devo ter passado por uma centena destas fábricas antigas, mas só quando estava nos arredores de Manchester é que vi uma única que parecia estar em laboração.

Saí de casa já tarde, e assim, na altura em que entrei na Piccadilly Station, já eram 16 horas e estava a escurecer. As ruas brilhavam à chuva, e estavam cheias de tráfego e de transeuntes, o que dava a Manchester o ar atraente de uma grande cidade. Por qualquer razão completamente disparatada, tinha reservado um quarto num hotel caro, o *Piccadilly*. O meu quarto ficava no décimo primeiro andar, mas parecia estar no octogésimo quinto tal era a vista que se desfrutava. Se a minha mulher tivesse um foguete luminoso e disposição para subir acima do telhado, podia tê-la avistado.

Manchester parecia enorme — uma extensão sem limites de luzes fracas e amareladas, e ruas cheias de tráfego a movimentar-se lentamente.

Entretive-me a mexer na televisão, apoderei-me do papel de carta e do sabonete de reserva, e coloquei um par de calças na máquina de passar — com aqueles preços estava determinado a tirar o máximo de proveito da experiência — embora soubesse que elas iriam sair de lá com uns vincos permanentes nos lugares mais esquisitos. (Sou eu ou estas coisas são completamente contraproducentes?) Feito isto, saí para dar um passeio pela cidade e encontrar um local para comer.

Parece existir uma razão inversa entre mim e os restaurantes — quanto maior é o seu número, mais dificuldade encontro em escolher um que se adapte às minhas modestas necessidades. O que eu queria, de facto, era um cantinho italiano numa rua secundária — do género daqueles que têm toalhas aos quadrados e garrafas de *Chianti* com velas dentro, e uma atmosfera dos anos 50 a completar. As cidades britânicas costumavam estar cheias deste tipo de lugares, mas agora é muito difícil encontrá-los. Caminhei algum tempo, mas só conseguia descobrir aquele género de cadeias de restaurantes nacionais, com grandes ementas em plástico e uma comida de aspecto desolador, ou salas de jantar de hotéis onde temos de pagar 17,95 libras por três pratos com nomes muito pomposos e de uma desilusão total.

Por fim, fui parar a Chinatown, que se anuncia ao mundo em grandes parangonas e quase logo a seguir esmorece. Havia uma série de restaurantes espalhados por entre grandes edifícios de escritórios mas não posso dizer que tinha a sensação de estar num pequeno recanto do Oriente. Os restaurantes maiores e com melhor aspecto estavam cheios, pelo que acabei por entrar num onde fui obrigado a subir a um primeiro andar que tinha uma decoração precária, uma comida razoável e um serviço pouco atencioso. Quando veio a conta reparei que haviam debitado um extra com uma anotação a dizer «S. C.»

— Que é isto? —— perguntei à empregada que, por sinal, se tinha apresentado quase todo o tempo com ar carrancudo.

— *Suhvice chawge* (Taxa de serviço).

Olhei para ela, surpreendido.

— Então, por que é que há aqui uma outra parcela para gratificação?

Ela encolheu os ombros com um ar enfastiado, como quem diz que não tem nada a ver com isso.

— Não está certo. Estão a enganar as pessoas debitando-lhes a gorjeta por duas vezes.

A empregada suspirou profundamente, como se estivesse ali há muito tempo.

— Quer reclamar? Quer falar gerente?

A pergunta foi feita num tom que me deu a entender que, se quisesse falar com o gerente, teria de me entender primeiro com alguns dos seus rapazes num beco das traseiras. Decidi não insistir no assunto, e saí para a rua, caminhando sem destino através de uma Manchester fria, húmida e mal iluminada — não me recordo de outra cidade tão escura. Não conseguia saber onde estava pois, para mim, as ruas de Manchester são sempre difíceis de distinguir. Nunca sinto que me estou a aproximar ou a afastar de algo em particular, mas sim que estou a andar às voltas, numa espécie de limbo urbano.

Por fim, fui parar ao pé do grande bloco escuro do *Arndale Centre* (cá está outra vez o nome). Que equívoco tremendo aquele. Acho que deve ser bom, numa cidade tão chuvosa como Manchester, poder andar às compras debaixo de um tecto, e se elas são absolutamente necessárias é melhor fazê-las *dentro* da cidade do que fora dela. Mas, à noite, o edifício representava cerca de 100 000 metros quadrados de massa inerte, um enorme obstáculo para quem quer passear pelo centro da cidade. Através das janelas conseguia ver que, desde a última vez que lá tinha estado, tinham melhorado o aspecto interior — tinha agora um ar muito agradável — mas, do lado de fora, ainda estava coberto com aqueles azulejos que o faziam parecer as maiores instalações sanitárias públicas do mundo. De facto, quando seguia pela Cannon Street, vi três jovens de cabeça quase rapada e cheios de tatuagens nos braços a utilizarem uma das paredes exteriores para esse mesmo fim. Não me deram muita atenção mas, de repente, ocorreu-me que estava a fazer-se tarde e que as ruas ficavam vazias, sem gente respeitável como eu, pelo que decidi regressar ao hotel, antes que outros pândegos noctívagos se aproveitassem de mim para o mesmo fim.

Acordei cedo e saí para a rua debaixo de uma chuva miúda, disposto a formar uma opinião precisa sobre a cidade. O meu problema em relação a Manchester é que não consigo ter uma imagem exacta dela. Todas as outras grandes cidades britânicas têm qualquer coisa nelas, um motivo central, que faz com que não as esqueçamos: Newcastle tem a sua ponte; Liverpool tem o Liver Building e as docas; Edinburgh tem o castelo; Glasgow, a grande extensão do Kelvingrove Park e os edifícios de Charles Rennie Mackintosh, e até Birmingham tem o Bull Ring (e seja bem-vinda por isso, também). Mas Manchester é um total espaço em branco — um aeroporto com uma cidade anexa. Falam-me de Manchester e tudo o que me ocorre é uma ideia vaga e mal definida de nomes como Ena Sharples, L. S. Lowry, Manchester United Football Club, um plano qualquer para introduzir a circulação de eléctricos pois também têm em Zurique, ou noutro lugar qualquer, e parece que resulta, a Hallé Orchestra, o antigo jornal *Manchester Guardian* e aquelas suas tentativas comovedoras, de quatro em quatro anos, para conseguir ficar com a realização dos Jogos Olímpicos, normalmente acompanhadas por planos ambiciosos de construção de um velódromo no valor de 400 milhões de libras, ou de um complexo desportivo para jogos de ténis de mesa no valor de 250 milhões de libras, ou mais qualquer outro edifício vital para o futuro de uma cidade industrial em declínio.

Para além de Ena Sharples e de L. S. Lowry, não consigo citar o nome de nenhum *mancunian*[NT] famoso. Pela abundância de estátuas existentes do lado de fora do edifício da Câmara, é evidente que Manchester teve as suas celebridades da época, embora também seja evidente, pelas sobrecasacas e patilhas, que ou deixaram de produzir essas mesmas celebridades, ou deixaram de construir estátuas. Dei agora uma olhadela pelos seus nomes e não identifiquei nenhum.

Se não consegui ainda ter uma imagem nítida sobre a cidade não é só por minha culpa. «Construir Hoje a Cida-

---

[NT] Nome dado aos habitantes da cidade de Manchester que, na época dos Romanos, se chamava *Mancunium*.

de de Amanhã» é a divisa local, mas, na realidade, Manchester parece estar com dúvidas sobre o seu lugar no mundo. Em Castlefield, andavam numa grande azáfama a criar, hoje, a cidade de *ontem,* limpando os antigos viadutos de tijolo e os armazéns, arranjando o pavimento dos cais, pintando com tinta brilhante as antigas pontes em arco para peões, e espalhando por todo o lado um sortido de bancos à moda antiga, pilares de sinalização e postos de iluminação. Na altura em que acabarem, poderemos ver exactamente que tipo de vida se fazia em Manchester no século XIX — ou, pelo menos, o que é que podia ter sido, se tivesse tido *wine-bars*[NT], contentores de lixo em ferro fundido, setas a indicar marcas de um passado histórico e o G-Mex Centre. Por outro lado, em Salford Quays, seguiram um rumo completamente diferente, e tudo fizeram para apagar o passado, criando uma espécie de Dallas em ponto pequeno, no lugar onde outrora havia as docas do Manchester Ship Canal. É um local completamente fora do vulgar — um amontoado de edifícios de escritórios muito modernos e apartamentos para executivos, no meio de uma urbe anónima, e todos com aspecto de estarem vazios.

A única coisa que é difícil encontrar em Manchester é aquela que era normal esperar ver nesta cidade — filas e filas de «Coronation Streets», umas atrás das outras. Disseram-me que, outrora, existiam em grande quantidade, mas agora podemos andar muitos quilómetros sem encontrar uma única dessas filas de casas de tijolo. Mas não há problema, pois podemos sempre ir ver a verdadeira *Corona-*

[NT] Tipo de estabelecimento diferente do *pub,* onde se tem a possibilidade de provar uma variedade de vinhos acompanhados de iguarias caseiras.

tion Street^{NT} no percurso pelos Granada Studios, que é o que acabei de fazer agora — juntamente com quase todos os habitantes do Norte de Inglaterra, pelo que me pareceu. Ao longo da estrada que vai dar aos estúdios há grandes parques de estacionamento de automóveis e autocarros e, às 9h45m da manhã, já estão cheios. Vindos de todo o lado — de Workington, Darlington, Middlesbrough, Doncaster, Wakefield, de quase todas as cidades do Norte — os autocarros vão despejando grupos alegres de pessoas de cabelos grisalhos, enquanto dos carros vão saindo famílias completas, todos com ar feliz e prontos a conviver.

Juntei-me a uma fila que tinha cerca de 150 metros de comprimento e com uma largura que comportava três ou quatro pessoas, pelo que me interroguei se não estava a fazer uma grande asneira. Mas, quando as cancelas se abriram, a fila avançou consideravelmente, e daí a minutos já estava lá dentro. Para minha grande surpresa, achei maravilhoso. Julgava que se tratava de uma caminhada através do cenário do Coronation Street e uma visita guiada, superficial, pelos estúdios, mas tinham transformado tudo aquilo numa espécie de parque de diversões e fizeram-no muito bem. Havia um daqueles *Motionmaster Cinemas,* onde os assentos se inclinavam e eram sacudidos de tal maneira que parecia que estávamos a ser atirados para o espaço ou projectados do cimo de uma montanha, e outro, em que púnhamos uns óculos de plástico e víamos uma comédia sem interesse, mas muito animada e a três dimensões. Havia

---

^{NT} Nome de uma série televisiva britânica apresentada pela Granada Television, no fim dos anos 50, cujo cenário eram as tradicionais ruas onde vivia a classe trabalhadora da época, e que teve imenso sucesso.

uma divertida demonstração de efeitos sonoros, e um espectáculo sobre a produção de efeitos especiais, deliciosamente arrepiante, e um debate divertidíssimo e animado passado no equivalente da Câmara dos Comuns e que era presidido por um grupo de jovens actores. E o principal é que tudo foi feito com um verdadeiro requinte e um humor genuíno.

Mesmo passados 20 anos de vivência neste país, ainda me espanto e impressiono com a qualidade de humor que se encontra nos lugares mais inverosímeis — lugares onde era impossível acontecer nos outros países. Encontramos esse tipo de humor na linguagem dos vendedores das barracas, em locais como Petticoat Lane, e no procedimento habitual dos artistas de rua — o tipo de pessoas que fazem malabarismos com paus a arder ou habilidades em cima de «bicicletas» de uma só roda, e que conseguem dizer piadas acerca deles próprios e de pessoas escolhidas no meio da audiência — e também nos espectáculos de pantomimas do Natal, nas conversas de *pubs* e nos encontros com estranhos em locais isolados.

Recordo-me de, há uns anos atrás, chegar à estação de Waterloo e encontrar o local num perfeito caos. Um incêndio na linha, em Clapham Junction, interrompeu a circulação. Centenas de pessoas ficaram de pé, durante uma hora, com uma paciência incrível e uma calma implacável, a observar o quadro das partidas que estava em branco. Por vezes ouvia-se um rumor no meio da multidão, a dizer que um comboio estava para partir da plataforma 7, e toda a gente saía dali naquela direcção, acabando por escutar outro rumor a dizer que, na realidade, era da plataforma 16 ou talvez da 2. Por fim, depois de andar pela maioria das plataformas da estação e de me sentar numa série de comboios que não iam a lado nenhum, dei comigo na carruagem onde vai o guarda, num comboio expresso que devia partir em breve para Richmond. Havia outro ocupante para além de mim: um homem de casaco e calças iguais, que estava sentado em cima de uma pilha de sacos de correio. Tinha uma barba ruiva, enorme — que dava para encher um colchão — e aquele ar cansado de alguém que já perdeu a esperança de poder regressar a casa.

— Já está aqui há muito tempo? — perguntei.

Suspirou e, com ar pensativo, respondeu-me:

— Ora vejamos: quando aqui cheguei não tinha barba ainda!

Simplesmente adorei.

Não muitos meses antes, tinha estado com a minha família na Eurodisney. A nível tecnológico, foi esplêndido. A quantidade de dinheiro investido pela Disney numa única viagem, faria qualquer das partes de Granada Studios Tour parecer uma noite de amadores no salão principal de uma aldeia. Mas, agora, aqui sentado no meio do imenso convívio da imitação do debate na Câmara dos Comuns, apresentada pelo Granada, ocorreu-me que nem uma única vez dei uma gargalhada, enquanto estive na Disneyland. O humor, especialmente o sério, o irónico, do tipo escárnio, estava para além da sua imaginação. (Sabiam que no discurso americano não existe um equivalente de *taking the piss*[NT]?) No entanto, aqui na Grã-Bretanha, está de tal modo enraizado na vida quotidiana que mal damos por isso. No dia anterior, em Skipton, pedi um bilhete de ida para Manches-

---

[NT] *Taking the piss:* escarnecer.

ter e o respectivo recibo. Quando o funcionário mo entregou disse: «O bilhete é de graça... mas tem de me pagar 18,50 libras pelo recibo.» Se ele tivesse feito isto nos Estados Unidos, o passageiro teria dito: «*O quê?* Que é que disse? O bilhete *é de graça,* mas o recibo custa 18,50 libras? Mas que situação ridícula é esta?» Se houvesse um debate da Câmara dos Comuns, na Disney, teria sido sério, planeado, assustadoramente competitivo, e não durava mais do que três minutos. Os participantes de ambos os lados da Câmara estariam preocupados em sair de lá numa posição de liderança. Aqui, as coisas eram tão bem imaginadas que não havia a mais remota possibilidade de alguém ganhar. Tudo o que interessava era passar um bom bocado de tempo, e foi conseguido de uma maneira tão alegre e inteligente que mal me aguentava de pé. E tinha a certeza de que iria ter muitas saudades de tudo aquilo.

O único lugar do Granada Studios Tour onde não existe qualquer tipo de humor é na *Coronation Street,* porque, para milhões de pessoas como nós, consiste numa experiência quase mística. Tinha um grande carinho por *Coronation Street,* pelo facto de ter sido um dos primeiros programas que vi na televisão britânica. É evidente que não fazia ideia do que se estava a passar. Não conseguia perceber metade do que as personagens diziam, ou por que é que todos se chamavam Chuck. Mas ficava espantosamente absorvido nas suas imagens. No país de que sou oriundo, as novelas eram sempre sobre pessoas ricas, impiedosas, cheias de sucesso, com fatos de 1500 dólares, e escritórios de categoria situados em arranha-céus, e as personagens principais eram sempre interpretadas por um tipo de actores e actrizes que eram escolhidos não pela sua capacidade de interpretação mas pela beleza do cabelo. E aqui tínhamos nós este incrível programa sobre gente comum que vivia numa rua anónima da região do Norte, falando uma linguagem que eu mal conseguia perceber, e fazendo muito pouco. Na altura em que introduziam os primeiros anúncios da publicidade, já eu era um entusiasta ferrenho.

Depois, fui obrigado a trabalhar à noite em Fleet Street, e perdi o hábito de ver o programa. Agora, nem sequer me deixam entrar na sala quando está a dar *Coronation Street,* pois passo o tempo todo a perguntar: «Onde está Ernie Bishop? Então, quem é este? Pensava que a Deirdre andava com o Ray Langton. Que é feito do Len? O Stan Ogden *morreu?*» Passado um minuto correm comigo da sala. Mas, conforme descobri agora, podemos estar anos sem ver *Coronation Street* e ainda gostar de andar a passear pelo seu cenário, pois é exactamente a mesma rua. A propósito, é mesmo o verdadeiro cenário — fecham o parque quase todas as segundas-feiras para poderem filmar — e é como se fosse uma rua de verdade. As casas são sólidas e feitas de tijolo a sério, embora, como aconteceu com os outros, tenha ficado desapontado ao espreitar pelas janelas e ver, através do intervalo entre as cortinas, que não havia nada por dentro, excepto os cabos eléctricos e os cavaletes dos carpinteiros. Fiquei um bocado confuso ao encontrar, inesperadamente, um salão de cabeleireiro e duas casas modernas, e, para minha tristeza, o prefabricado tinha melhor aspecto e estava mais bem arranjado do que era costume, mas ainda tive aquela sensação estranha de estar em território familiar e sagrado. Grandes quantidades de pessoas andavam pela rua, para cima e para baixo, numa espécie de silêncio respeitoso, identificando as portas de entrada das casas, e espreitando através das cortinas arrendadas. Aproximei-me de uma senhora simpática, de pequena estatura e cabelo grisalho, coberto por uma espécie de chapéu de chuva transparente, improvisado a partir de uma embalagem do pão, e que não só me informou sobre quem vivia naquelas casas, agora, mas também me disse quem lá tinha vivido antes, e assim fiquei actualizado. Em breve, estava rodeado de outras senhoras com o mesmo aspecto, que respondiam às minhas interrogações escandalizadas («A Deirdre anda com um rapaz muito mais novo do que ela? Não posso crer!»), garantindo-me com ar solene que era isso que se passava. Foi uma experiência muito emocionante andar para cima e para baixo numa rua tão famosa — podem sorrir, mas sabem bem que sentiriam o mesmo que eu — e provoca em nós um choque quando viramos a esquina e nos encontramos de novo num parque de diversões.

Só pensava demorar-me por lá cerca de uma hora, e ainda não tinha feito a visita guiada pelo estúdio, nem ido à loja das lembranças da *Coronation Street,* quando olhei para o relógio e vi, assustado, que eram quase 13 horas. Apressei-me a sair do parque e a voltar ao hotel, que ficava distante, com medo de ainda ter de pagar outro dia completo, ou pior ainda, que as minhas calças estivessem demasiado passadas.

O resultado que deu foi, três quartos de hora depois, estar no extremo de Piccadilly Gardens, com a pesada mochila às costas, e uma incerteza total sobre o que fazer a seguir. Tinha pensado vagamente em seguir na direcção das Midlands, uma vez que tinha dado pouca atenção a esta nobre e tentadora região do país, durante as minhas anteriores incursões mas, enquanto ali estava, apareceu um autocarro de dois andares, com a indicação WIGAN no local de destino, parou ao meu lado e a decisão deixou de ser minha. Aconteceu que, naquele mesmo momento, o livro *The Road to Wigan Pier* estava a sair acintosamente do meu bolso de trás, pelo que tomei logo aquela coincidência como um sinal, e fiz, muito bem.

Comprei um bilhete de ida e sentei-me no andar de cima, num lugar a meio do autocarro. Wigan não dista mais do que uns 24 ou 25 quilómetros de Manchester, mas demorámos quase a tarde toda para lá chegar. Avançámos aos tombos através de ruas sem fim que pareciam não chegar a lugar algum. Todas elas estavam ladeadas de casas iguais, minúsculas e, de quatro em quatro, parecia haver um cabeleireiro. As garagens eram inúmeras e havia uma série de recintos com estabelecimentos comerciais feitos de tijolo, uma grande quantidade de supermercados, bancos, casas de aluguer de cassetes de vídeo, lojas *pie and pea,* e casas de apostas. Passámos por Eccles e Worsley, e depois por uma zona chique, continuando até Boothstown e Tyldesley, Atherton e Hindley e ainda outros lugares de que nunca tinha ouvido falar. O autocarro parava constantemente — de seis em seis metros, parecia — e de cada vez que o fazia entravam e saíam passageiros. Tinham todos um ar modesto e cansado, com aspecto de 20 anos mais velhos do que na realidade seriam. Tirando uns quantos homens idosos de boné e blusões escuros da *Marks & Spencer,* fechados com fecho de correr, os passageiros eram quase todos mulheres de meia-idade, com penteados incríveis, e gargalhadas soltas, cheias de catarro, próprias de fumadoras inveteradas, mas eram muito simpáticas e alegres e pareciam estar satisfeitas com a sua sorte. Tratavam-se por «querida» e «amor» umas às outras.

A coisa mais notável — ou talvez a menos, depende do ponto de vista — era o aspecto limpo e bem tratado dos terraços das casinhas por onde íamos passando. Todas elas pareciam irradiar um ar modesto e remediado, mas cada pedaço de chão brilhava, os vidros das janelas cintilavam, e cada soleira da porta estava pintada de fresco com tinta brilhante. Agarrei no meu exemplar de *The Road to Wigan Pier* e, por momentos, deixei-me mergulhar num outro mundo, que se referia ao mesmo espaço geográfico que estas pequenas comunidades por onde íamos passando, mas que estava em completo desacordo com o que os meus olhos viam fora daquelas páginas.

Orwell — e não podemos esquecer que tinha sido criado em Eton, oriundo de uma família muito privilegiada — via as classes trabalhadoras com os mesmos olhos que nós veríamos os naturais das Ilhas Yap, como um estranho mas interessante fenómeno antropológico. Em *Wigan Pier,* conta-nos que um dos grandes momentos de pânico vividos nos anos da sua juventude aconteceu quando se encontrava na companhia de um grupo de trabalhadores e pensou que teria de beber pela mesma garrafa que eles. Sempre que lia esta passagem, sentia certas dúvidas acerca do velho George. É certo que ele descreve a classe trabalhadora dos anos 30, como tendo um aspecto sujo, repugnante, mas as provas que tive oportunidade de recolher têm mostrado que a maioria deles até tinha uma preocupação obsessiva pela limpeza. O meu sogro cresceu num ambiente de extrema pobreza e costumava contar as histórias mais terríveis sobre as privações por que tinham passado — do género: o pai morto num acidente da fábrica onde trabalhava, 37 irmãos e irmãs, nada para comer excepto sopa de líquenes e um pedaço de ardósia, à excepção dos domingos em que trocavam um dos filhos por umas cherivias murchas que lhes custavam um *penny* — e o sogro *dele,* oriundo de Yorkshire, ainda contava coisas piores, como ter de percorrer cerca de 75 quilómetros ao pé coxinho, pois tinha só uma bota, e ter de sobreviver com uma dieta de biscoitos rijos e bolorentos e o ranho que lhe caía do nariz. «Mas andávamos sempre limpos e a casa era um asseio», acrescentariam ambos. E convém acrescentar que *eram* as pessoas mais exigentes no que dizia respeito a limpezas, bem como os seus irmãos e irmãs e respectivos amigos e parentes.

Acontece que, pouco tempo antes, eu havia encontrado Willis Hall, autor e dramaturgo (e ainda por cima uma excelente pessoa), e, por uma razão qualquer, acabámos por falar sobre este mesmo tema. Hall teve uma infância pobre em Leeds, e confirmou, sem hesitar, que, embora as casas fossem sombrias e as condições de vida difíceis, nunca havia o mais pequeno sinal de sujidade. «Depois da guerra, quando a minha mãe foi realojada, passou o último dia a limpar a casa, de cima a baixo, até ficar a brilhar, embora soubesse que ia ser demolida no dia seguinte. Não podia suportar a ideia de a deixar suja — e juro-lhe que ninguém da vizinhança achou este comportamento estranho», disse-me ele.

Apesar da pretensa simpatia de Orwell pela gente do povo, depois de o lermos, não nos passaria pela ideia que fossem capazes de qualquer tipo de actividade mental a nível superior e, no entanto, só da vizinha região de Leeds surgiram nomes como Willis Hall, Keith Waterhouse e Peter O'Toole, enquanto que um distrito igualmente pobre, Salford, deu origem a Alistair Cooke e ao artista Harold

Riley, e tenho a certeza de que isto se repetiu vezes sem conta por todo o país.

Orwell descreveu um quadro de uma sordidez tão terrível que, mesmo hoje, ainda me surpreendo por encontrar tudo tão asseado e bem conservado ao entrarmos em Wigan, depois de passarmos uma grande colina. Saí no fim do percurso, satisfeito por poder respirar ar puro, finalmente, e parti à procura do famoso molhe *(pier)*. Wigan Pier é um ponto de referência para chamar a atenção, mas — e esta é mais uma razão para termos um pouco de cuidado em relação às capacidades de descrição do velho George — depois de ele ter passado alguns dias na cidade, concluiu que o referido molhe tinha sido destruído. (Também aconteceu o mesmo com Paul Theroux em *The Kingdom by the Sea.*) Agora, corrijam-me se estiver errado, mas não acham um pouco estranho escrever um livro intitulado *The Road to Wigan Pier* e passar uns dias na cidade sem nunca se ter lembrado de perguntar a ninguém se o molhe existia ou não?

De qualquer das formas, hoje em dia, é difícil não dar por ele pois há postes de sinalização em ferro fundido, em quase todas as esquinas, indicando o caminho até lá. O molhe — que, na realidade é um antigo depósito de carvão próximo do Leeds-to-Liverpool Canal — foi (inevitavelmente) restaurado como atracção turística e inclui um museu, uma loja de lembranças, um *snack bar* e um *pub* chamado, sem ironia, *Orwell*. Azar o meu. Estava fechado às sextas-feiras, pelo que tive de me contentar com uma volta do lado de fora, e espreitar pelo vidro da vitrina do museu, o que foi razoavelmente divertido. Do outro lado da rua havia uma coisa quase tão chamativa como o molhe — uma verdadeira fábrica a trabalhar, uma massa imensa de tijolos avermelhados com o nome *Trenchefield Mill,* em forma de brasão, ao nível do último andar. Actualmente, faz parte do *Courtauld's,* e é uma raridade, nos dias de hoje, o facto de constituir também uma atracção para os turistas. Havia letreiros do lado de fora, a informar-nos o caminho para as visitas guiadas, para a loja da fábrica e para o *snack bar*. Pareceu-me muito estranha a ideia de me colocar numa fila de espera para ir ver pessoas a fabricarem edredões, ou o que quer que se fazia ali, mas, de qualquer forma, também parecia que estava fechado ao público às sextas-feiras. A porta do *snack bar* estava fechada a cadeado.

Então, fui a pé até ao centro da cidade, um passeio bonito que valeu a pena. Tal é a fama de Wigan como uma cidade de pobreza que eu estava perfeitamente admirado por encontrar o seu centro tão agradável e bem preservado. As lojas pareciam ter muito movimento de clientes, e havia muitos bancos públicos no exterior para as pessoas que não podiam andar naquela actividade das compras se sentarem. Houve um arquitecto cheio de talento que teve a ideia de incorporar uma nova arcada de lojas no meio da estrutura de edifícios já existentes, de uma maneira simples mas inteligente e eficaz, fazendo com que a abóbada envidraçada da entrada ficasse a condizer com as empenas dos outros edifícios à volta. Deu como resultado uma entrada moderna, cheia de luz, mas também muito harmoniosa — o tipo de requisito de que tenho vindo a falar ao longo das páginas deste livro — e fiquei satisfeito a pensar que, se havia de acontecer pelo menos uma vez na Grã-Bretanha, tivesse sido precisamente na pobre cidade de Wigan, alvo de tantas críticas.

Para celebrar, fui beber um chá e comer um bolo daqueles que se colam aos dedos, num lugar que se chamava

Corinthia Coffee Lounge, que se vangloriava de ter, entre muitas outras características, um «Georgian Potato Oven» (Forno de Batatas Jorgiano). Perguntei à rapariga que estava no balcão o que era aquilo, e ela ficou a olhar para mim, com um ar muito admirado.

— É para cozer batatas e coisas assim — respondeu.

Claro, era evidente. Levei o chá e o bolo para uma mesa, onde fiquei ainda um bom bocado a repetir para comigo «Interessante, não há dúvida!», e a sorrir com ar idiota para umas senhoras simpáticas que estavam na mesa ao lado da minha. Depois, sentindo-me estranhamente satisfeito com o dia que tinha tido, saí à procura da estação dos caminhos-de-ferro.

CAPÍTULO
19

Apanhei um comboio para Liverpool. Quando cheguei, estava a haver um «festival de lixo». Os cidadãos tinham tirado um tempo à suas actividades laboriais para acrescentarem pacotes vazios de batatas fritas, maços de cigarros vazios e sacos de compras à paisagem já de si pouco atraente e descuidada. Estes andavam a esvoaçar alegremente pelo meio dos arbustos, e enchiam de cor e volume os pavimentos e as sarjetas. E pensar que há sítios onde, pelo contrário, se apanham este tipo de objectos e se metem em sacos do lixo.

Levado por mais um dos meus loucos impulsos de extravagância, fiz a reserva de um quarto no Adelphi Hotel. Em outras visitas anteriores, tinha reparado nele e achado que deveria conter a grandiosidade dos tempos antigos, o que despertou a minha curiosidade. Por outro lado, parecia ser muito caro e não tinha a certeza de que as minhas calças aguentassem mais uma passagem pela máquina de engomar. Então, fiquei agradavelmente surpreendido ao constatar que tinha direito a um preço especial de fim-de--semana, e ficava com um dinheiro extra para uma boa refeição e umas quantas cervejas em qualquer dos inúmeros e maravilhosos *pubs* que Liverpool se honra de ter.

Assim, pouco tempo depois, dei comigo, como costuma acontecer a todos os que acabam de chegar a Liverpool, no enorme e magnífico interior do *Philharmonic,* agarrado a um copo de cerveja, e convivendo com uma multidão alegre das noites de sexta-feira. O *Phil* (como lhe chamamos depois de ter lá estado duas vezes) estava, de facto, com gente a mais para o meu gosto. Não havia lugar para nos sentarmos e quase não tínhamos espaço para estar de pé; então, bebi duas cervejas, a quantidade suficiente para me obrigar a ir à casa de banho — pois não há no mundo local mais belo para fazer um chichi do que a ornamentada casa de banho dos homens do *Philharmonic* — saindo de seguida para procurar um local mais calmo.

Acabei por entrar num estabelecimento que se chamava *The Vines,* que era quase tão bem decorado como o *Philharmonic,* mas com a vantagem de ser muito mais sossegado. Para além de mim, havia só mais três outros clientes, o que parecia estranho, pois era um *pub* muito bonito, com painéis de madeira de um tal Grinling Gibbons, e um tecto de estuque ainda mais rebuscado do que os painéis. Enquanto estava sentado a beber a minha cerveja e a apreciar o ambiente agradável que me rodeava, entrou um indivíduo com uma lata na mão, da qual tinha sido arrancada desajeitadamente a etiqueta original, e pediu-me um donativo para as crianças deficientes.

— Mas que tipo de crianças deficientes são essas? — perguntei.

— As que andam em cadeiras de rodas.

— Estou a perguntar-lhe qual é a organização que representa?

— É a... a... *Organização das Crianças Deficientes.*

— Bem, desde que seja legal — acrescentei, e dei-lhe 20 *pence.* É isto que me agrada em Liverpool. As fábricas podem ter desaparecido, pode não haver trabalho, a cidade pode ter o seu destino dependente do que se passa no futebol, mas os seus habitantes ainda têm carácter e iniciativa, e não nos aborrecem com pretensões de ganhar a realização dos próximos Jogos Olímpicos.

Estava tão agradável o ambiente no *The Vines* que bebi mais dois copos de cerveja, e depois, percebi que tinha de comer qualquer coisa para não ficar com a cabeça a andar à roda e acabar por andar a esbarrar em todos os obstáculos que encontrasse na rua e a cantar a «Mother McCree». Já cá fora, a rua inclinada onde ficava situado o *pub* pareceu-me, de repente, incrivelmente íngreme e difícil, até se fazer luz na minha cabeça meia vazia e perceber que, antes, eu tinha descido por ela, ao passo que agora estava a subir, o que me pareceu explicar a situação. Decorrida uma curta distância dei comigo em frente de um restaurante grego, a olhar para a ementa com um ar indeciso. Não morro de amores pela comida grega — longe de mim querer desdenhar de uma cozinha de tão boa qualidade, mas fico sempre com a sensação de que se eu gostasse também podia cozer a hortaliça em casa — mas o restaurante tinha um aspecto tão desoladoramente vazio e a proprietária acenava-me com uns olhos tão suplicantes que acabei por entrar. Bem, a refeição foi uma maravilha. Não faço ideia do que comi, mas era muita quantidade e estava delicioso, e trataram-me como um príncipe. Estupidamente, reguei a refeição com grandes quantidades de cerveja. Entretanto, acabei de comer e paguei a conta, tendo deixado uma gorjeta tão choruda que a família veio toda espreitar à porta da cozinha. Ao iniciar o longo processo de tentar introduzir um braço numa manga do casaco misteriosamente desaparecida, concluí que estava completamente embriagado. Saí para a rua a cambalear, sentindo-me subitamente enjoado e num estado miserável.

A segunda regra para quem bebe em excesso (a primeira, como é óbvio, é nunca ficar subitamente extasiado por uma mulher maior do que Hoss Cartwright) é nunca o fazer num local situado numa rua inclinada. Desci a rampa levado por umas pernas que desconhecia e que pareciam disparar à minha frente como cordas que estivessem a ser fustigadas por trás. O Adelphi que me acenava, luminoso, lá no fim da ladeira, conseguia a proeza de parecer, ao mesmo tempo, muito perto e espantosamente longe. Parecia que estava a espreitar pelo lado errado de um telescópio — uma sensação realçada pelo facto de a minha cabeça estar uns sete ou oito metros afastada dos óculos que balançavam perdidamente. Inevitavelmente, deixei-me levar pelas minhas pernas e, por milagre, elas precipitaram-me pela rampa abaixo, atravessando a rua e indo parar ao cimo dos degraus da entrada do Adelphi, onde assinalei a minha chegada com uma volta completa na porta giratória, pelo que apareci de novo cá fora antes de voltar a entrar na mesma porta e ser atirado com surpreendente brusquidão para dentro do imponente e soberbo vestíbulo do Adelphi. Passei por um daqueles momentos em que não fazemos ideia do sítio onde estamos, mas comecei a ter consciência de que o pessoal do hotel, do turno da noite, estava a olhar para mim em silêncio. Apelando para toda a dignidade que me restava, e, sabendo que por trás de mim havia os elevadores, dirigi-me para a magnífica escadaria e consegui — não sei como — ir escorregando e subindo, simultaneamente, por ela acima, de uma maneira que fazia lembrar um filme a rodar em sentido inverso. Só sei que, ao chegar ao cimo, pus-me de pé num salto e disse àqueles rostos ansiosos que estava tudo bem comigo, envolvendo-me depois numa busca interminável, através dos inúmeros e misteriosos corredores sem fim do Adelphi, até encontrar o meu quarto.

E agora, vou dar-lhes um aviso. Não andem no *ferry* que atravessa o Mersey, a menos que estejam preparados para ter a famosa canção dos *Gerry and the Pacemakers* a martelar na vossa cabeça, durante os 11 dias seguintes. Põem--na a tocar quando se entra no barco e quando se sai, e ainda mais algum tempo durante a travessia. No dia seguinte de manhã, apanhei o *ferry*, a pensar que um bom sossego, ali sentado, e aquela viagem sobre as águas iriam fazer abrandar a sensação de ressaca que me atormentava, mas aquele som de *Ferry' cross the Mersey*, a perseguir-me, só fez piorar o estado lamentável do meu crânio. Tirando este contra, tenho a dizer que a travessia do rio Mersey é uma maneira agradável, embora muito cheia de vento, de passar a manhã. É um pouco como o cruzeiro Sidney Harbour, mas sem Sidney.

Quando não punham a tocar *Ferry' cross the Mersey*, transmitiam uma banda sonora acompanhada da descrição das paisagens famosas que se viam da coberta do barco, mas a acústica era terrível e 80 por cento do que se dizia desaparecia levado pelo vento. Tudo o que consegui ouvir foram pequenos fragmentos de frases como «três milhões» e «maior do mundo», mas não percebi se estavam a falar de capacidade de uma refinaria de petróleo ou dos fatos de

Derek Hatton. Todavia, o seu significado geral era que, outrora, *esta* tinha sido uma grande cidade, e que agora era Liverpool.

Não me interpretem mal. Gosto muito de Liverpool. É talvez a cidade inglesa da minha preferência, mas dá a impressão de ser um local com mais passado do que futuro. Estando inclinado no parapeito da coberta a olhar para quilómetros e quilómetros de margens onde não se via qualquer movimento, era impossível acreditar que até há bem pouco tempo — e durante os soberbos e afortunados 200 anos anteriores — os cerca de 16 quilómetros de docas e estaleiros de Liverpool davam emprego a 100 000 pessoas, directa ou indirectamente. O tabaco, vindo de África e de Virgínia, o óleo de palma do Sul do Pacífico, o cobre do Chile, a juta da Índia e quase todas as mercadorias que possam imaginar, passavam por aqui na sua rota, para serem transformadas em algo de útil. Não menos significativo foi também a ida de cerca de dez milhões de pessoas a caminho do Novo Mundo, seduzidas por histórias em que se falava de ruas cobertas de ouro e da possibilidade de juntar imensa riqueza pessoal, ou então, como no caso dos meus próprios antepassados, com a perspectiva vertiginosa de passarem os 150 anos que se seguiam a fugir de tornados e a limpar a neve com pás, em Iowa.

Liverpool chegou a ser a terceira cidade mais rica do império. Só Londres e Glasgow conseguiam ultrapassá-la em número de milionários. Por volta de 1880, tinha conseguido obter uma receita fiscal maior do que Birmingham, Bristol, Leeds e Sheffield juntas, embora, em conjunto, estas tivessem o dobro da população. A Cunard e a White Star Lines tinham a sua sede em Liverpool, e havia muitas outras linhas de navegação, agora praticamente esquecidas — Blue Funnel, Bank Line, Coast Line, Pacific Steam Line, McAndrews Lines, Elder Dempster, Booth. Na altura, havia ainda mais linhas, a actuarem fora de Liverpool, do que hoje existem navios, ou pelo menos é o que parece, quando não se vê mais nada ao longo das margens do que o fantasmagórico trinado da voz de Gerry Marsden.

O declínio deu-se numa única geração. Em 1966, Liverpool era ainda o segundo porto mais movimentado da Grã-Bretanha, depois de Londres. Por volta de 1985, ele decaiu de tal forma que ficou mais pequeno e mais calmo do que Tees e Hartlepool, Grimsby e lmmingham. Mas, quando estava no seu apogeu, foi qualquer coisa de muito especial. O comércio marítimo trouxe a Liverpool não só riqueza e emprego como também um sopro de cosmopolitismo, que poucas cidades do mundo poderiam rivalizar, e ainda hoje conserva esse seu carácter. Em Liverpool, sentimo-nos como se estivéssemos, também, em qualquer outro lugar.

Saí do *ferry* directamente para Albert Dock. Em certa altura, houve planos para secar a doca e transformá-la num parque de estacionamento para automóveis — às vezes parece um milagre que tenha restado ainda qualquer coisa neste pobre país tão agredido — mas, agora, esses planos foram cancelados e substituídos por outros mais grandiosos, em que os velhos armazéns foram transformados em escritórios, apartamentos e restaurantes para o estilo de pessoas que usam telefones dentro das suas pastas. Nos referidos planos também foi incluído uma extensão da Tate Gallery e o Merseyside Maritime Museum.

Aprecio imenso o Merseyside Maritime Museum, não só porque está muito bem concebido, mas também porque nos dá uma noção perfeita de como era Liverpool, como porto, nos seus tempos áureos — na verdade, quando o mundo estava cheio de uma actividade produtiva e de um espírito empreendedor magnífico que, hoje em dia, parece ter desaparecido completamente. Como gostaria de ter vivido numa época em que podíamos ir até uma zona ribeirinha e ver navios enormes, a carregar e a descarregar grandes fardos quadrangulares de fibra de algodão e pesados sacos castanhos de café e especiarias, e no tempo em que a largada de um navio envolvia centenas de pessoas — marinheiros, estivadores e uma multidão de passageiros muito nervosos. Hoje, quando vamos a uma doca só vemos uma infinidade de contentores, muito amassados, e um indivíduo na cabina de uma grua a movimentá-los.

Antigamente havia uma atmosfera romanesca associada ao mar, e o Merseyside Maritime Museum revela-nos muita coisa sobre ela. Fiquei especialmente entusiasmado com uma sala que havia no primeiro andar, cheia de modelos de navios, maiores do que é normal — do género dos que devem ter estado, um dia, a decorar as salas de reuniões dos grandes executivos. E como eram maravilhosos! Todos os grandes navios de Liverpool estavam ali — o *Titanic,* o *Imperator,* o *RMS Majestic* (que começou como *Bismarck* e foi confiscado como compensação pelos prejuízos de guerra) e o indiscritivelmente belo *TSS Vauban,* com as suas vastas cobertas de madeira de carvalho polida, e airosas chaminés. De acordo com a legenda, foi adquirido pela Liverpool, Brazil and River Plate Steam Navigation Company Limited. Ao ler aquelas palavras fui invadido por uma tristeza incrível, pensando que não mais tornaríamos a ver uma coisa tão bela. J. B. Priestley chamou-lhes as maiores construções do mundo moderno, equivalente às nossas catedrais, e tinha toda a razão. Fiquei horrorizado ao pensar que, nunca mais na vida, iria ter a oportunidade de descer por uma prancha de embarque, com um panamá na cabeça e fato completo branco, e ir à procura de um bar com uma ventoinha rotativa no tecto. Como a vida pode ser desesperadamente injusta, às vezes.

Passei duas horas a vaguear pelo museu, observando cuidadosamente todas as vitrinas. De boa vontade teria ficado mais tempo, mas tinha de deixar o hotel, e então, saí contrariado e caminhei pelas ruas centrais de Liverpool, de estilo vitoriano, até ao Adelphi, onde agarrei nas minhas coisas e saí.

Tinha um enorme desejo de ir até Port Sunlight, a comunidade modelo criada, em 1888, por William Lever, para dar habitação aos operários da sua fábrica de sabão, pois estava interessado em estabelecer a comparação com o modelo de Saltaire. Então, fui até à estação Liverpool Central e apanhei um comboio. Em Rock Ferry, fomos informados que, por motivos de obras de engenharia, tínhamos de continuar a viagem de autocarro. Para mim foi bom, pois não tinha pressa e sempre se via mais coisas da paisagem. Percorremos a península de Wirral, durante algum tempo, até que o motorista avisou que a próxima paragem era Port Sunlight. Fui a única pessoa a sair, e o mais surpreendente é que era óbvio que não estava em Port Sunlight. Bati nas portas da frente do autocarro e esperei que se abrissem.

— Desculpe, mas isto não parece ser Port Sunlight — disse eu.

— Pois não, porque estamos em Bebington — respondeu-me. — É o mais perto que posso chegar de Port Sunlight, por causa da ponte baixa.

Ah!

— Mas então onde fica exactamente Port Sunlight? — perguntei, mas apanhei com uma nuvem de fumo azulado em cima. Pus a mochila ao ombro e segui ao longo da estrada que esperava ser a correcta, e não haveria dúvidas, se tivesse metido por outra. Caminhei durante algum tempo, mas a estrada parecia não chegar a lado nenhum, ou, pelo menos, a um sítio que se parecesse com Port Sunlight. A certa altura, apareceu um homem que vinha a caminhar todo trémulo, e perguntei-lhe se me podia indicar o caminho para Port Sunlight.

— *Port Sunlight!* — gritou, com um rugido de alguém que pensa que o mundo está a ficar surdo como ele, e dando a entender que se tratava de um lugar absurdo de se querer visitar. — Você quer é um *boose*[NT]!

— Um *bus?* — perguntei surpreendido. — A que distância estou então?

— Eu disse que você quer é um *boose!* — repetiu o velho, já irritado.

— Eu percebi. Mas, para que lado é que fica exactamente?

Ele bateu-me com um dedo ossudo numa zona sensível abaixo do ombro e fez-me doer.

— *É um «boose» que você precisa!*

— Estou a perceber. — Velho surdo, chato e senil. Levantei a voz ao seu nível e berrei-lhe ao ouvido: — Preciso de saber em que direcção é que vou!

[NT] *Bus,* autocarro. A partir daqui o autor faz um trocadilho jocoso com a pronúncia errada do velhote.

O homem olhou para mim como se eu fosse irremediavelmente estúpido.

— A porcaria de um *boose!* Você quer é a porcaria de um *boose!* — Depois, afastou-se a arrastar os pés e a resmungar.

— Obrigado. Vê se morres! — gritei-lhe, enquanto esfregava o ombro.

Voltei para Bebington e fui informar-me numa loja, o que deveria ter feito em primeiro lugar, como é evidente. Parecia que Port Sunlight ficava mesmo ao fim da estrada, debaixo de uma ponte do caminho-de-ferro, e do outro lado de um cruzamento — ou talvez fosse ao contrário. Não sabia bem, pois, na altura, estava a chover imenso e eu tinha a cabeça tão enterrada nos ombros que não conseguia ver nada em condições.

Caminhei cerca de um quilómetro, talvez, mas valeu o esforço. Port Sunlight era muito bonito, uma pequena comunidade ajardinada, impecável, e com um aspecto muito mais alegre do que o monte de casas de pedra de Saltaire. Esta tinha espaços verdes em campo aberto, um *pub,* e bonitas casinhas meio escondidas por trás da folhagem batida pelo vento. Não se via ninguém e parecia que estava tudo fechado — lojas, *pub,* centro cultural, e a Lady Lever Art Gallery, o que era muito desagradável — mas fiz um esforço por me aguentar na caminhada através daquelas ruas, à chuva. Fiquei surpreendido ao ver uma fábrica ainda a produzir sabão, pelo que me pareceu. Depois cheguei à conclusão de que já tinha visto tudo o que Port Sunlight me poderia oferecer, num sábado em que não parava de chover. Caminhei com dificuldade até à paragem do autocarro, onde tinha chegado há relativamente pouco tempo atrás, e esperei uma hora e um quarto, à chuva, por um autocarro com destino a Hooton, que ainda era menos divertida do que o nome.

Esta localidade tinha para nos oferecer não só um nome levemente ridículo, como a estação de caminhos-de-ferro britânica mais deprimente que eu alguma vez esperava encontrar. A plataforma onde se aguardava pelos comboios parecia uma barraca tosca onde chovia por todos os lados, o que não me incomodou grandemente pois já estava todo encharcado. Na companhia de mais seis passageiros, aguardei uma pequena eternidade por um comboio que me levasse a Chester onde mudaria para outro em direcção a Llandudno.

Em compensação, este último comboio ia vazio, pelo que me sentei num lugar junto a uma mesa para quatro pessoas e entretive-me a pensar que, em breve, estaria num bom hotel, ou hospedaria, a tomar um banho quente seguido de um jantar bem servido. Durante um certo tempo fiquei a apreciar a paisagem, mas depois, tirei da mochila o *The Kingdom by the Sea,* para ver se Paul Theroux dizia alguma coisa acerca da região, que eu pudesse aproveitar ou modificar em meu proveito. Como sempre, ficava surpreendido quando lia nas suas páginas que, durante as viagens que fazia por aqueles mesmos percursos, se envolvia em animadas conversas com os companheiros de carruagem. Como é que ele *conseguia?* Para além do facto do compartimento onde eu viajava estar quase vazio, também não sei como iniciar uma conversa com estranhos na Grã-Bretanha. Nos Estados Unidos, como é óbvio, é fácil. Basta estender a mão e dizer «Chamo-me Bryson. Quanto é que ganhou o ano passado?» e a conversa nunca passa daqui.

Mas, em Inglaterra — ou, neste caso, no País de Gales — é muito difícil ou, pelo menos, para mim é. Nunca tive uma conversa dentro de um comboio que não fosse um fracasso, ou de que me arrependesse. Ou eu digo o que não devo («Desculpe, não pude deixar de reparar no tamanho excepcional do seu nariz»), ou então a pessoa que escolhi para confraternizar sofre de perturbações mentais que se manifestam através de murmúrios ou lamúrias prolongadas ou, por outro lado, é um promotor de vendas da Hoze-Blo Stucco Company, que confunde a minha atitude de gentileza com interesse comercial, e promete fazer uma visita para me dar um orçamento, na próxima vez que vier a Dales, ou então fala-me da sua operação a um cancro no recto, e depois põe-me a adivinhar onde é que ele tem o «saco de colostomia» («Desiste? Olhe, é aqui debaixo do braço. Vá lá, dê uma apertadela!»), ou então calha-me um indivíduo que anda a arrebanhar fiéis para a seita dos *Mormons,* ou qualquer outra hipótese de entre milhares delas e de que, em breve, me livrarei. Ao longo dos anos, fui começando a compreender que o tipo de pessoa que pode vir a meter conversa connosco num comboio é, quase por definição, aquele mesmo tipo de pessoa com quem não queremos falar num comboio. Assim, mantenho-me calado e escolho, para me entreter, os livros onde posso dialogar com indivíduos mais eloquentes no discurso, como por exemplo, Jan Morris e Paul Theroux.

Deste modo, pareceu-me uma perfeita ironia que, no momento em que estava ali sentado e envolvido nos meus pensamentos, aparecesse um indivíduo de anoraque, que se aproximou de mim e espreitou para o livro, exclamando logo de seguida: «Ha! ha! esse tal Thoreau!» Olhei para ele, e vi-o a empoleirar-se no assento em frente de mim. Parecia ter cerca de 60 anos, com uma cabeleira enorme grisalha, e sobrancelhas espessas e levantadas, formando um bico, como se alguém o tivesse erguido pegando-lhe por elas.

— Ele não conhece os comboios — disse-me.

— Como? — exclamei cauteloso.

— Thoreau. — E apontou para o meu livro. — Não conhece os seus comboios. Ou se conhece guarda para ele.

Riu-se com vontade, e achou tanta piada ao que disse que repetiu, sentando-se logo de seguida com as mãos nos joelhos, a sorrir, como se estivesse a tentar lembrar-se da última vez em que ele e eu nos tínhamos rido tanto.

Acenei levemente com a cabeça, em resposta ao seu dito espirituoso, e voltei a minha atenção para o livro, na esperança de que ele interpretasse a minha atitude como um convite para me deixar em paz. Em vez disso, inclinou-se na minha direcção e, com a ponta de um dedo, derrubou-me o livro — um gesto que me desagradou profundamente.

— Conhece aquele livro dele, *Great Railway*... e mais qualquer coisa? Todo sobre a Ásia. Está a ver qual é?

Acenei que sim.

— E sabe que nesse livro ele viaja de Lahore até Islamabad no *Delhi Express,* e nem uma única vez fala do comboio.

Vi que era suposto responder, e então disse:

— Ah, sim?

— Nunca se referiu a nada. Isto admite-se? Para que serve um livro sobre uma viagem de comboio se não se diz nada sobre ele?

— Então gosta de comboios, não é? — disse eu, e imediatamente me arrependi.

Só sei que dei comigo com o livro no colo e a ouvir o homem mais chato do mundo a falar. De facto, quase que não o ouvia. O meu olhar estava fixo no levantar das suas sobrancelhas, e havia descoberto que também tinha um bom punhado de pêlos no nariz. Parecia que tinha tomado banho em Miracle-Gro. O indivíduo não só era um obcecado por modelos de locomotivas como não se fartava de falar deles, o que ainda era pior.

— *Esta* carruagem, por exemplo — continuou ele — é uma «Metro-Cammel *self-sealed unit*»[NT], construída na fábrica Swindon, por volta de Julho ou Agosto de 1986, ou o mais tardar, Setembro de 1988. De início, pensei que não podia ser uma Swindon 86-88 por causa da disposição das costuras nas costas dos assentos, mas depois, reparei nos rebites de «cabeça de tremoço» nos painéis laterais, e pensei para comigo: «O que temos aqui, Cyril, meu filho, é um modelo híbrido.» Não há muitas certezas neste mundo, mas os rebites de «cabeça de tremoço» da Metro-Cammel nunca enganam. E então, onde é que mora?

Demorei um pouco a perceber que me tinha feito uma pergunta.

— Em Skipton — respondi, mentindo só metade.

[NT] *Self-sealed unit:* carruagem monobloco.

— Aí você tem «Crosse & Blackwell *cross-cambers*» — disse ele, ou qualquer coisa parecida que não tinha significado para mim. — Agora sou eu a dizer. Moro em Upton-on-Severn...

— Ah, o *bore*[NT1] de Severn — disse, num acto reflexo, mas ele não percebeu o meu segundo sentido.

— É isso mesmo. E passa ao pé de minha casa. — Olhou para mim, com ar aborrecido, como se eu estivesse a tentar desviá-lo do seu tema principal. — Agora temos lá «Z-46 Zanussi *spin cycles*» com «Abbott & Costello *horizontal thrusters*». Reconhece-se bem as Z-46 porque fazem *«patoosh patoosh»* nas costuras de soldadura, em vez de *«katoink-katoink»*. É infalível, descobre-se sempre. Aposto que não sabia.

Acabei por ter pena dele. A mulher tinha morrido há dois anos atrás — suicidou-se, imagino — e, a partir daí, ele passou a viajar de comboio pela Grã-Bretanha, a contar rebites, a anotar números de chapas de série, e a fazer tudo aquilo que esta pobre gente inventa para passar o tempo, até que Deus os leve em paz. Recentemente, li um artigo num jornal onde se contava que, na British Psychological Society, um orador havia descrito este tipo de passatempo, denominado *train-spotting*[NT2], como uma forma de autismo a que davam o nome de Síndrome de Asperger.

[NT1] *Bore:* chato. Tanto pode significar *chato, maçador,* como *macaréu,* ou seja, *onda de maré à entrada de certos estuários e que avança em forma de muralha pelo rio,* como é costume acontecer neste rio Severn, provocando grandes variações de nível. Daí o recurso ao trocadilho.

[NT2] Passatempo que consiste em coleccionar números de série de modelos de locomotivas que se vai encontrando.

O indivíduo saiu em Prestatyn — tinha a ver com uma qualquer «Faggots & Gravy *blender tender*»[NT], de 12 toneladas, que, segundo ele, se dizia que ia chegar durante a manhã — e acenei-lhe da janela do comboio quando este arrancou. Depois, deixei-me embalar no prazer daquela paz súbita que me invadiu. Ouvia o ruído do comboio a avançar sobre os carris — era como se estivesse a dizer, «síndrome de *asperger*, síndrome de *asperger*», continuamente — e passei os últimos 40 minutos a contar rebites até chegar a Llandudno.

[NT] *Tender*: tênder, atrelado de uma locomotiva a vapor que transporta combustível e água.

CAPÍTULO

20

Visto do comboio, o Norte do País de Gales parecia um inferno balnear — filas e filas de parques que mais pareciam colónias prisionais com *roulottes* instaladas em terrenos remotos e ventosos, ao lado de uma via-férrea e de uma implacável faixa de rodagem dupla, com vista sobre um estuário de areia húmida, vastíssimo e semeado de grandes buracos traiçoeiros e, ao longe, um ténue vislumbre do mar. Parecia-me uma opção de férias muito estranha, ir dormir dentro de um caixote de lata, num campo solitário, a quilómetros de distância de qualquer lugar, sujeito a um clima como o da Grã-Bretanha, e acordar todas as manhãs com centenas de outras pessoas a saírem de dentro de caixotes semelhantes, atravessar a via-férrea e a faixa de rodagem dupla, e caminhar por cima de uma série de buracos enormes para conseguir molhar os dedos dos pés num mar distante, cheio de resíduos nojentos vindos de Liverpool. Não sei dizer exactamente o quê, mas havia ali algo que não me seduzia.

Subitamente, os parques com as *roulottes* começaram a rarear, a paisagem à volta da Colwyn Bay assumiu um aspecto de grande beleza, o comboio fez uma viragem para Norte e, minutos depois, chegávamos a Llandudno.

Na realidade, trata-se de um lugar muito belo e agradável, situado sobre uma baía harmoniosa, que se estende ao longo de toda a zona ribeirinha com o seu amontoado de hotéis requintados mas agradáveis que datam do século XIX, e que me fizeram lembrar, ao escurecer, uma série de avozinhas da era vitoriana, todas alinhadas umas a seguir às outras. Llandudno foi construída em meados do ano de 1800, com o propósito de ser um local de veraneio, e procura manter a bela atmosfera dos tempos antigos. Acho que Lewis Carroll que, como todos sabem, deambulou por esta zona ribeirinha na companhia de Alice Liddell, na década de 60 do século XIX, enquanto lhe contava histórias encantadas com coelhos brancos e lagartas que fumavam cachimbo oriental e, às vezes, lhe perguntava se ela lhe emprestava as calcinhas para limpar a sua testa febril, e poder talvez lançar uns olhares inocentes sobre a sua nudez, não iria encontrar, hoje, uma grande mudança, excepto no facto de os hotéis terem luz eléctrica e Alice ter — o quê? — uns 127 anos de idade, e já não servir de distracção a um pobre e pervertido professor de matemática.

Para minha grande surpresa, a cidade estava cheia de reformados a passar o fim-de-semana. Camionetas, vindas de todos os lados, estavam estacionadas ao longo das ruas secundárias, os hotéis onde eu entrava estavam todos cheios e as salas de jantar repletas de cabeças grisalhas — um verdadeiro mar de gente — a comerem sopa e a conversarem animadamente. Só Deus sabe o que as pode ter trazido até à costa marítima do País de Gales, nesta época fria do ano.

Mais adiante, ao longo da costa, havia um aglomerado de pequenos hotéis quase impossíveis de se distinguirem uns dos outros, mas alguns deles tinham letreiros a indicar quartos vagos. Tinha oito ou dez para escolher, o que sempre me põe numa ansiedade terrível, pois tenho uma tendência infalível para escolher o que é errado. A minha mulher é capaz de olhar para uma série deles e encontrar, quase de imediato, aquele cuja dona é uma viúva de cabelos brancos, muito bem-disposta e amiga das crianças, que tem lençóis imaculados e casas de banho onde tudo brilha, ao passo que eu escolho aquele cujo proprietário é um indivíduo rude, de beata ao canto da boca, e uma tosse que nos faz logo querer saber para onde é que ele vai cuspir. Infelizmente, tinha a certeza de que iria ser o caso desta noite.

Todos os estabelecimentos tinham cartazes no exterior, a dizer quais as suas comodidades — «TV a cores», «Todos os Quartos com casa de banho», «*Hospitality Trays*[NT1]», *Full CH*[NT2]» — o que só vinha aumentar o meu constrangimento e pessimismo. Como é que ia conseguir escolher acertadamente no meio de opções tão variadas? Uma oferecia-me TV-satélite e uma máquina para passar as calças, outra exibia com orgulho, escrito a itálico, *«Certificado Contra Incêndios»* — algo que eu nunca imaginaria encontrar num hotel *B&B*[NT3]. Era tudo muito mais fácil naqueles tempos em que só havia *H&C* (água quente e fria), em todos os quartos.

Acabei por escolher o que me pareceu mais razoável do exterior — oferecia TV a cores e possibilidade de fazer café no quarto, quase tudo o que eu estava a precisar para uma noite de sábado bem passada — mas, no momento em que entrei a porta e senti aquele cheiro a bolor do estuque mo-

---

[NT1] Tipo de acolhimento afectuoso que se traduz, por vezes, através de bombons ou cartões de boas-vindas colocados num tabuleiro no quarto do hotel.
[NT2] Aquecimento central.
[NT3] *Bed-and-Breakfast*, «cama e pequeno-almoço».

lhado e do papel da parede a cair, percebi que se tratava da escolha errada. Preparava-me para dar meia volta e escapulir-me, quando o proprietário apareceu vindo de um quarto das traseiras e susteve a minha retirada com um «Faz favor?» pouco entusiasta. Em poucas palavras, fiquei a saber que um quarto de solteiro com pequeno-almoço poderia custar-me 19,50 libras — quase um roubo. Estava completamente fora de questão ficar a noite num tal lugar tão sombrio e aceitar pagar uma vigarice de um preço como aquele. Então disse «Está bem, eu fico» e assinei o registo de entrada. Bem, é tão difícil dizer não!

O meu quarto era tudo aquilo que estava à espera — frio, desconfortável, com mobília revestida de plástico, tapete entrançado com aspecto sujo, e aquelas misteriosas manchas no tecto que nos fazem pensar que pode haver um cadáver abandonado no andar de cima. Sopros de vento gelado passavam através da única janela de guilhotina desconjuntada. Corri as cortinas e não estranhei que tivessem de ser puxadas com força até se juntarem quase a meio. Havia um tabuleiro com loiça de café, mas as chávenas estavam sujas e as colheres colavam-se ao tabuleiro. A casa de banho, mal iluminada por uma lâmpada que ficava no alto e que era acendida e apagada por meio de um fio pendurado, tinha uns ladrilhos em espiral no chão e anos de lixo acumulado aos cantos e nas fendas. Fiquei a olhar para a massa amarelada que vedava a banheira e o lavatório e percebi o que é que o proprietário fazia com as suas mucosidades. Um banho estava fora de questão. Então, molhei o rosto com água e limpei-o com uma toalha que tinha a textura de uma barra de *Weetabix* e, satisfeito, saí para a rua.

Caminhei um pouco ao longo da avenida marginal para abrir o apetite e deixar passar o tempo. Sentia-me muito bem. Havia uma tranquilidade no ar e um frio cortante, mas não se via vivalma, embora houvesse ainda muitas cabeças grisalhas nas salas de estar e de jantar dos hotéis, todas a balançarem-se, muito alegres. Talvez estivessem a participar num congresso sobre parkinsonismo. Caminhei ao longo de quase toda a extensão de *The Parade,* apreciando aquela aragem fria de Outono e a beleza perfeita do cenário: um brilho suave que vinha dos hotéis do lado esquerdo, um vazio muito negro do mar agitado à minha direita, e o cintilar das luzes espalhadas pelos dois promontórios de Great e Little Ormes, tão longe e tão perto.

Não pude deixar de verificar — parecia tão óbvio, agora — que quase todos os hotéis e hospedarias apresentavam um aspecto melhor do que o local onde eu estava. Tinham todos nomes em homenagem a outros locais — «Windermere», «Stratford», «Clovelly», «Derby», «St. Kilda», e até «Toronto» — como se os proprietários achassem que seria muito chocante lembrar aos visitantes que estavam no País de Gales. Só um deles, com um letreiro que dizia *«Gwely a Brecwast*/Dormida e Pequeno-Almoço», me dava a entender que, pelo menos neste aspecto muito concreto, estava num país estrangeiro.

Jantei num pequeno restaurante sem nada de especial, a uma certa distância de Mostyn Street, e mais tarde, sem vontade de voltar para o meu quarto sombrio, em estado de sobriedade, fui à procura de um *pub.* Llandudno, por estranho que pareça, tinha pouca quantidade destes estabelecimentos vitais. Andei um bom bocado até encontrar um que me pareceu vagamente acessível. Por dentro, não passava de um típico *pub* citadino — uns forros de um tecido aveludado castanho-avermelhado, com um cheiro desagradável e muito fumo no ar — e estava cheio de gente, na sua maioria jovens. Sentei-me no bar a pensar que podia escutar o que diziam os meus vizinhos, e ser atendido mais rapidamente quando o copo estivesse vazio, mas nem uma nem outra coisa aconteceram. Havia muita música e ruído de fundo para poder perceber o que se dizia ao meu lado, e gente em excesso a querer ser servida num lugar ao pé da caixa, para que o único empregado, atormentado de pedidos, pudesse reparar num copo vazio e numa cara suplicante no canto onde eu estava.

Então, quando consegui ser atendido, sentei-me a beber a minha cerveja e, pus-me a observar, como sempre fazia em circunstâncias semelhantes, o processo interessante pelo qual os clientes, depois de acabarem a sua cerveja, apresentam ao *barman* um copo com espuma agarrada, e a pingar um líquido dourado, o qual será cuidadosamente cheio até sair um pouco por fora, e assim, a espuma, carregada de bactérias, saliva e fragmentos invisíveis de restos de comida, escorrerá pelos lados do copo e cairá num tabuleiro inclinado, onde será — quase cientificamente — encaminhada através de um tubo de plástico para um barril existente na cave. Uma vez lá chegadas, estas minúsculas impurezas ficarão a flutuar e a juntar-se, como flocos de sujidade à superfície de um aquário, esperando o regresso ao copo de alguém. Se é para beber saliva diluída e restos da boca de outros, então prefiro fazê-lo confortavelmente sentado numa cadeira de estilo *Windsor,* junto a uma lareira acesa, mas isso parece ser, cada vez mais, um sonho fugaz. Como também acontece, às vezes, e nestas circunstâncias, surgiu-me um desejo súbito de não beber mais cerveja, pelo que me arrastei para fora do meu poiso no bar, e regressei aos meus aposentos na costa marítima, deitando-me mais cedo.

De manhã, saí do hotel e mergulhei num mundo quase sem cor. O céu estava carregado, e o mar, ao longo da extensa dimensão da baía era cinzento, sem vida. À medida que ia caminhando, a chuva começou a cair, formando pequenas covas na superfície das águas do mar. Ao chegar à estação, chovia torrencialmente. Aos domingos, a estação de Llandudno está fechada — que a maior estância de férias do País de Gales não tenha serviço de caminhos-de--ferro ao domingo é demasiado absurdo e deprimente para poder ser explicado — mas havia um autocarro para Blaenau Ffestiniog, que partia da entrada da estação, às 11 horas. Não havia bancos ou qualquer abrigo na paragem para nos protegermos da chuva. Se actualmente viajarmos muito, utilizando os transportes públicos da Grã-Bretanha, depressa nos começamos a sentir que fazemos parte de uma subclasse, como os deficientes e desempregados, a quem todos desejam que desapareça. Agora, sentia-me um pouco assim — e eu até sou rico, saudável e tenho muito boa aparência. Como será viver sempre pobre e inválido, ou então, ser incapaz de participar activamente na corrida desenfreada da nação para alcançar em primeiro lugar as encostas cheias de sol de uma montanha chamada Ambição.

É impressionante como estes valores se inverteram tão completamente nos últimos 20 anos. Em tempos, havia uma espécie de nobreza oculta na maneira de viver na Grã--Bretanha. Pelo simples facto de existirmos, irmos para o trabalho, pagarmos os impostos, apanharmos o autocarro do costume e sermos pessoas decentes, sem sermos excepcionais, sentíamo-nos como se estivéssemos a contribuir de alguma maneira para a manutenção de um nobre empreendimento — uma sociedade compassiva e bem-intencionada, com assistência médica para todos, transportes públicos decentes, televisão interactiva, bem-estar social a nível mundial, e tudo o mais. Não sei o que se passava convosco, mas eu sentia-me sempre muito orgulhoso de fazer parte dela, especialmente porque não tinha de *fazer* nada, de facto — não tinha de dar sangue, ou comprar o *Big Issue,* ou preocupar-me com nada — para sentir que estava a dar o meu pequeno contributo. Mas agora, não importa o que fazemos, pois estamos sempre atormentados pelo remorso. Vamos dar um passeio pelo campo e recordam-nos que estamos a contribuir, inexoravelmente, para a excessiva invasão dos parques nacionais e para a erosão dos caminhos abertos nas frágeis colinas. Tentem viajar numa carruagem-cama até Fort William, ou num comboio da linha Settle-to-Carlisle, ou num autocarro de Llandudno para Blaenau, a um domingo, e começarão a sentir-se desonestos e imorais, pois sabem que estes serviços requerem grandes e avultados subsídios. Se formos passear de carro, procurar trabalho e um lugar para viver, só estamos a desperdiçar espaço e tempo valiosos. E, no que respeita à saúde — bem, como podemos ser tão inconsciente e egoístas? («*Podemos* tratar as suas unhas dos pés encravadas, senhor Smith, mas isso implica termos de desligar a máquina a que uma criança está ligada para se manter viva.»)

Receio pensar naquilo que estou a custar à Gwynedd Transport para me levar até Blaenau Ffestiniog, nesta manhã chuvosa de domingo, uma vez que sou o único passageiro, tirando uma senhora jovem que entrou em Betws-y-Coed e saiu quase logo a seguir, numa localidade com o nome curioso de Pont-y-Pant. Aguardava esta viagem com expectativa na esperança de ver um pouco de Snowdonia, mas a chuva começou a cair com tanta força e os vidros das janelas do autocarro estavam tão cheios de sujidade que não conseguia ver nada — apenas uma imagem desfocada de extensões de folhas de feto mortas, cor de ferrugem, espalhadas aqui e ali, e ovelhas paradas no meio do campo, com ar descontente. A chuva batia nos vidros como se estivessem a atirar pequenas pedras de encontro a eles, e o autocarro oscilava perigosamente sob rajadas de vento. Era como estar dentro de um navio num mar agitado. O autocarro subia penosa e relutantemente as estradas tortuosas da montanha, com o limpa-pára-brisas a andar desenfreado para um lado e para o outro, até chegarmos a um planalto coberto de nuvens, e iniciarmos, de seguida, uma descida íngreme, aparentemente desordenada até Blaenau Ffestiniog, através de desfiladeiros cobertos de inúmeros pedaços de ardósia partida que brilhavam à chuva. Em tempos, existiu aqui o centro da indústria mineira de ardósia do País de Gales, e os pedaços de desperdício e restos espalhados, que cobrem quase todo o terreno, dão à paisagem um aspecto misterioso e assustador como nunca tinha visto antes na Grã-Bretanha. No epicentro desta paisagem irreal estava encaixada a aldeia de Blaenau, parecendo também ela um pedaço de ardósia, vista através da chuva torrencial.

O autocarro deixou-me no centro da cidade, perto da estação terminal do famoso Blaenau Ffestiniog Railway, agora uma linha privada gerida por entusiastas, e que espero vir a percorrer por entre as montanhas enevoadas até Porthmadog. A plataforma da estação estava acessível, mas as portas para as salas de espera, casas de banho e bilheteiras estavam fechadas a cadeado, e não havia ninguém por perto. Olhei para o horário de Inverno que estava pendurado na parede e descobri, com desânimo, que acabava de perder — literalmente — um comboio. Confuso, tirei da algibeira o meu horário dos autocarros, todo amarrotado, e descobri, mais desanimado ainda, que o autocarro onde tinha vindo estava programado para chegar no momento exacto para não perder o comboio do meio-dia para Blaenau. Examinei de novo o horário dos comboios e percebi que o próximo só seria daí a quatro horas. Como é que isto era possível, e pior ainda, o que é que eu iria fazer durante quatro horas naquele lugar miserável, encharcado até aos ossos? Não havia possibilidade de ficar na plataforma. Estava frio e a chuva caía obliquamente, de tal forma que não conseguia escapar-lhe onde quer que me escondesse.

Resmungando pragas à Gwynedd Transport, à Blaenau Ffestiniog Railway Company, ao clima da Grã-Bretanha e às minhas ideias loucas, pus-me a caminho da pequena cidade. Pelo facto de ser o País de Gales e domingo, não havia ninguém a andar pelas ruas estreitas e, pelo que me pareceu, não existiam hotéis nem hospedarias. De repente, lembrei-me que talvez os comboios não estivessem mesmo a circular devido àquele temporal e, se assim fosse, eu estava completamente enrascado. Encontrava-me todo, encharcado, cheio de frio e profundamente deprimido. No extremo da cidade havia um pequeno restaurante chamado *Myfanwy's* que, por milagre, tinha as portas abertas. Apressei-me a entrar no seu interior convidativo onde tirei o casaco e a camisola encharcados e, de cabelos no ar, dirigi-me para uma mesa junto ao aquecimento. Era o único cliente que ali havia. Pedi um café e qualquer coisa para comer, e fiquei deliciado, a apreciar aquela sensação de me sentir quente e seco. Em música de fundo ouvia-se a voz viva de Nat King Cole. Olhei a chuva a cair na rua lá fora, e pensei para comigo que, um dia, tudo isto se teria passado há 20 anos atrás.

Uma coisa que eu aprendi naquele dia em Blaenau foi que, por mais que nos esforcemos não podemos fazer com que um café e uma omeleta durem quatro horas. Comi o mais lentamente que consegui e pedi outro café, mas depois de uma hora passada a comer devagar e a beber os cafés em pequenos goles, era óbvio que, ou tinha de me ir embora, ou pagar um aluguer da sala, pelo que agarrei nas minhas coisas com ar contrariado. Ao chegar à caixa, expliquei a situação difícil em que me encontrava ao casal simpático que geria o estabelecimento, e eles fizeram aqueles pequenos comentários, sempre agradáveis, de espanto e compreensão que as pessoas educadas costumam fazer, quando confrontadas com os problemas dos outros.

— Ele podia ir até à mina de ardósia — sugeriu a mulher ao marido.

— É verdade, podia ir até à mina de ardósia — concordou o homem e, voltando-se para mim, disse:

— O senhor podia ir até à mina de ardósia — repetiu, como se achasse que eu não tinha ouvido o que haviam dito entre eles.

— Ah, sim? E de que se trata exactamente? — perguntei, tentando não me mostrar muito desinteressado.

— É uma antiga mina. Organizam visitas guiadas.

— É muito interessante — disse a mulher.

— Sim, é muito interessante — confirmou o marido. — Mas atenção, é uma longa caminhada a pé — acrescentou.

— E pode estar fechado ao domingo — disse a mulher. — Estamos fora da época — explicou.

— É evidente que há sempre a possibilidade de apanhar um táxi, se não quiser caminhar com este tempo — disse o homem.

Olhei para ele. Um táxi? Ele disse *um táxi?* Pareceu-me demasiada sorte para ser verdade.

— Têm um serviço de táxis aqui em Blaenau?

— Claro que sim — respondeu, como se aquilo fosse uma das características principais de Blaenau. — Quer que mande chamar um para o levar até à mina?

— Bem... — Pensei no que havia de responder. Não queria parecer mal-agradecido, quando estas pessoas tinham sido tão simpáticas, mas por outro lado, achava a perspectiva de uma tarde a visitar a mina, metido numa roupa toda molhada, tão tentadora como ir a uma consulta de proctologia. — Acha que o táxi me poderia levar até Porthmadog? — Não tinha a certeza se era muito longe e esperei que não fosse possível.

— Claro que sim — respondeu. Então, chamou um táxi e, a seguir, dei comigo envolvido numa troca de desejos de felicidades com os proprietários do restaurante, e a entrar dentro de um táxi, como uma vítima de um naufrágio a ser salva quando já não esperava. Não posso descrever a alegria que senti ao ver Blaenau a desaparecer atrás de mim.

O motorista do táxi era um jovem muito amável e, durante os 20 minutos da viagem até Porthmadog, deu-me imensa informação a nível económico e sociológico sobre a Dwyfor Peninsula. O mais interessante foi saber que nesta península, aos domingos, era proibido o consumo de bebidas alcoólicas. Entre Porthmadog e Aberdaron não se conseguia arranjar uma bebida alcoólica para nos salvar a vida. Não sabia que na Grã-Bretanha ainda existiam focos de semelhantes rigores de comportamento, mas estava tão satisfeito por me afastar de Blaenau que nem dei muita importância ao facto.

Porthmadog, situada junto ao mar, e vista assim debaixo daquele impiedoso aguaceiro, parecia uma localidade sombria e desinteressante, onde abundava o cimento misturado com seixos e a pedra escura nas paredes das casas. Apesar da chuva, consegui examinar com cuidado os poucos hotéis existentes — sentia-me com direito a um alojamento confortável e luxuoso, depois de uma noite passada naquela hospedaria horrível de Llandudno — e escolhi uma estalagem chamada The Royal Sportsman. O quarto era satisfatório e asseado, se não mesmo esplêndido, e de acordo com as minhas pretensões. Fui preparar um café e, enquanto a chaleira fervia, mudei de roupa. Depois, sentei-me no extremo da cama com a chávena de café numa mão e uma bolacha *rich tea* na outra, a ver um episódio de uma série chamada *Pobol Y Cwm,* de que gostei muito. Não fazia ideia do que se estava a passar, como é evidente, mas posso afirmar com toda a confiança que era mais bem interpretada e tinha mais valor como produção do que qualquer programa feito na Suécia ou na Noruega — ou mesmo Austrália. Pelo menos, as paredes não estremecem quando alguém fecha uma porta. Foi uma experiência estranha estar a observar o comportamento de pessoas que existem de facto no meio social britânico — bebiam chá e usavam casacos curtos de lã da *Marks & Spencer* — mas falavam em língua de marciano. Às vezes, reparava, com interesse, que misturavam palavras inglesas — *«hi ya»*, «right then», «OK» — talvez porque na língua galesa não existisse equivalente e, num diálogo memorável, uma das personagens disse qualquer coisa como: *«Wlch ylch aargh ybsy cwm dirty weekend, look you»,* que adorei ouvir. Mas que enternecedor da parte dos galeses não terem um termo próprio para um «encontro amoroso ilícito entre sexta-feira e segunda-feira».

Na altura em que acabei de beber o café e voltei para a rua, a chuva tinha abrandado, mas as ruas estavam cheias de poças de água que os esgotos não conseguiam escoar tal era o seu volume. Corrijam-me se estou enganado, mas seria natural que, a haver um país que dominasse a técnica do escoamento do sistema de esgotos, esse país seria a Grã-Bretanha. De qualquer forma, o certo é que os automóveis deslizavam ousadamente através destes lagos temporários e atiravam lençóis de água sobre as casas e as lojas. Prevenido com o que me tinha acontecido em Weston, com as poças de água, e consciente de que este era um lugar onde não havia nada a fazer ao domingo, caminhei cauteloso através da High Street.

Entrei num posto de informação turística e agarrei num folheto, através do qual fiquei a saber que Porthmadog tinha sido construída por um tal Alexander Maddocks, no início do século XIX, como um porto para a ardósia de Blaenau e que, nos finais do mesmo século, entravam no porto cerca de mil navios por ano, para transportarem à volta de 116 000 toneladas de pedra do País de Gales. Hoje, o cais está transformado numa zona renovada para *yuppies,* com ruas calcetadas e apartamentos luxuosos. Dei uma olhadela discreta e depois, segui por uma ruela nas proximidades de uma área portuária com um pequeno estaleiro para barcos e outras actividades navais, e subi por um dos lados de uma zona residencial situada numa ladeira, descendo depois por outro, e indo parar à tranquila Borth-y-Gest, uma pequena aldeia muito bonita, com umas vivendas de tijolo numa baía em forma de ferradura, e com uma vista maravilhosa sobre Traeth Bach até Harlech Point, vendo-se Tremadoc Bay por trás. Borth-y-Gest tinha uma atmosfera cativante e de antiguidade em toda ela. No meio da aldeia, virada para a baía, havia uma subestação dos correios, com um toldo azul que tinha escrito na parte suspensa «DOCES» e «GELADOS», e próximo ficava um estabelecimento que se chamava *Sea View Café*. Este lugar podia ter sido todo retirado do livro *Adventures on the Island*. Estava simplesmente encantado.

Segui por um caminho relvado que dava para o mar, em direcção a um promontório. Mesmo coberta por uma camada de nuvens baixas, a paisagem sobre o estuário de Glaslyn, com o maciço de Snowdon por trás, era qualquer coisa de soberbo. O vento soprava com força, e em baixo, o mar batia nas rochas de uma forma violenta, mas, pelo menos, a chuva tinha desaparecido e o ar era puro e fresco, como só acontece perto do mar. Estava a escurecer e tinha receio de ir parar em cima das rochas, no mar a meus pés, pelo que voltei para a cidade. Quando lá cheguei descobri que as poucas lojas que estavam abertas tinham fechado. Só um pequeno sinal luminoso se distinguia no meio da penumbra. Fui ver o que era, e fiquei satisfeito por verificar que se tratava da estação terminal do Sul e sede principal da famosa Blaenau Ffestiniog Railway.

Interessado em ver o «cérebro» desta organização que, anteriormente, me tinha causado tanto constrangimento e mal-estar, resolvi entrar. Embora já passasse das 17 horas, a livraria da estação ainda estava aberta e havia algumas pessoas a folhear e a deambular por lá, em silêncio, pelo que fui dar uma espreitadela no seu interior. Era um local muito interessante com inúmeras prateleiras cheias de livros, com títulos do género *Railways of the Winion Valley and Mawddach Estuary* e *The Complete Encyclopaedia of Signal Boxes*. Havia séries de vários volumes com o título *Trains in Trouble,* que continham imensas fotografias de descarrilamentos, choques de comboios e outras catástrofes — uma espécie de equivalente de filme pornográfico sado-masoquista para tipos obcecados por comboios, acho eu. Para os que quisessem ainda mais emoções, existia uma série de cassetes de vídeo. Ao acaso, tirei um exemplar com o título *The Hunslet and Hundreds Steam Rally 1993,* e que, em letra bem destacada, prometia «50 Minutos de Acção a Todo o Vapor!». Mais abaixo tinha um autocolante que dizia: «Atenção! Contém registo detalhado da união de um *Sturrock 0-6-0 Heavy Class* com um *GWR Hopper*.» De facto, só me interessou esta última parte, mas notei estupefacto que todas as pessoas à minha volta estavam completamente absorvidas pelo que viam, de respiração contida, tal como numa loja de artigos pornográficos, pelo que me interroguei, de imediato, se não haveria uma outra dimensão neste tipo de passatempo, chamado *train-spotting*[NT], de que nunca me tinha apercebido.

[NT] Ver nota de tradutor no Capítulo 19.

Segundo os dizeres de uma placa afixada na parede junto à bilheteira, a Blaenau Ffestiniog Railway foi construída em 1832, e é a mais antiga do mundo ainda a funcionar. Também fiquei a saber que a sociedade de caminhos-de-ferro tem 6000 membros, um número que me deixou sem fôlego. Embora o último comboio do dia já tivesse passado há algum tempo, ainda havia um funcionário na bilheteira, o que me fez ir até lá e falar-lhe calmamente sobre a falta de coordenação existente entre os horários dos comboios e o serviço de autocarros, em Blaenau. Não sei porquê, mas ele ficou irritado, como se eu estivesse a dizer mal da mulher, e respondeu-me num tom impaciente: «Se Gwynned Transport quisesse que as pessoas apanhassem o comboio do meio-dia, em Blaenau, então devia fazer com que os autocarros partissem mais cedo.»

— Mas a vossa companhia também podia fazer com que o comboio partisse uns minutos mais tarde — insisti.

O homem olhou para mim, como se eu estivesse a ser pretensioso, e disse:

— E por que razão haveria de o fazer?

E por esta atitude, podem ver o que há de errado com estes tipos entusiastas dos comboios. São irracionais, sempre prontos a argumentar, perigosamente espalhafatosos e, por vezes, como foi o caso aqui, portadores de um bigodinho irritante, tipo Michael Fish, que nos dá vontade de lhes enfiar dois dedos pelos olhos adentro. Aliás, graças à minha acção de detective-jornalista na livraria, posso afirmar, com segurança, que existem provas suficientes para supor que eles praticam actos perversos, ao mesmo tempo que vêem os vídeos sobre as máquinas a vapor. Para bem deles e da sociedade em geral, deviam ser levados presos, e encarcerados com arame farpado à volta.

Pensei em fazer ali mesmo uma *citizen's arrest*[NT], dizendo — «Está preso, em nome de Sua Majestade a Rainha, pelo delito de ser completamente intratável a falar de horários, e também pelo facto de usar um bigodinho irritante e fora de propósito» — mas fui benemérito e deixei-o ir em paz, lançando-lhe um olhar duro, como que a avisá-lo de que nunca mais na vida eu me aproximaria da *sua* estação. Acho que ele percebeu a mensagem.

[NT] Prisão efectuada pelo cidadão comum, nos casos em que a lei assim o permite.

CAPÍTULO

21

De manhã, fui até Porthmadog Station — não à estação da Blaenau Ffestiniog «onde-se-anda-a-brincar-aos-comboios», mas à da Bristish Railway. A estação estava fechada, mas havia várias pessoas na plataforma de embarque, todas com um ar de quem estava a evitar olhar para o parceiro, e colocadas, suponho, nos mesmos lugares que ocupavam todas as manhãs. Tenho quase a certeza de que era assim pois, enquanto eu estava para ali a meditar, chegou um homem de fato completo que se pôs a olhar e veio até ao pé de mim, com ar surpreendido e irritado, pois eu devia estar a ocupar o seu metro quadrado habitual na plataforma. Colocou-se um pouco mais adiante e ficou a observar-me com uma expressão muito próxima do ódio. Pensei para comigo como é fácil, por vezes, fazer inimigos na Grã-Bretanha. Basta estarmos no local errado, ou virarmos o carro no caminho da entrada de suas casas — este indivíduo não tinha nenhum letreiro a avisar o que era proibido — ou ainda ocuparmos, sem querer, os seus lugares no comboio, para nos ficarem a odiar até ao fim de suas vidas.

Por fim, chegou um *Sprinter* de duas carruagens, e toda a gente entrou. Na realidade, são uns comboios muito pouco confortáveis, funcionais, sem qualquer atractivo, de assentos duros, tiragens de ar confusas, simultaneamente quente e frio, iluminação desagradável, e acima de tudo, as cores doentias da sua decoração de barras cor de laranja e uma espécie de galões em forma de «V». Por que é que alguém se haveria de lembrar que os passageiros de um comboio gostariam de ter à sua volta um ambiente cor de laranja, principalmente logo de manhã? Tenho saudades daqueles comboios da época em que cheguei pela primeira vez à Grã-Bretanha, que não tinham corredores, mas uma série de compartimentos independentes, cada um com o seu mundo. Tínhamos sempre uma sensação de ansiedade ao abrir a porta de um deles, pois não se sabia o que iria estar do outro lado. Havia algo agradavelmente íntimo e casual no facto de estarmos sentados tão próximo de estranhos. Recordo-me de uma vez em que ia num desses comboios e um dos passageiros, um homem novo com ar tímido, que vestia um impermeável, começar a vomitar repentinamente para o chão — na altura havia uma epidemia de gripe — e ter o descaramento de sair na estação seguinte, deixando-nos os três ali, em silêncio, muito pálidos e encolhidos, como se nada se tivesse passado, uma atitude típica dos Britânicos. Pensando melhor, é bom que esses comboios já não andem em circulação. Todavia, continuo a não gostar dos galões cor de laranja.

Seguimos por uma via na orla costeira, deixando para trás largos estuários e colinas rochosas, junto à imensidão uniforme e acinzentada da Cardigan Bay. As cidades por onde íamos passando tinham nomes que faziam lembrar um gato a vomitar uma bola de pêlo: Llywyngwril, Morfa Mawddach, Llandecwyn, Dyffryn Ardudwy. Em Penrhyndeudraeth, o comboio ficou cheio de crianças de várias idades, todas de uniforme. Estava à espera de gritos, de ver miúdos a fumar e coisas a voarem por todos os lados, mas eles comportaram-se impecavelmente bem. Saíram em Harlech e, de repente, a carruagem ficou vazia e muito calma — tão calma que conseguia ouvir o casal que estava atrás de mim a falar em língua galesa, o que muito me agradou. Em Barmouth, atravessámos outro largo estuário sobre uma passagem construída em madeira pouco sólida. Tinha lido algures que esta passagem esteve fechada durante anos e que, até há pouco tempo, Barmouth era o fim da linha. Parecia milagre a British Railway ter investido dinheiro para restaurar a dita passagem e manter a linha em circulação, mas aposto que, se eu voltar daqui a dez anos, esta linha vagarosa e meio esquecida até Porthmadog estará nas mãos de entusiastas como os de Blaenau Ffestionig Railway, e um chato com um bigodinho irritante irá informar-me que eu não posso apanhar um comboio de ligação em Shrewsbury, porque não condiz com os horários estabelecidos pela companhia.

Assim, depois de passadas três horas e percorridos cerca de 168 quilómetros desde que partira, estava satisfeito por fazer a ligação em Shrewsbury, enquanto ainda era possível. A minha intenção era seguir para Norte, e retomar o caminho em direcção a John O'Groats, mas, enquanto caminhava ao longo da estação, ouvi anunciarem a partida de um comboio para Ludlow, e, sem pensar mais no que fazia, embarquei. Durante anos, ouvira dizer que Ludlow era uma localidade belíssima, e esta talvez fosse a minha última oportunidade de a visitar. Foi assim que, 20 minutos depois, estava a sair do comboio na estação de Ludlow e a subir uma longa encosta até chegar à cidade.

Esta era de facto encantadora e muito agradável, situada no alto de uma colina que dava sobre o rio Teme. Parecia ter tudo o que desejaríamos encontrar numa comunidade — livrarias, um cinema, salas de chá e padarias com ar muito convidativo, dois talhos *«family butchers»*[NT1] (sempre me deu vontade de entrar num deles e dizer: «Quanto leva por dar cabo da minha?»), um estabelecimento *Woolworth's* com estilo antigo, e as habituais farmácias, *pubs* e capelistas, tudo com muito bom aspecto e de acordo com o espaço em que se enquadravam. A Ludlow Civic Society tinha colocado cuidadosamente em todos os edifícios placas a indicar quem já tinha lá vivido anteriormente. Havia uma pendurada na parede do lado de fora da Angel, uma antiga *coaching inn*[NT2], situada em Broad Street, agora tristemente tapada com tábuas — o que espero que seja por pouco tempo. Segundo a inscrição da placa, a famosa diligência *Aurora* tinha percorrido, em tempos, cerca de 160 quilómetros até Londres, em mais de 27 horas, o que mostra como o progresso trouxe vantagens. Agora, a British Railway consegue talvez percorrer a mesma distância em metade do tempo.

Próximo dali, deparei com a sede de uma organização chamada *Ludlow and District Cats Protection League,* o que muito me intrigou. O que é que os habitantes de Ludlow faziam aos gatos que tinham dado origem à criação de uma agência protectora especial? Talvez eu esteja a ver a questão pelo lado errado mas, a menos que deitassem fogo aos

---

[NT1] Traduzido à letra *é «carniceiro de família»*. É costume alguns talhos terem à frente do seu nome próprio esta especificação, como por exemplo, *«Arthur Wilson, Family Butcher»*.
[NT2] Estalagem que, antigamente, as pessoas que viajavam de cavalo ou diligência utilizavam como local de paragem.

gatos e os atirassem para cima de mim, não vejo qualquer outra possibilidade de me levarem a estabelecer uma instituição de caridade para defender os seus interesses. Não existe nada que me faça sentir mais inadaptado na Grã-Bretanha do que a atitude dos seus habitantes para com os animais, à excepção da crença inabalável que possuem em relação às previsões climatéricas e o gosto geral por piadas que involvam a palavra *«bottom»* (extremidade). Sabiam que a National Society for the Prevention of Cruelty to Children foi fundada 60 anos depois da Royal Society for the Prevention of Cruelty to Animals, e como uma derivação desta? E sabiam que, em 1994, a Grã-Bretanha votou *a favor* de uma directiva da União Europeia que requeria a fixação de períodos de descanso para os animais de carga, mas *contra* a que estabelecia períodos de descanso para os trabalhadores das fábricas?

Mas, para além destes antecedentes curiosos, parece-me extraordinário que possa haver um gabinete bem estruturado, que se dedique apenas à protecção e bem-estar dos gatos de Ludlow e de todo o distrito. E também me intriga deveras os limites específicos da área que a sociedade estabelece — a ideia de estarem interessados, apenas, na segurança e bem-estar dos gatos de Ludlow e do distrito. O que é que aconteceria se os membros da liga encontrassem alguém a fazer mal a um gato, fora dos limites do seu distrito? Será que iam encolher os ombros e dizer «Está fora da nossa alçada»? Quem poderá garanti-lo? Eu certamente que não, pois quando me aproximei do escritório para fazer umas perguntas, vi que estava fechado pois os seus associados, como é evidente — e desejo que não tirem nenhuma ilação disto —, deviam ter ido almoçar.

E foi o que também decidi fazer. Fui até a um pequeno restaurante-bar que servia saladas, chamado *Olive Branch,* onde rapidamente me tornei indesejável ao ocupar uma mesa para quatro. A sala estava praticamente vazia quando eu cheguei e, enquanto me tentava livrar da mochila e de uma pequena bandeja para gorjetas, ocupei a primeira mesa livre que vi. Mas, logo a seguir a ter-me sentado, começou a entrar imensa gente e, durante o meu rápido almoço, senti cravados em cima de mim os olhos das pessoas que vinham da caixa, por me ver a ocupar um espaço que não estava destinado a ser utilizado por uma pessoa só, e que eles tinham de ir com os seus tabuleiros até à secção «Mais Lugares Em Cima», o que, naturalmente, era uma opção desagradável. Enquanto estava ali sentado, a tentar comer rapidamente e tornar-me despercebido, um indivíduo que estava umas duas mesas à frente, veio perguntar-me num tom agreste se eu estava a utilizar uma das cadeiras, e levou-a sem esperar pela minha resposta. Acabei de comer e esgueirei-me para fora do restaurante, envergonhado.

Voltei à estação e comprei um bilhete para o próximo comboio para Shrewsbury e Manchester Piccadilly. Devido a uma falha na mudança da agulha, algures na linha, o comboio chegou com 40 minutos de atraso. Vinha apinhado de gente e os passageiros estavam irritados. Encontrei um lugar, incomodando uma série de pessoas que me deixaram passar de má vontade, olhando-me com desprezo — mais outros inimigos! Que dia aquele que eu estava a ter! — e encaixei-me num espaço minúsculo, com o sobretudo vestido, numa carruagem sobreaquecida, e com a mochila no colo. Tinha uma vaga esperança de chegar a Blackpool, mas não podia mexer um músculo sequer, e não conseguia pegar no meu horário para ver onde é que precisava de mudar de comboio, pelo que resolvi deixar-me estar e acreditar que podia apanhar um outro em Manchester.

A British Railway estava nos seus dias maus. Andámos cerca de dois quilómetros até sair da estação, e depois parámos durante algum tempo sem razão evidente. Por fim, uma voz informou que, devido a avarias na linha, mais à frente, o comboio ia ficar em Stockport, o que provocou um protesto geral. Depois de passados cerca de 20 minutos, começou a andar lentamente através de um campo verdejante. Em cada estação que parava, a voz pedia desculpa pelo atraso e anunciava, de novo, que o comboio iria ficar em Stockport. Quando chegámos finalmente a Stockport, 90 minutos atrasados, esperei que todos saíssem, mas ninguém se mexeu e fiz o mesmo. Só houve um passageiro, um japonês, que desembarcou obedientemente e depois viu, com espanto, que o comboio partia de novo, sem explicação e sem ele, em direcção a Manchester.

Em Manchester descobri que precisava de apanhar um comboio para Prestou, pelo que olhei para o ecrã luminoso, mas este só dava o destino final e não dizia as estações por onde passava. Então, fui juntar-me a uma fila de passageiros que iam perguntando a um guarda da British Railway as direcções que haviam de tomar para vários lugares. Para ele foi uma pena não haver na Grã-Bretanha estações que se chamassem «Desapareçam-me da Vista» pois era o que lhe apetecia responder às pessoas. Disse-me para ir para a plataforma 13, e assim fiz, mas os números iam só até 11. Fui novamente ter com ele, dizendo-lhe que não encontrava a dita plataforma 13. Acontecia que ela ficava ao cimo de umas escadas secretas, do outro lado de uma passagem para peões. Parecia ser a plataforma dos «comboios perdidos». Já lá estava uma quantidade enorme de passageiros, com um ar perdido e triste, como as pessoas do episódio do leiteiro da série Monty Python. Por fim, fomos mandados para a plataforma 3. Quando o comboio chegou, verifiquei que era um Sprinter de duas carruagens. As 700 pessoas do costume acotovelaram-se para entrar no seu interior.

E foi assim que, 14 horas depois de ter saído de Porthmadog naquela manhã, cheguei, cansado, desgrenhado, cheio de fome e angustiado, a Blackpool, um local que não me interessava especialmente visitar.

CAPÍTULO 22

Blackpool — não me preocupa repeti-lo, pois não deixa de ser um espanto — atrai mais visitantes todos os anos do que a Grécia, e tem mais alojamentos para turistas do que Portugal inteiro. Consome mais batatas fritas por pessoa do que qualquer outro lugar no mundo. (Cerca de 16 hectares de batatas por dia.) Possui a maior concentração de montanhas-russas da Europa. Tem a segunda mais popular atracção turística do continente, a *Pleasure Beach,* com cerca de 170 000 metros quadrados, cujos seis milhões e meio de visitantes anuais só são excedidos em número pelos do Vaticano. Tem as iluminações mais famosas e, nas noites das sextas-feiras e dos sábados, tem mais «casas de banho públicas», normalmente conhecidas como entradas de edifícios, do que qualquer outra localidade da Grã-Bretanha.

Independentemente do que possamos pensar sobre o local, o certo é que o que faz, fá-lo muito bem — ou, pelo menos, tem muito sucesso. Nos passados 20 anos, durante o período em que o número de habitantes da Grã-Bretanha que fazia férias à beira-mar diminuiu cerca de um quinto, Blackpool aumentou o número de visitantes em sete por cento, e transformou o turismo numa indústria de 250 milhões de libras por ano — o que é digno de nota, atendendo ao clima britânico, ao facto de Blackpool ser horrível e suja, de ficar muito longe de qualquer outro lugar, de utilizar o mar como casa de banho pública, e das suas atracções serem quase todas de feira, provincianas e perigosas.

Foram as iluminações que me levaram até lá. Já há muito tempo que ouvia e lia coisas sobre elas, o que despertou a minha curiosidade. Então, depois de garantir um quarto numa hospedaria modesta, situada numa ruela, apressei-me a ir até junto do mar, cheio de expectativa. Bem, tudo o que posso dizer é que as iluminações de Blackpool só teriam interesse se fossem magníficas, e não eram. É evidente que há sempre o perigo de ficarmos desapontados, quando finalmente vemos uma coisa que desejávamos ver há muito tempo, mas, em termos de decepção, seria difícil encontrar melhor do que o espectáculo de luzes de Blackpool. Pensei que haveria *lasers* a varrerem o céu com os seus raios, projectores com luzes a apagar e a acender, fazendo desenhos nas nuvens, e outros deslumbramentos que nos fizessem suster a respiração. Em vez disso, havia uma procissão ruidosa de carros eléctricos antigos, decorados como se fossem foguetões ou *Christmas crackers*[NT], e quilómetros de decorações insignificantes nos postes de iluminação pública. Sempre pensei que ver electricidade em toda a sua actividade seria uma coisa tão bela que nos faria conter a respiração, de espanto, mas já não tenho tanta certeza. Tudo aquilo

---

[NT] Tubo de cartão embrulhado em papel de fantasia que produz um som de rebentamento quando se puxam as suas extremidades e que, por vezes, contêm pequenos presentes, habituais em festas na Grã-Bretanha.

parecia insignificante e insuficiente, em grande escala, como a própria Blackpool.

Não menos espantoso que a pobreza das iluminações era a quantidade de gente que vinha ver o espectáculo. O trânsito ao longo da marginal era uma fila contínua de carros colados uns aos outros, rostos infantis encostados aos vidros das janelas dos automóveis, e imensa gente a deambular alegremente pelo largo passeio marítimo. Viam-se muitos vendedores ambulantes a venderem colares e pulseiras luminosos, e outras bugigangas efémeras, e a fazerem um excelente negócio. Li uma vez, algures, que metade dos visitantes de Blackpool estiveram ali, pelo menos dez vezes. Sabe-se lá o que é que os fascinou naquele lugar. Andei cerca de dois quilómetros ao longo da marginal e não consegui compreender o que é que os atraía — e, como já devem ter percebido, eu sou um entusiasta por coisas simples e baratas. Talvez estivesse fatigado, depois de uma viagem tão longa desde Porthmadog, mas não conseguia ter qualquer tipo de entusiasmo pelo que via. Andei debaixo de arcadas muito iluminadas, espreitei para dentro de salas de *bingo,* mas a atmosfera festiva que parecia envolver toda a gente não me impressionava. Por fim, sentindo-me muito cansado e deslocado naquele meio, entrei num restaurante que servia peixe, situado numa rua transversal, onde comi *haddock,* batatas fritas e ervilhas, e olharam-me como se fosse uma espécie de «maricas» meridional, quando pedi molho tártaro. Mais tarde, saí do restaurante e, mais uma vez, deitei-me cedo.

Na manhã seguinte, resolvi madrugar, para dar mais uma oportunidade a Blackpool. Gostei mais dela à luz do dia. O passeio público junto ao mar tinha uma série de pequenos quiosques de ferro fundido trabalhado, com cúpulas em forma de cebola, que vendiam chupa-chupas, *nougat,* e outras coisas pegajosas, em que não tinha reparado na noite anterior, e a praia era enorme, estava vazia e com um aspecto agradável. A praia de Blackpool tem cerca de 11 quilómetros de comprimento e o curioso é que, oficialmente, não existe. Não estou a inventar. Na década de 80, quando a Comunidade Europeia elaborou uma directiva sobre o mínimo de exigência de poluição marinha, deu como resultado que quase todas as cidades da costa britânica estavam muito longe de atingir esses níveis mínimos. A maior parte das localidades maiores, como Blackpool, ultrapassavam os valores máximos admissíveis. Este facto, como é óbvio, foi um problema para o governo, que tinha relutância em gastar dinheiro com as praias britânicas, quando havia muito boas praias para gente rica nas ilhas Mustique e Barbados. Então, desenvolveu uma política ao abrigo da qual decretou oficialmente que — isto é tão estranho que até custa a acreditar, mas juro que é verdade — Brighton, Blackpool, Scarborough, e muitas outras estâncias balneares importantes não tinham, rigorosamente falando, praias próprias para banhos. Sabe Deus qual foi a designação que deram a estas extensões de areal — zona-tampão para os resíduos, talvez — mas, em qualquer dos casos, afastou o problema sem o resolver, ou sequer gastar um tostão dos dinheiros públicos, que é o mais importante ou, no caso do actual governo, a única coisa que importa.

Mas chega de sátira política! Prossigamos rapidamente até Morecambe. Decidi ir até lá, viajando em vários *Sprinters* ronceiros e barulhentos, em parte para estabelecer comparações rigorosas com Blackpool, mas, acima de tudo, porque gosto de Morecambe. Não sei bem porquê, mas gosto.

Olhando agora para ela, é difícil de acreditar que, há bem pouco tempo, esta localidade rivalizava com Blackpool. Na realidade, desde 1880 e, durante as muitas décadas que se seguiram, Morecambe foi a estância balnear do Norte de Inglaterra. Foi lá que se fizeram as primeiras iluminações à beira-mar, na Grã-Bretanha. E foi também o local de origem do *bingo,* da *lettered rock*[NT1] e da *helter-skelter*[NT2]. Durante as célebres Wakes Weeks, em que todas as cidades industriais do Norte entravam simultaneamente em férias (chamavam Bradford-by-Sea a Morecambe), afluíam às suas pensões e hotéis mais de 100 000 visitantes. No seu apogeu, chegou a ter duas estações de caminhos-de-ferro importantes, oito *music halls,* oito cinemas, um aquário, uma feira, uma *menagerie*[NT3], uma torre giratória, um parque com barcos a remos, um Summer Pavilion, um Winter Gardens, a maior piscina da Grã-Bretanha e dois molhes. Um destes, o Central Pier, era um dos mais belos e bem apetrechados da Grã-Bretanha, com torres fabulosas e telhados em forma de cúpula — um palácio flutuante de estilo árabe, na Morecambe Bay.

Tinha para cima de mil pensões para receber a generalidade das pessoas, mas também outras possibilidades mais

---

[NT1] Espécie de rebuçado com a forma de letras que, por exemplo, os noivos oferecem aos convidados no dia do seu casamento, neste caso representando o seu nome.
[NT2] Torre alta que existe nas feiras da Grã-Bretanha com um caminho que a circunda de cima a baixo e por onde as pessoas deslizam em cima de um tapete.
[NT3] Local, que pode ser uma feira, onde estão expostos animais selvagens.

requintadas para os mais extravagantes. O teatro The Old Vic e o *ballet* da Sadler's Wells passaram lá muitas temporadas. O compositor Elgar dirigiu orquestras nos Winter Gardens e Nellie Melba cantou. Em Morecambe existiram hotéis tão bons como muitos outros da Europa, como o Grand e o Broadway, onde no início do ano 1900, clientes muito ricos podiam escolher entre vários tipos de banhos de hidroterapia, incluindo «*Needle* (chuveiro muito fino), *Brine* (água salgada), *Foam* (espuma), *Plombière, Scotch Douche* (quente e frio alternadamente)».

Sei isto tudo porque estive a ler um livro chamado *Lost Resort: The Flow and Ebb of Morecambe,* escrito por um pároco chamado Roger K. Bingham, e que não só estava excepcionalmente bem escrito (e quão extraordinária é a quantidade de história local interessantíssima que existe neste país) como também tinha imensas fotografias de Morecambe desde os seus tempos áureos, as quais discordavam completamente do cenário que tinha em frente de mim, agora, na altura em que saía do comboio. Fui o único dos três passageiros existentes, a descer naquela estação, e caminhei sem pressa em direcção aos encantos radiosos mas extraordinariamente esbatidos de Marine Road.

É difícil dizer quando começou o declínio de Morecambe. Nos anos 50, ainda era bem popular — por volta de 1956, tinha 1300 hotéis e hospedarias, dez vezes mais do que hoje — mas a descida começou tempos antes. O famoso Central Pier ficou muito danificado por ocasião de um incêndio ocorrido na década de 30, e depois foi-se transformando num amontoado de destroços. Por volta de 1990, as entidades oficiais da cidade retiraram-no do mapa local — alegaram simplesmente que os destroços abandonados, projectados pelo mar dentro e que se destacavam na frente do passeio marginal, não existiam. Entretanto, o West End Pier foi varrido por uma tempestade, em 1974. O magnífico *music hall* Alhambra foi destruído pelo fogo em 1970, e o Royalty Theatre foi demolido, dois anos depois, para dar lugar a um centro comercial.

No início da década de 70, o declínio de Morecambe precipitou-se. Uma a uma, foram desaparecendo todas as referências locais — a imponente piscina, em 1978; o Winter Gardens, em 1982; o Grand Hotel, verdadeiramente sumptuoso, em 1989 — enquanto as pessoas abandonavam Morecambe e iam para Blackpool e costa de Espanha. No final da década de 80, segundo Bingham, era possível comprar um grande hotel virado para o mar, magnífico na sua época, como o Grosvenor de cinco andares, pelo mesmo preço que uma casa geminada em Londres.

Actualmente, a zona degradada de Morecambe, que dá para o mar, é constituída por umas salas de *bingo* pouco utilizadas, umas arcadas com divertimentos, lojas de artigos com preço único e o tipo de *boutiques* onde as roupas são tão baratas e desinteressantes que podem ser postas do lado de fora das lojas, em prateleiras, sem serem vigiadas. Muitos outros estabelecimentos estão vazios e os restantes têm todos um aspecto transitório. Mais uma vez — ironia das ironias — passou a ser Bradford-by-Sea. O nível de vida em Morecambe desceu tão baixo que, no Verão passado, não houve ninguém na cidade que aceitasse a concessão das cadeiras de lona. Quando uma estância balnear não consegue encontrar ninguém que queira responsabilizar-se por montar umas cadeiras de lona, é porque o negócio vai mal.

Todavia Morecambe tem os seus encantos. A avenida marginal é agradável e está bem conservada, e a sua imensa baía (450 000 quilómetros quadrados, caso queiram tomar nota) é uma das mais belas do mundo, com uma vista magnífica sobre as montanhas de tons verdes e azuis de Lakeland: Scafell, Coniston Old Man e os Langdale Pikes.

Presentemente, quase tudo o que resta da época dourada de Morecambe é o Midland Hotel, um edifício branco, estilo *art deco,* airoso, alegre, luminoso, com uma fachada arrebatadora, aerodinâmica, construído em 1933, na avenida marginal. Em 1933, as estruturas de betão eram a moda, mas o betão estava para além das capacidades dos construtores da época, pelo que foi construído em tijolo *Accrington,* e rebocado com estuque para *parecer* cimento, o que achei delicioso. Hoje o hotel está a desagregar-se nos cantos exteriores, e as suas paredes raiadas, aqui e ali, de manchas de ferrugem. Ao longo dos anos, a maior parte da decoração original interior foi-se perdendo com as renovações periódicas e descuidadas, e várias estátuas de Eric Gill que, outrora, estavam na entrada e nas salas públicas, desapareceram, mas ainda continua a ter o seu encanto imperecível dos anos 30.

Não consigo imaginar onde é que o Midland vai arranjar clientela nos dias de hoje. Parecia não haver cliente algum quando entrei e fui tomar um café num salão vazio com vista sobre a baía. Um dos pequenos encantos da moderna Morecambe é que, onde quer que vamos, ficam gratos com a nossa preferência. Fui recebido com um bom atendimento e uma bela paisagem, duas coisas impossíveis de arranjar em Blackpool pelo que sei. Quando ia a sair, os meus olhos fixaram-se numa grande estátua em estuque de cor branca, do escultor Eric Gill, representando uma sereia, no meio da sala de jantar vazia. Aproximei-me para observar melhor e reparei que a cauda da estátua, que imagino dever valer uma pequena fortuna, estava colada com uma quantidade de fita adesiva. Parecia simbolizar algo que tinha a ver com a cidade em geral.

Aluguei um quarto numa pensão, na avenida marginal, onde me receberam com um misto de gratidão e surpresa, como se os proprietários tivessem esquecido que todos aqueles quartos vazios no primeiro andar eram para alugar, e passei a tarde a deambular na companhia do livro de Roger Bingham, a olhar para a paisagem e a tentar imaginar a cidade nos seus tempos áureos, entrando ao acaso em algumas salas de chá, gratificando-os com a minha preferência.

Estava um dia pouco frio e havia algumas pessoas, na sua maioria idosas, a passearem pela avenida marginal, mas poucas a comprarem o que quer que fosse. Sem mais nada melhor para fazer, continuei a andar em direcção a Carnforth, e depois voltei para trás pelo areal pois a maré estava a vazar. O que me surpreendia em relação a Morecombe não era o seu declínio mas sim que um dia tinha sido uma cidade próspera. Seria difícil imaginar um local menos apropriado para estância de férias. As praias estão cobertas de uma lama que se agarra aos pés, e a vasta baía passa muito tempo privada de água, graças aos caprichos das marés. Podemos caminhar cerca de dez quilómetros através da baía até Cumbria, quando a maré está vazia, mas dizem que é perigoso fazê-lo sem um guia, ou «piloto do areal», como o designam nas redondezas. Uma vez, estive com um destes pilotos que me contou histórias incríveis sobre diligências e cavalos que tentaram atravessar a baía com a maré vazia e desapareceram no meio de areias movediças traiçoeiras, para nunca mais serem vistos. Mesmo agora, as pessoas afastam-se demasiado e depois ficam presas quando a maré enche, o que deve ser uma maneira desagradável de terminar uma tarde, suponho.

Cheio de coragem, caminhei umas centenas de metros pela areia, observando minuciosamente as galerias que os vermes iam abrindo debaixo da lama, e as marcas onduladas deixadas pela maré ao vazar, ao mesmo tempo que prestava atenção às areias movediças — que, na realidade, não são areias mas lama sedimentada que nos pode sugar se cairmos em cima. As marés em Morecambe não sobem e descem como em Severn, mas avançam devagar em várias direcções, o que é mais perigoso, se formos daquelas pessoas que nos perdemos nos nossos pensamentos, pois podemos ficar subitamente encalhados numa língua de areia reduzida, no meio de uma grande baía, plena de água. Por essa razão mantive-me alerta e não me afastei muito.

Era um belo espectáculo — certamente melhor do que qualquer outro que Blackpool nos podia oferecer. É uma sensação estranha ir a caminhar sobre um fundo de mar e pensar que, em qualquer momento, poderia estar submerso por uma camada de água, de cerca de nove metros de profundidade. Tenho um gosto particular pela solidão. Quando se é oriundo de um país de grandes dimensões, uma das coisas mais difíceis de aceitar é o facto de raramente estarmos sós, fora de casa, em Inglaterra — é difícil encontrar um espaço aberto onde possamos ter a certeza de poder fazer um chichi em paz, sem o perigo de aparecermos na mira dos binóculos de um observador de aves, ou deparar com alguma matrona excurcionista a fugir muito assustada — e assim, esta sensação de isolamento no meio do areal era um verdadeiro luxo.

A uma distância de umas centenas de metros, Morecambe tinha um aspecto atraente, sob o sol fraco do fim da tarde e, mesmo mais próximo, à medida que eu saía do areal e trepava os degraus de betão cobertos de musgo até ao passeio marginal, não parecia muito mal, longe das pequenas salas de *bingo* vazias e das lojas de novidades. O encadeamento de pensões e hospedarias ao longo da parte leste de Marine Road pareciam impecáveis e em boas condições, agradavelmente convidativo. Tive pena dos proprietários que investiram nelas, cheios de esperança, e se encontravam agora no meio de uma estância balnear em vias de extinção. O declínio, que tinha começado nos anos 50 e se acelerara descontroladamente na década de 70, deve ter parecido confuso e assustador para esta pobre gente que via Blackpool, a cerca de 30 quilómetros de distância, para Sul, a ficar cada vez mais forte.

Estupidamente, mas numa reacção natural, Morecambe respondeu tentando competir com Blackpool. Construiu um delfinário muito dispendioso e uma nova piscina descoberta, e recentemente elaborou uns planos meio idiotas de abrir um parque de diversões *Mr. Blobby*. Mas, na realidade, o seu encanto e certamente a sua esperança está em *não* ser Blackpool. É o que me agrada nesta cidade — que seja calma, acolhedora e bem discreta, que tenha sempre lugar nos *pubs* e cafés, onde não sejamos atirados para fora da beira do passeio por jovens fanfarrões, e não escorreguemos em sacos de plástico de batatas fritas ou em pedaços de vomitado.

Gostava de imaginar que, um dia, as pessoas iriam descobrir o encanto que existe em fazer uma paragem à beira-mar, o prazer que dá passear ao longo de uma avenida marginal bem conservada, debruçarmo-nos sobre parapeitos, tomar uma bebida desfrutando de uma bela paisagem, sentarmo-nos num café a ler um livro, andar apenas de um lado para o outro sem fazer nada. Então, talvez, Morecambe possa florescer de novo. Como seria bom se o governo adoptasse uma política neste sentido, e tomasse iniciativas para recuperar locais como Morecambe, em vias de extinção — reconstruir o paredão de acordo com a sua forma original, subsidiar um novo Winter Gardens, voltar a restaurar os edifícios da marginal e, talvez até, mudar uma secção do departamento de Contribuições e Impostos, ou qualquer outro departamento oficial, para a cidade, a fim de lhe dar um pouco mais de actividade durante todo o ano.

Com uma ajuda inicial e um planeamento a longo prazo, bem estruturado, tenho a certeza de que se poderia atrair o tipo de pessoas interessadas em abrir livrarias, pequenos restaurantes, lojas de antiguidades, galerias de arte, e talvez até *snack bars* e a invulgar *boutique hotel*. E por que não?

Morecambe podia vir a tornar-se numa pequena Sausalito, ou St. Ives, do Norte de Inglaterra. Podem achar esta ideia ridícula, mas que outro futuro se pode esperar para um local como Morecambe? As pessoas podiam vir até aqui passar fins-de-semana e comer refeições de qualidade em novos restaurantes instalados na marginal, com vista para a baía, e talvez até poder assistir a uma peça de teatro ou a um concerto no Winter Gardens. Os *yuppies* caminhantes das montanhas podiam vir passar a noite aqui e aliviarem a tensão no Lake District. Tudo pareceria fazer sentido. Mas, é evidente que nada se passará como tal, em parte, se me permitem dizê-lo, devido ao vosso sorriso de desaprovação.

CAPÍTULO
23

Tenho um pequeno recorte, já um bocado velho, que trago comigo e do qual me sirvo, às vezes, para me divertir. Foi tirado de um boletim meteorológico que vinha no *Western Daily Mail* e diz: «Previsão: Tempo seco e quente, mas mais fresco e com alguma chuva.»

Aqui está, numa única frase cheia de significado, a perfeita descrição do clima de Inglaterra: seco mas chuvoso, alternando com períodos de calor e frio. O *Western Daily Mail* podia apresentar esta previsão todos os dias e raramente se enganava.

Para quem vem de fora, o que mais impressiona no clima de Inglaterra é que não passa disto mesmo. Aqueles fenómenos que existem noutros locais, e que atribuem à natureza uma característica que é um misto de emoção, de imprevisto e de perigo — os tornados, as monções, violentas tempestades de neve e chuva de granizo de fugir-a-sete-pés — são quase desconhecidos nas Ilhas Britânicas, o que muito me agrada. Gosto de usar o mesmo tipo de roupa todo o ano. É bom não precisar de ar condicionado ou redes nas janelas, para afastar todo o tipo de insectos e animais voadores que nos sugam o sangue e nos devoram o rosto enquanto estamos a dormir. Gosto de saber que, desde que não vá subir o Ben Nevis[NT1] de pantufas, em Fevereiro, posso estar tranquilo, pois nunca virei a ser vítima das forças da natureza, neste suave e brando país.

Lembrei-me de fazer esta referência, pois, enquanto estava sentado a tomar o pequeno-almoço, na sala de jantar do Old England Hotel, em Bowness-on Windermere, dois dias depois de deixar Morecambe, li um artigo que vinha no *The Times* acerca de uma tempestade de neve fora da estação — *«blizzard»*[NT2], como lhe chamava o jornal — que tinha «afectado» partes de East Anglia. Conforme era relatado, a tempestade tinha coberto partes da região com «uma camada de neve de mais de cinco centímetros» e formado «*drifts*[NT3] com cerca de 15 centímetros de altura». Em resposta, fiz uma coisa que nunca tinha feito antes: agarrei no bloco de notas e escrevi o rascunho de uma carta para o editor, na qual chamava a atenção, de uma maneira simpática e prestável, para o facto de que uma camada de cinco centímetros de neve não poder ser considerada como *blizzard*, e um aglomerado de neve de 15 centímetros de altura não ser chamado *drift*. Depois, expliquei que, quando há uma tempestade conhecida pelo nome de *blizzard*, nem se consegue abrir a porta da rua, e se houver a formação de *drifts* fica-se sem saber do carro até à próxima Primavera. Um tempo verdadeiramente frio é aquele em que deixamos bocados de carne agarrados aos puxadores das portas, das caixas do correio e de outros objectos de metal. Depois, rasguei a carta, pois constatei que estava a correr o risco de

---

[NT1] O pico mais alto da Grã-Bretanha.
[NT2] Tempestade de neve com ventos fortíssimos e muito frios. Em português pode ser traduzido por *nevasca*.
[NT3] Grandes quantidades de neve acumuladas pelos ventos fortes.

me transformar num daqueles indivíduos, tipo *Colonel Blimp*^{NT}, sentados à minha volta a comerem flocos de cereais ou papas de aveia na companhia das suas esposas, conservadoras como eles, sem os quais hotéis como o Old England não poderiam subsistir.

Estava em Bowness pois tinha dois dias para utilizar de alguma maneira, até me ir encontrar com dois amigos de Londres, com quem ia passar o fim-de-semana a caminhar. Estava ansioso por fazê-lo, embora não me agradasse a perspectiva de andar mais um dia sem fazer nada em Bowness, a deambular até serem horas de tomar chá. Para ver, havia apenas muitas vitrinas cheias de panos da loiça, serviços de jantar *Peter Rabbit* e camisolas com motivos decorativos, até ficar farto de lojas, e não tinha a certeza de poder aguentar outro dia, a espreitar, aqui e ali, nesta localidade tão cheia de interesse.

Fui obrigado a vir até Bowness por não ter outra alternativa, pois era o único local dentro de Lake District National Park onde havia uma estação de caminhos-de-ferro. Além disso, a ideia de passar uns dois dias calmos, perto da beleza tranquilizante do lago Windermere, e deliciar-me no meio do conforto de um agradável (embora caro) hotel antigo, pareceu-me tentadora, quando estava em Morecambe Bay. Mas, agora, com um dia já passado e outro ainda para vir, começava a sentir-me desamparado e nervoso, como no fim de um longo período de convalescença. Pelo menos, consegui encarar com optimismo, os cinco centíme-

---

^{NT} Protótipo do indivíduo britânico idoso com opiniões extremamente conservadoras, reaccionárias, especialmente um oficial do exército, ou membro do governo. É uma caricatura dos *cartoons* de David Low (caricaturista político britânico, já falecido).

tros de neve que tinham devastado brutalmente a região de East Anglia, causando o caos nas estradas, e forçando as pessoas a abrir caminho por entre alturas de neve perigosíssimas, algumas das quais, atingiram os tornozelos, mas que, felizmente, passaram por este recanto de Inglaterra sem causar prejuízos. Aqui, as forças da natureza eram benignas, e o mundo que se via através da janela da sala de jantar brilhava com pouca intensidade, sob um pálido sol de Inverno.

Decidi apanhar o barco a vapor que atravessa o lago até Ambleside. Não só gastaria uma hora e poderia ver o lago, como também iria a um lugar mais parecido com uma verdadeira cidade, em vez da estância balnear sem jeito que é Bowness. Conforme tinha constatado no dia anterior, em Bowness havia nada menos do que 18 lojas onde se podia comprar camisolas e, pelo menos, 12 delas vendiam artigos com o *Peter Rabbit,* e só uma era um talho. Ambleside, por outro lado, embora não estivesse preparada para as inúmeras possibilidades de lucro oferecidas pelos muitos turistas que por lá passavam, tinha, pelo menos, uma excelente livraria e um certo número de lojas ao ar livre, que achei muitíssimo divertidas — passar horas a olhar para mochilas, meias até ao joelho, bússolas e rações de sobrevivência, e depois, passar para outra e ver precisamente as mesmas coisas de novo. Assim, foi com grande entusiasmo que, pouco depois do pequeno-almoço, me dirigi para o cais para apanhar o vapor. Mas descobri que os barcos só funcionavam nos meses de Verão, o que me pareceu uma estreiteza de vistas, precisamente naquela manhã amena em que Bowness estava cheia de excursionistas. Então, fui obrigado a caminhar cuidadosamente por entre a multidão dispersa até chegar ao pequeno *ferry* que faz a travessia entre Bowness e a margem oposta, onde fica o atracadouro das embarcações. Era uma distância de umas centenas de metros apenas, mas, pelo menos, fazia-o durante todo o ano.

Uma modesta fila de carros esperava pacientemente pela chegada do *ferry,* e havia também uns oito ou dez caminhantes, todos com *Mustos,* mochilas e botas resistentes. Um deles usava mesmo calções — o que era sinal de «demência» num caminhante britânico. A prática de caminhar — no sentido do caminhante britânico — foi algo que adquiri só muito recentemente. Ainda não tinha chegado ao ponto de usar calções com muitas algibeiras, mas tinha começado a enfiar as calças dentro das meias (embora ainda não tenha encontrado ninguém que me explicasse qual era a vantagem, para além de nos dar um ar sério e preocupado).

Recordo-me da primeira vez que cheguei à Grã-Bretanha e entrei numa livraria, e ter ficado surpreendido por encontrar uma secção inteira dedicada a «Guias para Caminhantes». Achei estranho e divertido — no meu país, as pessoas não precisavam de regulamentação escrita para poderem caminhar — mas depois, fui percebendo que na Grã-Bretanha há, de facto, duas modalidades de caminhar, a do dia-a-dia que nos leva até ao *pub* e, se tudo correr bem, de regresso a casa, e a outra, a mais séria e empenhada, que envolve botas resistentes, mapas da *Ordnance Survey,* dentro de bolsas de plástico, mochilas com sanduíches, garrafa-termo com chá e, na sua fase mais avançada, implica o uso de calções de caqui, fora do tempo apropriado.

Durante anos, fui observando este tipo de caminhantes subindo colinas ocultas pelas nuvens, num tempo chuvoso e agreste, e fiquei convencido que eles eram francamente loucos. Foi então que o meu velho amigo John Price, que cresceu em Liverpool e passou a juventude a fazer loucuras pelos despenhadeiros muito íngremes da região de Lakes, me encorajou a juntar-me a ele e a mais dois dos seus amigos, para fazermos uma marcha — foi a palavra que ele usou — pela montanha Haystacks, num fim-de-semana. Acho que foi a combinação daquelas duas palavras com uma sonoridade tão pouco agressiva, como «marcha» e «Haystacks», e a promessa de irmos tomar umas bebidas, mais tarde, que apaziguou o meu estado natural de prevenção.

— Tens a certeza de que não é muito difícil? — perguntei.

— Não, é só uma marcha — insistiu John.

Bem, é evidente que foi tudo menos uma marcha. Trepámos durante horas por encostas quase perpendiculares, sobre cascalho escorregadio e tufos de relva grumosos, contornando elevadas fortalezas rochosas, e indo surgir, finalmente, numa região infernal, fria e desabrigada, tão remota e ignorada que até as ovelhas ficaram admiradas a olhar para nós. Mais além, viam-se outras montanhas ainda maiores e remotas, que nem se distinguiam, na linha negra da auto-estrada, milhares de metros abaixo. John e os seus amigos brincavam com a minha vontade de sobreviver, da maneira mais cruel possível; ao verem-me ficar para trás, sentavam-se numas rochas a fumar, a conversar e a descansar, mas, na altura em que eu chegava ao pé deles, com uma vontade enorme de me atirar para o chão, levantavam-se muito frescos e, dizendo umas palavras de encorajamento, continuavam a andar com passos vigorosos, de modo que eu tinha de continuar atrás deles e nunca conseguia descansar. Arfava, tinha dores e soprava por todos os lados, e percebi que nunca tinha feito uma coisa tão anormal como esta na vida, pelo que jurei não voltar a cometer semelhante loucura.

E então, quando estava quase a cair para o lado e a pedir que me trouxessem uma maca, terminámos a última subida e encontrámo-nos, de repente, como por magia, no topo do mundo, numa plataforma perto do céu, no meio de um mar de montanhas elevadíssimas. Nunca tinha visto uma coisa tão maravilhosa. «Raios me partam!», exclamei num momento de grande eloquência e percebi que estava apanhado por aquela maravilha. A partir daquele momento, voltei sempre que eles me convidaram, e nunca mais me queixei, começando então a meter as calças dentro das meias. Estava ansioso pela chegada do dia seguinte.

O *ferry* atracou e subi para bordo juntamente com os outros. Windermere parecia serena e muito atraente, sob a luz suave do Sol. Contrariamente ao que era costume, não havia um único barco de recreio a perturbar a superfície espelhada e calma do lago. Dizer que Windermere é apreciado pelos proprietários de barcos é fugir à verdade dos factos. Existem cerca de 14 000 barcos a motor — repito: *14 000* — registados para fazerem uso do lago. Num dia de Verão de grande movimento, pode haver cerca de 1600 barcos a motor a navegar no lago, em qualquer altura, muitos deles a mais de 70 quilómetros por hora e com esquiadores a reboque. E isto sem falar de outros milhares de objectos que andam a flutuar na água, e não precisam de estar registados — barcos a remos e à vela, canoas, barcos insufláveis, colchões de praia, barcos a vapor com excursionistas, e o velho *ferry,* ronceiro, onde me encontro de momento — todos eles à procura de um pedaço de lago à sua medida. É completamente impossível estar numa margem do lago, num domingo de Agosto, a ver os esquiadores a rasarem o amontoado de barcos a remos e outros resíduos flutuantes, e não ficar de boca aberta e mãos na cabeça.

Tive de passar umas semanas nesta região de Lakes, cerca de um ano antes de escrever um artigo para o *National Geographic,* e um dos sustos que apanhei nessa experiência foi numa lancha do parque nacional, quando uma manhã me levaram a dar uma volta pelo lago. Para me mostrar como seria perigoso andar a uma velocidade tão grande, num meio tão cheio de gente como aquele, o administrador do parque colocou a lancha ao largo e disse-me que me segurasse bem — pelo que sorri, pois ando a cerca de 140 quilómetros por hora numa auto-estrada — e depois acelerou. Bem, não queiram saber: uma velocidade de cerca de 70 quilómetros por hora num barco não é a mesma coisa que na estrada. Arrancámos com tanta força que fui atirado para trás e obrigado a agarrar-me com unhas e dentes, e avançámos sobre a água como um projéctil disparado por uma arma. Raramente me senti tão aterrado como naquele momento. Mesmo numa manhã calma e fora da época estival, Windermere estava cheia de entraves. Lançámo-nos em grande velocidade por entre pequenas ilhas, roçámos a água inclinados, e passámos promontórios que surgiam de rompante, surpreendendo-nos, como os sustos que apanhamos nos carrinhos dos parques de diversões. Imaginem agora ter de partilhar este espaço com mais 1600 outros barcos, todos a uma velocidade parecida, a maioria dirigido por idiotas citadinos e barrigudos, com quase nenhuma experiência de conduzir barcos de grande potência, e mais os outros impecilhos dos barcos a remos, caiaques, barcos a pedais, e é de admirar não haver também corpos a boiar na água.

Com aquela experiência aprendi duas coisas — a primeira é que o vomitado se evapora no ar a uma velocidade de 60 quilómetros à hora num barco aberto, a segunda é que Windermere é uma massa de água compacta. E chegamos ao ponto principal de tudo isto. A Grã-Bretanha, apesar da sua diversidade topográfica e grandeza intemporal, é um lugar em escala reduzida. Não existe uma única característica natural no país que se equipare a qualquer outra a nível mundial — montanhas como os Alpes, desfiladeiros colossais, nem mesmo um único grande rio. Podem achar que o Tamisa é um rio de grande caudal, mas não passa de um curso natural de água, com pretensões a nível universal. Coloquemo-lo na América do Norte e ele não chegará sequer a ser o centésimo dos maiores. Para ser mais preciso será o centésimo oitavo, ultrapassado por rios desconhecidos como o Skunk, o Kuskokwim e até o pequeno Milk. Windermere pode ter orgulho como lago entre os outros lagos de Inglaterra, mas por cada 77 centímetros quadrados de superfície do Windermere, o Lake Superior oferece 249 000 centímetros quadrados de água. Em Iowa existe uma massa de água chamada Dan Green Slough, de que muitos dos seus habitantes nunca ouviram falar, e que é maior que Windermere. O próprio Lake District ocupa menos espaço do que Twin Cities.

Acho que é maravilhoso — não por terem dimensões mais modestas do que os outros, mas por serem modestos em si, no meio de uma ilha com uma densidade populacional tão elevada e ainda tão maravilhosa. É um grande feito. Conseguem ter uma ideia, sem ser em teoria claro, de como a Grã-Bretanha e excessivamente povoada? Sabiam que, por exemplo, para termos a mesma densidade populacional na América, teríamos de desenraizar toda a população de Illinois, Pensilvânia, Massachusetts, Minnesota, Michigan, Colorado e Texas e metê-la toda em Iowa? Vinte milhões vivem a um dia de viagem de Lake District e 12 milhões, um quarto da população de Inglaterra aproximadamente, vêm até à região de Lakes anualmente. Não admira que, em certos fins-de-semana, no Verão, se demore duas horas a atravessar Ambleside, e que se consiga quase atravessar o Windermere, saltando de barco para barco.

E mesmo assim, o Lake District continua a ser mais encantador e menos predatório, a nível de comércio, do que muitos belos e famosos lugares de países mais espaçosos. E, tirando o excesso de população — pondo de parte Bowness, Hawkshead e Keswick, com os seus panos da louça, salas de chá, bules de chá e toda essa tralha que nunca mais acaba com a marca de Beatriz Potter — a região conserva núcleos de uma perfeição total, como é aquele em que me encontro agora, quando o *ferry* atinge a margem e desembarcamos. Durante um minuto, a área onde desembarcámos ficou com uma actividade incalculável, com um grupo de automóveis a sair, outro a entrar, e os oito ou dez passageiros que viajavam a pé, partindo em diversas direcções. Depois, ficou tudo num silêncio bem-aventurado. Meti por uma bela estrada arborizada que contornava o lago, e depois virei para o interior a caminho de Near Sawrey.

É em Near Sawrey que fica Hilltop, a quinta onde a inevitável Potter fez os seus desenhos a aguarela de tons suaves, e elaborou as suas histórias piegas. Durante quase todo o ano é visitada por turistas de muitas partes do mundo. Uma área ainda grande da aldeia está ocupada com parques de estacionamento (mas situados em locais discretos) e a sala de chá tem mesmo um letreiro na fachada a indicar o que tem para servir em caracteres japoneses, valha-nos Deus! Mas os acessos à aldeia *(village)* — que, de facto, não passa de uma aldeola *(hamlet)*. E, a propósito, sabem qual é a diferença entre *village e hamlet*? Por incrível que pareça poucas pessoas o sabem, mas é muito fácil: a primeira é um lugar onde vivem pessoas e a segunda é uma peça de Shakespeare — seja de que direcção se vier, são requintados e ainda não devastados: um paraíso verde semelhante a um prado, ornamentado com muros de ardósia, pequenas matas arborizadas e simples quintas pintadas de branco, contrastando com um cenário de montanhas azuis, chamativas, em pano de fundo. A própria Near Sawrey tem um encanto sedutor, bem urdido, que engana a multidão esmagadora que se arrasta até à sua residência mais famosa. A reputação de Hilltop é tão assustadora que a *National Trust* deixou de fazer publicidade da mesma. Mas os visitantes continuam a aparecer. Quando cheguei, duas camionetas de passageiros estavam a despejar os seus ocupantes, todos de cabelos grisalhos, fazendo uma grande algazarra, e o principal parque de estacionamento estava já quase cheio.

Tinha estado em Hilltop no ano anterior, pelo que continuei o meu caminho através de um percurso pouco conhecido até chegar a uma lagoa no cimo de uma colina. A idosa senhora Potter costumava vir regularmente até esta lagoa, para andar de barco a remos — com o intuito de fazer exercício salutar, ou como uma espécie de flagelação, não faço ideia —, mas era perfeitamente encantadora e tinha aspecto de ser pouco conhecida. Dava-me a sensação de ser o primeiro visitante a aventurar-me até ali, desde há uns anos atrás. No caminho, encontrei o dono de uma quinta a consertar uma extensão de muro caído, e fiquei ali a olhá-lo, durante um certo tempo, a uma distância discreta, pois se existe algo que nos acalme mais o espírito do que consertar um muro, é ver alguém a fazê-lo. Recordo-me de uma vez, não muito tempo depois de nos termos mudado para Yorkshire Dales, em que andei a deambular pelo campo e encontrei um proprietário, que eu conhecia vagamente, a reconstruir um muro numa colina remota. Era um daqueles dias de Janeiro com um tempo miserável, cheio de nevoeiro e chuva, e o esquisito da situação era que não havia razão aparente para ele estar a reconstruir aquele muro. Era dono dos terrenos que ficavam de ambos os lados e, além disso, havia um portão que estava permanentemente aberto entre os dois, pelo que a existência do muro não se justificava. Fiquei, a observá-lo e, por fim, perguntei-lhe qual a razão que o fazia estar ali, debaixo de chuva, a consertar o muro. Olhou para mim com aquele olhar pesaroso que os fazendeiros de Yorkshire reservam para lançar aos mirones e outros débeis mentais, e disse: «Porque está *derrubado,* é evidente.» A partir de então, aprendi que, em primeiro lugar, nunca se deve fazer uma pergunta a um lavrador de Yorkshire que não possa ser respondida com «um copo de cerveja» e, em segundo lugar, que uma das razões por que a paisagem britânica é quase toda tão encantadora e intemporal se deve aos proprietários das quintas que, por uma razão qualquer, se preocupam em conservá-la sempre assim.

De certeza que isto tem pouco a ver com dinheiro. Sabiam que o governo gasta menos dinheiro, por pessoa e por ano, com os parques nacionais, do que cada um dos cidadãos despende diariamente na compra de um só jornal, e que contribui com mais dinheiro para a Royal Opera House, em Covent Garden, do que para dez parques nacionais no seu conjunto? O orçamento anual para o Lake District National Park, uma área considerada como das mais belas e impressionantes de Inglaterra, sob o ponto de vista ambiental, é de 2,4 milhões de libras, sensivelmente o mesmo que para uma única escola secundária. Com esta soma de dinheiro os responsáveis pelo parque têm de o gerir, fazer funcionar dez centros de informações, pagar a 127 funcionários a tempo inteiro, e a 40 em *part-time,* na época do Verão, substituir e manter o equipamento e os veículos, financiar melhoramentos na paisagem, implementar programas educacionais e desempenhar a função de responsáveis pelo planeamento local. O facto da região dos Lakes ser tão maravilhosa, estar tão bem conservada e ser um bem para a alma e espírito é um verdadeiro legado para as pessoas que trabalham para o conseguir, que vivem nela e que se utilizam dela. Recentemente, li que mais de metade dos Britânicos, submetidos a um inquérito, não conseguiram encontrar uma única coisa de que se orgulhassem no seu país. Bem, orgulhem-se desta pelo menos.

Passei algumas horas agradáveis a caminhar através da paisagem sumptuosa e indolente que se estendia entre Windermere e Coniston Water, e de bom grado teria ficado por lá mais tempo se não começasse a chover — uma chuva ininterrupta e desesperante, com que eu, estupidamente, não tinha contado, atendendo à minha indumentária de caminhante — e, por outro lado, se eu não estivesse a morrer de fome, pelo que voltei até ao local onde se apanha o *ferry*, e regressei a Bowness.

Foi assim que, passada uma hora e depois de ter comido uma sanduíche de atum que me custou muito caro, me encontrei de novo no Old England, a olhar para o lago através de uma grande janela, sentindo-me aborrecido e apático, característico das tardes de chuva passadas no meio do conforto. Para passar uma meia hora, fui até à sala de estar dos residentes para ver se conseguia beber uma chávena de café. A sala estava cheia de coronéis idosos, acompanhados de suas esposas, sentados no meio de vários exemplares mal dobrados do *Daily Telegraph*. Os coronéis eram todos de pequena estatura, corpulentos, usando casacos de tecido de lã axadrezado, cabelo grisalho bem alisado, um aspecto aparentemente rude que ocultava um coração empedernido e, quando andavam, um modo de coxear debochado. As esposas, muito cheias de *rouge* e empoadas pareciam ter saído do caixão. Senti-me completamente fora do meu elemento, e fiquei surpreendido quando vi uma delas — uma senhora de cabelos grisalhos, que parecia ter posto *bâton* nos lábios durante um tremor de terra — dirigir-me a palavra de uma maneira simpática, coloquial. Nestas ocasiões tenho sempre de me lembrar que não sou nenhum jovem labrego desajeitado que veio da parvónia, e sim um indivíduo de meia-idade e de aspecto respeitável.

Como é costume, começámos a dizer algumas palavras acerca do tempo desagradável, mas quando a mulher descobriu que eu era americano mudou imediatamente de assunto, e falou de uma viagem que ela e o Arthur — Arthur, segundo percebi, devia ser o idiota a sorrir timidamente ao lado dela — tinham feito recentemente à Califórnia, para visitar uns amigos e, a pouco e pouco, tornou-se numa conversa disparatada e sem interesse, acerca do que pareciam ser os defeitos dos Americanos. Nunca percebi o que é que as pessoas pensam quando tomam uma atitude destas. Será que julgam que aprecio a sua frontalidade? Estarão a querer chatear-me? Ou será que se esqueceram que eu próprio sou americano? O mesmo acontece quando, por vezes, começam a falar de imigração em frente de mim.

— São muito arrojados, não acha? — dizia ela, enquanto sorvia um gole de chá. — Basta falarmos com um estranho, durante cinco minutos, e julgam logo que ficámos *amigos*. Houve um homem em Encino, um trabalhador dos correios que estava aposentado, ou qualquer coisa no género, que me pediu a morada e prometeu visitar-me quando fosse a Inglaterra. Imagina uma coisa destas? Eu nunca tinha visto o homem na minha vida. — Bebeu mais um gole de chá e ficou pensativa. — Tinha um cinto com uma fivela que era um espanto. Toda de prata e pequenas pedras preciosas.

— A comida é que me impressiona — disse o marido, esticando-se um pouco para participar no solilóquio, mas depressa se tornou evidente que ele era um daqueles homens que nunca conseguem dizer mais do que a primeira frase de uma história.

— Ah, sim, a comida! — gritou a mulher, interrompendo-o. — Eles têm um conceito de comida perfeitamente *fora do normal*.

— Porquê? Por gostarem dela bem condimentada? — perguntei, com um leve sorriso.

— Não, meu caro, são as *quantidades*. Na América as quantidades de comida servida chegam a ser *vergonhosas*.

— Uma vez, comi um bife... — começou o homem, dando uma pequena risada.

— E o que eles fazem com a língua! Não conseguem, pura e simplesmente, falar o «inglês da rainha».

Agora chega. Podem dizer o que quiserem acerca das quantidades de comida, dos indivíduos demasiado familiares com cintos de fivelas muito enfeitadas, mas cuidado com o que dizem acerca do inglês americano.

— Por que é que haviam de falar o inglês da rainha? — perguntei, levemente irritado. — Afinal, ela não é rainha deles.

— Mas são as palavras que eles utilizam. E a maneira de as pronunciarem. Qual é aquela palavra que tu detestas, Arthur?

— *Normalcy* (normalidade) — disse Arthur. — Aquele indivíduo que eu encontrei...

— Mas *normalcy* não é um americanismo — interrompi. — Foi uma palavra cunhada na Grã-Bretanha.

— Acho que não, meu caro — disse a mulher com aquela segurança que só a estupidez confere, e sorrindo com um ar de condescendência. — Não, tenho a certeza que não.

— Em 1687 — disse eu, mentindo com quantos dentes tinha na boca. Mas estava a falar verdade, quanto ao principal, *normalcy* é um anglicismo. Só não me conseguia lembrar dos pormenores. — Daniel Dafoe em *Moll Flanders* — acrescentei com um rasgo de inspiração. Uma das coisas que se costuma ouvir, quando se é americano e se vive na Grã-Bretanha, é que a América será a morte da língua inglesa. É um sentimento que me transmitem muitas vezes nos jantares de festas, e que me surpreende, normalmente é alguém que bebeu um pouco mais do que a conta, mas também pode ser uma velha jarreta, empoeirada e meia demente, como esta. Até que chega um dia em que se perde a paciência. Então, disse-lhe — disse aos dois, aliás, pois o marido estava com um ar de quem se preparava para esboçar mais um dos seus pensamentos incompletos — que, quer eles gostassem ou não, a língua inglesa tinha sido muito enriquecida com palavras de origem americana, palavras que eles não podiam dispensar e que uma delas era *moron* (cretino). Fiz-lhes um sorriso arreganhado, acabei de beber o café e, com ar altivo, pedi desculpa e saí. Fui escrever outra carta ao editor do *The Times*.

Na manhã seguinte, por volta das 11 horas, quando John Price e um indivíduo muito simpático chamado David Partridge chegaram ao hotel, no carro de Price, já eu estava à porta à espera deles. Não os deixei parar em Bowness para tomarem café, alegando que não suportava estar mais tempo naquela terra, e fiz com que seguissem para um hotel próximo de Bassenthwaite, onde Price tinha reservado quartos para todos. Largámos lá os sacos, bebemos um café, pedimos na cozinha que nos embrulhassem três almoços, munimo-nos dos nossos apetrechos de montanhistas e partimos na direcção de Great Langdale. Agora, as coisas começavam a melhorar.

Apesar da ameaça do mau tempo e da época do ano tão tardia, os parques de estacionamento e as bermas da estrada estavam cheios de carros. Por todo o lado se viam pessoas a equiparem-se, ou sentadas nos carros com as portas abertas, a calçarem meias quentes e botas resistentes. Calçámo-nos e metemo-nos no meio de um grupo de caminhantes dispersos, todos de mochila às costas e meias de lã até ao joelho, e partimos em direcção a uma colina íngreme e elevada, chamada Band. O nosso destino era o famoso pico de Bow Fell, com cerca de 900 metros de altitude, o sexto mais alto das montanhas de Lakeland. Os que iam à nossa frente, formavam pontos coloridos, bem espaçados, que avançavam lentamente na direcção de um pico remoto perdido no meio das nuvens. Como sempre, ficava espantadíssimo por ver que havia tanta gente a achar divertido escalar uma encosta, num sábado húmido e invernoso, no fim do mês de Outubro.

Subimos através de encostas cobertas de erva até chegarmos a terreno mais escarpado, caminhando mais cautelosamente sobre rochas e cascalho, até chegarmos ao cimo, por entre farrapos de nuvens que pairavam sobre o vale a cerca de 300 metros abaixo de nós. A paisagem era sensacional — em frente, erguiam-se os picos denteados de Langdale Pikes, agrupados junto ao vale estreito e remoto, enfeitados com minúsculos campos cultivados e cercados de muros de pedra e, para ocidente, o ondulado acastanhado de montanhas maciças, a desaparecer no meio do nevoeiro e das nuvens baixas.

Enquanto avançávamos, o tempo começou a piorar. O ar encheu-se de pequenas partículas de gelo que andavam num rodopio, picando-nos a pele como alfinetes. À medida que nos aproximávamos de Three Tarns, o tempo tornou-se verdadeiramente ameaçador, com um denso nevoeiro a juntar-se à saraivada já de si agressiva. Rajadas de vento forte fustigavam os lados da montanha e reduziam o nosso andamento a uma marcha lenta e penosa. A névoa impedia a visibilidade. Uma ou duas vezes quase saímos do trilho, o que me assustou pois não estava particularmente interessado em morrer ali em cima — além do mais, ainda tinha 4700 *Profiles points*[NT] para gastar do meu *Barclaycard*. Acima de nós, fora da névoa, emergia o que parecia ser um boneco de neve cor de laranja. Quando chegámos mais perto, verificámos que se tratava de um equipamento muito sofisticado para alpinistas. Algures, no seu interior, havia um homem.

— Muito fresco — ouviu-se dizer de lá de dentro.

John e David perguntaram-lhe se vinha de longe.

— De Blea Tarn. — Blea Tarn ficava a cerca de 16 quilómetros de terreno pedregoso.

— Mau por lá? — perguntou John, usando aquele tipo de linguagem abreviada própria dos alpinistas, segundo vim a perceber depois.

— Obra de mãos-e-joelhos — respondeu o homem.

Eles abanaram a cabeça, com ar entendido.

Como aqui, não tarda.

Abanaram de novo a cabeça.

— Bem, é melhor andar — atalhou o homem, num tom de voz de quem não tinha tempo para ficar a tagarelar, e afastou-se no meio do nevoeiro. Fiquei a vê-lo partir, e depois voltei-me para lhes sugerir que talvez fosse melhor regressarmos ao vale, e dirigirmo-nos a uma confortável estalagem com comida quente e cerveja fria, mas Price e Partridge já tinham desaparecido no meio do nevoeiro, uns nove metros à minha frente.

[NT] Modalidade, posteriormente chamada *Reward points,* segundo a qual, por cada 10 libras dispendidas de cada vez que se usasse o cartão *Barclaycard,* se ganhava 1 ponto.

— Então, esperem por mim! — rosnei e lá segui, a arrastar-me atrás deles.

Chegámos ao cimo sem incidentes. Contei 33 pessoas amontoadas à nossa frente, no meio de pedregulhos brancos de névoa, a comerem sanduíches, a beberem, e a segurarem mapas que esvoaçavam ao vento, e tentei imaginar como iria explicar aquela cena a um estranho — 36 pessoas a fazerem um piquenique, no alto de uma montanha, no meio de uma tempestade de gelo — e constatei que não iria ser capaz de o fazer. Avançámos até uma rocha, onde um casal afastou delicadamente as suas mochilas e se encolheu, para nos dar lugar. Sentámo-nos e, debaixo de um vento cortante, rebuscámos o interior dos nossos sacos castanhos, descascámos os ovos cozidos com os dedos entorpecidos pelo frio, bebemos uma bebida quente aos goles, comemos sanduíches substanciais de queijo e picles, e deixámo-nos ficar a olhar para a névoa, através da qual tínhamos passado três horas a trepar até chegar onde estávamos, e pensei, muito seriamente: «Meu Deus, como eu gosto deste país!»

CAPÍTULO

24

Estava a pensar em ir a Newcastle, via York, quando tive mais um dos meus impulsos e segui para Durham, com a ideia de visitar a catedral, durante cerca de uma hora, aproximadamente, acabando por ficar rendido aos seus encantos. Por que razão? Porque é maravilhosa — uma pequena cidade perfeita — e pensei: «Por que é que ninguém me tinha falado dela?» Sabia que tinha uma bonita catedral normanda, mas não fazia ideia que era tão *grandiosa*. Custava-me a acreditar que, nem sequer uma vez em 20 anos, ninguém me tivesse dito: «Nunca foste a Durham? Meu Deus, tens de lá ir imediatamente! Faz favor, leva o meu carro.» Já tinha lido artigos sobre viagens, nos jornais de domingo, em que falavam de fins-de-semana passados em York, Canterbury, Norwich, e mesmo em Lincoln, mas não me recordo de ter lido nada acerca de Durham, e quando perguntava aos meus amigos não encontrava nenhum que tivesse lá estado. Assim, deixem-me afirmá-lo aqui e agora: se nunca vieram a Durham, façam-no imediatamente. E sirvam-se do meu carro. É uma maravilha.

A catedral, uma enorme estrutura de pedra castanha avermelhada que se ergue acima de um dos meandros relvados e indolentes do rio Wear, é a sua glória, como é evidente. Tudo nela é perfeito — não só a situação e construção, mas também é de assinalar a maneira como, actualmente, é gerida. Para começar, não tem pedidos maçadores de donativos, nem pagamento de entrada «voluntário». Do lado de fora, existe simplesmente um letreiro discreto a indicar que a manutenção da catedral custa 700 mil libras por ano, e que está agora envolvida num projecto de renovação da ala leste que irá custar 400 mil libras, e que seria muito agradável se os visitantes pudessem comparticipar com algum dinheiro. No interior, existiam apenas duas simples caixas e nada mais — nem confusão, nem avisos maçadores, nem cartazes afixados na parede com notícias irritantes, ou estúpidas bandeiras de Eisenhower, nada que pudesse alterar a indescritível majestade do seu interior. Estava um dia óptimo para a visitar. O sol passava esplendoroso através dos vitrais, fazendo realçar os pilares robustos e os seus padrões estriados e sumptuosos, salpicando o chão com grãos de poeira coloridos. Havia mesmo bancos fixos de madeira.

Não sou grande autoridade a avaliar estas coisas, mas a janela no canto do coro fazia-me lembrar a famosa janela de York, e esta até se podia ver em todo o seu esplendor pois não estava tapada pelo transepto. E o vitral do outro canto era ainda mais belo. Bem, não consigo parar de falar dela pois é um assombro. Enquanto ali estava especado, um dos únicos 12 visitantes existentes, passou um sacristão e cumprimentou-me. Fiquei encantado com esta prova de simpatia, e fascinado por me encontrar no meio de tanta perfeição, atribuindo logo ali a Durham a categoria da melhor catedral do planeta.

Quando me senti suficientemente satisfeito, deitei uma série de moedas na caixa dos donativos e saí para fazer uma visita rápida pela cidade, que era quase tão antiga e bela como a catedral, voltando depois para a estação, simultaneamente impressionado e desolado pelo muito que ainda havia para ver neste pequeno país, e por ter pensado erradamente que poderia ver mais do que uma sua fracção, em apenas sete semanas.

Apanhei um comboio intercidades para Newcastle, e depois um local, em direcção de Pegswood, a cerca de 28 quilómetros para Norte, onde saí com um sol esplêndido, e caminhei cerca de dois quilómetros sempre a direito, na estrada que ia dar a Ashington.

Desde longa data que Ashington foi considerada a maior aldeia mineira do mundo, mas já não existem minas e, com uma população de cerca de 23 000 habitantes mal pode ser considerada uma aldeia. É famosa por ser o local de nascimento de alguns jogadores de futebol como Jackie e Bobby Charlton, Jackie Milbourn e mais uns 40 de qualidade para jogarem na primeira divisão, o que é notável para uma comunidade tão modesta — mas eu fui levado lá por outra razão: os outrora famosos e agora esquecidos pintores mineiros.

Em 1934, sob a direcção de um artista académico da Durham University, chamado Robert Lyon, a cidade criou um clube de pintura a que chamou Ashington Group, formado quase exclusivamente por mineiros que nunca tinham pintado — e muitos deles nem sequer tinham visto ainda um quadro autêntico — antes de começarem a reunir-se num barracão de madeira, à segunda-feira à noite. Mostraram um talento surpreendente e «divulgaram o nome de Ashington para lá das montanhas cinzentas», como um crítico do *Guardian* (que não devia saber nada de futebol) os descreveu. Nas décadas de 30 e de 40, em especial, foram o foco das atenções e apareceram em muitos artigos de jornais nacionais e revistas de arte, bem como em exposições realizadas em Londres e noutras cidades importantes. O meu amigo David Cook mostrou-me uma vez um livro que ele tinha, com gravuras de William Feaver, e que se chamava *Pitmen Painters* (Pintores Mineiros). No seu interior, havia pinturas muito bonitas, mas foram as fotografias dos mineiros, de estatura forte, vestindo fato e gravata, metidos no interior de um pequeno barracão, inclinados sobre cavaletes e pranchetas, muito atentos, que me ficaram mais gravados na memória. Tinha de ir ver corri os meus próprios olhos.

Ashington não era nada como eu imaginava. Pelas fotografias do livro de David, dava o aspecto de ser uma aldeia remota que cresceu demasiado e que estava rodeada de desperdícios e camadas de fumo resultante das três minas locais, um local de caminhos estreitos cheios de lama, sob uma chuva constante de fuligem, mas o que encontrei foi uma comunidade moderna, cheia de movimento, e envolvida por uma atmosfera de claridade e limpeza. Havia mesmo uma nova área de escritórios e empresas, com pequenas bandeiras ao vento, árvores esguias e uma grande entrada feita de tijolos, para lá da qual havia terreno cultivado. A rua principal, a Station Road, tinha sido fechada ao trânsito e reservada para peões, com muitas lojas que aparentavam fazer bom negócio. É óbvio que não havia muito dinheiro em Ashington — a maioria das lojas eram do tipo *Price Busters/Superdrug/Wotta Loada Crap,* com as montras cheias de avisos de ofertas especiais no seu interior — mas, pelo menos, pareciam estar a prosperar de uma maneira que, por exemplo, não acontecia com as de Bradford.

Fui até à Câmara averiguar o caminho para o outrora famoso barracão, e depois desci a Woodhorn Road à procura do edifício da antiga *Co-op,* por trás do qual ele ficava. A fama do Ashington Group, verdade seja dita, assentava numa grande dose de paternalismo bem intencionado, mas um pouco questionável. Ao lermos os antigos relatos sobre as suas exposições em lugares como Londres e Bath, é difícil não chegar à conclusão de que os artistas de Ashington eram vistos pelos críticos e outros estetas, como uma espécie de «cão amestrado do Dr. Johnson»: o que provocava a admiração das pessoas não era a perfeição do que era feito, mas sim o facto de o conseguirem fazer.

No entanto, os pintores de Ashington representavam apenas uma pequena parcela de uma grande vontade de progredir em locais como Ashington, onde a maioria das pessoas se podia dar por satisfeita quando estudava para além da escola primária. Ao vê-la agora, e perfeitamente espantoso imaginar como a sua vida foi tão interessante e como, nos anos anteriores à guerra, foram aproveitadas as oportunidades com tanto entusiasmo. Houve uma época em que a cidade se orgulhou de ter uma sociedade filosófica com um animado programa anual de conferências, concertos e aulas nocturnas; uma sociedade de ópera e outra dramática; uma associação educacional para trabalhadores; um instituto para o bem-estar social dos trabalhadores mineiros, com oficinas e salas de conferência; clubes de jardinagem, de ciclismo, de atletismo e muitos outros do mesmo género. Mesmo os clubes para trabalhadores, de que Ashington se orgulhou de possuir 22, nos seus tempos áureos, tinham bibliotecas e salas de leitura para os que possuíam outras aspirações para além de beberem o seu copo de cerveja. A cidade tinha um teatro com sucesso, um salão de baile, cinco cinemas e uma sala de concertos que se chamava Harmonic Hall. Na década de 20, o Bach Choir de Newcastle deu um espectáculo, num domingo à tarde, no Harmonic Hall, e teve uma audiência de 2000 pessoas. É possível imaginar, agora, algo que se pareça?

Depois, a pouco e pouco, tudo foi desaparecendo — o teatro, a sociedade de ópera, as salas de leitura, as salas de conferências. Até os cinco cinemas fecharam as suas portas. Actualmente, a única diversão que existe em Ashington é um grande salão de máquinas de jogos automáticas, pelo qual acabei de passar no meu caminho em direcção ao edifício da *Co-op,* que não foi difícil de encontrar. Atrás deste, havia um grande parque de estacionamento de automóveis não calcetado, rodeado por uma série de outros edifícios mais baixos — negociantes de material para construção, um abarracamento de escuteiros, um complexo *DHS,* e um edifício do Instituto dos Veteranos, feito de madeira e pintado com um verde-azulado brilhante. Através do livro de William Feaver, sabia que o barracão do Ashington Group ficava ao lado do Instituto dos Veteranos, mas não sabia de que lado exactamente.

O Ashington Group foi uma das últimas instituições a desaparecer, embora o seu declínio fosse lento e penoso. Durante a década de 50, o grupo foi diminuindo, pois os membros mais velhos foram morrendo e os mais novos achavam que era uma falta de gosto usar fato e gravata, pelo que acabaram com as pinturas. Nos últimos anos, só dois dos seus membros, Oliver Kilbourn e Jack Harrison, é que continuaram a aparecer com regularidade, à segunda-feira à noite. No Verão de 1982, receberam a notícia de que a renda do terreno onde estava construído o barracão iria subir de 50 *pence* para 14 libras anuais. Tal com Feaver comenta, «aquela renda mais o pagamento trimestral de sete libras para a electricidade era demasiado.» Em Outubro de 1983, próximo do seu quinquagésimo aniversário, e por falta de pagamento de 42 libras de despesas correntes anuais, o Ashington Group dissolveu-se e o barracão foi deitado abaixo.

Agora, não havia nada para ver a não ser o parque de estacionamento, mas as pinturas foram cuidadosamente guardadas no Woodhorn Colliery Museum, a cerca de uns dois quilómetros de distância, na Woodhorn Road. Caminhei até,lá, passando por uma série de antigas casas de mineiros. Os edifícios onde ficavam as antigas minas de carvão tinham mantido o seu aspecto, os tijolos estavam intactos e a antiga roda de vento ainda se erguia no ar, fazendo lembrar os restos remotos de uma roda de feira. Também se viam no chão curvas de carris de ferro ferrugento, mas agora estava tudo muito calmo e a área dos carris transformara-se num relvado verdejante. Era quase o único visitante que lá havia.

A Woodhorn Colliery fechou em 1981, sete anos antes do seu centésimo aniversário. Chegou a ser uma das 200 minas de carvão de Northumberland e das 3000 do país inteiro. Na década de 20, no auge da produção industrial, havia 1 200 000 trabalhadores nas minas de carvão da Grã-Bretanha. Agora, por ocasião da minha visita, já só existiam 16 minas de carvão a funcionar, e o número de trabalhadores empregados tinha diminuído de 98 por cento.

Tudo parece ser um pouco triste até entrarmos no museu e vermos as fotografias e as percentagens de acidentes que nos mostram como o trabalho era duro e desgastante, e como gerações de uma vida de pobreza se foram tornando num sistema organizado. Não admira que a cidade fosse o berço de tantos jogadores de futebol, pois durante décadas foi esta a única saída que se lhes apresentava.

O museu tinha entrada livre e estava cheio de expositores bem organizados onde nos era mostrado a vida nas minas e a aldeia movimentada que existia acima delas. Não tinha uma ideia tão concreta de como era dura a vida nas minas. Em pleno século XX, morriam nas minas mais de 1000 trabalhadores por ano e, em cada uma delas, houve pelo menos um desastre que fosse conhecido. (Em Woodhorn, em 1916, houve um em que morreram 30 homens numa explosão devido a uma criminosa falta de inspecção; os proprietários da mina foram severamente alertados para que tal não voltasse a acontecer, pois nesse caso seriam *realmente* punidos.) Até 1847, as crianças de quatro anos de idade — incrível, mas é verdade! — trabalhavam nas minas até dez horas diárias, e até há pouco tempo, os rapazes de dez anos eram utilizados como *trappers,* ou seja, fechados num pequeno espaço com uma escuridão total, com a única função de abrir e fechar umas portas de ventilação, quando passava um carrinho carregado de carvão. Faziam turnos das três às 16 horas, seis dias por semana. E estes eram os trabalhos menos duros.

Só Deus sabe como é que as pessoas tinham tempo e energia para se arrastarem até às conferências, concertos e clubes de pintura, mas o certo é que arranjavam. Numa das salas, muito bem iluminada, havia uns 30 ou 40 quadros, pendurados na parede, executados pelos membros do Ashington Group. Os recursos do grupo eram tão modestos que chegavam a pintar com *walpamur,* uma emulsão grosseira, sobre papel, cartão ou placa de aglomerado. Muito raramente usavam tela. Seria um erro cruel sugerir que os artistas do Ashington Group poderiam vir a tornar-se num Tintoretto, ou mesmo num Hockney, mas as suas pinturas foram, durante 50 anos, um registo muito sugestivo do que era a vida numa comunidade mineira. Quase todas elas representavam cenas locais — «Sábado à Noite no Clube», *«Whippets»*[NT] — ou a vida no interior das minas. E o facto de as podermos ver no contexto de um museu de uma mina, em vez de numa galeria na metrópole, só lhes conferia ainda mais valor do que o que possuíam. Pela segunda vez, naquele dia, fiquei verdadeiramente impressionado e fascinado.

Mas houve um pequeno incidente. Quando ia a sair, reparei numa placa onde estavam registados os nomes dos proprietários da mina, e que um dos beneficiários de todo este trabalho duro e suado com o carvão da mina era, nada mais nada menos, do que o nosso velho amigo W. J. C. Scott-Bentinck, o quinto duque de Portland, e lembrei-me, mais uma vez, de como a Grã-Bretanha era um pequeno mundo notável e inesquecível.

É esta a magnificência deste país — conseguir ser acolhedor e de tamanho reduzido e, por outro lado, cheio de acontecimentos e coisas interessantes. Estou permanentemente fascinado com isto — com a possibilidade de podermos andar a vaguear por uma cidade como Oxford e, passado pouco tempo, passarmos pela casa de Christopher Wren, pelos edifícios onde Halley descobriu o seu cometa

---

[NT] Cães de raça parecidos com o galgo e usados na caça aos coelhos.

e Boyle a sua primeira lei[NT], pela pista onde Roger Bannister correu a primeira milha em menos de quatro minutos, pelo prado por onde Lewis Carroll costumava deambular; ou ainda, como é possível estar em Snow's Hill, em Windsor, e poder ver de uma só vez o Windsor Castle e os campos de jogos de Eton, o cemitério no adro da igreja onde o poeta Gray escreveu a sua famosa elegia, e o local onde *The Merry Wives of Windsor* foi representada pela primeira vez. Consegue haver no mundo um espaço tão pequeno onde exista uma paisagem com mais séculos de realizações esforçadas e fecundas do que este?

Voltei para Pegswood, envolto numa áurea de encantamento, e apanhei o comboio para Newcastle, onde encontrei um hotel e passei uma noite muito calma, passeando até tarde pelas ruas desertas, observando as estátuas e os edifícios com carinho e respeito, e acabei o dia com este pensamento que deixo aqui à vossa consideração:

«Como é possível, num país tão maravilhoso como este, onde as relíquias de génios e a capacidade de empreendimento se confrontam connosco, a cada passo que damos, onde cada domínio da capacidade humana foi posto à prova, desafiado e, de um modo geral, alargado, onde existem muitas das maiores realizações no campo da indústria, do comércio e das artes, como é possível, num tal lugar, acontecer que, ao voltar para o meu hotel e ligar a televisão, estejam a apresentar mais uma vez *Cagney and Lacey?*»

[NT] Robert Boyle, químico e físico irlandês (1627-91), entre outras formulou a lei da compressibilidade dos gases, conhecida pelo nome de *Lei de Boyle-Mariotte*.

CAPÍTULO 25

Seguidamente, fui até Edimburgo. Haverá cidade mais bela e sedutora para se chegar de comboio numa noite escura e fria de Novembro? Sair da subterrânea e movimentada Waverley Station e ir parar mesmo no centro de uma cidade tão magnífica é uma experiência muito agradável. Há anos que não ia a Edimburgo e já me tinha esquecido de como era fascinante. Todos os monumentos estavam iluminados por meio de projectores dourados — o castelo e a sede do Bank of Scotland, no outeiro, o Balmoral Hotel e o Scott Memorial, mais abaixo — o que lhe dava um certo ar feérico. A cidade tinha a animação de um fim de dia. Os autocarros seguiam através da Princes Street, e os empregados das lojas e dos escritórios andavam apressados pelos passeios, para chegarem a casa e comerem os seus *haggis*[NT1] e *cock-a-leekie soup*[NT2], e deliciarem-se com os acordes das gaitas-de-foles, ou o que quer que seja que os Escoceses fazem quando o Sol se põe. Tinha reservado um quarto no Caledonian Hotel, o que foi um acto ousado e extravagante

---

[NT1] Prato escocês feito de coração, pulmões, fígado e outros miúdos de carneiro picados e cozinhados dentro do bucho e muito bem temperados.
[NT2] Espécie de canja feita de galo e alhos.

de minha parte, mas é um edifício espantoso e uma instituição de Edimburgo, pelo que tinha de o experimentar pelo menos uma noite. Então, fui na sua direcção, percorrendo a Princes Street e passando pela espécie de foguetão de estilo gótico do Scott Memorial, surpreendentemente satisfeito por me encontrar no meio da multidão apressada, e com uma vista sobre o castelo no cimo do outeiro escarpado, de contornos desenhados sobre um fundo de céu obscurecido pelo anoitecer.

Edimburgo, parecia um país diferente, muito mais do que o País de Gales. Os edifícios eram estreitos e altos, como não é usual encontrar na arquitectura inglesa, o dinheiro era diferente, até o ar e as luzes pareciam ser diferentes, à maneira indescritível das regiões do Norte. As montras das livrarias estavam cheias de livros acerca da Escócia, e escritos por autores escoceses. E a maneira de falar também era diferente. Continuei a andar, com a sensação de que a Inglaterra ficava para trás e, sempre que passava por algo que me parecia familiar, pensava, surpreendido, «Olha, têm cá a *Marks & Spencer*», como se eu estivesse em Reykjavik ou Stavanger, e não esperasse encontrar nada relacionado com a Grã-Bretanha. Era uma sensação muito agradável.

Tratei do meu registo no Caledonian, larguei a bagagem no quarto e voltei logo para a rua, ansioso por estar cá fora e aproveitar o que Edimburgo tinha para me oferecer. Subi penosamente um longo e curvo caminho pela encosta que levava ao castelo, mas à noite fechavam os acessos ao seu interior, pelo que me contentei por uma caminhada calma através da Royal Mile, que estava quase deserta e muito agradável dentro do seu ar medievo típico escocês. Passei o tempo a examinar as montras das muitas lojas para turistas que havia pelas ruas, ficando a reflectir na série de coisas que os Escoceses deram ao mundo — o *kilt*, a gaita-de-foles, a boina escocesa feita de lã, as latas de bolos de aveia, camisolas amarelas com padrões em forma de losango, as preferidas de Ronnie Corbett, moldes de gesso do Greyfriars Bobby[NT1], com o seu ar triste, sacos de *haggis* — e como só quase os Escoceses apreciam.

Quero que fique bem claro que tenho a maior simpatia e admiração pela Escócia e pelo seu povo inteligente, de faces rosadas. Sabiam que a Escócia tem mais estudantes universitários *per capita* do que qualquer outro país da Europa? E que deu origem a uma série de personalidades célebres que ultrapassam em número a sua pequena dimensão geográfica — Stevenson, Watt, Lyell, Lister, Burns, Scott, Conan Doyle, J. M. Barrie, Adam Smith, Alexander Graham Bell, Thomas Telford, Lorde Kelvin, John Logie Baird, Charles Rennie Mackintosh e Ian McCaskill, só para citar alguns. Entre muitas outras coisas que devemos aos Escoceses contam-se o uísque, os impermeáveis, as botas de borracha até ao joelho, o telefone, o pedal da bicicleta, o *tarmac*[NT2], a penicilina e a descoberta dos princípios activos do haxixe, e imaginem como a vida seria insuportável sem

---

[NT1] Estátua de um cão que, durante 14 anos, guardou a sepultura do dono, John Gray, que morreu em 1858. A população de Edimburgo alimentou-o até morrer e protegeu-o para que não fosse abatido como cão vadio. Está colocada numa velha fonte perto da entrada de Greyfriars Church.

[NT2] Mistura de brita e alcatrão usada para alcatroar as estradas, também chamada *tarmacdam* (do nome do engenheiro escocês J. L. McAdam que a inventou.

eles. Assim só temos de estar gratos à Escócia, e não importa que agora não consiga qualificar-se para o Campeonato do Mundo.

No extremo de Royal Mile, encontrei a entrada do Palace of Holyroodhouse, e procurei o caminho de regresso ao longo de várias ruelas escuras. Por fim, fui parar a um *pub* fora do vulgar, situado em St. Andrew Square, chamado Tiles (Azulejos) — um nome muito bem aplicado, pois desde o chão até ao tecto estava coberto de azulejos ornamentados, estilo vitoriano. Senti-me um pouco como se estivesse a tomar uma bebida na casa de banho do príncipe Albert — o que não era uma experiência desagradável de todo. De qualquer forma, houve algo que me fascinou, pois acabei por beber estupidamente uma grande quantidade de cerveja e, quando saí do *pub*, verifiquei que todos os restaurantes à volta estavam fechados, pelo que regressei ao hotel com um passo um pouco vacilante, pisquei o olho com ar de cumplicidade ao pessoal do turno da noite, e meti-me na cama.

De manhã, acordei faminto, alegre e invulgarmente lúcido. Apresentei-me na entrada da sala de jantar do Caledonian. «Gostaria de tomar o pequeno-almoço?», foi o que um indivíduo vestido de preto me perguntou.

— *Does the Firth have a Forth?*[NT] — respondi em tom de brincadeira, dando-lhe uma palmadinha nas costas. Indicou-me uma mesa, e estava tão esfomeado que não precisei

---

[NT] *The Firth of Forth,* é o nome do estuário *(firth)* do rio Forth, no sudeste da Escócia. Trocadilho jocoso e absurdo em resposta a uma pergunta também absurda, jogando talvez com a semelhança fonética entre *firth* e *fifth* (um quinto) e *forth* e *fourth* (um quarto). Assim, a pergunta seria «Será que o *quinto* tem um *quarto?*»

de consultar a ementa e pedi-lhe que me trouxesse o pequeno-almoço completo, fosse o que fosse de que constasse. Depois sentei-me, satisfeito e indolente, e dei uma vista de olhos pela ementa, onde descobri que o pequeno-almoço que havia pedido estava marcado com o preço de 14,50 libras. Agarrei um empregado que ia a passar.

— Desculpe — disse eu — mas aqui diz que o pequeno-almoço é 14,50 libras.

— É verdade, senhor.

Subitamente senti os sinais da ressaca a baterem-me no crânio.

— Quer dizer que, à quantia exorbitante que paguei pelo quarto, ainda tenho de acrescentar mais 14,50 libras por um ovo frito e um bolo de aveia? — perguntei.

O criado concordou que assim era. Anulei o pedido e mandei vir um café em seu lugar. Francamente!

Foi talvez esta súbita mácula matinal caída sobre o meu estado de felicidade que me pôs mal-humorado, ou então foi a chuva contínua que caía quando saí para a rua, mas o facto é que Edimburgo já não me pareceu tão bela de dia como na noite da véspera. Agora, as pessoas andavam nas ruas com os chapéus de chuva abertos, e os carros chapinhavam nas poças de água com um ruído irritante e insuportável. George Street, a artéria central da nova cidade, mostrava uma bela perspectiva, embora chuvosa, com as suas estátuas e praças enormes, mas muitos dos edifícios jorgianos tinham sido estragados com a adição de fachadas modernas. Muito perto do meu hotel, havia uma loja de artigos para escritório, com montras de vidro laminado, que tinha sido encaixada numa fachada do século XVIII, de uma maneira criminosa, e havia outras do mesmo estilo espalhadas pelas outras ruas.

Andei à procura de um local para comer e fui parar à Princes Street. Também ela parecia ter mudado da noite para o dia. Na véspera, com todos aqueles empregados a correrem para casa, parecera-me sedutora e vibrante, até mesmo emocionante, mas agora, à luz fosca do dia, parecia apática e cinzenta. Continuei a andar à procura de um café ou de um pequeno restaurante, mas, à excepção de umas duas lojas de artigos de lã a preços baratos, em que a mercadoria parecia ter sido atirada para cima dos balcões ou estava a sair de uma espécie de contentores, a Princes Street não tinha mais nada para oferecer do que as habituais cadeias de estabelecimentos comerciais — *Boots, Littlewoods, Virgin Records, BHS, Marks & Spencer, Burger King, McDonald's.* Quanto a mim, o que faltava no centro de Edimburgo era uma instituição venerável e muito apreciada — um tipo de cafetaria, de estilo vienense, ou uma preciosa sala de chá, um lugar onde houvesse jornais à disposição pendurados nuns suportes, uma palmeira num vaso, e talvez uma senhora baixinha e gorda a tocar piano.

Por fim, aborrecido e impaciente, entrei num *McDonald's* apinhado de gente, esperei um século numa longa fila, o que me fez ficar ainda mais irritado, e quando chegou a minha vez pedi um café e um *Egg McMuffin*.

— Deseja um pastel de maçã a acompanhar? — perguntou o jovem de rosto sardento.

— Desculpe — disse eu —, acha-me com cara de anormal?

— Como?

— Corrija-me se estou enganado, mas eu pedi-lhe algum pastel de maçã?

— Hum... não.

— Então, acha que sou um atrasado mental que não é capaz de pedir um pastel de maçã caso o pretenda?

— Não, é que nos disseram para perguntar o mesmo a todas as pessoas.

— Ah, então acham que em Edimburgo são todos uns atrasados mentais?

— Disseram-nos para perguntar a todas as pessoas.

— Bem, eu não quero um pastel de maçã, e foi por isso que não o pedi. Há mais alguma coisa que me queira perguntar se eu não quero?

— Disseram-nos para perguntar o mesmo a todas as pessoas.

— Recorda-se do que eu lhe pedi?

Confuso, o empregado olhou para a caixa registadora.

— Hum... um *Egg McMuffin* e um café.

— Acha que posso ser servido ainda de manhã, ou continuamos a conversar?

— Ah, está certo. Vou já buscar.

— Obrigado.

Bem, não há paciência!

Mais tarde, já um pouco menos irritado, saí do estabelecimento e chovia com intensidade. Atravessei a rua à pressa e, num impulso, entrei na Royal Scottish Academy, um enorme edifício pseudo-helénico, com bandeiras penduradas entre as colunas, o que lhe dava um ar de posto avançado perdido do *Reichstag*[NT]. Paguei 1,50 libras por um bilhete e, depois de sacudir a água do corpo como um cão, entrei. Apresentavam a sua exposição de Outono, ou talvez fosse a de Inverno, ou talvez ainda a do ano inteiro. Não conse-

---

[NT] Assembleia nacional durante o tempo do *Reich*.

guia perceber pois não havia indicações e os quadros estavam numerados. Tinha de se pagar mais duas libras por um catálogo, para ficarmos a saber o que estávamos a ver, o que francamente me aborrecia pois já tinha participado com 1,50 libras. (A *National Trust* também faz isto — põe números nas plantas e nas árvores dos seus jardins, pelo que temos de comprar um catálogo — e é uma das razões por que não quero deixar a minha fortuna a essa instituição.) Nesta exposição da Royal Scottish Academy, as obras estavam expostas em muitas salas e pareciam dividir-se em quatro categorias: (1) barcos e praias, (2) pequenas quintas isoladas, (3) raparigas semidespidas ocupadas com a sua *toilette*[NT], por algum motivo, (4) imagens de ruas francesas, pois cada uma delas tinha uma loja a dizer BOULANGERIE ou EPICERIE, de maneira que não havia hipótese de nos enganarmos e pensarmos que era Fraserburgh ou Arbroath.

Muitos dos quadros — a maioria aliás — eram espantosos, e quando vi uns pequenos círculos vermelhos colados em alguns deles, não só percebi que estavam à venda, como senti uma vontade enorme de comprar um para mim. Então fiz várias incursões junto da funcionária que estava na secretária de atendimento, a perguntar: «Desculpe, qual é o preço do número 125?» Ela procurava e depois pronunciava um valor de várias centenas de libras a mais do que eu estava disposto a pagar. Eu ia-me embora, e daí a bocado voltava e perguntava: «Desculpe, quanto custa o número 47?». Houve uma altura em que vi um quadro que me interessou particularmente — era de um indivíduo

---

[NT] Em francês, no original.

chamado Colin Park e representava Solway Firth — e a funcionária verificou e disse-me que custava 125 libras. Era um preço razoável e preparava-me para o comprar, mesmo tendo de andar com ele debaixo do braço até John O'Groats, quando ela descobriu que tinha lido a linha errada, e que aquele preço correspondia a um pequeno quadro com cerca de 20 centímetros quadrados, e que o de Colin Park era muito mais caro. Fui-me embora de novo. Por fim, quando as minhas pernas começaram a estar cansadas, fiz mais uma tentativa e perguntei-lhe o que é que ela tinha no valor de 50 libras ou menos mas, quando me respondeu que não havia nada, fui-me embora, desiludido, mas dando mais valor às duas libras que gastei no catálogo.

A seguir, entrei na Scottish National Gallery, de que gostei mais ainda, mas não por ser entrada livre. Esta galeria fica escondida atrás da Royal Scottish Academy, e não tem grande aspecto vista do exterior, mas por dentro, é maior e grandiosa, do estilo do século XIX, com paredes pintadas de vermelho, quadros enormes com molduras extravagantes, uma profusão de estátuas de ninfas nuas e de mobílias ornamentadas com dourados, de maneira que ficamos com a sensação de andar a passear pelos aposentos privativos da rainha Vitória. Os quadros não só eram espantosos como tinham legendas, a referir o seu enquadramento histórico e o que representavam, o que achei muito louvável e que, de facto, deveria ser obrigatório em qualquer lugar.

Li as legendas com agrado e fiquei satisfeito por saber que Rembrandt tinha um ar tão sorumbático no seu auto--retrato pois acabara de saber que estava falido mas, numa das salas, reparei num homem que estava acompanhado por um rapaz de 13 anos e que não precisava das legendas para nada.

Deviam fazer parte daquilo a que a rainha-mãe chamaria de classe social mais baixa. Tudo neles emanava pobreza e necessidade material — alimentação pobre, rendimento escasso, má dentição, perspectivas reduzidas e até limpeza deficiente — mas o homem descrevia os quadros com um carinho e familiaridade que eram verdadeiramente comovedores, e o rapaz estava atento a tudo o que ele dizia. «Vês, agora este é um Goya mais recente», dizia ele em voz baixa. «Repara nestas pinceladas como são fortes — uma mudança completa em relação ao estilo dos seus quadros anteriores. Recordas-te de eu te dizer que o Goya não pintou nenhum grande quadro antes dos seus 50 anos? Pois bem, este é um grande quadro.» Não estava a exibir-se, mas sim a partilhar os seus conhecimentos.

Várias vezes me surpreendi com este facto que se passava na Grã-Bretanha — como existiam pessoas de classes não privilegiadas que, misteriosamente, tinham tantos conhecimentos, e tanta gente diferente que era capaz de nos dizer os nomes das plantas em Latim, ou surgir-nos como peritas em política da antiga Trácia ou em técnicas de irrigação de Glanum. Ao fim e ao cabo, é um país onde a grande final de um programa como *Mastermind* é frequentemente ganha por motoristas de táxi e guarda-freios. Nunca cheguei à conclusão se isto é impressionante ou assustador — se é um país onde os maquinistas conhecem Tintoretto e Leibniz, ou um país onde as pessoas que conhecem Tintoretto e Leibniz acabam como maquinistas. O que sei é que isto acontece mais na Grã-Bretanha do que em qualquer outro país.

Mais tarde, subi a encosta íngreme que ia dar ao castelo e que me pareceu estranha e assustadoramente familiar. Nunca ali tinha estado antes, mas depois percebi que o *tattoo,* o desfile da parada militar do castelo de Edimburgo, tinha sido um dos espectáculos apresentado pelo *This Is Cinerama,* em Bradford. O recinto em frente do castelo era quase como no filme, excepto a diferença quanto ao estado do tempo e a grata ausência do empertigado Gordon Highlanders; todavia, havia outra coisa que tinha mudado muito desde 1951 — a vista do terraço sobre a Princes Road.

Em 1951, esta era uma das ruas de grande importância a nível mundial, uma via pública graciosa, ladeada do lado do Norte por edifícios de aspecto maciço, estilo vitoriano e eduardino, que denotavam confiança, grandeza e majestade — a North British Mercantile Insurance Company, o sumptuoso e clássico edifício do New Club e o antigo Waverley Hotel. Depois, um a um, foram deitados abaixo e substituídos na sua maioria por caixotes de betão acinzentados. Do lado leste da rua, a extensão da St. James' Square, um espaço verde rodeado por residências do século XVIII que foi arrasado por uma escavadora para dar lugar a um complexo de centro comercial e hotel, do mais horrível e atarracado que alguma vez foi feito por um arquitecto. Agora, tudo o que resta da grandeza da Princes Street de antigamente, são fragmentos estranhos, como o Balmoral Hotel e o Scott Memorial, e parte da fachada do Jenners Department Store.

Mais tarde, quando regressei a casa, reparei que no meu *AA Book of British Towns* havia uma gravura que representava uma vista aérea sobre o centro de Edimburgo. Via-se a Princes Street ladeada, de uma ponta à outra, por belos edifícios antigos. O mesmo acontecia com outras gravuras, representando outras cidades britânicas — Norwich, Oxford, Canterbury e Stratford. Não se pode fazer uma coisa destas. Não se pode deitar abaixo belos edifícios antigos, e depois fazer crer que eles ainda existem. Mas foi exactamente o que aconteceu na Grã-Bretanha, nos últimos 30 anos, e não só com os edifícios.

E, depois desta amarga constatação, fui à procura de comida autêntica.

CAPÍTULO
26

Falemos agora de coisas mais animadoras. Sobre John Fallows por exemplo. Em 1987, estava ele, um dia, no guiché de um banco londrino à espera de ser atendido, quando um suposto ladrão, chamado Douglas Bath, se colocou à sua frente, de pistola na mão e começou a pedir dinheiro ao caixa de serviço. Revoltado, Fallows disse a Bath que «desaparecesse da sua frente» e fosse para o fim da fila, à espera de vez, com a aprovação imediata de todas as outras pessoas da fila. Apanhado de surpresa por esta reacção, Bath saiu do banco submisso, com as mãos a abanar, e foi preso mais adiante.

Se refiro aqui este episódio é para realçar uma qualidade preciosa que é característica dos Britânicos, e que é a sua correcção inata no que respeita a boas maneiras, e é um perigo desafiá-los. A deferência e a total consideração pelos outros são uma parte tão fundamental da vida do povo britânico que, de facto, é difícil começar uma conversa onde elas não estejam presentes. Qualquer troca de palavras com um estranho tem de ser iniciada com um «Peço imensa desculpa, mas...», seguindo-se o que quer que se pretenda saber, «pode dizer-me qual é o caminho para Brighton», «pode ajudar-me a encontrar uma camisa do meu tamanho», «importa-se de tirar o seu corpanzil de cima do meu pé.»

E, quando satisfazemos o seu pedido ainda nos compensam com um sorriso hesitante, e pedem ainda mais desculpas, pelo tempo que nos fizeram perder, ou por terem deixado o pé indevidamente no nosso caminho. É um espanto.

A título de exemplo, aconteceu que, no fim da manhã do dia seguinte, quando fui pagar a minha conta do hotel, estava uma mulher à minha frente com um ar infeliz, a dizer para o recepcionista: «Peço imensa desculpa, mas não consigo pôr a televisão a funcionar no meu quarto.» Estão a ver a cena, ela desceu as escadas para *lhes* pedir desculpa pela televisão não funcionar. O meu coração encheu-se de calor humano e simpatia por este país estranho e difícil de entender.

E o facto é que tudo é feito de modo instintivo. Quando ainda estava há pouco tempo no país, recordo-me de ter chegado a uma estação dos caminhos-de-ferro e reparar que apenas dois guichés, dos 12 que havia para comprarmos os bilhetes, estavam abertos. (Para boa informação do leitor estrangeiro, devo explicar que, por princípio, na Grã-Bretanha, seja qual for o número de guichés que exista num banco, nos correios ou numa estação de caminhos-de-ferro, apenas dois estão abertos, excepto em alturas de grande movimento, onde só um está a funcionar.) Ambos os guichés estavam ocupados. Nos outros países, podia acontecer uma de duas coisas: ou existia um ajuntamento de pessoas em cada um deles, todas a pedirem para ser atendidas ao mesmo tempo, ou havia duas longas filas de espera, com as pessoas muito irritadas, a acharem que a outra fila é que andava mais depressa.

Aqui, na Grã-Bretanha, as pessoas que estão à espera arranjam uma solução bem mais prática e inteligente. Formam uma única fila, a cerca de um metro de distância dos dois guichés. Quando uma pessoa acaba de ser atendida num deles, a primeira da fila avança e o resto dá um passo em frente. É uma atitude muito correcta e democrática, e o mais espantoso é que ninguém ordenou que assim se fizesse, ou sequer o sugeriu. Aconteceu, simplesmente.

A mesma coisa ocorreu agora, pois, quando a senhora da obstinada televisão acabou de apresentar as suas desculpas (que, tenho a dizer, o recepcionista aceitou com respeito, chegando a sugerir que, se houvesse mais alguma coisa a não funcionar no quarto de senhora, não era culpa dela), o recepcionista virou-se para mim e para outro indivíduo que estava à espera de ser atendido e disse «Quem é a seguir?», e ficámos ali os dois numa sequência complicada de deferências, «faça favor», «não, faça favor, o senhor», «mas eu insisto», «bem, é muita bondade de sua parte», a ponto de o meu coração transbordar de emoção.

E assim, na minha segunda manhã passada em Edimburgo, saí do hotel satisfeito, de bem com o mundo, cheio de confiança por causa deste episódio tão caloroso e civilizado, e também por deparar com um sol cheio de brilho e uma cidade transformada de novo. Neste dia, a George Street e a Queen Street pareciam radiantes, com as fachadas de pedra brilhando ao sol, sem a escuridão, a humidade e o ar soturno da véspera. O Firth of Forth brilhava à distância e os parques e praças pareciam mais verdejantes. Subi até ao cimo de The Mound, com dificuldade, e cheguei aos terraços da cidade antiga para apreciar a vista, ficando espantado por ver como a cidade parecia diferente. A Princes Street continuava a ser uma cicatriz das atrocidades cometidas, a nível da arquitectura, mas, por trás dela, as colinas estavam semeadas de telhados alegres e campanários que davam à cidade uma característica especial e uma graciosidade que me tinham escapado completamente no dia anterior.

Passei a manhã a fazer turismo — fui até à St. Giles' Cathedral e dei uma vista de olhos pela Holyroodhouse, subi até ao cimo de Calton Hill — e, por fim, agarrei nas minhas coisas e voltei para a estação, satisfeito por me ter apaziguado com Edimburgo, e por me pôr de novo a caminho.

E que agradável é viajar de comboio. Fiquei imediatamente embalado pelo movimento da locomotiva, enquanto íamos percorrendo Edimburgo e os seus subúrbios tranquilos, e passávamos a ponte sobre o rio Bridge. (E que estrutura soberba a sua; de repente, percebi por que é que os Escoceses estão sempre ao pé dela.) O comboio estava quase vazio e era muito confortável. A decoração interior alternava com azuis e cinzentos, o que dava uma certa paz, em contraste com os *Sprinters* onde tinha andado ultimamente, e era tão relaxante que, em breve, as pálpebras me pesavam e o pescoço parecia estar a transformar-se num material tipo borracha. No espaço de segundos, a cabeça caiu-me sobre o peito, e entreguei-me à produção calma e regular de litros de saliva — infelizmente, desperdiçados.

Certas pessoas deveriam, única e simplesmente, ser proibidas de adormecer num comboio, ou se tal acontecesse, deveriam ser tapadas com uma lona, e suspeito que eu sou uma delas. Passado algum tempo, acordei com um resfolgar arquejante e um estremecimento violento, e levantei a cabeça do peito, atolado numa teia de baba, desde a barba até à fivela do cinto, e com três pessoas a olharem fixamente para mim, impávidas. Pelo menos, tinha sido poupado da cena habitual de acordar com um grupo de criancinhas, a olharem-me de boca aberta, e depois desatarem a fugir quando descobrem que o brutamontes todo babado afinal está vivo.

Evitando o olhar da minha assistência, e limpando-me discretamente com a manga do casaco, prestei atenção à paisagem. Estávamos a atravessar um imenso campo aberto que era simplesmente agradável — um terreno cultivado que se estendia até junto de enormes encostas de contornos arredondados — sob um céu que parecia prestes a rebentar com o peso das nuvens cinzentas. De vez em quando, parávamos nalguma pequena cidade inerte, com uma estação também pequena e sem vivalma — Ladybank, Cupar, Leuchars — até entrarmos, finalmente, num mundo mais animado, de terras como Dundee, Arbroath e Montrose. Então, cerca de três horas depois de termos saído de Edimburgo, entrámos em Aberdeen sob uma claridade fraca, que ia desaparecendo a pouco e pouco.

Encostei o rosto ao vidro da janela, entusiasmado. Nunca tinha estado em Aberdeen, e também não conhecia ninguém que lá tivesse ido. Não sabia quase nada sobre a cidade, a não ser que era dominada pela indústria petrolífera do mar do Norte, e que se denominava com orgulho a «Cidade de Granito». Sempre considerei esta cidade exoticamente remota, um lugar onde provavelmente nunca iria, daí o meu grande interesse de a descobrir agora.

Reservei um quarto num hotel que era descrito no meu guia, como um local muito confortável (um livro que mais tarde serviu para acender uma fogueira), mas que afinal era um bloco horroroso e caro, situado numa rua afastada do centro. O quarto era pequeno e mal iluminado, com uma mobília já muito estafada, e uma cama estreita que mais parecia uma tarimba, com um cobertor muito delgado, uma única almofada com mau aspecto e um papel de parede a soltar-se com a humidade. Num momento de grande inspiração, o gerente deve ter instalado, ao lado da cama, um sistema que controlava a luz, o rádio e a televisão, e tinha um relógio despertador incorporado, mas agora parecia que nada funcionava. O botão do relógio ficou-me na mão. Com um suspiro, atirei com a bagagem para cima da cama e voltei para as ruas de Aberdeen, à procura de comida e bebida, e do esplendor de granito.

Uma coisa que aprendi ao longo dos anos foi que a impressão com que se fica de uma cidade é necessariamente beneficiada pela via que se toma ao entrar nela. Se, por exemplo, entrarmos em Londres através dos subúrbios frondosos de Richmond, Barnes e Putney, e continuarmos em direcção a Kensington Gardens ou Gren Park, ficamos com a ideia de que estamos no meio de uma vasta e bem preservada região bucólica. Mas se entrarmos pela via de Southend, Romford e Liverpool Street, já ficamos com uma impressão completamente diferente. Então, talvez fosse pelo caminho que tomei desde o meu hotel, mas o facto é que andei cerca de três horas a caminhar pelas ruas e não encontrei nada de que gostasse em Aberdeen. Deparei com alguns pequenos detalhes curiosos — um espaço aberto só para peões, à volta de Mercat Cross, um pequeno museu com aspecto interessante e chamado John Dun's House, uns edifícios universitários de aspecto imponente — mas, por mais voltas que desse pelas ruas da cidade, só encontrava um grande centro comercial, novo e espampanante, que dava um trabalho enorme a contornar (acabava a falar sozinho e perdido, no meio de áreas sem saída, reservadas à entrega de mercadorias e depósitos de embalagens de cartão) e uma única rua larga e muito comprida, ladeada pelos mesmos tipos de lojas que tinha visto em todas as outras cidades que percorri nas últimas seis semanas. Era como se estivesse em qualquer outro lugar ou em parte alguma — como uma pequena Manchester, ou um recanto de Leeds. Procurei, em vão, um mero local onde pudesse, finalmente, colocar as mãos na cintura e exclamar: «Ah, *isto* sim é Aberdeen.» Talvez a época do ano não ajudasse. Li algures que Aberdeen tinha vencido, por nove vezes, a Grã-Bretanha, em exposições de floricultura, mas via poucos jardins ou espaços verdes que o justificassem. Acima de tudo, não tinha a sensação de estar no meio de uma cidade rica e poderosa, construída em granito.

Para cúmulo, não conseguia encontrar um lugar para comer. Tinha imensa vontade de experimentar algo diferente, algo que ainda não tivesse visto centenas de vezes durante esta viagem — talvez um restaurante tailandês ou mexicano, ou indonésio, ou mesmo escocês — mas só se viam os habituais estabelecimentos chineses e indianos, situados em ruas muito afastadas, e obrigando a subir muitas escadas, o que não me interessava. De qualquer forma, já sabia o que ia encontrar — ambiente à média luz, uma área de recepção com um bar de paredes almofadadas, música asiática, mesas com copos de cerveja e aquecedores de pratos em aço inoxidável. Já não suportava aquilo. Por fim, tirei à sorte e acabei por entrar num restaurante indiano. Era exactamente como qualquer outro onde havia comido nas semanas anteriores. Até o arroto final depois da refeição sabia ao mesmo. Regressei ao hotel num estado de espírito sombrio e desalentado.

De manhã, fui dar um passeio pela cidade na esperança de ficar a gostar mais dela, mas em vão. Não é que tivesse nada de *errado,* mas havia nela um excesso de inocuidade. Passei próximo do novo centro comercial e afastei-me um pouco para as ruas mais periféricas, mas tudo me parecia igualmente sem cor e desinteressante. Depois, percebi que o problema não tinha tanto a ver com Aberdeen, mas com a natureza da moderna Grã-Bretanha. As cidades britânicas são como as cartas de jogar que se embaralham e distribuem vezes sem conta — as cartas continuam as mesmas, a ordem é que é diferente. Se eu tivesse chegado a Aberdeen vindo directamente de outro país, a cidade ter-me-ia parecido agradável e simpática. Era limpa e próspera. Tinha livrarias, cinemas e uma universidade, e muito mais coisas que fazem falta numa comunidade. É de facto um local bonito para se viver. Só que é semelhante a muitos outros lugares. É uma cidade britânica. E como podia não o ser?

Depois destas pequenas cogitações fiquei a gostar mais de Aberdeen. Não posso dizer que desejei pegar na mala e ir viver para Aberdeen — e por que haveria de o fazer, pois posso encontrar exactamente as mesmas lojas, bibliotecas, ginásios, *pubs,* programas de televisão, cabinas telefónicas, correios, semáforos, bancos de jardim, passagens para peões, ar marítimo, e arrotar os mesmo sabores depois de um-jantar-no-indiano, como noutro lugar qualquer? Por estranho que pareça, as mesmas coisas que fizeram com que Aberdeen me parecesse sem graça e tão previsível, na noite anterior, davam-lhe agora um aspecto confortável e acolhedor. Mas continuava a não ter a sensação de estar no meio de uma cidade de granito, e foi sem pena alguma que arrumei a bagagem, saí do hotel e me encaminhei para a estação, a fim de prosseguir o meu percurso em direcção a Norte.

Este comboio também era muito agradável, com tons suaves de azul e cinzento no interior, e ia quase vazio. Só tinha duas carruagens, mas havia um carrinho que vinha servir o que quiséssemos, o que me impressionou. Só que o jovem empregado naquele serviço era muito activo — tinha a impressão de que era novidade para ele e ainda achava divertido distribuir chás e andar de um lado para o outro — mas como só havia mais dois passageiros, para além de mim, e cerca de 60 metros de carruagem para percorrer, ele aparecia ao pé de nós de três em três minutos. Todavia, o ruído constante do carrinho a passar por perto impediu que eu adormecesse e entrasse naquele estado de hipersalivação embaraçosa.

Atravessámos uma paisagem agradável mas nada de muito especial. A minha experiência anterior na região das Highlands tinha sido a trepar a impressionante costa ocidental, pelo que, em comparação, tudo isto era muito suave — colinas de contornos arredondados, quintas em terrenos planos, vislumbres fugazes de um mar imenso e cinzento, da cor do aço — mas de modo nenhum desagradável. Nada de excepcional ocorreu até chegarmos a Nairn, onde um avião levantou voo e fez uma série de acrobacias espantosas no ar, subindo na vertical até grande altitude e depois descendo lentamente em direcção ao solo, para acabar por se desviar de uma encosta íngreme mesmo no momento exacto. Calculava que fosse algum tipo de teste efectuado pelos aviões da Royal Air Force, mas era mais emocionante imaginar que se tratava de um avião desviado por um louco suicida. E depois aconteceu uma coisa surpreendente.

O avião começou a avançar na direcção do comboio de uma forma perigosa, como se o piloto nos tivesse descoberto e pensasse que seria interessante levar-nos com ele. Foi ficando cada vez maior, cada vez mais perto — olhei à minha volta, preocupado, mas não havia ninguém com quem partilhar aquela experiência — até que ocupou quase todo o diâmetro da janela, e depois o comboio entrou numa espécie de trincheira e o avião desapareceu da minha vista. Comprei um pacote de bolachas e bebi um café para me acalmar, ficando a aguardar a chegada a Inverness.

Gostei logo da cidade. Nunca iria ganhar um concurso de beleza, mas tinha umas características interessantes — um pequeno cinema com um ar antiquado, chamado La Scala, umas arcadas bem preservadas onde ficavam os estabelecimentos comerciais, um grande e muito belo castelo de arenito do século XIX, no cimo de uma colina, e alguns esplêndidos caminhos ao longo do rio. Gostei particularmente do mercado coberto mal iluminado, uma via pública com ar secreto que, aparentemente, se ficou pelo ano 1953. Tinha uma barbearia com uma luz giratória à entrada, do lado de fora, e umas fotografias de pessoas que pareciam ter adoptado o modelo de penteado das personagens de *Thunderbirds,* no interior. Havia mesmo uma loja de artigos carnavalescos que vendia coisas úteis e interessantes que eu não via há anos: pó para espirrar, vomitado de plástico (muito prático para arranjar lugar nos comboios) e pastilha elástica que deixa os dentes pretos. Estava fechada, mas tomei nota para voltar na manhã seguinte para me abastecer.

Mas, acima de tudo, Inverness tinha um rio particularmente bonito, verde e calmo, ladeado de árvores junto às margens, de um lado das quais se alinhavam casas imponentes, parques bem cuidados e o antigo castelo de arenito (onde actualmente funciona o tribunal regional) e do outro, antigos hotéis com telhados muito inclinados, outros casarões, e o edifício da catedral com a sua implacável grandeza, a fazer lembrar Notre-Dame, no meio de um extenso relvado à beira rio.

Tratei de arranjar um hotel, ao acaso, e fui imediatamente dar uma volta pela cidade, à luz do crepúsculo. De ambos os lados do rio, havia também belos caminhos, com bancos distribuídos ao longo de todo o seu percurso, que proporcionavam agradáveis passeios de fim de tarde. Caminhei cerca de três quilómetros pela Haugh Road, à beira do rio, e atravessei ilhotas, às quais se chegava passando por cima de pontes suspensas para peões, de estilo vitoriano.

Quase todas as casas situadas nas margens do rio eram de grandes dimensões, construídas numa época em que havia criados. O que terá trazido toda esta classe abastada da época vitoriana até Inverness, e quem será que faz a manutenção destes casarões hoje em dia? Não muito longe do castelo, nuns terrenos bem espaçosos, a que um construtor chamaria possivelmente terreno de primeira qualidade, erguia-se uma mansão enorme e requintada com torreões e torres. Era uma casa maravilhosa e imensa, do género de habitação onde já nos imaginamos a fazer grandes passeios de bicicleta ao seu redor, e que estava tapada com tábuas, abandonada, e posta à venda. Não conseguia perceber como um lugar tão agradável pudesse terminar em semelhante estado. Enquanto deambulava por ali, ia-me imaginando a comprar a casa por um preço muito barato, a repará-la e a viver feliz para sempre naquelas terras ao lado de um rio tão belo, mas, de repente, lembrei-me do que a minha família iria dizer se lhes contasse que já não íamos viver para o país dos grandes centros comerciais, da televisão de 100 canais e dos hambúrgueres do tamanho da cabeça de um bebé, mas sim para o norte húmido da Escócia.

Lamento muito, mas, de qualquer forma, nunca conseguiria viver em Inverness por causa de dois edifícios de escritórios, modernos e extraordinariamente feios, que se erguem junto à ponte central e que mancham irremediavelmente a paisagem urbana. Estou agora ao pé deles, pois voltei ao centro da cidade, e fiquei perfeitamente assombrado, ao constatar como uma cidade pode ficar completamente arruinada com a presença de duas estruturas inanimadas. Tudo neles — o tamanho, os materiais e o *design* — era diabolicamente desajustado do ambiente em que se enquadrava. Não só eram feios e enormes como também mal concebidos, e de tal maneira que podíamos contorná-los duas vezes, pelo menos, sem encontrar a entrada principal. O maior dos dois edifícios, no lado que dava para o rio, onde poderia haver um restaurante ou um terraço ou, pelo menos, umas lojas ou escritórios com uma boa vista, tinha grande parte da fachada ocupada com uma gigantesca secção de distribuição de mercadorias com portas metálicas de alto a baixo. Uma coisa destas num edifício que dava para um dos mais belos rios da Grã-Bretanha. Era medonho, indescritível.

Recentemente, estive em Hobart, na Tasmânia, onde a cadeia de hotéis *Sheraton* havia construído um dos seus edifícios, de uma vulgaridade extrema, na encantadora zona ribeirinha daquela cidade. Dizia-se que o arquitecto nunca tinha visitado o local e colocara o restaurante do hotel nas traseiras do mesmo, pelo que os seus hóspedes não podiam ver a vista sobre o porto. A partir daí, fiquei convencido de que era a coisa mais absurda que tinha visto a nível da arquitectura. Acho que estes dois edifícios não podiam ter sido projectados pelo mesmo arquitecto — e também era assustador pensar que existiam no mundo dois arquitectos assim tão maus — mas podia, talvez, trabalhar para a mesma empresa.

De entre todos os edifícios que eu adoraria fazer explodir na Grã-Bretanha — como o Maples Building, em Harrogate; o Hilton Hotel, em Londres; e o Post Office Building, em Leeds, escolhido ao acaso no meio de quase todos os edifícios que pertencem à British Telecom — não tenho dúvidas de que a minha primeira escolha incidiria sobre estas duas estruturas.

E, para cúmulo, imaginem quem reside nestes dois edifícios lastimáveis? Pois bem, eu vou dizer-lhes. O maior é a sede regional da Highland Enterprise Board, e o outro é o domicílio da Inverness and Nairn Enterprise Board, os dois organismos responsáveis pela atracção e bem-estar deste encantador e vital recanto do país. Valha-nos Deus.

CAPÍTULO 27

Tinha feito grandes planos para a parte da manhã: ir ao banco, comprar o «vomitado de plástico», visitar a galeria de arte local e, talvez, dar outro passeio ao longo do encantador rio Ness, mas acordei tarde e só tive tempo de me vestir desajeitadamente, pagar o hotel e correr, apressado e ofegante, até à estação. Para lá de Inverness não havia comboios com muita frequência — apenas três vezes ao dia, para Thurso e Wick — pelo que não me podia dar ao luxo de chegar atrasado.

O comboio já estava à espera, ouvindo-se o ruído surdo da locomotiva a trabalhar, e partiu mesmo à tabela. Deixámos Inverness no meio de um cenário de montanhas de contornos arredondados e da planície fria de Beauly Firth. Em breve, o comboio entrava no seu ritmo habitual de velocidade, ouvindo-se o matraquear do rodado sobre os carris. Desta vez havia mais passageiros e também um carrinho que servia cafés — o que é caso para louvar a British Railway — mas ninguém quis nada, pois a maior parte dos passageiros eram reformados e viajavam munidos das suas próprias provisões.

Comprei uma sanduíche de frango *tandoori*[NT] e um café. Como as coisas tinham mudado. Recordo-me do tempo

---

[NT] Comida indiana, cozinhada sobre carvão de lenha num fogão feito de barro.

em que não podíamos comprar nada para comer dentro dos comboios da British Railway, sem pensarmos, logo de seguida, se não seria a última coisa que fazíamos antes de ficar, durante algum tempo, ligados a um aparelho de reanimação. De qualquer forma, nunca o poderíamos fazer pois o serviço de bufete da carruagem-restaurante estava quase sempre fechado. Agora, aqui estava eu a comer uma sanduíche de frango *tandoori* e a beber um café apreciável, servidos por um jovem empregado bastante apresentável, no interior de um comboio de duas carruagens, em plena travessia das Highlands.

E aqui fica uma pequena informação estatística que pode ser um pouco maçadora, mas que deve ser tomada em consideração. Os gastos com as infra-estruturas ferroviárias, por pessoa e por ano, na Europa, são: 20 libras, na Bélgica e na Alemanha; 31 libras, em França; mais de 50 libras, na Suíça; e, na Grã-Bretanha, pouco menos de umas magnânimas cinco libras. A Grã-Bretanha gasta menos, *per capita,* na melhoria das suas vias ferroviárias do que qualquer outro país da União Europeia, excepto a Grécia e a Irlanda. Até Portugal gasta mais. E o facto é que, no seu todo, apesar desta precariedade de dispêndio monetário, existe um excelente serviço ferroviário neste país. Agora, os comboios estão muito mais limpos do que antigamente, e o pessoal é, na generalidade, mais paciente e solícito. Os empregados das bilheteiras dizem sempre «por favor» e «obrigado», benza-os Deus, e podemos comer a comida que nos servem.

Assim, acabei de comer a minha sanduíche de frango *tandoori* e beber o café, deliciado, enquanto olhava para um casal de idosos, sentados a uma mesa, a remexerem no seu farnel e a colocarem em cima da mesa caixas de plástico com empadas de carne de porco e ovos cozidos, pegando em garrafas e desenroscando tampas, e tentando encontrar pequenos saleiros e pimenteiros. É incrível, como um saco de lona, um conjunto de caixas *Tupperware* e uma garrafa *Thermos,* podem servir de entretenimento a um casal de idosos, durante horas a fio. Eles agem com uma precisão exacta e num silêncio total, como se se tivessem vindo a preparar para tal desde há alguns anos atrás. Depois de colocarem a comida toda em cima da mesa, comeram com prazer durante cerca de quatro minutos, e passaram o resto da manhã a arrumar tudo muito calmamente. O seu ar era de felicidade.

O casal fez-me lembrar, com uma certa ternura, da minha mãe, pois tem uma paixão enorme pelas caixas de plástico *Tupperware*. Não faz este tipo de piqueniques nos comboios, pois já não há comboios de passageiros na região do país em que vive, mas gosta de colocar diferentes tipos de comida em caixas de plástico de vários tamanhos e colocá-las no frigorífico. É uma coisa estranha que acontece com as mães, de um modo geral. Quando os filhos saem de casa, elas atiram fora, com prazer, tudo de que eles tanto tinham gostado na infância e na adolescência — a valiosa colecção de cartões de basebol, a série de *Playboys* de 1966 a 1975, e os álbuns de fotografias da escola secundária — mas, se lhes derem metade de um pêssego ou uma colher cheia de ervilhas que sobraram da refeição, vão logo colocá-las num *Tupperware* na parte de trás do frigorífico, e deixam-nas lá ficar eternamente.

E assim se passou o longo percurso até Thurso. Seguimos através de uma paisagem cada vez mais remota e árida, sem árvores e fria, com as encostas cobertas de urze, tal como o musgo cobre os penhascos, e, aqui e ali, viam-se pequenos grupos de ovelhas que se assustavam e fugiam precipitadamente quando o comboio passava. Por vezes, passávamos por vales sinuosos onde se viam espalhadas pequenas quintas que, de longe, pareciam bonitas e pitorescas mas, ao aproximarmo-nos, o seu aspecto era triste e desconfortável. A maior parte eram terras arrendadas, cheias de chapa ferrugenta por todo o lado — barracões, galinheiros, vedações, tudo de lata — com um aspecto arruinado e degradado pelo tempo. Estávamos a entrar numa daquelas zonas estranhas, muito afastadas do mundo que conhecemos, onde nada era deitado fora. Todos os pátios das quintas estavam atravancados de pilhas de ferro-velho, como se o proprietário pensasse que um dia poderia precisar de 132 estacas de vedação quase podres, uma tonelada de tijolos partidos e a carcaça de um *Ford Zodiac* de 1964.

Duas horas depois de termos saído de Inverness, chegámos a um local chamado Golspie. Era uma cidade de tamanho razoável, com grandes edifícios municipais e ruas sinuosas, e casas térreas de paredes cinzentas de arenito, cujo modelo parece ter sido inspirado nas casas de banho públicas, e de que os Escoceses parecem gostar muito, mas não se via qualquer vestígio de uma fábrica ou outro local de trabalho. Interroguei-me sobre o que é que todas aquelas pessoas em todas aquelas casas fariam para conseguir viver num lugar como Golspie. Depois chegámos a Brora, outra comunidade de tamanho também razoável, com uma zona ribeirinha, mas não consegui ver qualquer porto nem fábricas. Que é que poderiam *fazer* em terras tão pequenas, no meio do nada?

A seguir a esta localidade, a paisagem ficou completamente vazia, sem quintas, sem animais, nada. Prosseguimos através daquele vazio que se estendia por quilómetros e quilómetros de terras da Escócia, e que nos pareceu demorar uma eternidade, até que, do meio do nada, nos surge um lugar chamado Forsinard, com apenas duas casas, uma estação de caminhos-de-ferro e um hotel inexplicavelmente grande. Que estranho mundo perdido era aquele! E depois, ao fim de mais algum tempo, chegámos a Thurso, a cidade mais a norte de toda a Grã-Bretanha, o fim da linha em toda a acepção da palavra. Saí da pequena estação com um andar ainda um pouco inseguro, e desci a rua principal que me levou em direcção ao centro da cidade.

Não fazia ideia do que iria encontrar, mas a primeira impressão que tive foi favorável. Parecia mais uma cidade asseada, bem ordenada e acolhedora, do que vistosa, maior do que esperava e tinha vários pequenos hotéis. Arranjei um quarto no Pentland Hotel, que me pareceu um lugar bastante bom naquele fim-de-mundo, onde reinava um silêncio fúnebre. Recebi a chave das mãos de uma simpática recepcionista, e levei a bagagem para o quarto que ficava no extremo de longos corredores sinistros e sinuosos, saindo logo a seguir para dar uma volta pela cidade.

Segundo os registos municipais, o grande acontecimento daquela cidade passou-se, em 1834, na época em que *Sir* John Sinclair[NT], um personagem ilustre da localidade, inventou o termo «estatística», embora tudo parecesse voltar à normalidade desde então. Quando não estava a criar neologismos, Sinclair reconstruía a cidade, favorecendo-a com

---

[NT] Economista inglês (1754-1835), um dos fundadores da Estatística.

uma esplêndida biblioteca de estilo barroco, e uma praceta com um jardim no meio. Actualmente, à volta da praceta, estende-se uma área comercial, com lojas pequenas, práticas e com aspecto agradável — farmácias e talhos, um comerciante de vinhos, uma ou duas lojas de roupas para senhora, alguns bancos, uma série de cabeleireiros (porque será que há sempre tantos, em comunidades pequenas e remotas?) — quase tudo o que se espera encontrar numa comunidade modelo. Havia uma pequena loja da *Woolworth's,* com ar fora de moda, mas tirando esta e as instituições bancárias, quase tudo o mais parecia propriedade local, o que dava a Thurso um aspecto familiar, e a fazia parecer uma comunidade real e autónoma.

Andei a deambular pelas ruas que tinham as lojas, e depois meti-me por ruelas, em direcção à zona ribeirinha onde havia um armazém de peixe, com ar abandonado, isolado no meio de um parque de estacionamento vazio, e uma praia enorme também vazia onde as ondas rebentavam, com um estrondo ameaçador. O ar estava fresco e o vento soprava com força no caminho desguarnecido da orla marítima, mas havia uma luz etérea que vinha do Norte e dava ao mar uma curiosa luminosidade — de facto, invadia tudo com um estranho e suave tom azulado — fazendo intensificar a sensação de distanciamento que me separava de casa.

No extremo da praia, erguia-se uma torre com ar fantasmagórico, o que restava de um antigo castelo, e aproximei-me para ver melhor. Entre mim e a torre havia água e rochas, pelo que fui obrigado a voltar para trás até onde existia uma ponte para peões, a uma certa distância da praia, e depois segui por um caminho lamacento, com muito lixo espalhado por todo o lado. A torre do castelo estava em ruínas, e as janelas inferiores e entradas tinham sido tapadas com tijolos. Do lado de fora, havia um aviso a informar que o caminho da costa estava vedado devido à erosão do solo. Fiquei ainda algum tempo sobre aquela pequena ponta de terra, a olhar para o mar, e depois voltei-me de costas, com o centro da cidade em frente de mim, magicando no que iria fazer a seguir.

Nos três dias seguintes, Thurso iria ser a minha morada e não sabia de todo o que fazer para preencher tanto tempo livre. No meio daquele cheiro a maresia e a sensação de isolamento total, houve um momento em que senti um certo receio interior por me encontrar sozinho no topo do mundo, onde não havia com quem falar e a distracção mais emocionante era uma velha torre tapada com tijolos. Regressei ao centro da cidade pelo mesmo caminho que havia feito até ali e, sem mais nada melhor para fazer, dei mais uma olhadela pelas montras das lojas. E foi então que, do lado de fora de um estabelecimento que vendia legumes e fruta, aconteceu uma coisa que, mais cedo ou mais tarde, sempre me sucede, quando ando em viagem e estou muito longe de casa. É um momento que me assusta.

Comecei a fazer a mim mesmo perguntas para as quais não encontrava resposta.

Viajar sozinho, durante muito tempo, afecta as pessoas de maneiras diferentes. Não é natural encontrarmo-nos num lugar estranho, com o cérebro subaproveitado e sem qualquer razão especial para lá estar, acabando por ficar um pouco doidos. Assisti a casos desses muitas vezes. Viajantes solitários que começam a falar sozinhos: pequenas conversas, muito baixinho, quase murmúrios, que julgam que ninguém está a prestar atenção. Alguns procuram desesperadamente a companhia de estranhos, encetando pequenos diálogos nos balcões da lojas e nas recepções dos hotéis, e depois ficam por lá, um certo tempo, até acabarem por se ir embora. Outros tornam-se numa espécie de excursionistas obcecados, vorazes, que andam de um lado para o outro com um guia na mão, sozinhos, tentando ver tudo. Comigo acontece que entro num estado de «diarreia mental», em que me invado de perguntas muito pessoais — quantidades astronómicas, aliás — para as quais não encontro resposta. E foi assim que, quando estava à porta daquele estabelecimento em Thurso, a olhar para o seu interior obscuro, de lábios comprimidos e expressão pensativa, me veio à ideia a seguinte interrogação: «Por que será que chamam a este fruto *grapefruit* (toranja)?» Sabia que o processo tinha começado.

Não é nenhuma pergunta absurda, saber como estas coisas acontecem, isto é, saber por que é que lhe chamam *grapefruit*. Não sei qual é a vossa opinião, mas se me mostrassem um fruto amarelo, do tamanho de uma bala de canhão e com sabor amargo, acho que não iria pensar, «Bem, isto faz-me lembrar uma uva *(grape)*.»

O problema é que quando estas coisas se desencadeiam não é possível pará-las. Duas portas mais à frente, havia uma loja que vendia camisolas de lã *(jumpers)*, e eu pensei, «Por que será que os Britânicos lhes chamam *jumpers?*» Já há muitos anos que fazia a mim próprio esta pergunta, principalmente em lugares solitários como Thurso, e gostaria muito de saber a resposta. Será que nos fazem saltar *(jump)?* De manhã, ao vesti-las, será que cada um de nós pensa: «Agora, não só vou ficar quente o dia inteiro (o que é importante num país onde o aquecimento central não é de fiar) como também, se me disserem para saltar, já estou com a roupa indicada. E assim por diante. Continuei a andar pelas ruas com a cabeça inundada por um mar de interrogações. Por que hão-de chamar *milk floats* aos carrinhos que distribuem o leite pelas casas das pessoas? Eles nem sequer flutuam *(float)*. Por que razão é que dizemos «*foot the bill*» e não «*head the bill*»[NT1]? Por que havemos de dizer que o nosso nariz está *running* (a correr)[NT2]? O meu, escorrega *(slides)*. Quem terá comido a primeira ostra e quem se terá lembrado de que o âmbar-cinzento[NT3] seria um excelente fixador de perfumes?

Quando isto acontece, sei, por experiência própria, que é preciso uma distracção especial para afastar o espírito deste estado de solidão e, felizmente, havia uma em Thurso. Seguia eu por uma rua transversal, e estava a começar a interrogar-me por que é que dizemos *we are head over heels*» (cabeça sobre os calcanhares) para significar que estamos felizes, quando, de facto, a nossa cabeça *está* acima dos nossos calcanhares, e eis que deparo com um pequeno estabelecimento extraordinário que se chamava *Fountain Restaurant,* e que apresentava três tipos de ementas de nacionalidades diferentes, chinesa, indiana e europeia. Thurso não tinha

---

[NT1] *Foot the bill,* «pagar a conta», («dar um pontapé na conta», traduzido à letra); *head the bill,* «ser cabeça de uma lista», («dar uma cabeçada na conta», traduzido à letra).

[NT2] *Our nose is running,* «o nosso nariz está a pingar».

[NT3] Substância de cheiro activo segregada por certos moluscos e extraída dos intestinos dos cachalotes que se alimentam desses animais. Utilizada em perfumaria.

capacidade para manter três restaurantes de cozinha diferente, pelo que as reuniu num só.

Entusiasmado com a ideia, entrei e fui conduzido até uma das mesas por uma mulher jovem e bonita que me entregou uma ementa com muitas páginas. Pela capa, ficava-se logo a saber que os três tipos de pratos eram feitos pelo mesmo cozinheiro-chefe de nacionalidade escocesa, pelo que fui espreitar as entradas na esperança de encontrar «bolos de aveia agridoces» ou *«haggis vindaloo»,* mas os pratos eram perfeitamente convencionais. Optei pela ementa chinesa, e depois sentei-me, numa paz de espírito total, sem pensar em nada.

Quando veio a comida, esta soube-me a comida chinesa feita por um cozinheiro escocês — o que não quer dizer que não fosse boa — mas era curiosamente diferente de qualquer outra comida chinesa que eu tenha provado. Quanto mais comia mais gostava. Pelo menos era diferente, o que me agradava imenso naquela altura da viagem.

Quando saí do restaurante sentia-me mais animado. À falta de melhor para fazer, fui de novo até próximo do armazém do peixe para apreciar a aragem da noite. Enquanto ali estava, a ouvir o bater das ondas e a olhar deliciado para a grande abóbada celeste cheia de estrelas, acima da minha cabeça, pensei: «Quem terá decidido que Hereford e Worcester eram nomes interessantes para se dar a um condado?» A partir dali percebi que estava na hora de ir para a cama.

De manhã, acordei cedo, com o som do alarme do despertador, e levantei-me contra vontade pois estava a ter o meu sonho predilecto — aquele em que sou dono de uma grande ilha remota, muito parecida com aquelas situadas na costa da Escócia, e para a qual convidei gente muito especial, tal como o indivíduo que inventou as luzes da árvore de Natal que se apagam por completo quando uma das lâmpadas se funde, o responsável pela manutenção das escadas rolantes do aeroporto Heathrow, qualquer indivíduo que tenha redigido um manual de instruções que acompanha os computadores e, como não podia deixar de ser, John Selwyn Gummer; depois, deixo-os lá, à solta, com uma quantidade *muito* pequena de rações de sobrevivência e, mais tarde, vou em sua perseguição acompanhado de cães raivosos — mas depois, lembrei-me que tinha a perspectiva de um dia muito longo e emocionante pela frente. Tencionava ir até John O'Groats.

Durante anos, andei a ouvir falar deste local, mas não fazia a mínima ideia de como seria. Pelo nome, deveria ser exótico e ansiava por conhecê-lo. Então, num estado de boa disposição, tomei o pequeno-almoço no Pentland Hotel. Era o único hóspede que havia na sala de jantar e, ao bater das nove horas, fui até ao *William Dunnet's,* o representante local da *Ford,* para o qual tinha telefonado uns dias antes, a reservar um carro para aquele dia, uma vez que não havia outro meio de transporte para chegar a John O'Groats, naquela época do ano. Apanhei-o na sala de exposições e recordei-lhe o nosso acordo por via telefónic. «Ah, já sei, é a pessoa que me falou e que vem do Sul», disse ele, a lembrar-se, o que me confundiu um pouco. Não é todos os dias que se ouve falar de Yorkshire como uma região do Sul.

— E não fica tudo a Sul, visto daqui? — perguntei.

— Sim. Acho que sim — respondeu o homem, como se eu tivesse acabado de fazer uma declaração muito profunda.

Era um tipo simpático — aliás, em Thurso, eram todos simpáticos — e, enquanto ele rabiscava uma série de papelada que me iria responsabilizar por duas toneladas de chapa perigosa, íamos conversando amigavelmente sobre a vida neste remoto posto avançado de civilização. Disse-me que a viagem de automóvel até Londres demorava umas 16 horas, e não porque alguém já o tivesse feito. Para a maioria das pessoas, Inverness, a quatro horas de caminho na direcção do Sul, era o mais longe que já tinham ido.

Parecia-me que tinham passado meses desde a última vez que conversara com alguém, e assim bombardeei-o com perguntas. De que é que as pessoas viviam em Thurso? Como foi que o castelo ficou em ruínas? Onde é que as pessoas iam quando queriam comprar um sofá, ou ir ao cinema, ou comer comida chinesa sem ser feita por um escocês, ou fazer mais qualquer coisa, para além das modestas distracções locais que tinham à disposição?

Então, fiquei a saber que a localidade era mantida, a nível económico, pelo reactor nuclear Dounreay, a poucos metros dali, e que o castelo tinha sido, em tempos, muito belo, mas que se degradou por culpa de um proprietário excêntrico, e que Inverness era o local onde todos iam para se divertirem. Devo ter deixado escapar uma expressão de espanto ao ouvir isto, pois ele sorriu e disse secamente: «Bem, existe lá um estabelecimento da *Marks & Spencer*.»

Seguidamente, levou-me até à rua, mandou-me sentar ao volante de um *Ford Thesaurus* (ou qualquer coisa assim no género, não sou lá muito bom no que respeita a marcas de automóveis), deu-me uma rápida explicação de todas as alavancas e interruptores do painel dos instrumentos, e depois ficou ali de pé com um sorriso gelado nos lábios, enquanto eu accionava os comandos que fizeram com que as costas do meu assento fossem projectadas para trás, que a mala do carro se abrisse e que o limpa-pára-brisas começasse a funcionar. A seguir, com um incómodo ranger de engrenagens e vários solavancos, consegui ser o primeiro a sair do parque de estacionamento, através de um caminho que não estava previsto e onde abundavam as covas, entrando depois na rua propriamente dita.

Quase logo a seguir, pois Thurso é uma localidade muito pequena, já estava na estrada, satisfeito, a caminho de John O'Groats. A paisagem à volta era impressionantemente vazia, vendo-se apenas campos onde a erva esbranquiçada pelo Inverno se estendia ondulante até junto ao mar agitado, e mais atrás as ilhas Orkney, envoltas em neblina, mas a sensação de espaço foi emocionante e, pela primeira vez, de há uns anos para cá, senti-me completamente seguro dentro de um automóvel. Não havia absolutamente nada com que pudesse esbarrar.

Sentimos mesmo um grande vazio quando atingimos o ponto mais setentrional da Escócia. Só 27 000 pessoas vivem em toda a região de Caithness — aproximadamente a mesma população de Haywards Heath ou de Eastleigh, numa área bastante maior do que muitos dos condados britânicos. Mais de metade desta população está distribuída por duas cidades, Thurso e Wick, mas não vive ninguém em John O'Groats, pois não é uma comunidade mas um lugar onde se pára para comprar postais e gelados.

O seu nome deve-o a Jan de Groot, um holandês que, no século XV, pôs em circulação um serviço de *ferry*, a partir daquele lugar para qualquer outra parte (para Amsterdão, se tivesse sido uma pessoa sensata). Segundo consta, cobrava $4d^{NT1}$ por cada viagem, e diziam também que, a partir de então, aquela quantia passou a ser conhecida pelo nome de *groat*[NT2], mas não passa de imaginação. É mais provável que Groot passasse a chamar-se Groat por causa daquele valor monetário, do que aquele valor ser assim designado por causa do nome de Groot. Bem, mas o que é que isso interessa?

Actualmente, em John O'Groats, existe um grande parque de estacionamento, um pequeno porto, um hotel solitário, pintado de branco, uns dois quiosques que vendem gelados, e três ou quatro lojas com postais, camisolas de lã e cassetes de vídeo de um cantor chamado Tommy Scott. Pensei que iria encontrar aquele conhecido sinal, que tem um dedo a apontar e que nos diz a que distância estamos de Sidney e de Los Angeles, mas não tive essa sorte; talvez o tivessem guardado naquela altura do ano, para que pessoas como eu não o levassem como recordação. Só uma das lojas é que estava aberta. Entrei, e fiquei admirado ao ver, no seu interior, três senhoras de meia-idade a trabalharem, o que era um exagero, pois eu devia ser o único turista existente a uma distância de uns 640 quilómetros. As senhoras tinham um ar muito alegre e saudável, e receberam-

---

[NT1] 4*d*: «*d*», abreviatura de *denarius*, «dinheiro» em Latim, nome dado à moeda britânica antiga, que equivalia ao *penny* ou *pence*.
[NT2] Moeda de prata antiga, com o valor de 4 dinheiros.

-me calorosamente, com aquele maravilhoso sotaque da região das Highlands — muito bem pronunciado e, todavia, tão suave. Desdobrei algumas camisolas para que elas tivessem algo para fazer depois de eu sair da loja, e fiquei de boca aberta a olhar para um vídeo publicitário de Tommy Scott a cantar alegres melodias escocesas, tendo como cenário vários promontórios batidos pelo vento (sem comentários!). Comprei uns postais, bebi umcafé com toda a calma, conversei com as senhoras, e depois saí, encaminhando-me para o ventoso parque de estacionamento, onde cheguei à conclusão de que já tinha visto tudo o que havia para ver em John O'Groats.

Andei a caminhar pelo porto, espreitei através das janelas do pequeno museu que estava encerrado até à Primavera, apreciei a vista sobre Pentland Firth até Stroma e Old Man of Hoy, e depois voltei para junto do carro. Provavelmente já o sabem, mas John O'Groats não é exactamente o ponto mais setentrional da região da Escócia. Esta designação pertence a um local chamado Dunnet Head, a oito ou nove quilómetros de distância dali, seguindo por uma estrada secundária só com um sentido, pelo que resolvi ir até lá. Dunnet Head, em termos de entretenimento, ainda tem menos a oferecer do que John O'Groats, mas possui um belo farol, sem ninguém lá dentro, e uma vista deslumbrante sobre o mar, bem como a agradável sensação de estarmos a uma longa distância de qualquer lugar.

Deixei-me ficar algum tempo naquele extremo do mundo, onde o vento soprava com força, olhando a paisagem, à espera de ser iluminado por pensamentos profundos, pois tinha chegado ao fim da linha, o mais longe que me era possível. Parte de mim desejava apanhar o *ferry* até às ilhas e acompanhar os afloramentos de rochas até chegar às distantes Shetland, mas tinha pouco tempo e, de qualquer forma, talvez não fosse muito importante. Para além do seu encantador isolamento e pureza do ar, as ilhas Shetland não seriam mais do que uma parcela da Grã-Bretanha, com o mesmo tipo de lojas, os mesmos programas de televisão e as mesmas pessoas a usarem os mesmos casacos de lã da *Marks & Spencer*. Não acho que isto seja deprimente — antes pelo contrário — mas não estava com nenhum grande desejo de ver estas coisas, precisamente agora. Ficaria para uma próxima vez.

Tive ainda mais um porto de escala, durante a minha viagem com o *Ford* alugado. A uns dez ou 11 quilómetros a sul de Thurso, fica a aldeia de Halkirk, agora esquecida, mas que, durante a Segunda Guerra Mundial, foi um local *profundamente* detestado pelos soldados britânicos, devido à sua localização remota e ao suposto mau acolhimento dos cidadãos da localidade. Os soldados costumavam cantar um pequeno refrão delicioso com os seguintes versos:

> *This fucking town's a fucking cuss*
> *No fucking trams, no fucking bus,*
> *Nobody cares for fucking us*
> *In fucking Halkirk*
>
> *No fucking sport, no fucking games,*
> *No fucking fun. The fucking dames*

> *Won't even give their fucking names*
> *In fucking Halkirk*^{NT}

e que continuava com este mesmo vigor amistoso por mais umas dez estrofes. (Como é óbvio, fui averiguar, mas, de facto, esta letra não fazia parte do repertório de Tommy Scott.) Então, segui para Halkirk, através da estrada secundária e deserta B874. Não havia muito para ver nesta localidade — apenas umas ruas que iam dar a parte nenhuma, com um talho, lojas de materiais de construção, dois *pubs*, uma mercearia e os paços de um edifício municipal com um monumento em memória dos mortos da guerra. Não havia sinais de que Halkirk tivesse sido mais do que uma pequena e monótona interrupção do vazio que reinava a toda a volta, mas, no referido monumento, havia inscrições de 63 nomes de mortos da Primeira Guerra Mundial (nove dos quais com apelido Sinclair, e cinco com o de Sutherland) e 18 da Segunda Guerra Mundial.

[NT] Esta cidade nojenta é uma maldição
Sem eléctricos, sem autocarros,
Ninguém se importa connosco
Na maldita Halkirk

Sem desportos, sem jogos,
Sem divertimentos. As mulheres daqui
Nem os seus nomes nos dão
Na maldita Halkirk

O texto original, tem uma carga sonora muito forte, mercê da ênfase dada pela utilização sistemática do termo calão *«fucking»*, que exprime bem a raiva dos soldados.

Da periferia da pequena aldeola, avistavam-se extensas planícies cobertas de erva, mas não havia qualquer vestígio de ruínas de aquartelamentos militares. De facto, até parecia que naquela localidade nunca tinha existido mais nada do que planícies sem fim. Fui até à mercearia para obter informações. Tinha um aspecto muito estranho — um espaço que parecia um barracão, muito mal iluminado e quase vazio, apenas com umas duas prateleiras de metal próximo da porta de entrada. Estas também estavam quase vazias, à excepção de algumas embalagens de produtos de pequena importância. Havia um homem junto à caixa registadora, e um indivíduo idoso que estava a fazer umas pequenas compras, os quais interpelei acerca da existência do acampamento militar.

— Ah, sim — disse o dono da loja. — Um grande *POW camp*[NT]. Quando a guerra acabou, tivemos aqui cerca de 14 mil alemães. Tenho aqui um livro que fala de tudo isso. — Para meu espanto, perante a escassez de artigos existentes na loja, tinha uma pilha de livros ilustrados, junto à caixa registadora, com o título *Caithness in the War, ou* qualquer coisa muito semelhante, e entregou-me um exemplar para eu examinar. Estava cheio das habituais fotografias de casas e *pubs* bombardeados, com pessoas estupefactas e consternadas à volta, ou a olhar para a câmara fotográfica com aquele ar aparvalhado que sempre têm nas fotografias de desastres, como se estivessem a pensar: «Bem, ao menos vamos aparecer no Picture Post.» Não encontrei qualquer foto de soldados com ar enfastiado em Halkirk, e no índice

---

[NT] *POW camp*, campo de prisioneiros de guerra, *POW*, abreviatura de *Prisioniers of War*.

não havia referência a esta localidade. O livro estava marcado com o preço exorbitante de 15,95 libras.

— Um livro muito interessante — disse o proprietário, a encorajar-me. — E um bom preço.

— Tivemos aqui 14 mil alemães durante a guerra — acrescentou o tipo idoso, com uma espécie de grunhido surdo.

Não conseguia descobrir uma maneira discreta de fazer perguntas acerca da má reputação de Halkirk.

— Aposto que deve ter sido uma grande solidão para os soldados britânicos — adiantei, a sondar o terreno.

— Ah, não. Eu não acho — discordou o homem. — Thurso fica logo ao fim da estrada, e existe também Wick para variar. Naquela época havia bailes — acrescentou, um pouco hesitante, e depois apontou para o livro que eu tinha na mão. — Um bom preço, esse.

— Ficaram alguns vestígios da antiga base militar?

— Bem, os edifícios desapareceram, evidentemente, mas se for pela parte de trás — e apontou na direcção referida — ainda consegue ver as fundações. — Ficou calado, por uns momentos, e depois disse: — Então, vai levar o livro?

— Bem, talvez venha buscá-lo depois — menti, enquanto lhe entregava o livro.

— É um preço de aproveitar — insistiu o dono da loja.

— Catorze mil alemães que estiveram aqui — gritou o indivíduo idoso, quando eu ia a sair.

Dei mais uma volta a pé pelas redondezas, e depois fiz um percurso de carro; mas não encontrei qualquer sinal de um campo de prisioneiros. A pouco e pouco fui concluindo que também não era muito importante, acabando por voltar para Thurso e entregar o carro alugado ao representante da *Ford,* que ficou muito admirado, pois pouco passava das duas horas da tarde.

— Tem a certeza de que não há mais nenhum sítio que gostasse de visitar? — perguntou-me. — É pena, uma vez que alugou o carro para o dia inteiro.

— Onde é que eu haveria de ir? — perguntei. Ficou a pensar durante um minuto. — Bem, de facto, não sei.

Parecia um pouco desanimado.

— Não faz mal — acrescentei. — Já vi muita coisa. Estava a falar no sentido lato, como é evidente.

CAPÍTULO
28

E agora vou revelar a razão por que tenciono ficar alojado no Pentland Hotel, sempre que vier a Thurso. Na noite da véspera de deixar o hotel, pedi à simpática recepcionista para me acordarem às cinco horas, pois tinha de apanhar um comboio que partia muito cedo em direcção ao Sul. Então, ela perguntou-me (talvez seja melhor sentarem-se, se não o tiverem já feito):

— Quer um pequeno-almoço completo?

Achei que devia estar um pouco confusa, pelo que lhe disse:

— Desculpe, não deve ter entendido, eu disse cinco horas *da manhã*. Tenho de sair do hotel às cinco e meia da manhã, está a ver? Da manhã.

— Sim, percebi, mas quer um pequeno-almoço completo?

— Às cinco da manhã?

— É que está incluído no preço da estadia.

E diabos me levem se aquele maravilhoso pequeno hotel não me serviu uma agradável refeição, cozinhada na altura, e um belo café, às 5h15m da madrugada, do dia seguinte.

E assim, deixei o hotel, satisfeito e um pouco mais gordo, caminhando com andar pesado pelo meio da escuridão da rua até à estação, onde tive a minha segunda surpresa da manhã. A plataforma estava cheia de mulheres com aspecto muito alegre, no meio de uma atmosfera gelada e meia obscura, enchendo-a de pequenos pedaços de névoa com o seu bafo quente, enquanto se entretinham, pacientemente, numa conversa animada, em dialecto local, até que o guarda acabasse de fumar o seu cigarro e abrisse as portas do comboio.

Perguntei a uma delas o que é que se passava e contou-me que iam todas até Inverness fazer compras. Todos os sábados se passava a mesma coisa. Faziam uma viagem de quatro horas, compravam umas cuecas na *Marks & Spencer*, um vomitado de plástico e mais qualquer outra coisa que Inverness tivesse e que não houvesse em Thurso, e depois apanhavam o comboio das 18 horas, chegando a casa a horas de irem para a cama.

E lá partimos todos, naquela madrugada enevoada, muito juntinhos e confortavelmente sentados num comboio de duas carruagens, com ar feliz e confiante. O comboio ficava em Inverness e toda a gente teve de sair. As senhoras puseram-se a caminho das suas compras e eu fui apanhar o comboio das l0h35m para Glasgow. Ao vê-las partir, reparei, para minha surpresa, que as invejava. Parecia-me incrível a ideia de se levantarem de madrugada para irem fazer umas compras num lugar como Inverness, e só regressarem a casa depois das dez horas da noite mas, por outro lado, nunca tinha visto na minha vida um grupo de pessoas tão satisfeitas por irem às compras.

O comboio para Glasgow era pequeno e ia vazio, e tínhamos como cenário uma paisagem exuberante. Passámos por Aviemore, Pitlochry, Perth e Gleneagles, com uma bonita estação, agora tristemente encerrada. Finalmente, passadas oito horas de me ter levantado da cama, chegávamos a Glasgow. Era uma sensação estranha, depois de tantas horas de viagem, estar a descer na Queen Street Station e não ter saído ainda da Escócia.

Pelo menos, desta vez, não foi um choque. Recordo-me da primeira vez que cheguei a Glasgow, em 1973, e que, ao sair nesta mesma estação, fiquei profundamente atordoado com a escuridão e a sujidade da fuligem que havia na cidade. Nunca tinha visto um lugar tão sufocante e sujo. Tudo me pareceu negro e triste. Até o sotaque local me soou como uma desafinação aberrante. A St. Mungo's Cathedral era tão escura que vista da rua parecia um espaço negro vazio a duas dimensões. E não havia turistas — nem um. Glasgow pode ter sido considerada a maior cidade da Escócia, mas o meu guia *Let's Go,* nem sequer lhe fazia referência.

Nos anos seguintes, Glasgow sofreu modificações magníficas e importantes. Muitos edifícios antigos do centro da cidade foram limpos, com jactos de areia sob pressão, e muito bem polidos, de modo que as suas superfícies de granito pareciam novas; nos gloriosos anos da década de 80, construíram-se mais umas dezenas — mais de um bilião de libras de novos escritórios do que na década anterior. Com o edifício da Burrell Collection a cidade adquiriu um dos mais belos museus do mundo, e a construção do centro comercial Princes Square representou um dos mais inteligentes produtos de renovação urbana. De um momento para o outro, começaram a chegar discretamente a Glasgow pessoas de todo o mundo que descobriam deliciadas que esta era uma cidade dotada de esplêndidos museus, *pubs* cheios de vida, orquestras das melhores, a nível internacional, e cerca de 70 parques, mais do que qualquer outra cidade europeia da sua dimensão. Em 1990, Glasgow era conhecida como a Cidade Europeia da Cultura e ninguém duvidava. Nunca antes a reputação de uma cidade tinha sido alvo de uma transformação tão emocionante e rápida como aquela — e, na minha opinião, não havia outra que mais a merecesse.

De entre os seus inúmeros tesouros, nenhum me fascina tanto como a Burrell Collection. Depois de arranjar um hotel para pernoitar, apressei-me a ir até lá de táxi, pois ficava muito longe.

— *D'ye nae a lang roon?* — perguntou o motorista, enquanto seguíamos por uma auto-estrada em direcção a Pollok Park, passando por Clydebank e Oban.

— Desculpe, não entendi — disse eu, pois não falava o dialecto de Glasgow.

— *D'ye dack ma fanny?*

Detesto quando isto acontece — quando alguém oriundo de Glasgow fala comigo.

— Lamento muito — insisti, tentando arranjar uma desculpa. — Estou a ouvir cada vez pior.

— *Aye, ye nae hae doon a lang roon* — continuou o motorista a dizer, o que deduzi que fosse, «Vou-te levar por um caminho muito comprido, enquanto te observo com ar ameaçador, de tal maneira que vais começar a duvidar se não te vou levar para um armazém abandonado, onde estão uns amigos meus à espera, para te dar uma sova e te roubar o dinheiro». Mas o homem não disse mais nada e deixou-me à porta do museu, sem haver qualquer incidente.

Como eu gostei da Burrell Collection. Deve o seu nome a *Sir* William Burrell, um proprietário de navios de nacionalidade escocesa que, em 1944, doou à cidade a sua colecção de arte, na condição de que ela fosse colocada dentro dos limites da cidade. Ele receava — e com razão — que a poluição atmosférica pudesse danificar as suas peças artísticas. Incapaz de saber o que fazer com uma oferta tão valiosa, o conselho municipal da cidade acabou por não fazer absolutamente nada. Durante os 39 anos que se seguiram, algumas destas obras excepcionais permaneceram dentro dos caixotes, metidas em armazéns e completamente abandonadas. Finalmente, no fim dos anos 70, depois de quase quatro décadas de hesitação, a cidade contratou um arquitecto muito competente, chamado Barry Gasson, que projectou um edifício elegante e discreto, notável pelas suas salas muito espaçosas e arejadas, com um cenário paisagístico muito arborizado ao fundo, e pela forma engenhosa como as características arquitectónicas da colecção de Burrell — as dos portais e dintéis medievais entre outras — foram enquadradas na estrutura do edifício. Abriu ao público em 1983, com o aplauso geral.

Burrell não era um homem particularmente rico, mas sabia muito bem escolher o melhor. A galeria contém apenas 8000 exemplares, mas são oriundos de toda a parte do mundo — da Mesopotâmia, do Egipto, da Grécia e de Roma e perfeitamente assombrosos (à excepção de umas estatuetas de porcelana vidrada, representando umas floristas, que ele deve ter adquirido num momento febril). Passei a tarde toda satisfeito, a deambular pelas inúmeras salas, imaginando, como faço às vezes em circunstâncias semelhantes, que tinha sido convidado a levar comigo um objecto à minha escolha, como oferta do povo escocês em reconhecimento da minha distinção como pessoa. Por fim, depois de muito padecer, escolhi uma *Head of Persephone* (Cabeça de Perséfone), da Sicília, do século v a. C., que não só estava impecável, como se tivesse sido feita no dia anterior, como também ficava muito bem em cima do televisor. E assim, ao fim da tarde, saí do museu para a atmosfera agradável do Pollok Park, num bom estado de espírito.

Estava um dia ameno, pelo que decidi fazer a pé o percurso até à cidade, embora não tivesse nenhum mapa e só uma vaga ideia de onde poderia ficar o distante centro de Glasgow. Não sei se esta é uma cidade mesmo boa para andar a passear por ela, ou se eu tive sorte, mas o facto é que no caminho encontrava sempre alguma surpresa inesquecível — o fascínio verdejante de Kelvingrove Park, os Botanic Gardens, o fabuloso cemitério Necropolis e as suas filas de campas ornamentadas — e foi o que aconteceu agora. Comecei a descer a larga avenida, chamada St. Andrews Drive, e dei comigo à deriva no meio de um bairro de casas luxuosas, com um belo parque que tinha um pequeno lago no meio. Por fim, passei pela Scotland Street Public School, um edifício maravilhoso com vãos de escada espaçosos e arejados, que imaginei ser uma das construções de Mackintosh[NT], e pouco depois, encontrava-me num outro bairro, não tão elegante mas não menos interessante, que me pareceu ser o Gorbals. A partir dali, perdi-me.

De vez em quando via o rio Clyde, mas não conseguia descobrir a maneira de chegar próximo dele, ou melhor, de o atravessar. Vagueei ao longo de uma série de ruelas e, em breve, estava numa daquelas zonas desertas, só com arma-

---

[NT] Charles Rennie Mackintoch (1868-1928) arquitecto e *designer* escocês, figura importante do movimento artístico Arte Nova.

zéns sem janelas, e garagens com letreiros nas portas, a dizer ESTACIONAMENTO PROIBIDO — GARAGEM EM USO PERMANENTE. Dei uma série de voltas que pareciam afastar-me ainda mais do centro, até chegar, finalmente, com andar desajeitado, a uma pequena rua que tinha um *pub* na esquina. Imaginando logo uma bebida e um bom lugar para me sentar, entrei. Era uma sala escura, com ar estragado, e havia só mais outros dois clientes, dois homens com ar de salteadores, sentados lado a lado junto ao bar, bebendo em silêncio. Não havia ninguém do lado de dentro do bar. Coloquei-me num dos extremos do balcão e fiquei à espera, mas não apareceu ninguém. Comecei a tamborilar com os dedos sobre o mesmo, a encher as bochechas de ar e a fazer trejeitos com os lábios, como é costume quando estamos à espera de qualquer coisa, cheios de impaciência. (E por que será que fazemos isso? Nem sequer chega a ser tão aliciante e de baixo nível como rebentar uma borbulha ou limpar as unhas com a do polegar.) Resolvi limpar as unhas com a unha do polegar, e enchi de novo as bochechas de ar, mas não havia meio de aparecer ninguém. Por fim, reparei que um dos homens que estava junto ao bar olhava para mim.

— *Hae ya nae hook ma dooky?* — perguntou-me.

— Como? — disse eu.

— *He'll nay be doon a mooning.* — E esticou a cabeça na direcção de uma sala das traseiras.

— Ah! — exclamei, e abanei a cabeça discretamente, como se tivesse entendido.

Reparei que ambos continuavam a olhar para mim.

— *D'ye hae a hoo and a poo?* — perguntou o primeiro homem.

— Desculpe, não entendi — respondi.

— *D'ye hae a hoo and a poo?* — repetiu. Parecia estar um pouco embriagado.

Esbocei um pequeno sorriso de desculpas e expliquei que vinha de um outro mundo onde se falava inglês.

— *D'ye nae hae in May?* — continuou o homem. — *If ye dinna dock ma donny.*

— *Doon in Troon they croon in June* — disse o companheiro. — *Wi'a spoon* — acrescentou.

— Oh, ah! — acenei de novo com ar pensativo, esticando levemente o lábio inferior para a frente, como se agora tudo ficasse esclarecido para mim. Foi nessa altura que, para meu alívio, o empregado do bar surgiu, com um ar infeliz, e a limpar as mãos a uma toalha.

— *Fuckin muckle fucket in the fuckin muckle* — disse ele para os outros dois, voltando-se depois para mim com uma voz cansada. — *Ah hae the noo.* — Fiquei sem saber se se tratava de uma pergunta ou de uma afirmação.

— Um copo de *Tennent's*, por favor — disse, esperançado.

O empregado mostrou-se impaciente como se eu estivesse a evitar responder à sua pergunta.

— *Hae ya nae hook ma dooky?*

— Desculpe, não percebi.

— *Ah hae the noo* — disse o primeiro homem junto ao bar, o qual aparentemente se considerava como meu intérprete.

Fiquei uns momentos de boca aberta, a tentar imaginar o que me estariam a dizer, interrogando-me sobre que espécie de impulso me tinha levado a entrar num *pub* de uma zona como aquela, e disse num tom de voz calmo:

— Só quero um copo de *Tennent's*, por favor.

O empregado suspirou profundamente e trouxe-me uma cerveja. Passados minutos, percebi que o que estavam a querer dizer-me era que aquele *pub* era o pior do mundo para pedir uma *lager*[NT], pois tudo o que conseguiria arranjar era um copo de cerveja quente tirada de uma torneira relutante e agonizante, e que o melhor a fazer era fugir dali enquanto podia. Bebi dois goles daquela interessante mistela e, fingindo que ia à casa de banho dos homens, escapuli-me por uma porta lateral.

E assim voltei para a rua que agora estava envolta numa luz crepuscular, e caminhei ao longo da margem sul do Clyde, tentando encontrar o caminho até ao centro da cidade. É quase impossível imaginar como era o bairro Gorbals, antes de começarem a remodelá-lo e a convidar *yuppies* ousados a mudarem-se para novos blocos de elegantes apartamentos na periferia. Depois da guerra, Glasgow fez uma coisa extraordinária. Construiu grandes complexos habitacionais com edifícios, tipo torre e de fachadas brilhantes, no meio do campo, e transferiu para lá dezenas de milhares de pessoas de bairros degradados do interior, como Gorbals, mas esqueceu-se das infra-estruturas necessárias. Só para Easterhouse, mudaram-se 40 mil pessoas, e quando lá chegaram encontraram novos e elegantes apartamentos, com canalizações interiores, mas sem cinemas, lojas, bancos, *pubs,* escolas, empregos, centros de saúde ou mesmo médicos. Assim, sempre que queriam tomar uma bebida, ir trabalhar ou receber assistência médica, tinham de apanhar um autocarro e andar quilómetros até à cidade. Em consequência disto e de outros pormenores, como os elevadores

---

[NT] Cerveja leve, de cor clara.

estarem sempre avariados (e por que será que a Grã-
-Bretanha, em especial, tem mais dificuldade do que os outros países no que respeita a sistemas de transporte, como
escadas rolantes e ascensores? Francamente, acho que alguém deveria ser responsabilizado.) as pessoas foram ficando cada vez mais contrariadas e os bairros degradaram-se.
Daí que Glasgow passou a ter alguns dos piores problemas
habitacionais existentes nos países desenvolvidos. A câmara
de Glasgow é das maiores proprietárias da Europa. As suas
160 000 casas e apartamentos representam metade da totalidade de casas disponíveis para habitação de toda a cidade.
De acordo com os seus próprios cálculos, a câmara precisa
de gastar cerca de três biliões de libras para que a questão
do alojamento atinja o nível de qualidade exigido. Neste valor não estão incluídas despesas com novas construções de
casas, mas apenas tornar habitáveis as que já existem. De
momento, o seu orçamento total disponível para habitação
é de 100 milhões de libras anuais.

Por fim, encontrei o caminho para atravessar o rio e regressar ao centro da cidade. Fui até George Square que, na
minha opinião, é a praça mais bonita da Grã-Bretanha,
e subi a custo a Sauchiehall Street, onde me lembrei da minha anedota favorita sobre Glasgow. (Na realidade, é a única que conheço.) Não é assim muito boa, mas eu acho piada. Um polícia capturou um ladrão na esquina da rua
Sauchiehall com a Dalhousie, e depois arrastou-o pelos cabelos umas centenas de metros até Rose Street para o inter-
rogar.

— Apre! P'ra quê *isto?* — pergunta o acusado, aflito,
enquanto esfrega a cabeça com a mão.

— Porque Rose Street sou eu capaz de escrever, meu
malandro — respondeu o polícia.

O que se passa com Glasgow é que, sendo uma cidade com toda esta prosperidade e requinte, adquiridos recentemente, no fundo, mantém sempre aquela sensação de rudeza ameaçadora, o que acho estranhamente emocionante. Podemos andar a vaguear pelas ruas, numa sexta-feira à noite, como estou a fazer agora, e nunca sabemos se, quando viramos uma esquina, vamos esbarrar com um grupo de elegantes noctívagos, vestidos a rigor, ou com um bando de jovens e inúteis arruaceiros, que decidam cair em cima de nós e gravar as iniciais na nossa testa, só para se divertirem um pouco, o que, de facto, atribui à cidade um cariz muito especial.

CAPÍTULO
29

Passei mais um dia em Glasgow, a deambular de um lado para o outro, não por estar muito interessado, mas porque era domingo e não havia comboio para lá de Carlisle. (No Inverno, o serviço da linha Settle-Carlisle não funciona aos domingos, pois não tem procura que justifique. Que essa procura não exista pelo facto de não existirem esses serviços foi algo que não ocorreu à British Rail.) Deste modo, fui obrigado a andar a vaguear pelas ruas invernosas, dando uma vista de olhos pelos museus, pelos Botanic Gardens e pelo Necropolis, mas o que eu queria na realidade era regressar a casa. O que era compreensível, pois tinha saudades da família e da minha cama, e também porque, onde eu vivo, posso andar a passear à vontade sem ter de me preocupar, a cada passo, se ponho os pés em cima de imundícies de cão ou restos de vomitado.

E foi assim que, na manhã seguinte, em estado eufórico, entrei no comboio das 8h10m que saía da estação de Glasgow em direcção a Carlisle. Chegado a esta estação, e depois de ter bebido um revigorante café no bar da mesma, apanhei o comboio das 11h40m para Settle.

A linha Settle-to-Carlisle é a mais obscura do mundo. A British Rail já quis encerrá-la, há muitos anos atrás, com o pretexto de que não dava rendimento, o que me parece ser o argumento mais absurdo que eu já ouvi.

Há tanto tempo que ouvimos este tipo de justificação inaceitável, acerca de tantas coisas, que se tornou uma frase feita, mas basta-nos reflectir um pouco para percebermos que a maioria das coisas importantes não começam por ser rentáveis. Se nos deixarmos levar por esta lógica, teremos de acabar com os semáforos, com os desvios para estacionamento nas estradas, com as escolas, os esgotos, as áreas protegidas, os museus, as universidades, as pessoas idosas, e outras coisas mais. Então, por que razão uma coisa de tanta utilidade pública como uma linha férrea que, de um modo geral, é mais agradável do que uma pessoa idosa, e seguramente, menos disposta a dizer mal dos outros ou a rezingar, tem de demonstrar um mínimo de viabilidade económica para continuar a existir? Esta é uma maneira de pensar que deve ser imediatamente posta de parte.

Depois deste parêntese, não posso deixar de constatar que a linha Settle-to-Carlisle sempre teve um aspecto um pouco esquisito. Em 1870, quando James Allport, o administrador da Midland Railway, decidiu construir a linha principal do norte, já existia uma linha costeira a leste e outra a oeste, pelo que resolveu colocá-la a meio, embora ela não estabelecesse ligações entre nenhuns pontos especiais. A totalidade do empreendimento custou 3,5 milhões de libras, que hoje não nos parece um grande valor, mas que equivaleria a uns 487 milhares de milhões de biliões de libras, ou qualquer coisa assim no género. De qualquer forma, basta para convencer quem quer que seja que saiba um pouco de caminhos-de-ferro que Allport foi completamente louco — o que, de facto, parece ter sido uma realidade.

Como a linha atravessava uma área descampada e inóspita dos montes Peninos, os engenheiros que trabalhavam para Allport tiveram de recorrer a toda a sua capacidade inventiva para conseguirem realizar o projecto, incluindo a construção de 20 viadutos e 12 túneis. Não se tratava de uma ferrovia demasiado estreita e irregular, mas sim de um comboio foguete do século XIX que fazia os passageiros voarem através de Yorkshire Dales — caso houvesse alguém interessado em o fazer, o que dificilmente acontecia.

Assim, desde o começo que foi dinheiro perdido. Mas quem se importa? É uma linha maravilhosa, fantástica até, e estava disposto a apreciar cada minuto daquela viagem de uma-hora-e-40-minutos e com cerca de 115 quilómetros de extensão. Mesmo quando se vive perto de Settle, nem sempre se justifica utilizar aquela linha, pelo que me sentei com o rosto colado ao vidro da janela, e esperei a passagem pelos lugares de referência — o túnel Blea Moor, com cerca de dois quilómetros de comprimento; Dent Station, a maior do país; o magnífico viaduto Ribblehead, com cerca de 400 quilómetros de comprimento, 30 metros de altura e 24 belos arcos — enquanto admirava o cenário paisagístico, que não só era espectacular e único, como me embalou, feito uma espécie de canto de sereia.

Acho que toda a gente tem na mente um pedaço de paisagem que lhe agrada de uma forma quase indescritível. Pois para mim essa imagem é Yorkshire Dales. Não consigo explicá-lo completamente, uma vez que, por toda a parte, e mesmo na Grã-Bretanha, se podem encontrar paisagens ainda mais fantásticas do que esta. O que posso dizer é que, a primeira vez que vi a região de Dales, fiquei de tal modo apaixonado que nunca mais a esqueci. Em parte, acho que se deve ao contraste emocionante que existe entre as altas encostas e sua interminável extensão, e os vales relativamente luxuriantes, pontuados com núcleos de aldeias e quintas verdejantes. Andar a viajar pelo meio da paisagem de Dales é estar constantemente exposto à transição entre estas duas zonas fascinantes. Por outro lado, existe aquela atmosfera de preservação acolhedora criada pelo enquadramento das montanhas, como se o resto do mundo estivesse muito longe e fosse dispensável, o que se torna muito agradável para quem lá vive.

Cada um dos seus vales é um pequeno mundo. Recordo-me de uma tarde cheia de sol, tínhamos nós chegado há pouco tempo ao vale onde iríamos viver, quando um carro se voltou na estrada em frente ao portão da nossa casa, e se ouviu o ruído assustador do estrondo e do metal a bater. Disseram que o condutor do automóvel tinha subido um passeio com relvado, indo embater com um muro, pelo que o carro capotou. Corri imediatamente para o local e vi uma mulher suspensa pelo cinto de segurança, a sangrar levemente de uma ferida no couro cabeludo, e a murmurar umas coisas confusas sobre ter de estar no dentista, ou qualquer coisa no género. Enquanto eu andava de um lado para o outro ofegante, chegaram dois agricultores num *Land-Rover*. Com muito cuidado, tiraram a senhora de dentro do carro e sentaram-na no chão encostada a um bloco de pedra. A seguir, endireitaram o veículo e tiraram-no do caminho. Enquanto um deles levava a senhora, para lhe dar um chá e para que a mulher tratasse do seu ferimento, o outro espalhava serradura na mancha de óleo que havia no chão, orientava o trânsito até a estrada ficar desobstruída, e depois de me fazer um sinal de despedida, entrou no *Land-Rover* e partiu. Em menos de cinco minutos tudo ficou resolvido, sem envolver a polícia ou ter de chamar uma ambulância, ou até mesmo o médico. Uma hora depois, pouco mais ou menos, alguém apareceu com um tractor e levou o carro a reboque, e foi como se nada tivesse acontecido.

Como se pode ver, as pessoas agem de forma diferente em Dales. Por uma razão qualquer, as pessoas que nos conhecem entram por nossa casa adentro. Às vezes, batem à porta e gritam «Está alguém em casa?» antes de espreitarem para dentro, mas a maior parte das vezes nem isso fazem. É uma experiência invulgar estarmos, por exemplo, na cozinha junto ao lava-loiça a falar sozinhos e a deixar largar uns gases indiscretos e, ao virarmo-nos de repente, darmos com uma quantidade de cartas de correio em cima da mesa da cozinha. E já perdi a conta das vezes que fui obrigado a correr para a despensa, em cuecas, ao ouvir a voz de alguém a aproximar-se, e ter de me encolher contendo a respiração, enquanto se ouvia: «Está alguém? Está alguém em casa?» Durante um ou dois minutos conseguimos ouvi-los a andarem pela cozinha, a ver as mensagens que estão na porta do frigorífico, e a espreitar o correio à transparência. Depois, encaminham-se para a porta da despensa e dizem, num tora de voz muito calmo: «Só vim buscar meia dúzia de ovos, Bill, está bem?»

Quando avisámos os amigos e colegas de Londres que nos íamos mudar para uma aldeia em Yorkshire, a maior parte deles fez um ar de desagrado e disse: «Yorkshire? O quê, com aquela gente de Yorkshire? Mas que interessante!» Se não foi isto foi qualquer outra coisa com o mesmo significado.

Nunca percebi por que razão é que os habitantes de Yorkshire têm esta terrível reputação de serem mesquinhos e não generosos. Sempre os achei impecáveis e muito francos e, se quisermos saber as nossas imperfeições, não há como eles para nos ajudarem. É um facto que não nos sufocam com manifestações de afecto, o que estranhamos um pouco se somos oriundos de uma parte do mundo mais gregária. De onde eu venho, do Midwest, a parte central dos Estados Unidos da América, se nos mudarmos para uma aldeia ou pequena cidade, aparecem todos em nossa casa a dar-nos as boas-vindas, por ser o dia mais feliz da história da comunidade — e cada um nos traz uma empada. Recebemos empadas de maçã, de cereja e de creme de chocolate. No Midwest, existem pessoas que se mudam de seis em seis meses, só para receberem empadas.

Em Yorkshire isto nunca aconteceria. Mas, a pouco e pouco, eles vão arranjando um canto no seu coração para nos acolher, e começam a aceitar-nos quando passam por nós a guiar e a fazer aquilo a que eu chamo «o aceno Malhamdale». Este é um dia emocionante na vida de qualquer recém-chegado. Para fazer este tipo de aceno, imaginem, por momentos, que estão a agarrar o volante do automóvel. Agora, muito lentamente, estendam o dedo indicador da vossa mão direita, como se estivessem a ter uma espécie de espasmo involuntário. É este o aceno. Não parece grande coisa, mas diz imenso, acreditem, e vou sentir muito a sua falta.

Perdi-me um pouco em divagações, ao longo destas linhas, até que, com surpresa, reparei que tinha chegado a Settle e que a minha mulher estava no cais da estação a acenar-me. Subitamente, a viagem tinha chegado ao fim. Apressei-me a sair do comboio, um pouco confuso, como alguém que acordou a meio da noite por uma situação de emergência, e senti que isto ainda não era exactamente o fim. Era tudo demasiado inesperado.

De regresso a casa, seguimos pela zona dos cumes, cerca de dez quilómetros de um percurso sinuoso de uma beleza indescritível, subindo até áreas de uma vastidão imensa, próximo de Kirkby Fell, o tipo de cenário parecido com o *Monte dos Vendavais,* com uma vista panorâmica infinita sobre a maravilhosa região nortenha. Seguidamente, fomos descendo em direcção à magnífica e serena concavidade de Malhamdale, o pequeno mundo perdido onde vivi durante sete anos. A meio caminho, pedi à minha mulher que parasse junto a uma vedação. Era daquele ponto que se desfrutava a minha paisagem preferida, pelo que saí do carro e fui admirá-la. Conseguia ver-se quase toda a região de Malhamdale, protegida pelas montanhas íngremes e imponentes, com os seus muros de pedra a treparem em linha recta, ao longo das encostas ameaçadoras, os aglomerados de aldeolas, a pequena e encantadora escola com apenas duas salas, a velha igreja e os seus sicômoros e lápides arruinadas, o telhado do *pub* da minha localidade e, no centro de tudo, ocultada pelas árvores, a nossa casa de pedra antiga que, só por si, tem mais anos de existência do que a minha terra natal.

Tinha tudo um ar tão calmo e belo que quase me fez chorar e, todavia, não passava de uma parte minúscula desta pequena ilha encantada. Subitamente, percebi o que é que eu gostava na Grã-Bretanha — ou seja, tudo. Cada pedaço do seu todo, bom ou mau — a *Marmite,* as festas de aldeia, os caminhos estreitos, as pessoas que dizem «não me posso queixar» e «lamento muito, mas», e que *me* pedem desculpa quando lhes bato sem querer com o cotovelo, o leite engarrafado, *beans on toast*^NT, as ceifas em Junho, as urtigas, os cais que se projectam pelo mar dentro, os mapas da Ordnance Survey, os *crumpets,* os indispensáveis sacos de água quente, os domingos chuvosos — cada pedaço seu.

Que lugar assombroso era este — completamente louco, mas adorável até ao mais ínfimo pormenor. Afinal, que outro país se lembraria de arranjar topónimos, como Tooting Bec e Farleigh Wallop, ou de ter um jogo como o críquete que, ao fim de três dias, parece que ainda não começou? Quem é que não acharia estranho, no mínimo, obrigar os seus juízes a usarem cabeleiras e o Lorde Chanceler a sentar-se em cima de uma coisa chamada *Woolsack* (almofada de lã), na Câmara dos Lordes, e orgulharem-se de um herói da Marinha cujo último desejo antes de morrer foi ser beijado por um tal Hardy? («Por favor, Hardy, beija-me na boca, profundamente.») Que outra nação no mundo nos poderia dar William Shakespeare, empadas de porco, Christopher Wren, Windsor Great Park, a Universidade Aberta, o *Gardeners' Question Time,* e a bolacha digestiva de chocolate? Nenhuma, é claro.

Como nos esquecemos tão facilmente de tudo isto. Como a Grã-Bretanha deve parecer um enigma aos historiadores, quando estes olham para a segunda metade do século xx. Este é um país que combateu e ganhou uma guerra nobre, desmantelou um poderoso império de uma forma suave e esclarecida, criou um *welfare state* (estado-providência) com os olhos no futuro — em resumo, fez quase tudo o que era certo — e depois, passou o resto do século

---

^NT Feijão encarnado cozinhado e comido com fatias de pão torrado.

a considerar-se como um fracasso crónico. O facto é que continua a ser o melhor lugar do mundo para se fazer muita coisa — para pôr uma carta no correio, para passear a pé, ver televisão, comprar um livro, beber um copo, visitar um museu, utilizar os serviços bancários, ficar perdido, procurar ajuda, ou ficar parado numa encosta a apreciar a vista.

Todos estes pensamentos afluíram ao meu espírito demoradamente. Já o disse antes e repito-o: gosto muito deste país. E difícil dizer por palavras o quanto gosto dele. Por fim, afastei-me da vedação e entrei no carro, com a certeza absoluta de que um dia estaria de volta.

ÍNDICE

Prólogo	11
Capítulo 1	33
Capítulo 2	48
Capítulo 3	63
Capítulo 4	76
Capítulo 5	90
Capítulo 6	105
Capítulo 7	125
Capítulo 8	136
Capítulo 9	152
Capítulo 10	162
Capítulo 11	174
Capítulo 12	187
Capítulo 13	199
Capítulo 14	215
Capítulo 15	228
Capítulo 16	239
Capítulo 17	252
Capítulo 18	273
Capítulo 19	291
Capítulo 20	308
Capítulo 21	326
Capítulo 22	334
Capítulo 23	347

Capítulo 24 367
Capítulo 25 377
Capítulo 26 389
Capítulo 27 402
Capítulo 28 422
Capítulo 29 433

Rua Professor Jorge da Silva Horta, n.º 1 | 1500-499 Lisboa
Telefone: 217 626 000 | Fax: 217 626 150
e-mail: editora@bertrand.pt